# AMPHITRITE - DER SCHWARZE PLANET

Hard Science Fiction

BRANDON Q. MORRIS

BRANDON Q.
MORRIS
HARD SCIENCE FICTION

ISBN: 978-3-96357-178-7

Lizenzausgabe des Belle Époque Verlags, Dettenhausen, mit freundlicher Genehmigung des Autors.

Brandon Q. Morris c/o Matthias Matting

Sieglgut 51, 94034 Passau

www.hardsf.de

brandon@hardsf.de

Lektorat: Dr. Ulrike Bunge

Korrektorat: Alexandra Gentara

Covergestaltung: Donn Marlou Ramirez

Druck: Custom Printing, Warszawa, Polen



BE
Belle Époque Verlag

Inhalt


| | |
|---|---|
| DIE FLUCHT | 1 |
| DER PLANET | 191 |
| Nachwort | 329 |
| Bücher von Brandon Q. Morris | 331 |
| Planet 9 – die neue Biographie | 341 |

# Die Flucht

## 12. Januar 2078, Hektor

»Wirf mir die Leine zu«, ruft Grigori.

Juri zögert. Er hat einen 20 Meter langen Stahlträger auf der Schulter. Irina trägt das andere Ende. Vor ihnen befindet sich der Abgrund, der die beiden eiförmigen Hälften des Asteroiden trennt. Irgendwo da unten, vielleicht 500 Meter unter ihm, hat der Druck einer Kollision vor vielen Millionen Jahren die beiden ungleichen Geschwister zusammengeschweißt.

»Nun mach schon!«, ruft Grigori. »Sei kein Angsthase.«

Angsthase, von wegen. Sein Kollege hat leicht reden. Er steht zwar schon auf der anderen Seite des Abgrunds, hat aber bloß den Rucksack mit dem Werkzeug auf dem Rücken. In der niedrigen Schwerkraft ist der Stahlträger zwar leicht, doch seine trage Masse hat sich nicht verändert. Ihn ohne nachzudenken in Bewegung zu versetzen, könnte tödlich sein.

Juri dreht sich um. Das Licht seines Helmscheinwerfers folgt dem hell glänzenden Stahl und trifft auf einen weiteren Menschen im Raumanzug. Es ist seine Kollegin Irina.

»Irina?«

»Ja?«, fragt sie.

»Wenn wir beide gleichzeitig abspringen, müssten wir es schaffen.«

»Aber wenn wir nicht genug Energie aufbringen, stürzt du mit dem Träger in den Abgrund.«

Das ist ein guter Einwand.

»Darum soll er mir ja das Seil zuwerfen. Ich ziehe ihn dann raus«, mischt sich Grigori ein.

Er hätte nicht auf der allgemeinen Frequenz mit Irina sprechen sollen. Grigori ist zwar gut in allem, was er tut, aber er ist auch größenwahnsinnig. Ein Wunder, dass er noch lebt, obwohl er es natürlich seiner Genialität zuschreibt.

»Und der Träger, du Genie?«, fragt Juri. »Chen reißt uns den Kopf ab, wenn wir den einbüßen.«

»Ich habe eine Idee«, sagt Irina.

»Dann raus damit«, sagt Juri.

»Ich benutze das Ventil des Sauerstofftanks als Zusatztriebwerk.«

»Du willst dich an den Träger hängen und ihn dann mit deinem Atemluftvorrat beschleunigen?«

»Das könnte funktionieren, Juri.«

»Ja, aber danach läufst du Gefahr, dass dir die Luft ausgeht.«

»Bis zur Baustelle ist es nicht mehr weit, wenn wir den Abgrund geschafft haben, und der Rückweg ist ohne den schweren Träger ein Kinderspiel.«

»Wir müssen ihn aber auch noch anschweißen.«

»Dazu braucht ihr mich ja nicht.«

»Ich weiß nicht, Irina, das erscheint mir sehr riskant.«

»Nun lass sie doch«, sagt Grigori. »Sie ist eben nicht so ein Angsthase wie du. Wenn wir hier noch lange diskutieren, geht uns allen die Luft aus.«

»Sei einfach ruhig, Grigori! Oder hat dich jemand gefragt?«

»Hör nicht auf ihn«, sagt Irina. »Hör lieber auf mich. Mein Plan funktioniert.«

»Na gut«, sagt Juri.

»Drei – zwei – eins«, zählt Irina per Funk. »Los!«

Juri hält den Träger fest und setzt sich in Bewegung. Der lockere Boden aus Eis und Staub spritzt unter seinen Füßen zur Seite. Er würde gern rennen, aber der schwere Stahl bremst ihn. Gleich kommt der Abgrund, und er bewegt sich immer noch wie in Zeitlupe. Er … muss … jetzt … springen!

Juri schwebt. Das Licht des Helmscheinwerfers streift über die Hänge des Abgrunds. Bis ganz nach unten reicht es nicht. Besser so. Jetzt ist er komplett von Irina abhängig. Er hört ihr Schnaufen im Funkkanal. Sie rennt noch immer, und gleichzeitig bläst sie den wertvollen Sauerstoff aus ihrem Vorratstank in das Vakuum über der dunklen Oberfläche des Asteroiden.

Die Zeit scheint stehenzubleiben. Juri hatte noch nie so viel Muße, die gegenüberliegende Seite des Abgrunds zu betrachten. Er hat ihn – ohne schwere Last – schon oft überquert, aber erst jetzt sieht er mit eigenen Augen, warum Chen ausgerechnet diesen Asteroiden lizenziert hat, obwohl er doch so weit von der Erde entfernt im All kreist. Denn die beiden Hälften, die zusammen den langgestreckten Asteroiden Hektor bilden, sind so verschieden, wie zwei Himmelskörper dieser Art nur sein können. Die eine, auf der sich die Basis befindet, ist ein typischer schmutziger Schneeball, bestehend aus Eis und Gestein. Die andere jedoch, auf die er in Zeitlupe zufliegt, besitzt einen Kern aus Metall, der fast ihre gesamte Masse ausmacht. An der Wand des Abgrunds ist die Struktur besonders gut zu erkennen, weil der allgegenwärtige Staub sich dort nicht lange halten kann.

»Juri, Vorsicht!«

Irinas Warnung kommt gerade noch rechtzeitig. Plötzlich springt ihm die Wand entgegen. Der Träger scheint noch einmal Fahrt aufgenommen zu haben. Aber er hat offenbar schlecht gezielt, denn er wird zu weit unten auftreffen. Grigori wartet bestimmt acht Meter über ihm. Die Wand! Juri streckt Arme und Beine nach vorn, um den Aufprall abzufedern. Hoffentlich macht der Stahlträger keine Dummheiten. Aufschlag! Er berührt die Wand mit den Händen und den

Knien, wo sein Anzug extra verstärkt ist. Ein kurzer Schmerz zuckt in seine Hüfte. Juri will sich festkrallen, aber die Wand ist zu glatt. Er prallt zurück.

»Grigori, das Seil!«, ruft er.

Wenn er jetzt nicht an das Seil herankommt, wird er in die Tiefe stürzen. Er blickt nach oben, aber von seinem Kollegen ist nichts zu sehen.

»Pass auf, der Träger!«, ruft Irina.

Wo ist er? Die Dunkelheit versteckt das gefährliche Metallteil. Er dreht den Kopf hektisch hin und her, bis der Lichtstrahl der Helmlampe auf den Träger fällt. Glück gehabt! Die Wand hat die Gefahr nach oben abgelenkt. Die enorme Trägheit des schweren Teiles ist nun ihr Glück.

»Ich schnapp ihn mir«, ruft Grigori.

Was tut er denn da? Grigori kommt doch sowieso nicht mehr an den Träger heran! Er soll ihm das Seil zuwerfen!

»Mann, ich brauche das Seil! Jetzt!«

»Warte kurz!«, ruft Grigori. »Wenn der Träger weg ist, reißt uns Chen den Kopf ab. Du hast es ja selbst gesagt.«

»Ich stürze ab, du Blödmann!«

Und er fällt tatsächlich. Scheiße. Er hätte sich nicht überreden lassen dürfen. Sie hätten einen anderen Weg gefunden, den Träger über den Abgrund zu transportieren. Die Schwerkraft von Hektor, so gering sie auch ist, zieht ihn nach unten. Er überschlägt die Fallgeschwindigkeit, aber die zunehmende Panik schüttelt die Zahlen in seinem Kopf durcheinander wie Würfel in einem Würfelbecher.

»Ich werde sterben«, ruft er.

Es klingt so banal. Jeder muss irgendwann sterben. Heute ist wohl sein Tag gekommen. Trotzdem wird die Angst so übermächtig, dass ihm der Schweiß über das Gesicht läuft, während er sich in die Hose pinkelt.

»Wirst du nicht«, sagt Irina.

Plötzlich ist sie hinter ihm. Sie greift mit ihrer rechten Hand nach seinem linken Arm und zerrt ihn nach oben. Irina steigt, als könnte sie fliegen. Dann sieht er den Dampf, der aus dem Ventil ihrer Sauerstoffflasche kommt, und ihre linke

Hand, die daran hantiert. Gefrorener Sauerstoff. So kalt ist es hier. Und so tödlich.

Der Impuls genügt. Sie erreichen die obere Kante des Abgrunds. Irina stößt ihn nach vorn. Juri fällt auf die Knie. Er sieht zu Boden und atmet tief durch. Irinas Schatten landet neben ihm. Es ist still. Er lebt.

»So, jetzt ist aber gut«, sagt Grigori gefühlte fünf Minuten später.

»Nun lass ihm doch ein bisschen Zeit«, sagt Irina. »Es sind gerade mal dreißig Sekunden vergangen.«

»Lass mal sehen«, sagt Grigori.

Irinas Schatten verändert sich. Es ist vermutlich Grigoris Scheinwerfer, der ihn verursacht. Juri zwingt sich aufzustehen. Grigori steht neben Irina und hebt ihren Arm hoch, als fühle er den Puls.

»Dachte ich es mir doch«, sagt Grigori und lässt ihren Arm fallen. »Dein Sauerstoff steht schon fast auf null.«

»Nun mach mal halblang, mit der Reserve reicht er noch für fünfzehn Minuten«, sagt Irina.

»Dann solltest du dich aber wirklich auf den Heimweg machen«, sagt Juri.

»Ah, bist du wieder da? Freut mich.«

»Danke, Irina. Das war wirklich Rettung in letzter Sekunde.«

»Nach meinen Berechnungen hätte ich noch 35 Sekunden länger warten können.«

»Ich fand es gut, dass du dir nicht so viel Zeit gelassen hast. Ich bin dir wirklich dankbar. Du hast etwas gut bei mir.«

»Oh, da wüsste ich etwas«, sagt Irina und lacht.

Sie ist ein bisschen wahnsinnig, das hat Juri schon von anderen gehört. Ihm ist gerade nicht nach Lachen zumute.

»Das besprechen wir in der Basis«, sagt er. »Und du gehst jetzt zurück. Soll zur Sicherheit jemand mitkommen?«

»He, ich bin schon ein großes Mädchen«, sagt Irina.

»Entschuldige, das war dumm. Du hast mir gerade das Leben gerettet.«

»HAU-RUCK«, sagt Grigori, der jetzt die Führung übernommen hat.

Er hievt sich das andere Ende des Trägers auf die Schulter, und sie marschieren langsam los. Hier ist der Boden deutlich härter als auf der anderen Seite, weil die Staubschicht viel dünner ist. So kommen sie besser voran. Der Kilometer bis zur Baustelle dürfte in einer halben Stunde zu schaffen sein.

»Was war das denn vorhin mit dem Seil?«, fragt Juri.

»Mit dem Seil?«

»Als ich in den Abgrund gefallen bin, rief ich …«

»Ach so, das. Du hast doch gesehen, dass ich mit dem Träger beschäftigt war, den du losgelassen hast.«

»Und dafür wolltest du mich verrecken lassen?«

»Juri, das Ding ist extra für die Zielführung des Lasers angefertigt worden. Hätten wir es verloren, hätte das die Fertigstellung des Auftrags um mindestens ein halbes Jahr verzögert. RB hätte Chen die Hölle heißgemacht, und der hätte seinen Ärger an uns ausgelassen.«

»Mann, ich wäre da unten beinahe gestorben!«

»Bist du ja nicht. Ich dachte mir schon, dass Irina da irgendwie eingreift. Sie ist ein echter Tausendsassa. Und du hast anscheinend besonderes Glück, denn sie hat eine Schwäche für Verlierer.«

Dieses Arschloch! Am liebsten würde Juri sofort anhalten, den Träger abwerfen und Grigori verprügeln. Aber dann dauert das alles hier noch länger, und er hat eigentlich eh schon Feierabend. Irgendwann wird er es ihm heimzahlen.

## 13. Januar 2078, Hektor

JURI GREIFT NACH DER KLINKE, drückt sie und zieht, aber die Tür öffnet sich nicht. Der Männer-Waschraum ist besetzt. Denise verlässt den Frauen-Waschraum und winkt ihm zu. Sie lächelt sogar schon am frühen Morgen. Er hat sie noch nie griesgrämig gesehen, obwohl es auf diesem Asteroiden jede Menge Gründe dafür gibt.

Plötzlich springt die Tür vor ihm auf. Juri erschrickt.

»He, nicht so schreckhaft. Ich bin es doch bloß«, sagt Grigori.

»Ich war nur …«

»In Gedanken, schon klar.«

Grigori schiebt ihn ein Stück zur Seite und geht an ihm vorbei. Dann dreht er wieder um, als habe er es sich anders überlegt. Er postiert sich vor ihm und stützt sich dabei an der Wand ab. Der Geruch seines billigen Rasierwassers umweht ihn. Es übertüncht sogar das Maschinenöl-Aroma, das sonst in der Basis dominiert.

»Na, hast du sie noch gefickt gestern?«, fragt Grigori leise und grinst dabei.

»Ich, Mann, nein, wie kommst du denn darauf?«

Warum antwortet er ihm überhaupt? Er sollte ihn wegstoßen und durch die Tür in den Waschraum verschwinden.

»Na, es war doch offensichtlich, wie scharf die Schnecke auf dich ist. Wenn du Angst hast, es ihr nicht richtig besorgen zu können, dann rufst du einfach mich. Ich wette, sie hat nichts gegen einen Dreier.«

»Du bist so ein Ekel, Grigori. Ich glaube, eher wird sie kotzen als sich von dir …«

»Da wäre ich nicht so sicher, mein Lieber. Frag sie doch mal, wo genau sie ein Muttermal in Form einer Blüte hat.«

Juri schüttelt den Kopf. Dann packt er Grigori an den Schultern und schiebt ihn von sich weg.

»Du solltest dieses billige Rasierwasser nicht trinken, sondern zum Rasieren benutzen. Es scheint dir schon das Hirn verbrannt zu haben.«

Grigori lacht.

»So gefällst du mir, Jurotschka. Du musst nur wegen der Zornesfalte auf deiner Stirn achtgeben, die sieht nicht gesund aus. Die Damen lieben mein Rasierwasser.«

»Angeber. Du kannst doch bloß dumm herumquatschen.«

»Die einen sagen so, die anderen so. Ich muss mich zumindest nicht von Frauen retten lassen. Ich vögele sie lieber.«

»He, noch ein Wort, und …«

»Ja, was, und? Ich bin gespannt.«

Juri spannt seine Muskeln an. Soll er es wirklich auf einen Kampf ankommen lassen? Das ist so … primitiv. Damit begibt er sich bloß auf dieselbe Stufe wie dieser Widerling.

»Nichts. Du bist es nicht wert«, sagt er.

»Haha, das dachte ich mir. Große Klappe und nichts dahinter. Das hat bestimmt auch Irina bemerkt, darum hat sie sich von dir nicht …«

Grigoris letzte Worte verschluckt die Tür, die Juri hinter sich zuzieht. Er dreht den Schließmechanismus bis zum Anschlag, damit er auch wirklich seine Ruhe hat.

»Nicht rausholen!«, sagt Chen.

Juri zuckt zusammen und legt die durchsichtige Plastikhülle mit dem Magazin wieder auf den Schreibtisch. Sein Chef spricht leise, aber scharf betont. Die Worte klingen wie Schläge mit einer eleganten Peitsche, die mit tausend winzigen Glasscherben besetzt ist. Chen ist einen halben Kopf kleiner als er und wirkt eher untersetzt, aber man darf ihn nicht unterschätzen. Seine Rechte ist blitzschnell, wie Mike vorgestern erst feststellen musste. Aber Mike, das Arschloch, hatte es auch nicht anders verdient. Es gibt überraschend viele Arschlöcher in der Basis. Fast sieht es so aus, als gehöre das zu den Einstellungsvoraussetzungen. Aber dann sind da doch wieder nette Menschen wie Irina und Denise.

»So war das nicht gemeint«, sagt Chen. »Du kannst es ruhig ansehen. Nur nicht aus der Hülle nehmen.«

»Was ist das?«, fragt Juri.

Er nimmt die Hülle samt Inhalt hoch. Der Inhalt scheint aus einem empfindlichen Material zu bestehen, wenn Chen ihn so gut verpackt.

»Ist das etwa Papier?«, fragt er.

»Ja, das ist ein Magazin, und es wurde auf echtem Papier gedruckt.«

»Muss wahnsinnig teuer sein.«

»Damals hat es nur etwa so viel gekostet wie ein Burger.«

Juri betrachtet die Grafik auf der Titelseite. Unten sieht eine Frau aus einer Art Sarg heraus, der in einem See schwimmt. In der Mitte sitzen drei Menschen in einem Ruderboot. Ein weiteres, leeres Boot glüht weißlich, und am Horizont ist die Silhouette einer Stadt zu sehen.

»Worum geht es darin?«, fragt Juri.

»Das ist eine Science-Fiction-Zeitschrift«, erklärt Chen.

Juri liest den Titel.

»Interzone 123?«

»Ausgabe 123 des Magazins ›Interzone‹.«

»Und warum liegt es hier?«

»Tja, das ist die Frage aller Fragen, nicht wahr?«

»He, verscheißer mich nicht. Ich hatte heute schon eine unangenehme Begegnung mit Grigori.«

»Und ich dachte immer, ihr Russen haltet zusammen.«

»Wir sind keine Russen. Das Arschloch ist Bulgare, und ich bin Deutscher.«

»Sag bloß! Und dein Name?«

»Meine Eltern wollten wohl besonders kreativ sein. Aber hast du uns denn nicht eingestellt?«

»Denise hat mir eine Liste mit den besten Kandidatinnen und Kandidaten vorgelegt, und ich habe die angekreuzt, bei denen ich das Gefühl hatte, dass es passen müsste. Drei Russen, das fand ich irgendwie charmant. Ich dachte, ihr könntet dann irgendwelche Kosakentänze aufführen.«

»Haha.«

»Aber Irina kommt wenigstens aus Russland?«

»Ich glaube schon. So gut kenne ich sie nicht.«

»Oh, ich dachte schon, sie hätte ein Auge auf dich geworfen.«

»Glaub nichts von dem, was Grigori erzählt.«

»Verstehe. Um deine Frage zu beantworten: Das Magazin liegt hier, weil es eine Geschichte des bekannten Science-Fiction-Autors Stephen Baxter enthält. Sie heißt ›Der Fubar-Anzug‹. Und nun rate mal, wo sie spielt.«

»Hier.«

»Genau, auf (624) Hektor.«

»Hast du Hektor wegen dieser Geschichte ausgewählt?«

»Blödsinn. Die Abbaulizenz für Hektor habe ich gekauft, weil er ziemlich ideal ist und weil die besten Asteroiden im Hauptgürtel schon vergeben sind. Wir können hier Metalle und Treibstoff abbauen. Und dann habe ich frühzeitig von der Ausschreibung für die Laserstation von RB gehört, die mir den Aufbau der Basis finanziert. Ich baue doch meine Zukunft nicht auf einer alten Geschichte auf. Baxter hat sie noch im vergangenen Jahrtausend geschrieben, damals war fast nichts über diesen Asteroiden bekannt.«

»Aber sie ist dir aus irgendeinem Grund wichtig.«

»Ich finde es witzig, die Geschichte hier an Bord zu haben.«

Juri blättert das Heft durch. Die Seiten sind einzeln in

Folie verpackt, sodass er keine Fingerabdrücke auf dem Papier hinterlässt. Am Anfang des Magazins findet er eine Liste aller Geschichten. Instinktiv tippt er darauf, aber es passiert natürlich nichts.

»Hihi, das geht mir auch immer so«, sagt Chen.

»Seite 23, ist das die Geschichte?«, fragt Juri.

»Ist ein Druckfehler. Die Geschichte beginnt schon auf Seite 22.«

»Ein Druckfehler, das ist verrückt. Ist bestimmt sehr wertvoll dadurch?«

»Nein, das Magazin wurde ein paar tausend Mal gedruckt. Es erschien schon 1982 zum ersten Mal und hat immerhin bis 2035 durchgehalten. Dann wurde wohl das Papier zu teuer.«

»Spannend.«

»Siehst du, darum geht es mir. Wer immer mich besucht, sieht dieses alte Heft, und dann entspinnt sich eine Unterhaltung.«

»Es lag bisher aber noch nie auf deinem Schreibtisch, Chef.«

»Mit euch kann ich mich ja auch so unterhalten. Aber morgen landet die Ganymed Explorer zum Nachtanken, und die Mannschaft wohnt für ein paar Tage bei uns. Wer weiß, vielleicht ergibt sich da ja etwas.«

»Jetzt fang nicht auch noch damit an, Chen. Grigori läuft schon dauernd der Speichel aus dem Mundwinkel, wenn er Irina oder Denise auch nur von weitem sieht.«

»Anscheinend ist Grigori dein besonderer Freund. Aber was soll ich machen? Von euch will ja keiner etwas von mir. Oder hast du heute Abend schon etwas vor?«

»Tut mir leid, Chen, da wünsche ich dann doch viel Spaß mit dem Science-Fiction-Magazin.«

»Danke, ich bin gespannt. Aber warum ich dich eigentlich hergebeten habe: Du musst heute für Mike einspringen. Er fühlt sich nicht so gut, und Asimov hat eine leichte Gehirnerschütterung bei ihm diagnostiziert.«

Mist. Er hätte heute eigentlich seinen freien Tag gehabt

und hatte sich vorgenommen, etwas für Irina zu kochen. Ganz ohne Hintergedanken.

»Von der Begegnung mit deiner Faust gestern?«

»Vielleicht, obwohl ich eigentlich noch sehr zart mit ihm umgegangen bin. Aber Denise ans Hinterteil fassen, das geht nun gar nicht.«

»Sie hätte sich bestimmt auch selbst wehren können.«

»Das mag sein. Aber in solchen Fällen habe ich als Chef eine Verantwortung. Ich hoffe, Mike hat die Lektion gelernt.«

»Das wäre schön. Mit wem arbeite ich dann heute?«

»Mit deinem besten Freund.«

»Scheiße.«

»Sagt man bei euch nicht ›Gowno‹?«

»Bei den Russen, ja. Aber ich bin Deutscher, schon vergessen?«

»Kleiner Scherz. Aber ja, der Bulgare und du, ihr seid heute ein Team. Ihr müsst unbedingt für unsere Gäste die Dock-Vorrichtung klarmachen. Für jeden Tag Verzögerung zahle ich sonst eine Vertragsstrafe an die NASA.«

Juri atmet tief durch. Ommm. Er wird sich sehr beherrschen müssen. Wieso zieht es so viele Arschlöcher ins All?

»Hast du das schon mal gemacht?«, fragt Grigori.

»Bisher nicht. So lange ich hier bin, ist das der erste Besuch.«

Sie stehen auf einem fußballfeldgroßen, flachen Platz. An den vier Ecken sind Scheinwerfermasten aufgestellt, von denen jeweils mehrere Strahler die Szenerie in grelles Licht tauchen, so hell, dass das Visier seines Helms automatisch abgeblendet hat.

»Verstehe. Ist nicht besonders kompliziert«, sagt Grigori. »Das Schiff landet da in der Mitte. Um ihm die letzten Meter des Anflugs zu erleichtern, gibt es vier Anker.«

»Das Raumschiff ankert bei uns?«

»Anders herum. Wir verankern es. Siehst du die vier

schwarzen Kisten in der Mitte jeder Seite? Darin befinden sich die Harpunengeschütze.«

»Harpunengeschütze?«

»Klingt martialisch, ist aber ganz harmlos. Das müsstest du doch bei deiner Ankunft hier mitbekommen haben?«

»Nein, da war ich noch beim Packen.«

»Okay. Also, die vier Geschütze arbeiten schlicht mit Druckluft. Sie feuern jeweils einen Anker in Richtung Schiff. Wir warten, bis wenigstens zwei davon sich eingehakt haben, dann ziehen wir die Ketten straff, an denen die Anker hängen, und zerren das Schiff so langsam nach unten, wie die Beute an einer Angel.«

»Klingt sinnvoll.«

»Hat zumindest bisher immer funktioniert. Chen hat sich das ausgedacht. Man kann ja über ihn schimpfen, weil er so ein Pedant ist, dem die Arbeit wichtiger ist als das Vergnügen, aber mit Technik kennt er sich aus.«

»Was ist dann unsere Aufgabe?«

»Wir müssen die Harpunengeschütze vorbereiten, also vor allem die Druckluft erneuern und prüfen, ob noch alles flutscht.«

»Die Druckluft-Tanks verlieren über die Monate sicher Druck.«

»Eben. Komm!«

Grigori hakt seine Sicherungsleine an einem der Scheinwerfermasten ein und marschiert quer über das Feld. Sein Ziel ist die schwarze Kiste am hinteren Rand. Juri folgt ihm. Die dünne Leine spult sich von selbst aus der Rolle an seinem Gürtel ab. Grigori öffnet die Kiste, und ein schwarzes Rohr ploppt heraus, als hätte es nur auf seinen Einsatz gewartet.

»Ich stelle mir immer vor, das wäre mein Schwanz in Vorfreude auf einen Blowjob«, sagt Grigori.

»Einmal Angeber, immer Angeber.«

Zum Glück sind sie im Vakuum unterwegs. Er würde Grigori zutrauen, ihm auch noch zum Beweis sein offenbar wichtigstes Körperteil zu präsentieren.

»Schau, hier ist der Auslöser«, sagt der Bulgare.

Juri tritt um die Kiste herum. In ihrem Inneren liegt quer eine Druckflasche. Außerdem gibt es ein paar flackernde Lämpchen. Der Knopf, auf den Grigori zeigt, ist daumengroß und rot. Er drückt darauf. Aus dem Rohr löst sich ein Stab, der sich zu einer Art Schirm ohne Stoffbespannung auffaltet und schräg nach oben fliegt. Die Kette, an der er hängt, bremst ihn zunehmend, bis er noch innerhalb des Landefeldes auf dem Boden landet. Alles passiert völlig lautlos.

»Siehst du, das wäre ein Fehlschuss gewesen«, sagt Grigori. »Vorzeitige Ejakulation gewissermaßen.«

Der Mann hat wirklich ein Problem, aber Juri ist nicht dafür zuständig, es zu lösen.

»Die Druckflasche war schon halb leer, schätze ich«, erklärt Grigori weiter. »Deshalb müssen wir sie auswechseln, alle vier.«

Er zeigt nacheinander auf alle vier Kisten.

»Verstehe. Wo sind die vollen Flaschen?«, fragt Juri.

»In der Basis, wo sonst?«

»Und warum haben wir dann nicht gleich zwei mitgebracht?«

»Mann, wenn wir zu schnell fertig sind, müssen wir mit Denise und Irina die Basis putzen. Willst du das etwa? Ja, du willst das, ich sehe es schon. Aber ich nicht. Ein richtiger Mann putzt keine Klos.«

»Du hast wirklich ein Problem, Kollege.«

»Eher du. Aber lassen wir das. Du musst aufpassen. So lange auf den Flaschen noch Druck ist, kannst du das Ventil nicht aufschrauben.«

»Also müssen wir vorher Druck ablassen.«

»Genau. Das geht über diesen Knopf hier.«

Grigori zeigt auf einen quadratischen, grünen Knopf rechts neben dem Startknopf.

»Aber lustiger ist es, wenn wir die Harpune abfeuern. Danach ist die Flasche auch leer. Haha, du verstehst, nach dem Erguss ist sie leer.«

»Sehr witzig.«

»Ich weiß, ich habe einen gesunden Humor, im Gegensatz zu dir, mein Freund.«

»Ich bin nicht dein Freund.«

»Das wird schon noch, Juri. Spätestens nach dem Dreier mit Irina sind wir beste Freunde.«

Was ist bloß in Grigori gefahren? In den vergangenen Monaten war er nur selten so übel drauf gewesen. Am liebsten würde er ihm eine Abreibung verpassen. Aber das wird Chen nicht gefallen. Wenn sie nicht rechtzeitig fertigwerden, wird er ihnen die Vertragsstrafe vom Lohn abziehen.

»Und wozu dient dieser Knopf hier?«, fragt Juri.

Er zeigt auf einen quadratischen, gelben Knopf links neben dem Startknopf. Vielleicht kann er Grigori mit technischen Fragen ablenken.

»Der dient dazu, den Anker einzuklappen.«

»Den Anker einzuklappen?«

»Du klingst ziemlich dämlich, mein Freund. Hast du nicht gesehen, wie der Anker nach dem Abschuss die Arme ausgefahren hat? Wenn das Raumschiff wieder starten will, können wir ihm damit den Weg freigeben. Anders kommt es nicht hier weg.«

»Diese dünnen Ketten können ein Raumschiff aufhalten?«

»Nee, natürlich nicht. Aber in der Nähe der Oberfläche kann das Schiff nur die Korrekturdüsen einsetzen.«

»Und wenn sie doch versuchen würden, mit dem Haupttriebwerk zu bremsen?«

»Das wäre gar nicht gut für unsere Installationen hier unten. Und natürlich für jede Person, die sich zufällig in der Nähe aufhält. In diesem Fall müsste allerdings der Kunde eine Vertragsstrafe zahlen. Ich glaube, Chen wäre deshalb gar nicht so böse darüber.«

»Es sei denn, wir wären daran schuld.«

»Ja, dann würde er uns die Köpfe abreißen. Oder nein, eher die Eier. Ohne Köpfe könnten wir ja nicht mehr arbeiten.«

»Apropos arbeiten, sollten wir nicht allmählich unsere Aufgabe hier erfüllen?«

»Du nervst, Mann. Dann los, geh da rüber, du übernimmst die beiden Seiten.«

Grigori zeigt nach vorn in die Dunkelheit und dann nach rechts. Juri geht mit federnden Schritten über die Plattform in die angegebene Richtung. Besser nicht zu schnell, sonst hebt er ab. An der Sicherungsleine kann er sich zwar jederzeit zurückhangeln, aber Grigoris Spott wäre ihm sicher. Wenn jetzt ein Raumschiff landen würde … Mit dem Abgasstrahl des chemischen Haupttriebwerks könnte es ihn glatt zu Staub verbrennen. Er bückt sich und tastet den Boden ab. Er ist ungewöhnlich glatt. Vermutlich hat man den Staub hier zu einer festen Masse gepresst. Aber es sind keine Verbrennungsspuren zu finden.

Juri erreicht eine Kiste, die genauso aussieht wie die, die Grigori ihm gezeigt hat. Er öffnet sie, und das Abschussrohr der Harpune ploppt heraus. Ein steifer Schwanz, haha. Grigori ist so ein Blödmann. Das Rohr wirkt eher wie einer dieser Clowns, die aus Scherz-Geschenken hüpfen, wenn man sie öffnet. Er drückt das Rohr nach unten. Zurück in die Kiste mit dir! Aber es weigert sich. Juri kniet sich vor die Kiste, damit er mit ganzer Kraft drücken kann.

In diesem Moment zischt ein schwarzer Schatten über seinen Kopf. Scheiße, was war das? Hätte er gestanden, das Ding hätte ihn glatt erwischt! Sein Herz pocht.

»He, Grigori, hast du das eben mitbekommen? Irgendwas hätte mich beinahe …«

»Das war bloß eine Harpune.«

»Mann, das Ding hätte mich um ein Haar ins All geblasen!«

»Nun mach keinen Stress. Ich bin aus Versehen auf den Abschussknopf gekommen. Du hättest vielleicht ein paar blaue Flecken davongetragen. Das ist doch wie ein Regenschirm, der deinen gepolsterten Raumanzug trifft. Die Sicherungsleine hätte dich zurückgeholt.«

»Du hättest mich warnen können! Du bist so ein Arschloch, Grigori!«

»Das höre ich manchmal, aber ich gebe nichts drauf. Aber nun reg dich nicht künstlich auf, es ist doch nichts passiert, oder?«

Das kann doch wohl nicht wahr sein! Der Typ sieht seinen Fehler nicht einmal ein! Er muss Chen vor ihm warnen. Irgendwann bringt Grigori aus reiner Schlamperei wirklich noch jemanden unter die Erde.

»He, du hast mich beinahe umgebracht, und das schon zum zweiten Mal! Jeder normale Mensch hätte sich wenigstens entschuldigt!«

»Das ändert doch nichts. Aber wenn es dir hilft, mit der Wirklichkeit umzugehen: Es tut mir leid.«

Juri verzichtet auf eine Antwort. Jedes Wort an diesen Kerl wäre verschwendet.

## 14. Januar 2078, Hektor

Die Spindtür quietscht beim Öffnen. Am liebsten würde Juri sofort Öl aus der Werkstatt holen. Aber das kostet noch einmal zehn Minuten. Und er kommt sowieso schon zu spät zu dem kleinen Empfang, den Chen für 19 Uhr angesetzt hat. Die Mannschaft der Ganymed Explorer nimmt für eine Nacht Quartier in der Basis auf Hektor, während ihr Schiff mit Methan und Helium aufgetankt wird. Das wird Chen ein paar Millionen Yuan einbringen, also lässt er sich nicht lumpen und hat ein Festmahl versprochen.

Juri nimmt den Bügel mit dem weißen Hemd aus dem Spind, zerrt das Kleidungsstück herunter und hängt den Bügel zurück. Er hasst zwar Hemden, aber T-Shirts hat Chen für heute verboten. Er zieht das Hemd über den nackten Oberkörper. Der Stoff kratzt. Er hat jahrelang nach einem Hemdstoff gesucht, der nicht kratzt, aber so etwas haben die schlausten Textilingenieure bisher nicht erfunden. Er schließt die Spindtür. Sie quietscht noch lauter. Soll er nicht doch noch das Öl holen? Wenn er sein Hemd dabei schmutzig macht, braucht er es nicht zu tragen. Aber Chen wäre verärgert. Er sollte seinen Chef nicht zu sehr ärgern, schließlich läuft sein Vertrag hier noch anderthalb Jahre, und wenn die Ganymed Explorer wieder gestartet ist, müssen sie die nächsten vier Monate zu viert überstehen.

Er schließt die Knöpfe und legt die Krawatte an. Ihm wird heiß, und er bekommt keine Luft mehr. Das ist normal. Er greift mit der Hand an den obersten Knopf, doch er kann sich gerade noch zusammenreißen. Der Knopf bleibt zu, bis Chen von seinem zweiten Drink angeheitert genug ist. Der Chinese ist ein strenger, aber doch meist gerechter Chef. Heute Morgen hat er ihn zusammen mit Denise die Toiletten und die Waschräume putzen lassen. Noch einen Außeneinsatz mit Grigori hätte er nicht durchgestanden. Irina hatte ihn ganz böse angesehen, weil sie nun mit dem Arschloch die Landung der Ganymed Explorer überwachen musste.

Mit Denise zu arbeiten, war die reinste Freude gewesen. Sie hatten gescherzt und sich von ihren vorherigen Jobs erzählt. Denise ist sonst als Chemikerin für die Behandlung der abgebauten Minerale zuständig. Sie trennt, was sich nicht verträgt, und fügt zusammen, was zusammengehört. Es war richtig spannend gewesen, ihren Chemie-Kurzvorträgen zuzuhören. Die Masse eines Rohstoffs kann sie nicht verändern, aber auch das Volumen spielt beim teuren Rücktransport zur Erde eine wichtige Rolle, und das lässt sich durch das Erzeugen der richtigen chemischen Verbindung durchaus beeinflussen. Am Sonntag, wenn sie alle freihaben, will sie ihm ihre kleine Aufbereitungsanlage zeigen.

Übermorgen. So lange muss er noch durchhalten. Am anstrengendsten ist dabei sicher der Abend, der ihm bevorsteht. Die Arbeit draußen stört ihn gar nicht. Er hat schon auf der Erde und auf dem Mond in Bergwerken geschuftet. Wobei die Zeiten harter körperlicher Arbeit in seiner Branche ja sowieso vorbei sind, denn für fast jeden Arbeitsgang gibt es Maschinen. Sonst wäre es gar nicht möglich, diese Asteroidenmine mit nur vier Besatzungsmitgliedern zu betreiben. Eigentlich ja mit drei, denn Chen lässt sich nie draußen blicken.

»Leute, kommt ihr?«

Das ist Chen. Er ist wohl nicht der einzige, der sich Zeit lässt. Juri geht zum Ausgang seines winzigen Zimmers. An der Tür hängt innen ein Spiegel. Er wirft einen Blick hinein. Den

Spiegel hat ihm seine Mutter zum achtzehnten Geburtstag geschenkt. Immer, wenn er sein Zimmer verlässt, soll er hineinsehen. Gewohnheiten sind wichtig, und ein letzter Blick hat noch niemandem geschadet. Seine Freundinnen fanden den Spiegel immer sehr praktisch, wenn sie am Morgen sein Zimmer verließen. Wer ihm das gute Stück geschenkt hat, hat er allerdings noch niemandem erzählt.

»Hört mich jemand?«

Schon wieder der Chef, und er hat nur nachdenklich hier herumgestanden, statt tatsächlich in den Spiegel zu sehen. Da, ein paar Haare haben sich von den Ohren aus über seine Wange gelegt. Er muss Irina mal wieder um einen Haarschnitt bitten. Sie hat das beim letzten Mal sehr gut hinbekommen. Juri öffnet die Tür, tritt in den Gang und folgt dem Gemurmel in die Zentrale.

Die Gäste tragen blaue Uniformen. Natürlich, es ist eine hochoffizielle Expedition von Amerikanern, Kanadiern und Europäern, bei der die ESA die Hauptrolle übernommen hat. Die Crew besteht aus zwei Männern und zwei Frauen. Alle vier erheben sich bei seinem Eintreten, aber noch bevor er sie darum bitten kann, sich wieder zu setzen, bemerkt er, dass sie wohl eher für Irina aufgestanden sind. Sie kommt im selben Moment durch die zur Küche führende Tür der Zentrale, und sie trägt ein atemberaubendes Kleid. Es ist einteilig, lang und rot und schwingt um ihre Hüften; oben besitzt es einen tiefen Ausschnitt. Irina wirkt darin wie eine Tango-Tänzerin, oder so, wie Juri sich Tango-Tänzerinnen vorstellt. So hat er sie noch nie gesehen. Irina trägt sonst am liebsten Hosenanzüge.

Die vier Gäste weichen etwas zurück. Das geht vielen Menschen so, weil Irina so groß ist. Aber auch Irina scheint ein wenig zu erschrecken. Sie hat den Eindruck, den sie hervorruft, wohl nicht erwartet. Das macht sie ihm sehr sympathisch. Er mag Menschen nicht, die sich ihres guten Aussehens zu sehr bewusst sind.

»Guten Abend«, sagt Irina.

Ihre tiefe Stimme hallt durch den Raum. Chen springt auf.

»Schön, dass nun alle da sind«, sagt ihr Chef.

Aus einem der Sessel erhebt sich Grigori. Durch die hohe Rückenlehne ist er ihm bisher entgangen. Wo ist Denise? Ah, sie schiebt sich gerade an Irina vorbei in den Raum und stellt eine Schüssel auf den Tisch in der Mitte, die vermutlich irgendwelche Snacks enthält. Hoffentlich hat Chen nicht wieder diese seltsame japanische Mischung spendiert, die sie zum Weihnachts- und Neujahrsfest hatten. Warum hat Irina damals eigentlich ihr Kleid noch nicht getragen?

»Sehr schick«, sagt Grigori.

»Ich? Danke«, sagt Irina.

»Ich bin Chen Kun, Ihr Gastgeber und Besitzer der Basis.«

Chen verbeugt sich tief vor den Gästen.

Mieter, genau genommen, korrigiert Juri ihn in Gedanken. Alles, was du auf dem Mietgegenstand baust, gehört rechtlich dem Vermieter, in diesem Fall dem chinesischen Staat. Das seit ein paar Jahren geltende Weltraumabkommen hat die ganze Asteroiden-Gruppe, in der Hektor kreist, der Weltmacht China zugeschlagen. Seitdem gilt hier sogar chinesisches Recht.

»Mein Name ist Anke Renner«, sagt die Frau ganz links.

Juri schätzt sie auf Mitte Dreißig. Sie wirkt sehr schlank und trägt ihre langen, dunklen Haare zum Zopf gebunden.

»Ich bin übrigens die Geologin der Expedition«, ergänzt sie.

»Oh, interessant. Ich bin ebenfalls Geologin«, sagt Irina. »Darf ich Sie später zu einer kleinen Tour über Hektor einladen? Unser hübscher Asteroid hat einiges zu bieten.«

»Ganz wie du, Irina«, sagt Grigori.

Geht das schon wieder los! Chen dreht sich ruckartig zu Grigori, und der zuckt sichtbar zusammen.

»Michael J. Warning«, sagt der Mann, der neben der Geologin steht.

Die beiden stehen sehr eng beieinander; so eng, dass sie eigentlich ein Paar sein müssten. Warning wirkt etwa zehn Jahre älter als Renner, aber das kann an seinen schon etwas schütteren, kurzen Haaren und dem zurückweichenden Haaransatz liegen. Er hat auch einen kleinen Bauch.

»Sie sind bestimmt der Kapitän der Ganymed Explorer«, sagt Grigori.

Warning verneigt sich, schüttelt dann aber den Kopf.

»Ich bin Exobiologe. Und wie Sie sicher an meinem Akzent hören, bin ich Amerikaner. Texaner, um es genau zu sagen. Da jedoch die ESA diese Mission führt, obliegt es ihr, jemanden aus ihren Reihen zu wählen.«

»Ah, das wusste ich nicht«, sagt Grigori.

»Für Sie wird es dann hier leider nichts zu sehen geben«, sagt Chen. »Hektor ist schon seit langer Zeit tot.«

»Schon seit mehr als 3200 Jahren, wenn sich die Forscher nicht täuschen«, sagt Warning.

»Oh, Sie haben Ihren Homer gelesen«, sagt Chen. »Ich weiß ja nicht, ob es hier alle wissen, aber Hektor war im sagenhaften Trojanischen Krieg der Anführer der Trojaner.«

»Der Witz an der Sache ist, dass sich der Asteroid Hektor damit gerade auf der falschen Seite befindet«, erklärt Warning, »nämlich unter lauter anderen Asteroiden, die nach den Helden der Griechen benannt wurden.«

»Das stimmt«, sagt Chen. »Es freut mich, dass wir einen Kenner wie Sie hier begrüßen dürfen.«

Er verneigt sich noch einmal. Warning hat sich anscheinend speziell auf diesen Abend vorbereitet. Der Mann glänzt wohl gern. Juri hingegen würde sich am liebsten an der Rückwand der Zentrale in den Schatten stellen.

»Gut, dann bin ich wohl an der Reihe.«

Eine kleine, drahtige Frau tritt einen Schritt nach vorn. Ihr Alter ist schwer zu schätzen, und ihre Haare sind noch weitaus dunkler als die der Geologin. Sie spricht ein weiches, fließendes Englisch.

»Ich danke Ihnen erst einmal für den herzlichen Empfang. Mein Name ist Meltem Miraloğlu. Wenn Sie möchten, kann ich ihn gern buchstabieren.«

»Auf welches Forschungsgebiet sind Sie spezialisiert?«, fragt Grigori.

»Auf keines. Ich komme vom Vereinten Europäischen Militär und bin die Kommandantin dieser Expedition.«

»Oh, herzlichen Glückwunsch!«

»Es ist eine interessante Aufgabe, aber nichts, für das ich einen Glückwunsch verdient hätte.«

»Willkommen, Frau Miraloğlu«, sagt Chen, erneut mit einer Verbeugung.

»Dann bleibe nur noch ich, Felix Kipling. Ich wurde von der kanadischen Raumfahrtagentur delegiert und bin Chemiker. Ich möchte mich vor allem mit der Zusammensetzung des Ozeans unter dem Eis von Ganymed befassen.«

»Ich bin beeindruckt und würde am liebsten bei Ihnen anheuern«, sagt Chen, »aber dazu müsste ich meine lieben Freunde hier alleinlassen, und das kann ich nicht verantworten. Erlauben Sie mir, sie vorzustellen. Die Frau in dem roten Kleid, das sie uns bisher verborgen hat, ist Irina Jakutina. Sie ist Geologin, das wissen Sie ja nun schon. Der vorlaute junge Mann links neben mir ist Grigori Dimitrow, Bergbauingenieur. Dann haben wir Juri Rott auf der anderen Seite, ebenfalls auf alles spezialisiert, was mit Bergbau zu tun hat. Und nicht zu vergessen, die Frau mit den Snacks, Denise Kucharzewski, die sich heute um die Küche kümmert. Sie ist Chemikerin, aber keine Angst, als Französin kennt sie sich mit Haute Cuisine aus, wie sie mir versichert hat. Ich wünsche uns allen einen angenehmen Abend.«

Juri sieht auf seine Armbanduhr. Es sind erst zehn Minuten vergangen. Sie haben sich wie zwei Stunden angefühlt. Wie lange muss er hier noch durchhalten?

Zwei Stunden später ist er etwas lockerer. Die ESA-Kommandantin hat ihnen nach dem hervorragenden, von Denise gekochten Mahl ein Geschenk überreicht, ein Fass mit echtem belgischen Bier, das sie schon fast geleert haben. Sie sind dazu übergegangen, sich mit Vornamen anzusprechen, und seit etwa einer halben Stunde sitzen Anke, Irina und er in einer Ecke des Raums und fachsimpeln. Die Geologin der Ganymed Explorer kommt wie er aus Deutschland, aber Irina zuliebe sprechen sie Englisch, wie immer.

Anke hat schon einiges erlebt und sie kann lebendig davon berichten, und Irina ist gut darin, immer neue Geschichten aus ihr herauszulocken, etwa die Story, wie Anke bei der Suche nach wasserhaltigen Mineralien auf dem Mond in ein Loch im Boden fiel, das auf keiner Karte verzeichnet war.

Eigentlich ist es schade. Juri war auch schon auf dem Mond, aber von der grandiosen Landschaft hat er wenig gesehen, weil er stets in irgendwelchen Schächten steckte. Nach dem Studium hatte er erst einmal Geld verdienen wollen, und das funktionierte nun einmal in der Industrie viel besser als in der Wissenschaft. Ein wenig beneidet er Anke um die Erlebnisse, die sie als Wissenschaftlerin machen durfte. Doch andererseits war der Konkurrenzkampf in der Forschung viel stärker. Wenn sie nach der Rückkehr von Ganymed nicht wenigstens zehn Paper als Lead-Autorin verfassen würde, würde sie nie wieder so eine spannende Mission bekommen. Als Bergbau-Ingenieur musste Juri sich so gut wie nie mit Veröffentlichungen befassen, das übernimmt alles Chen.

Er nimmt vorsichtig das Glas vom Tisch. Wegen der niedrigen Gravitation schwappen Getränke sehr schnell über. Deshalb haben alle Gläser Deckel, die ein Federmechanismus anpresst, den man am Griff deaktivieren kann. Er hebt das Glas an die Lippen, doch in diesem Moment stößt ihn jemand von hinten an. Sein Daumen drückt sich wie von selbst auf den Knopf, der Deckel öffnet sich und das Bier spritzt heraus. Eine gelbliche Blase fliegt in hohem Bogen durch den Raum und wird schließlich von der Gravitation zum Boden gezogen.

»Tschulligung«, sagt Grigori.

Juri dreht sich wütend zu ihm um. Sein Kollege steht leicht schwankend hinter ihm.

»Kannst du nicht aufpassen?«, fragt Juri. »Das schöne Bier!«

»Issoch eh längst schal. Mussu schneller trinken, Bruder.«

»Ich bin nicht dein Bruder.«

»Egal. Dachte, wir könnten uns brüderlich, du weißt schon. Teilen. Die beiden Schnecken da. Oder willssu die ganz für dich haben?«

»Pssst. Das sind unsere Gäste. Benimm dich gefälligst!«

»Sonst? Hä? Was passiert sonst? Haussu mir eine runter? Haha.«

Juri sieht sich in der Zentrale um. Michael sitzt mit geschlossenen Augen auf einem Sessel. Auch die anderen scheinen nichts bemerkt zu haben – außer Irina. Sie funkelt ihn an. Wenn er Grigori nicht selbst zur Vernunft bringt, übernimmt sie das, soll das wohl heißen.

»Aua«, sagt Grigori plötzlich.

Dann bewegt er sich überraschend schnell zum Ausgang. Es ist Chen, der seinen Angestellten im Polizeigriff abführt. Das wird ein Nachspiel haben. Grigori ist schuld daran, wenn Chen vor seinen Gästen das Gesicht verloren hat. Er bedauert ihn nicht, im Gegenteil.

»Gute Nacht«, sagt Anke.

»Gute Nacht«, sagt er.

Juri atmet tief durch. Vier Stunden Kommunikation, das war anstrengend, aber es hat auch mehr Spaß gemacht, als er je vermutet hätte. Die beiden Sofas in der Mitte des Raums sind ausgeklappt. Hier werden Anke und Michael schlafen. Er hatte richtig vermutet: Die beiden sind ein Paar. Im Gespräch hat Anke trotzdem überraschend oft über Michael geschimpft. So eine lange Reise auf wenig Platz scheint Beziehungen nicht zuträglich zu sein. Merk dir das, Juri. Dass Irina im Laufe des Abends immer näher gerückt war, hatte ihm gefallen. Aber das kann doch nichts werden, Anke und Michael beweisen es. Er hat seine Beziehungen bisher immer beendet, bevor er einen längeren Auftrag angenommen hat.

Er verlässt den Raum und schließt die Tür hinter sich. Irina ist schon weg. Bestimmt ist sie in ihrem Zimmer. Schade eigentlich. Er durchquert die Werkstatt. Dazu benutzt er den Handlauf, der durch den ganzen Raum führt. So kommt man in der niedrigen Schwerkraft schneller voran. Bevor er die Werkstatt verlässt, löscht er noch das Licht.

In dem schmalen Flur dahinter ist es dunkel. Er bewegt sich möglichst leise. Bestimmt schlafen schon alle. Doch dann hört er ein Flüstern. Es kommt von vorn. Die Stimme klingt so gepresst, dass er sie niemandem zuordnen kann. Aber sie scheint einem Mann zu gehören. Der Gang endet in einem fast quadratischen Vorraum. Juri bleibt stehen. Hier sind ihre Quartiere. Seines ganz links, daneben das von Irina, hinter der Tür an der Stirnseite wohnt Grigori und rechts Denise. Die Tür rechts ist angelehnt. Aus dem Spalt fällt ein Lichtschein. Er trifft den Handlauf, der hier etwa einen halben Meter von der Wand entfernt ist.

Und er trifft eine Person, nein, zwei. Juri braucht einen Moment, um zu verstehen, was er da sieht. Denn es kann nicht sein. Eine Frau ist über den Handlauf gelehnt, ihr Oberkörper ist gegen die Wand gepresst. Es muss Denise sein, denn sie ist deutlich kleiner als der Mann, der hinter ihr steht, seine rechte Hand auf ihren Mund hält, sie an den Hüften gegen den Handlauf drückt und sich an ihr zu schaffen macht.

»Sei ruhig, du Schlampe, sonst bringe ich dich um«, flüstert Grigori. »Du willst es doch auch.«

Denise gibt einen dumpfen Ton von sich. Nein, sie will das nicht, das ist völlig klar. Grigori, du Schwein.

Juri stößt sich kräftig von der Wand ab und fliegt quer durch den Raum auf sein Ziel zu. Grigoris Rücken bietet keinen guten Ansatzpunkt. Die Kniekehlen! Er zielt mit beiden Beinen auf sie, und er trifft. Seine Füße pressen sich hinein, während seine Hände nach Grigoris Hals greifen. Der Bulgare knickt um. Juri riecht die Alkoholfahne, die ihn umgibt. Grigori kippt langsam nach hinten. Dabei gibt er gurgelnde Geräusche von sich, doch Juri lässt nicht los. Grigori ist schwerer und stärker als er, also muss er das Überraschungsmoment nutzen, sonst hat er keine Chance. Wenn Grigori die Kontrolle zurückgewinnt, wird er ihn totschlagen.

»Krch-krch. Krch.«

Es ist ein schreckliches Geräusch, aber Juri gibt nicht nach. Er lässt die Finger fest an Grigoris Hals. Er drückt sogar noch stärker auf seinen Kehlkopf. Sie landen auf dem Boden. Grigori ist über ihm. Jetzt darf er erst recht nicht mehr loslassen, sonst hat er gar keine Chance.

»Krch-krch-krch.«

»Du willst es doch auch«, flüstert Juri.

Es tut gut. Er muss einfach nur zudrücken. Grigori soll doch mal sehen, wie sich das Ersticken anfühlt. Krch-krch, genau, du Schwein, das ist alles, was du jetzt noch kannst. Du wirst dich noch wundern.

Jemand zerrt an seinem rechten Arm. Er kann nicht sehen, wer es ist. Versucht Grigori, sich zu befreien? Es ist zu dunkel, und der Körper dieses Schweins verdeckt ihm die Sicht. Moment noch. Das Problem ist gleich gelöst. Krch-krch, haha. Und, wie geht es dir jetzt? Willst du es immer noch?

»Krch.«

Grigoris Oberkörper wird schlaffer, aber jetzt zappelt er mit den Beinen. Sei still, du Schwein. Das hast du dir selbst zuzuschreiben. Juri hält die Hände fest um den Hals des Gegners geschlossen. Er hat Macht über ihn. Es ist ein seltsames, erhebendes Gefühl. Ja, erhebend, das ist der richtige Ausdruck. Grigori ist ihm ausgeliefert, der starke, dumme Grigori, immer für einen Spruch gut.

Juri erschrickt. Was tut er hier eigentlich? Wie lange kann er seinem Kollegen die Luft abschnüren? Aber wenn er zu früh aufhört, wird Grigori sich rächen, und nicht nur an ihm, sondern auch an Denise. Der Gedanke kreist in seinem Kopf.

Er muss ihn unschädlich machen. Es gibt keine andere Wahl. Es geht nicht um die Macht, sondern um eine gute Tat.

»Krch-krch.«

Das gurgelnde Geräusch wird leiser. Grigori hört auf zu zappeln. Hat er aufgegeben? Gut so. Noch einen Moment, nur um sicherzugehen, dass er keine Gefahr mehr ist. Etwas stärker zudrücken vielleicht, dann geht es schneller.

»Juri, hör auf!«

Das ist Irinas Stimme. Sie muss es auch sein, die an seinem Arm zieht. Versteht sie denn nicht, worum es geht? Grigori ist der Angreifer. Er hat …

»Juri, du bringst ihn ja um!«

Sie zieht stärker an seinem rechten Arm. Und auch nach dem linken greift nun jemand. Juri muss seinen Griff um Grigoris Hals lockern. Mist. Gleich wird das Schwein aufstehen und … Aber Grigori reagiert nicht. Er bleibt einfach auf ihm liegen. Ist dir das krch-krch vergangen? Einfach eingeschlafen, oder was? Na warte, Freundchen.

Plötzlich bewegt sich Grigori zur Seite. Der Körper des Bulgaren dreht sich halb um seine Achse, sodass Juri sein Gesicht sehen kann. Sofort erschlaffen all seine Muskeln. Grigoris Augen sind aus den Höhlen getreten, das erkennt er sogar im Halbschatten des Flurs. Jemand muss die Tür zu Denise' Zimmer geöffnet haben. Eine Silhouette kommt aus dem rechteckigen Lichtrahmen gestürzt. Sie hält etwas in der rechten Hand, das wie ein Messer wirkt. Juri hebt abwehrend die Arme, aber er ist nicht gemeint. Zwei Beine schwingen sich über ihn. Grigori wird auf den Rücken gedreht.

»Scheiße, Scheiße«, sagt Irina.

Sie drückt ihre kräftigen Arme immer wieder auf Grigoris Brust. Kurz macht sie Platz, während Denise eine Spritze mit Wucht in den Brustkorb drückt. Schweißtropfen glänzen auf Irinas Gesicht. Denise' Make-up ist verschmiert. Juri beobachtet alles. Was er sieht, ist ungewohnt klar, fast zu scharf, als hätte die Wirklichkeit einer Simulation Platz gemacht, die mit einer unrealistisch hohen Auflösung arbeitet.

Irina setzt sich auf und wischt sich den Schweiß vom

Gesicht. Sie sieht aus, als hätte sie Grigori niedergerungen. Aber von Siegesfreude gibt es keine Spur.

»Das bringt nichts«, sagt sie. »Scheiße, scheiße, scheiße.«

»Er hat versucht, mich zu …« Denise' Stimme klingt brüchig.

»Ich dachte mir so etwas«, sagt Irina. »Es ist vorbei. Er wird es nie wieder versuchen.«

»Scheiße. Ist er …? Nein! Das wollte ich nicht.«

»Um Grigori muss es dir nicht leidtun, Süße.«

Irina steht auf und umarmt Denise. Eine Minute lang ist nur Schluchzen zu hören, dazu murmelt Irina etwas Unverständliches. Dann löst sie sich wieder von Denise.

»So, jetzt müssen wir uns um die Schweinerei hier kümmern. Juri, steh auf.«

Was will sie? Die Worte brauchen lange, um sein Denkzentrum zu erreichen.

»Los, Juri, hoch mit dir. Ich weiß, du stehst unter Schock, aber du musst jetzt aufstehen, sonst landest du in einer chinesischen Todeszelle.«

Sie reicht ihm die Hand. Er greift zu und zieht sich hoch. Seine Beine sind weich.

»Mir ist schwindlig«, sagt er.

»Das ist der Stress«, erklärt Irina. »Wird bestimmt gleich besser. Du musst dich bewegen, dann kommt der Kreislauf wieder in Schwung.«

Juri beugt sich über Grigori. Der Bulgare liegt völlig bewegungslos mit offenen Augen auf dem Rücken. Eine Spritze steckt in seiner Brust. Er hat ihn umgebracht. Umgebracht. Er hat ein Leben ausgelöscht. Einen Menschen getötet. Übelkeit steigt auf, wie er sie noch nie gespürt hat. Er greift sich an den Hals.

»Los, renn aufs Klo!«, sagt Irina.

Er läuft durch den rechteckigen Lichtrahmen in Denise' Zimmer. Zum Glück sind alle Quartiere identisch eingerichtet, sodass er die Toilette nicht erst suchen muss. Er reißt den Deckel hoch und erbricht sich in die Schüssel. Das tut gut. Alles kommt hoch, sein ganzes Leben. Er möchte nie wieder damit aufhören, aber dann erbricht er doch nur noch Galle. Was hat er getan? Ist er jetzt ein Mörder? Er ist doch gar nicht dazu fähig!

Falsch. Der Gegenbeweis liegt im Flur. Juri drückt sich an der Toilette nach oben und spült. Dann dreht er sich zum Waschbecken und spült sich den Mund aus. Er ist ein Mörder, und er wird sich den Konsequenzen stellen müssen. Sein Leben wird sich ändern. Juri verscheucht den Gedanken. Er verlässt Denise' Zimmer.

»Da kommst du ja endlich«, empfängt ihn Irina. »Komm, fass mit an, wir müssen ihn aus dem Weg schaffen.«

Sie zeigt auf Grigoris Füße.

»Was?«

»Frag nicht lange, pack an.«

Irina beugt sich nach unten und zerrt Grigori unter den Achseln nach oben. Juri greift nach den Füßen des Toten. Er trägt Sportschuhe. Juri packt ihn an den Fußgelenken. Sie sind noch warm.

»Du bist sicher, dass er …?«

»Ja, da hast du ganze Arbeit geleistet.«

»Scheiße.«

»Du sagst es. Und jetzt los. Wir bringen ihn in mein Zimmer.«

»In deins?«

»Na, in deinem werden sie ihn als Nächstes suchen, wenn sie merken, dass er nicht in seinem eigenen Zimmer ist. Ihr habt euch ganz schön gestritten heute.«

»Aber mir traut doch keiner einen Mord zu!«

»Das stimmt. Du hast mich ziemlich überrascht damit, Juri. Aber sie haben dann ja auch bemerkt, dass du abgehauen bist.«

»Ich bin abgehauen?«

Langsam werden Grigoris Beine schwer.

»Nun denk doch mal ein bisschen schneller nach. Die Würgemale am Hals des Arschlochs sind deutlich zu sehen. Überall sind deine Hautzellen. Das war keine Notwehr. Und wir sind hier auf chinesischem Territorium. Was glaubst du, was dir blüht?«

»Er hat versucht, Denise ...«

»Ich weiß. Trotzdem darfst du ihn nicht umbringen. Das ist doch klar? Und jeder sieht, dass es sich nicht um einen Unfall handelt. Chen hat gar keine andere Wahl, als dich den Behörden zu übergeben, sonst kriegen sie ihn wegen Beihilfe dran.«

»Aber ich muss mich doch meiner Strafe ...«

»He, willst du wirklich wegen dieses Arschlochs sterben? Ist das gerecht? Irgendwann hätte ihn irgendjemand anderes umgebracht. Bei Grigoris Verhalten war das quasi zwingend. Du wirst dich deiner Strafe stellen, aber anders. In deinem Kopf. Glaub mir.«

Glaub mir. Die Worte klingen, als kämen sie aus Irinas tiefstem Inneren. Juri erschauert.

»Wo soll ich denn hin?«, fragt er.

»Grigori wird langsam schwer. Los, jetzt tragen wir ihn erst einmal in mein Zimmer. Denise, kannst du bitte den Boden wischen? Und dann verschwindest du am besten in deinem Zimmer und lässt dich bis morgen nicht mehr blicken, einverstanden?«

»Einverstanden. Ich habe tief geschlafen und nichts gesehen oder gehört.«

»Genau.«

»Danke, Denise«, sagt Juri.

»Ich danke dir, Juri.«

Juri nickt. Wahrscheinlich wird er sie nie wiedersehen.

## 15. Januar 2078, Hektor

»Das Knie steht noch zu weit vor«, sagt Irina.

Juri drückt Grigoris Knie nach unten. Es knackt kurz, dann liegt das Bein genauso flach wie der Rest der Leiche. Irina klappt ihr Bett wieder nach unten, und Grigori verschwindet im Bettkasten. Irina zieht das Bettlaken gerade und schüttelt das Kissen aus. Sie will sich doch jetzt nicht da hineinlegen?

»Keine Angst, ich gehe nicht schlafen.« Sie muss seinen fragenden Blick bemerkt haben. »Ich kann nur an keinem Kissen vorbeigehen, ohne es auszuschütteln.«

»Da bist du wie meine Mutter.«

Irina lacht kurz auf.

»Entschuldige, ein blöder Vergleich«, sagt Juri.

»Nein, bei uns ist das ein Kompliment, keine Sorge.«

»Und nun?«

»Wir ziehen die Raumanzüge an und machen einen Spaziergang.«

»Wann, jetzt?«

»Na klar. Oder willst du warten, bis alle wach sind? Es ist jetzt ein Uhr nachts. Also haben wir etwa fünf Stunden, bis man unsere Abwesenheit bemerken wird.«

»Frühstück ist erst um sieben.«

»Du vergisst, dass du heute Küchendienst hast. Chen wird

sichergehen wollen, dass für seine Gäste gesorgt ist. Also wird er um sechs in der Küche stehen.«

»Das stimmt.«

»Dann los, Anzug anziehen.« Irina stößt ihn auf ihre Zimmertür zu. »Du wirst doch eine Dame nicht beim Umziehen beobachten wollen?«

Wie macht sie das bloß? Irina hat gerade mit angesehen, wie er einen Menschen getötet hat. Müsste sie jetzt nicht Angst vor ihm haben? Stattdessen wirkt sie beinahe fröhlich. Dass sie Grigori in ihrem Bettkasten versteckt haben, wird sie unnötigem Verdacht aussetzen. Es gibt ihm vielleicht fünf oder zehn Minuten mehr Zeit, aber lohnt sich das?

Es klopft, dann öffnet sich die Tür.

»Bist du fertig?«, fragt Irina.

»Nur noch die beiden Verschlüsse vorn. Aber was ist mit dem Sport?«

Er zieht erst den linken Reißverschluss hoch, dann den rechten.

»Dafür ist jetzt keine Zeit. Wird schon nichts passieren. Wir müssen eben schnell sein.«

Schnell sein? Wobei? Aber er fragt nicht. Irina scheint einen genauen Plan zu haben. Das ist gut. Wenn er versucht, an seine Zukunft zu denken, fällt ihm nur der flüsternde Grigori ein. Du willst es doch auch.

»Kannst du …«

»Pssst!«, flüstert Irina.

Oh, Mist. Er hat vergessen, dass die beiden sonst leeren Vorratsräume, an denen sie sich gerade vorbeibewegen, durch Meltem und Felix belegt sind. Aus dem ersten Raum dringt Licht unter der Tür hindurch. Da kann wohl jemand nicht schlafen. Juri drückt sich am Handlauf nach oben, sodass seine Füße den Boden nicht berühren. So gleiten sie lautlos durch den Flur.

Sie erreichen die Schleuse. Die Kammer ist verschlossen. Juri wirft einen Blick durch das kleine, runde Fenster, aber es befindet sich niemand darin.

»Das ist seltsam«, sagt er. »Warum ist die Luft abgepumpt?«

Er drückt den großen Knopf, und die Schleuse füllt sich mit Atemluft.

»Entweder hat jemand die Basis verlassen oder aus Langeweile oder aus Versehen die Luft abgelassen.«

»Aus Versehen?«

»Vergiss nicht, Juri. Wir haben vier Gäste, die sich mit der Basis nicht auskennen.«

»Möglich. Wir sollten trotzdem aufpassen.«

Der Knopf leuchtet grün. Juri drückt ihn erneut, und die Tür fährt zur Seite. Sie treten in die Schleusenkammer, und Irina schließt die Tür von innen.

»Du kommst mit?«, fragt Juri. »Sagst du mir nun, wohin wir gehen?«

»Dachtest du, ich wollte dich in der Kammer ersticken lassen? Setz deinen Helm auf. Kanal 7.«

Eigentlich kann er sich ja denken, wohin sie mit ihm will. Er setzt den Helm auf und klappt den Verschluss nach vorn. Der herbe Duft des feuchten Raumabzugs fährt ihm in die Nase. Er saugt einen Schluck Wasser aus dem Röhrchen. Dann wählt er am Universalgerät Funkkanal 7.

»Fertig?«, fragt Irina.

»Fertig.«

Sie klinkt ihre Sicherheitsleine in seinen Gürtel ein und drückt den Knopf an der Außentür. Die Anzugmikrofone übertragen das pfeifende Geräusch der Luftpumpen in seinen Helm. Doch je dünner die Luft wird, desto weniger hört er. Bald tritt Stille ein. Ab und zu hört er Irina tief einatmen. Sie hat wohl den Kanal offengelassen. Aber er beschwert sich nicht. Das Geräusch wirkt sehr beruhigend auf ihn.

Die Ganymed Explorer sieht aus wie ein Haufen Blech, der ohne ersichtliches System zusammengeschweißt wurde. Juri tastet das Schiff mit dem Helmscheinwerfer ab. Wo ist denn hier der Eingang? Jetzt ist es ein Nachteil, dass er sich geweigert hat, eine weitere Schicht lang mit Grigori zu arbeiten. Stattdessen hat er Irina diesem Arschloch ausgesetzt. Wahrscheinlich hat sie ihn genauso abgewiesen wie Denise, und irgendwann hat sich die andauernde Kränkung bei Grigori so angestaut, dass er …

»He, denk nicht zu viel nach. Such lieber nach dem Eingang«, sagt Irina und schlägt ihm auf die Schulter.

»Du warst doch hier, als der Besuch eingetroffen ist.«

»Grigori hat die Crew empfangen. Ich habe mich um das Auftanken gekümmert.«

Das war ja klar. Grigori hat Irina die eigentliche Arbeit machen lassen.

»Das war schon okay«, sagt Irina. »Ich mache nichts, was ich nicht will. So ein paar Tankschläuche zu verlegen ist mir allemal lieber, als Unbekannte mit netten Worten zu empfangen. Da sind sie ja übrigens.«

»Was, wer?«

»Die Schläuche. Komm, wir entfernen sie. Die Tanks dürften voll sein.«

»Was muss ich tun?«

»Hier warten.«

Irina koppelt sich ab und verschwindet in der Dunkelheit. Juri betrachtet den Himmel. Die Sterne sehen überall gleich aus: weiß und ohne jede räumliche Struktur. Bewegungslos kleben die weißen Punkte hier auf dem schwarzen Untergrund. Den Eindruck eines Himmelszelts hatte er zuletzt auf der Erde, und das ist fast zwei Jahre her.

»Da bin ich wieder.«

Urplötzlich steht Irina neben ihm. Er erschrickt. Sie berührt seinen Gürtel und klinkt ihre Sicherungsleine wieder ein.

»Komm mit.«

Sie zieht ihn nach vorn. Zwei etwa eine Handspanne dicke Schläuche führen zur Ganymed Explorer. Sie enden in jeweils einem fassdicken und bestimmt zehn Meter nach oben aufragenden Tank.

»Halt bitte das Schlauchende fest. Könnte sein, dass das Innere noch etwas unter Druck steht.«

Irina hantiert an drei verschiedenen Hebeln. Woher kennt sie die Reihenfolge, in der sie diese bedienen muss?

»Du machst das, als wüsstest du, was du tust.«

»Ja, klar, das ist russische Technik«, sagt Irina.

»Etwa ein Fusionstriebwerk von RB?«

»Nein, billiger, aber fast so effizient. TEM.«

»TEM?«

»Transport- und Energie-Modul.«

»Das sagt mir gar nichts, Irina.«

»Hat das russische Militär entwickeln lassen. Ganz vorn, das siehst du von hier unten nicht, befindet sich ein kleines Kernkraftwerk, ein 10-Megawatt-Reaktor. Das liefert den Strom für die fünfzehn Ionentriebwerke, die wir gerade mit frischer Stützmasse versorgt haben.«

»Ah, die ganzen Bleche, die hier wild verstreut sind …«

»… sind Radiatoren, die die vom Reaktor produzierte Überschusswärme abstrahlen, richtig.«

»Ver …«

Plötzlich erhält er einen Stoß in den Magen. Der Schlauch bewegt sich, als hätte er ein Eigenleben. Trotz seines Umfangs ist er erstaunlich flexibel. Die Schlange speit grauen Dampf und zuckt in seinen Händen, bis er sich nicht mehr halten kann und in die Nacht davonfliegt.

»Huch«, sagt Irina.

Er sieht noch, wie sie sich an einem Kühl-Panel festhält. Aber weit kommt er nicht. Die Sicherungsleine spannt sich und hält ihn fest, und auch die Metallschlange beruhigt sich. Irina zieht ihn an der Leine zurück wie einen widerspenstigen Hund.

»Ich habe dich ja gewarnt, dass noch Druck auf dem Schlauch sein könnte.«

»Ja, mein Fehler.«

»Jetzt den anderen«, sagt Irina.

»Achtung, Crew der Hektor-Basis, erbitte Standortangabe«, meldet sich mit einem Mal Chen auf der internen Notruf-Frequenz.

Juri erstarrt. Irina legt den Finger auf die Außenseite des Helms. Mist. Was will Chen bloß? Er erhält keine Antwort.

»Leute, es tut mir leid, euch aus dem wohl verdienten Schlaf zu holen, aber es muss etwas überprüft werden.«

Keine Antwort.

»Hallo? Irgendwer wach? Der Helium-Tank zeigt einen Druckabfall. Wenn sich niemand freiwillig meldet, muss ich selbst raus.«

Mist. Wenn Chen die Basis verlässt, wird es für sie gefährlich.

»Uaaaa …«, sagt Irina.

»Bist du das, Irina?«, fragt Chen.

»Ja, Chef. Bin gerade aufgewacht. Was ist das denn für ein Lärm?«

»Das könnte ich dich fragen. Es saust und braust ja in deinem Zimmer.«

Mist. Die Lebenserhaltung bläst kühle Luft in Irinas Helm. Das muss sich aus der Ferne wie ein heulender Sturm anhören.

»Das ist die Klimaanlage. Sie läuft auf höchster Stufe. Wenn ich Alkohol getrunken habe, bekomme ich Hitzewallungen. Da hilft nur Kälte.«

»Das hatte meine Ex-Frau auch immer.«

»Ihre Ex-Frau? Von der haben Sie ja noch gar nichts erzählt, Chef?«

Er bewundert Irina. Sie verhilft gerade einem Mörder zur Flucht und hält dabei Smalltalk mit Chen, als wäre nichts geschehen.

»Da gibt es auch nichts zu erzählen. Ich würde gern noch ein bisschen schlafen. Darum musst du jetzt leider raus, um den Heliumtank zu prüfen. Das Zeug ist teuer, da möchte ich nichts einbüßen.«

»Natürlich, Chef.«

»Danke. Dafür kommst du morgen einfach zwei Stunden später zur Schicht.«

»Verstanden. Irina out.«

Irina wartet einen Moment, dann wechselt sie wieder auf Kanal 7.

»Da hatten wir noch mal Glück«, sagt sie.

»Das hast du großartig geregelt. Ich hätte da nicht so ruhig antworten können.«

»Komm, Juri, wir lösen den zweiten Schlauch, dann beeilen wir uns, dass wir in das Schiff kommen.«

»Du willst …«

»Ich will mir den Kahn ausleihen, ja. Achtung, ich löse gleich den Schlauch. Dir ist klar, was dann passiert?«

»Ich fliege davon.«

»Vielleicht. Aber auch der Methantank wird Druck verlieren und das an die Zentrale melden. Ich weiß nicht, ob Chen dann noch so ruhig bleibt. Er ist klug und kann eins und eins zusammenzählen. Warum haben ausgerechnet die beiden Tanks Druckabfälle, die mit der Ganymed Explorer verbunden sind?«

»Wir müssen uns dann wohl beeilen.«

»Allmählich verstehst du mich immer besser, Juri.«

Sie haben die Ganymed Explorer fast komplett umrundet. Inzwischen versteht Juri das Konzept besser. Die fünfzehn Triebwerke sind in drei Fünfergruppen angeordnet, und zwar rings um das zentrale chemische, mit Methan betriebene Triebwerk. Das braucht die Ganymed Explorer unbedingt, weil sie auch bei einem Ausfall des Kernreaktors diesen zur Kühlung noch mit Strom versorgen muss, sonst könnte es eine Kernschmelze geben.

Der Eingang in das Schiff liegt oberhalb des Triebwerks. Um ihn zu erreichen, müssen sie eine Leiter hochklettern.

»Nach dir«, sagt Irina.

»Wir müssen zuerst die Anker lösen«, erklärt Juri.

»Weißt du, wie?«

»Ja, Grigori hat es mir gezeigt.«

»Gut. Dann klettere ich schon einmal hoch und bereite den Start vor.«

Irina klinkt die Sicherungsleine aus.

»Sei vorsichtig«, sagt sie.

»Natürlich. Ich brauche nur vier Knöpfe zu drücken.«

»Verstehe. Dann bis gleich.«

Sie zieht sich an der Leiter hoch. Juri dreht sich um und läuft langsam und vorsichtig zur ersten Kiste.

Nummer 1. Er klappt die Kiste wieder zu. Dieser Anker sollte sich jetzt von selbst lösen, wenn das Schiff startet. Juri geht nach links zur nächsten Kiste.

»Irina? Bist du schon draußen?«

Chen. Er ist wieder auf der allgemeinen Frequenz.

»Klar, Chef«, sagt sie.

»Ich habe das Gefühl, du brauchst ein bisschen Hilfe. Der Methantank meldet jetzt auch einen Druckabfall.«

»Das kann doch gar nicht sein. Ich sehe hier nichts.«

»Doch, die Sensoren schicken ganz eindeutige Daten.«

»Ich kümmere mich gleich darum.«

»Warte, ich komme raus. Vier Augen sehen mehr als zwei.«

»Ist doch nicht nötig, Chef. Sie brauchen Ihren Schlaf.«

»Das geht schon. Keine Sorge. Wo sind eigentlich Grigori und Juri?«

»Sie schlafen fest, denke ich.«

»Nein, sie sind nicht in ihren Zimmern. Nur Denise schläft.«

»Das ist ja seltsam. Vielleicht saufen die beiden Männer gemeinsam in irgendeinem Abstellraum weiter?«

»Grigori und Juri? Die sind wie Hund und Katze.«

»Vielleicht begraben sie ihren Streit im Alkohol.«

»Ich glaube eher, ihr wollt mich alle vergackeiern. Also bis auf Denise.«

»Nicht doch, Chef. Das ist aber unfair. Ich stehe mitten in der Nacht auf, um mich um die Tanks zu kümmern …«

»Irina, Sie befinden sich aber nicht an den Tanks.«

»Aber doch!«

»Dann müsste ich Sie sehen, denn ich bin selbst gerade dort.«

Mist. Sie sind aufgeflogen. Chen weiß zwar noch nicht wirklich, was passiert ist, aber er ahnt etwas. Vermutlich denkt er, sie wollten zu dritt die Ganymed Explorer entführen. Damit wäre er schon ziemlich nah an der Wahrheit.

»Juri, du musst dich beeilen«, sagt Irina.

Sie hat wieder auf Kanal 7 umgeschaltet.

»Ich bin dabei. Zwei Anker sind gelöst. Bin auf dem Weg zum dritten.«

»Chen benötigt sieben oder acht Minuten von den Tanks bis hierher.«

»Das wird knapp. Ich brauche noch sechs Minuten.«

»Mist.«

»Hast du den Hauptcomputer der Ganymed Explorer im Griff?«

»Ehrlich gesagt nicht.«

»Warum sagst du nichts?«

»War nicht nötig. Es gibt doch einen Notstart-Knopf. Der bringt uns erst einmal hier weg, ohne nach irgendwelchen Kennwörtern zu fragen.«

»Gut. Anker Nummer drei ist gelöst.«

»He, wer ist da?«, ruft Chen.

Instinktiv lässt Juri sich fallen. Aber er segelt nur quälend langsam gen Boden. Mist.

»Machst du dich etwa an den Ankern zu schaffen? Grigori, bist du das?«

Chen vermutet den toten Bulgaren hinter dem Plan. Aber das wird ihnen nicht helfen. Juri zieht sich hinter einen Vorsprung zurück und beobachtet die Umgebung. Chens Scheinwerfer ist noch recht klein. Er ist zwei, drei Minuten entfernt. Wenn er jedoch zur vierten Kiste will, muss er ihm entgegengehen. Das ist zu riskant. Geduckt schleicht er auf der anderen Seite um das Raumschiff herum. Hier ist alles ruhig. Die Leiter ist etwa dreißig Meter vor ihm.

Los! Mit großen Sprüngen nähert er sich dem Schiff. 25 Meter. 20 Meter.

»Halt!«, ruft Chen, »Oder ich schieße!«

Juri bleibt stehen. Chen zeigt mit dem gestreckten Arm auf ihn. In der Hand hält er etwas silbern Glänzendes: eine Waffe.

»Irina? Du wirst allein fliegen müssen«, sagt er.

»Kommt nicht in Frage. Dann bleibe ich auch.«

»Das darfst du nicht«, sagt Juri. »Du kommst jetzt auch nicht mehr straffrei davon.«

»Komm zu mir, Grigori«, sagt Chen. »Ganz langsam und ohne Sperenzchen. Da hast du dir ja etwas Schönes ausgedacht. Wolltet ihr das Schiff entführen und verkaufen? Mann, Mann, Mann.«

Juri geht langsam nach vorn. Irgendwann wird Chen sein Namensschild lesen können.

»Juri? Sind Sie das? Mensch, wie konnten Sie bloß? Hat Grigori Sie gezwungen? Hat er Sie erpresst? Erklären Sie es mir!«

»Ich, nein, hat er nicht.«

»Es tut mir leid, aber ich muss Sie festnehmen, das ist Ihnen klar?«

»Klar.«

Plötzlich fliegt die Pistole in die Höhe. Hinter Chen ist eine zweite Person aufgetaucht und hat überraschend gegen seinen Arm getreten. Es kann nur Denise sein. Oh Mann. Jetzt macht sie sich auch noch strafbar, dabei ist sie das Opfer. Ihr hatte er helfen wollen!

Denise springt, erreicht die Waffe und zielt damit noch im

Flug auf Chen. Dann trifft sie auf eines der Radiatorbleche und hält sich fest.

»Sie treten jetzt mal schön vom Schiff zurück, Chef«, sagt sie.

»Okay, okay. Aber ihr macht einen Fehler. Einen großen Fehler. Das Schiff ist viel zu bekannt. Niemand wird es euch abkaufen. Kommt einfach zurück, dann sprechen wir darüber. Ich werde das alles für mich behalten. Es war ein dummer Fehler, das kann schon mal vorkommen.«

Chen ahnt wohl, dass ihn dieser Diebstahl ruinieren wird. Er ist auf seinem Asteroiden passiert, und von seiner Crew ausgeführt worden.

»Es tut mir leid, Chef, aber Sie verstehen die Hintergründe nicht«, sagt Juri.

»Denise, komm, wir klettern jetzt da rein. Siehst du die Leiter? Aber behalte Chen im Blick.«

»Alles klar, Juri. Ich komme.«

Denise klettert zu ihm nach unten. Sie ist wirklich geschickt. Er bietet ihr an, auf Chen aufzupassen, aber sie schickt ihn zuerst nach oben. Juri klettert zum Eingang. Irina hat die Schleuse schon so vorbereitet, dass er direkt in die Schleusenkammer treten kann.

»Komm, Denise«, sagt er.

Sie folgt ihm, und gemeinsam ziehen sie die Schleusentür hinter sich zu. Kurz danach klopft es heftig von außen. Das kann nur Chen sein. Er gibt nicht auf.

»Wir sind drin«, sagt Juri über Kanal 7.

»Verstanden«, sagt Irina. »Kommt in die Zentrale, damit wir starten können.«

»Basis, Chen hier«, hört Juri über den allgemeinen Kanal. »Lässt sich die Schleusentür der Ganymed Explorer auch aus der Ferne öffnen?«

»Was soll denn die Frage? Was ist da los?«

Die Stimme gehört Michael, dem Wissenschaftler.

»Euer Schiff wird gerade von ein paar Verrückten entführt.«

»Wie bitte? Soll das ein Witz sein?«, fragt Warning.

»Ich mache nie Witze. Mann, tun Sie etwas, oder Sie sind Ihr Schiff los!«

»Ich bin doch nur ein Wissenschaftler, ich kann da gar nichts tun. Ich suche die Kommandantin. Moment. Bleiben Sie dran, Herr Kun«, sagt Warning.

Noch haben sie Glück. Aber wenn es die Kommandantin der Ganymed Explorer schafft, sich mit deren Computer zu verbinden, kann sie den Notstart bestimmt verhindern.

»Irina? Besser, du startest sofort«, sagt Juri über Kanal 7. »Es ist durchaus möglich, dass sich das Schiff wirklich fernsteuern lässt. Dann sehen wir alt aus.«

»Alles klar«, antwortet Irina. »Macht es euch da unten so bequem wie möglich. Ich habe keine Ahnung, mit wie viel g das Schiff beschleunigt.«

»Machen wir.«

Juri wechselt noch einmal auf die allgemeine Frequenz.

»Chen, wenn Sie überleben wollen, verlassen Sie jetzt die Leiter. Sofort. Wir lösen einen Notstart aus.«

Vor dem kleinen Fenster in der Schleusentür wischt ein Handschuh hin und her. Juri stellt sich dicht vor das Guckloch und sieht hindurch. Plötzlich blickt er Chen direkt ins Gesicht. So grimmig hat er seinen Chef noch nie gesehen. Ex-Chef.

»Sie sind verrückt. Damit kommen Sie nicht durch. Juri, Sie sind doch ein vernünftiger Mensch, ich kenne Sie. Lassen Sie sich nicht von Grigori ins Unglück stürzen.«

Tja, für diese Warnung ist es leider längst zu spät.

»Hauen Sie ab, Chen!«, ruft Juri. »Das ist die letzte Warnung!«

»Ja, ich verschwinde. Aber ich werde euch die Space Police auf den Hals hetzen. Und die Space Force. Und die Triaden. Und den Geheimdienst. Und jeden Kopfgeldjäger, den ich kaufen kann.«

»Ja, das ist okay. Grüßen Sie die Crew der Ganymed Explorer. Es tut uns leid, aber es gab keinen anderen Weg.«

Juri sieht noch einmal durch das kleine Fenster. Da ist nur

noch Schwärze. Mit einem Mal vibriert der Boden unter ihm. Die Vibrationen greifen auf die Wände über.

»Da!«, sagt Denise und zeigt auf die Innentür.

Sie ist gepolstert – die einzige gepolsterte Stelle in der ganzen Schleuse, die sonst nur aus Stahlwänden besteht. Er setzt sich mit dem Rücken zur Tür, und Denise rutscht rechts neben ihn. Es wird laut. Das Dröhnen ist so nah, als säßen sie mitten im Triebwerk. Hat schon einmal jemand einen Raumschiff-Start in der Schleuse erlebt? Hoffentlich gibt die Ganymed Explorer nicht zu viel Gas! Aber es ist ein Notprogramm. Im Notfall muss es schnell gehen.

Eine Kraft drückt ihn nach unten. Sofort zuckt ein heftiger Schmerz in seine Hüften. Aufrecht zu sitzen ist keine gute Idee. Er rutscht an der Schleusentür nach unten. Im Liegen lässt sich der Druck besser ertragen, selbst auf dem harten Boden. Denise folgt ihm.

Dann schleudert ihn ein Ruck nach rechts. Er stößt gegen Denise und schiebt sie gegen die Wand. Keine Chance, sich zu wehren, diese Kräfte sind stärker als sie alle. Das Triebwerk heult auf, oder was immer in so einem Raumschiff aufheulen kann. Plötzlich verliert er den größten Teil seines Gewichts. Hat das Triebwerk versagt? Aber es röhrt lauter denn je.

»Das muss der letzte Anker sein«, sagt Irina.

Über Funk wirkt sie ganz ruhig.

»Tut mir leid, den habe ich nicht mehr geschafft«, sagt Juri.

Das Triebwerk heult noch einmal auf. Das Schiff kommt ihm vor wie ein junges Pferd, das gerade mit dem Lasso eingefangen wurde.

»Ich weiß. Chen hätte dich sonst erwischt. Alles wird gut.«

Ihren Optimismus möchte er haben! Das Seil scheint außergewöhnlich stabil zu sein. Dabei war es so leicht und dünn gewesen! Sicher irgendein Nano-Material.

»Kannst du gegensteuern?«, fragt er.

»Ich habe nur den Schalter für den Notstart. Ich könnte ihn deaktivieren.«

Ein lautes Heulen. Die Schleuse schüttelt sich. Das Pferd will seine Reiter abwerfen.

»Dann hat Chen sein Ziel erreicht«, sagt Juri.

»Aber wir überlasten das Triebwerk nicht. Hier sind einige Anzeigen zu sehen, die weit in den roten Bereich deuten.«

»Was passiert, wenn wir das Triebwerk überlasten?«, fragt Denise.

»Frag nicht«, sagt Juri. »Vertrauen wir darauf, dass das Notfallprogramm ein Notfallprogramm besitzt.«

»Wie wahrscheinlich ist das?«, fragt Irina.

»Keine Ahnung«, sagt Juri. »Du bist die einzige von uns, die schon hinter dem Steuer eines Raumschiffs gesessen hat.«

Es tut gut, sich mit Irina zu unterhalten. Er hat das an- und abschwellende Lärmen des Triebwerks schon fast vergessen.

»Es beruht auf russischer Technik, oder?«, fragt Irina. »Dann hat es …«

Juri zuckt zusammen. Erst danach bemerkt er den Grund. Seine Ohren dröhnen, sonst hört er gar nichts mehr. Ein peitschender Schlag hat das Schiff getroffen. Das Metall der Schleusentür ist von links unten nach rechts oben in gerader Linie leicht eingedrückt. Das muss das Seil des vierten Ankers gewesen sein. Hoffentlich hat Chen sich weit genug entfernt. Falls ihn das wild gewordene Seil getroffen hat, besteht er nun aus zwei Hälften.

»… funktioniert. Wir steigen …«

Warum flüstert Irina so? Er versteht sie ja kaum. Doch er hat keine Zeit zum Nachdenken. Eine Faust drückt ihn gegen den Boden. Er wehrt sich kurz, aber die Kraft bestraft jeden angespannten Muskel konsequent. Er hat keine Chance. Das müssen fünf oder sechs g sein, und er liegt hier ohne jede weiche Unterlage. Unwillkürlich entleert sich seine Blase. Es ist eine Schutzreaktion seines Körpers. Er kann nichts dagegen tun. Zum Glück trägt er noch den Helm. So ist wenigstens sein Kopf geschützt.

Er sieht nach rechts. Denise hat die Fäuste geballt. Die Waffe, die sie Chen abgenommen hat, liegt unter ihrer Hand. Eine solche Aktion hätte er der Französin nie und nimmer zugetraut. Sich von hinten an einen Bewaffneten heranzutrauen, und dann der elegante Kick … Vor allem aber hat sie damit ihr bisheriges Leben weggeworfen. Sie sitzen nun alle drei im selben Boot und haben keine Ahnung, wo es sie hinbringt.

Wie lange wird der Notfallmodus das Schiff beschleunigen? Das hängt wohl davon ab, mit welcher Art von Notfällen die Programmierer gerechnet haben. Es wäre gut, wenn sie die Funk-Reichweite der Hektor-Basis verlassen könnten. Dann wären sie sicher, dass niemand sie per Fernsteuerung zurückholen kann.

Die Faust lässt ihn los. Das Gefühl ist himmlisch, als würde er schweben. Juri drückt kurz mit der Hand gegen den Boden. Er schwebt wirklich. Die Triebwerke haben sich abgeschaltet. Die Ganymed Explorer treibt im freien Fall durch das Universum. Das Licht an der Innentür wechselt von rot auf grün. Denise liegt mit geschlossenen Augen neben ihm. Ist sie etwa tot? Juri erschrickt. Er stößt sie an, und sie öffnet die Augen.

»Ich fühle mich wie im Himmel«, sagt sie.

»Wir sind im Himmel«, sagt Juri.

»Wollt ihr noch lange in der Schleuse herumhängen?«, fragt Irina per Funk. »Ich könnte hier etwas Hilfe gebrauchen, um die normale Steuerung in Gang zu bekommen.«

Denise steckt die Waffe in den Gürtel und steht auf.

»Wir sind unterwegs«, sagt Juri.

Die Zentrale ist einfach zu finden. Hinter der Schleuse führt ein Gang kreisförmig um das Schiff. In jedem Quadranten gibt es eine Tür, die nach innen führt, zur

Zentrale, und eine, die vermutlich nach außen zu den Quartieren führt. Im Normalbetrieb rotiert dieser Sektor anscheinend, sodass außen in den Wohnräumen eine gewisse Schwerkraft herrscht. Momentan jedoch sind sie gewichtslos.

Irina sieht originell aus. Sie hat das Oberteil des Raumanzugs, den HUT, abgelegt, trägt aber noch das aufgeplusterte Unterteil sowie den Helm.

»Da sind wir«, sagt Juri.

Irina nimmt den Helm ab. Ihre Haare kleben verschwitzt am Kopf. Sie lächelt.

»Den brauche ich ja nicht mehr«, sagt sie.

Sie gibt ihm einen Schubs, und der Helm trudelt quer durch die Zentrale.

»Du machst ja Sachen, Denise«, sagt sie dann.

Denise nickt. »Ich konnte einfach nicht mit ansehen, wie ihr meinetwegen ins Gefängnis oder in die Todeszelle wandert.«

»Aber doch nicht …«, beginnt Juri.

»Aber doch nicht deinetwegen«, sagt Irina im selben Moment.

Alle drei lachen.

»Grigori ist schuld«, sagt Juri. »Niemand anders.«

»Ja, das ist mir schon klar«, sagt Denise. »Trotzdem.«

»Willkommen an Bord auf jeden Fall«, sagt Irina. »Wir finden schon irgendeinen Ausweg.«

Ein unangenehmes Fiepen ertönt. Dann aktiviert sich über einem flachen Pult mit zahlreichen Tasten ein Holo-Bildschirm.

»Ah, sehr schön, ich habe mich schon gewundert, wie man dieses hübsche Schiff ohne Bildschirm fliegen soll«, sagt Irina.

»Das Fiepen macht mir Sorgen«, sagt Denise.

»Mir auch«, sagt Irina.

Sie setzt sich vor die Konsole und drückt ein paar Tasten. Aber jede einzelne gibt nur ein genervtes Summen von sich.

»Das Ding ist immer noch gesperrt«, sagt sie. »So ein Mist.«

»Wir könnten per Funk in der Basis nachfragen«, schlägt Denise vor.

»Du meinst, die geben uns freiwillig das Kennwort, damit wir in ihrem Schiff davonfliegen können?«

»Wir können ihnen versprechen, zum Asteroiden zurückzukehren.«

»Und du meinst, Denise, sie glauben uns das?«

»Haben sie denn eine Wahl? Ohne das Kennwort sehen sie ihr Schiff nie wieder.«

»Wenn wir hilflos durch das All trudeln, können wir zumindest nicht fliehen und sind leicht einzuholen.«

Juri schwebt zur Konsole und betrachtet den Holo-Bildschirm.

»Schaut euch das mal an«, sagt er.

In der dreidimensionalen Darstellung ist eine riesige, doppelte Kartoffel zu sehen. Das muss Hektor sein. Ein kleiner grüner Punkt entfernt sich auf einer geraden Linie von ihr. Das ist sicher die Ganymed Explorer. Die Darstellung setzt die Linie punktiert fort – bis sie auf eine andere, rote Linie trifft. Juri folgt ihr. Die rote Linie endet in einer Erbse, die in der dreidimensionalen Ansicht rot markiert ist. Das muss Skamandrios sein, Hektors Begleiter, der den großen Asteroiden knapp alle drei Tage einmal umrundet.

Denise zeigt auf die rote Erbse. »Fiept der Computer deshalb?«

»Ich denke schon«, sagt Juri.

»Sieht nicht sehr gefährlich aus.«

»Die Erbse durchmisst in Wirklichkeit zwölf Kilometer. Wenn wir sie treffen, reicht das völlig, um wie eine Fliege an der Frontscheibe eines Autos zerquetscht zu werden.«

»Ja, Juri hat recht«, sagt Irina. »Dieses Treffen sollten wir unbedingt vermeiden.«

»Vielleicht besitzt das Schiff ja eine automatische Kollisionsvermeidung«, sagt Juri.

»Darauf würde ich mich lieber nicht verlassen«, sagt Irina.

»Die Frau hat recht«, sagt eine fremde Stimme.

Juri dreht sich ruckartig um. Denise reißt die Waffe aus dem Gürtel und zielt damit auf die Person, die ein paar Meter hinter ihnen am Eingang zur Zentrale aufgetaucht ist. Es ist Meltem Miraloğlu, die Kapitänin der Ganymed Explorer. Sie nimmt die Arme hoch und lächelt dazu.

»Wie kommen Sie denn hier herein?«, fragt Juri.

»Waren wir nicht schon beim Vornamen?«

»Beantworte Juris Frage, sonst …«, droht Denise.

»Ich würde davon abraten, in dieser Umgebung einen Schuss abzufeuern. Selbst wenn du mich triffst, könnte die Kugel danach immer noch ein Loch in die Außenhülle reißen.«

»Das Risiko muss ich wohl eingehen.«

»Also gut, ich schlafe lieber in meinem eigenen Bett, also habe ich die Einladung eures Chefs ausgeschlagen und bin nach der kleinen Feier zurück in meine Kabine gegangen. Das war ja eine ganz schöne Show, die ihr hier abgezogen habt. Darf ich nach dem Grund fragen?«

Denise schüttelt den Kopf. »Darfst du nicht.«

»Aber du darfst uns sagen, wie wir die Steuerung der Ganymed Explorer aktivieren, um Skamandrios aus dem Weg zu gehen«, sagt Juri.

»Das könnte ich, aber was habe ich davon?«

»Du stirbst nicht, Meltem. Niemand möchte sterben, oder?«, fragt Irina.

»Ihr auch nicht. Deshalb will ich, dass ihr mir die Pistole übergebt und euch vom Hauptcomputer zurückzieht. Danach werde ich die Konsole entsperren.«

»Kommt gar nicht in Frage«, sagt Denise. »Außerdem ist das ein Revolver. Siehst du, er besitzt eine drehbare Kammer für die Munition, kein Magazin.«

Sie hält Meltem die Waffe deutlich hin, sodass die Kammer erkennbar ist. Der Computer fiept lauter. Die gepunktete Linie blinkt.

»Das ist das Zeichen, dass der Computer eine Entscheidung erwartet. Wir sind weniger als 300 Kilometer von dem

Hindernis entfernt. Noch können wir problemlos ausweichen. Ein kleiner Stoß aus den Korrekturdüsen …«

»Dann verrate uns das Kennwort«, sagt Irina.

»Kommt nicht in Frage. Ihr kennt meine Bedingung.«

»Darauf können wir nicht eingehen«, sagt Juri. »Wenn wir dir die Waffe und den Computer überlassen, wirst du zu Hektor zurücksteuern.«

»Ich könnte euch nun erzählen, dass ihr mir vertrauen sollt und ich euch danach die Pistole zurückgeben werde. Also den Revolver natürlich. Aber das wäre ineffizient. Ihr wisst ja sowieso, dass das gelogen wäre. Natürlich will ich die Expedition mit dem Forschungsteam fortsetzen. Wir haben ein paar wirklich spannende Projekte auf Ganymed. Also fangen wir doch gar nicht erst mit so einem Kinderkram an.«

»Was sollten wir dann davon haben, auf deine Bedingungen einzugehen?«, fragt Denise.

»Ihr überlebt. Das ist doch schon mal etwas.«

Juri muss lachen. Meltem hat ja keine Ahnung. Aber das ist ein Problem. Sie glaubt, sie hätte ihr Leben in der Hand, dabei wäre ihre Version bloß der längere und schmerzhaftere Tod. Soll er ihr erzählen, was auf Hektor passiert ist?

»Tja, das kann man so oder so sehen«, sagt Denise.

»Ich habe leben oder nicht leben immer für zwei echte Alternativen gehalten«, sagt Meltem.

»Das führt hier zu weit«, sagt Irina. »Du musst leider zur Kenntnis nehmen, dass eine Rückkehr zum Asteroiden für uns unter keinen Umständen in Frage kommt. Also entsperre jetzt die verdammte Konsole!«

»Sonst?«

»Sonst stirbst du«, sagt Irina.

»Und ihr mit mir.«

»Aber der Tod, den du stirbst, wird deutlich länger und qualvoller ausfallen als unserer, weil ich dir vorher sämtliche deiner schönen Haare einzeln ausreißen werde. Von Fingern und Zehen will ich gar nicht anfangen.«

»Oho, das klingt ja wie eine Drohung. Aber du siehst nicht aus wie jemand, der mit Vergnügen foltert.«

»Danke, sehr freundlich. Spaß wird es mir nicht machen, doch darum geht es ja nicht«, sagt Irina. »Es geht um das Leben meiner Freunde. Dafür schneide ich auch mal jemandem einen Finger ab, wenn es unbedingt sein muss.«

So wird das nichts. Die Kapitänin ist ihrer Sache zu sicher. Sie hält sie vermutlich für drei nette Menschen, die aus Versehen auf die schiefe Bahn gekommen sind. Also glaubt sie, sie würden es am Ende nicht auf ihren Tod ankommen lassen.

»Dann bin ich ja gespannt, wie du darüber denkst, wenn der Aufprall kurz bevorsteht«, sagt Meltem.

Wenn sie Meltem überzeugen wollen, muss er das auf eine neue Ebene bringen. Es hilft nichts. Er muss in die Dunkelheit hinein, die er gespürt hat, als er Grigori getötet hat.

»Du lässt mir keine andere Wahl«, sagt er.

Er stößt sich von der Wand ab und segelt zu Meltem hinüber. Sie weicht keinen Millimeter zurück. Mut hat sie! Denise sieht ihn fragend an, hält aber weiter die Waffe auf die Kapitänin gerichtet. Juri fackelt nicht lange; er umkreist sie und greift dann mit beiden Händen nach ihrer Kehle. Er spürt ihren Kehlkopf unter dem Mittelfinger, obwohl er noch Handschuhe trägt. Leidet sie unter Jodmangel? Er verscheucht die Frage. Seltsam, wie sein Bewusstsein versucht, ihn aus dieser Situation herauszuholen.

Jetzt muss er nur noch zudrücken. Die Frau spannt ihre Muskeln an, wehrt sich aber nicht. Sie ist klug. Sie weiß, dass sie keine Chance hat. Juri zieht die Hände zusammen. Meltem röchelt, bekommt aber noch Luft.

»Das Kennwort«, sagt er.

»Nein.«

Er drückt stärker zu. Meltems ganzer Körper bewegt sich wie ein Fisch, dem die Luft ausgeht.

»Das Kennwort.«

»Krch.«

»Nicke, wenn du weiterleben willst.«

Meltem schüttelt den Kopf. Juri drückt stärker zu. Jetzt

bekommt sie keine Luft mehr. Sie öffnet reflexhaft den Mund, kann aber auch nichts mehr sagen. 30 Sekunden, eine Minute, anderthalb. Nach spätestens drei Minuten ohne Sauerstoffzufuhr ist ihr Gehirn tot. Bei Grigori hat er zu lange zugedrückt.

»Deine letzte Chance«, sagt er. »Du wärst nicht mein erstes Opfer.«

Jetzt muss ihre Gewissheit zusammenbrechen. Bitte, Meltem, verrate uns das Kennwort. Aber sie reagiert nicht. Sie ist noch wach, und sie weiß, dass sie sterben wird, aber ihr Wille, das Schiff nicht aufzugeben, ist stärker. Er lässt sie los und stößt sie von sich. Meltem fasst sich röchelnd an den Hals.

»Ich kann das nicht«, sagt Juri. »Tut mir leid.«

»Gott sei Dank«, sagt Irina. »Für einen Moment hatte ich richtig Angst vor dir.«

»Ich hätte es nur für euch getan.«

»Um Himmels willen, nein, das will ich nicht«, sagt Irina.

»Ich auch nicht«, sagt Denise, »und ich weiß nun, dass du es auch nicht wolltest.«

Juri schüttelt den Kopf, sagt aber nichts. Wollte er es wirklich nicht? Bei Meltem haben die beiden recht. Sie ist unschuldig. Sie war zur falschen Zeit am falschen Ort. Aber Grigori, der hatte es verdient. Oder legt er sich das nur zurecht?

»Hat er wirklich schon mal?«, fragt Meltem leise.

»Ich habe Grigori umgebracht, gestern Nacht«, sagt Juri.

»Grigori wollte mich …«, sagt Denise.

»Verstehe. Ich kannte Grigori nicht«, sagt Meltem. »Aber besonders sympathisch erschien er mir nicht.«

»Er war ein furchtbarer Mensch«, sagt Denise.

»Darum wollt ihr also weg. Das griechische Camp der Jupiter-Trojaner ist chinesisches Gebiet. Also gilt chinesisches Recht. Das wäre Juri sicher nicht gut bekommen.«

»Richtig«, sagt Irina.

»Aber ihr? Ihr beiden hättet doch nichts zu befürchten gehabt?«

»Bis wir Juri geholfen haben«, sagt Irina. »Chen ist ein Korinthenkacker. Er hätte alles haarklein weitergegeben.«

»Okay. Und nun?«

»Jetzt entsperrst du die Konsole.«

»Tut mir leid, aber das kann ich nicht. Ihr seid loyal zu Juri, das verstehe ich. Aber ihr müsst auch verstehen, dass ich loyal zu meiner Besatzung bin. Nein, das ist gelogen. Ich bin loyal zu meinem Schiff. Ich habe noch nie ein Schiff jemand anderem überlassen.«

»Aber damit zerstörst du dein Schiff.«

»Wenn ich es verrate, zerstöre ich mich selbst.«

WEITERE ZWEI MINUTEN SIND VERGANGEN. Der Computer fiept lauter. Juri betrachtet die 3D-Darstellung. Noch hundert Kilometer. Sie sollten sich allmählich auf ihren Tod vorbereiten. Aber was hat Meltem vorhin gesagt? Eine kleine Korrektur genügt. Sie hat natürlich die Korrekturdüsen gemeint. Aber ist nicht völlig egal, was die Korrektur hervorruft?

»Ich habe eine Idee«, sagt Juri. »Passt ihr bitte auf Meltem auf?«

»Brauchst du Hilfe?«, fragt Irina.

»Nein.«

»Was für eine Idee?«, fragt Denise.

»Ich weiß nicht, ob sie funktioniert. Lass dich überraschen.«

Er schwebt aus dem Raum. Im Türrahmen spürt er Meltems Blick im Rücken. Ob sie ahnt, was er vorhat? Er bewegt sich den kreisförmigen Gang entlang und ruft sich das Bild des Holo-Displays in Erinnerung. Skamandrios kommt vom Schiff aus gesehen von links. Sie wären in der linken Hemisphäre des Asteroiden aufgetroffen. Also muss er zur Schleuse auf der rechten Seite. Ihre Tür ist offen, sehr gut, das spart Zeit.

Juri zieht sich in die Schleuse. Dort nimmt er den Helm

vom Gürtel und setzt ihn auf. Dann macht er sich mit der Sicherungsleine fest und schließt die Innentür. Fertig. Die Schleusenkammer enthält etwa vier Kubikmeter Atemluft, die unter dem Druck von einer Atmosphäre steht. Er sucht die Verriegelung der Außenluke. Es muss einen Notknopf geben, das ist Standard in jedem Raumschiff. Wenn er den drückt, wird die Schleuse nicht erst abgepumpt, um Sauerstoff zu sparen. Falls es etwa im Schiff brennt, muss er es so schnell wie möglich verlassen können.

Da ist er. Er ist mit einer dünnen Glasplatte abgedeckt. Juri schlägt sie ein, hält sich fest und drückt den Knopf darunter. Die Tür schlägt mit einem Knall auf, und die Luft entweicht.

»Irina?«

»Ich habe einen leichten Impuls gespürt. Was ist passiert?«

»Schnellentlüftung der Schleuse. Was ist mit der Flugbahn?«

»Der Ort der Kollision hat sich verschoben.«

»In die richtige Richtung?«

»Genau. Wenn du das noch dreimal wiederholen könntest, wären wir auf der sicheren Seite.«

»Puh. Das sind ja großartige Nachrichten. Ich wiederhole es noch viermal, dann sind wir wirklich sicher.«

»Danke, Juri. Großartige Idee!«

Schon nach dem dritten Mal trifft die Ganymed Explorer nicht mehr auf Skamandrios. Juri wiederholt die Prozedur trotzdem noch einmal. Außentür schließen, Druck aufbauen, Notknopf drücken. Krach. Die Schleusentür fliegt zur Seite, und grauer Dampf strömt blitzschnell ins All. Sonst ist draußen nichts zu sehen. Juri hangelt sich nach vorn, um die Schleusentür wieder zu schließen.

»Danke Juri. Komm wieder zu uns, wir sind jetzt wirklich sicher«, sagt Irina.

»Was sagt Meltem?«, fragt er.

»Nichts. Sie sitzt mit geschlossenen Augen auf dem Boden.«

»Sie merkt, dass sie verloren hat.«

»Wir sollten sie trotzdem nicht unterschätzen.«

»Warte, ich schließe nur schnell die Tür.«

Juri greift um den metallenen Türrahmen herum. Dort ist ein Griff, an dem er die Schleusentür zu sich heranziehen kann. Er ergreift ihn und zieht daran, aber nichts passiert. Die Tür klemmt. Mist! Er versucht es noch einmal. Keine Chance. Er untersucht die Aufhängung der Tür. Eine der Angeln ist geborsten. Diese Tür wird sich nie wieder schließen lassen. Selbst, wenn er es mit übermenschlicher Kraft schafft, wird sie nicht mehr dicht sein.

Er hockt sich in die Kammer. Mit offener Außentür kann er in der Schleuse keinen Druck aufbauen. Dann lässt sich aber die Innentür nicht öffnen, denn anderenfalls würde die Luft aus dem gesamten Schiff entweichen.

»Irina, wir haben ein Problem. Ich bekomme die äußere Schleusentür nicht mehr zu.«

»Wir könnten den Raum direkt vor der Schleuse abschotten«, sagt Irina.

Aus Sicherheitsgründen lässt sich normalerweise jeder Raum eines Schiffes einzeln luftdicht versiegeln. Dann entleert sich zwar dieser Raum, aber Juri kann die innere Schleusentür hinter sich schließen, und das Schiff ist wieder sicher.

»Los geht's«, sagt er.

»Denise ist unterwegs.«

Er legt das Ohr an die Wand. Das Metall vibriert leicht. Dann hört er einen fernen Knall. Das muss das Schott gewesen sein, das Denise geschlossen hat.

»Du kannst jetzt rauskommen«, sagt Denise. »Der Raum vor der Schleuse ist dicht.«

Juri drückt den Knopf, der die Innentür öffnet. Der Knopf leuchtet rot und blinkt, als er ihn betätigt. Die Tür bleibt zu. Juri schlägt mit der Hand gegen das Visier des Helms.

»Das war nichts«, sagt er. »Die Schleusentür bemerkt offenbar den Druckunterschied und weigert sich, mich rauszulassen.«

»Dann müssen wir entweder den Mechanismus überbrücken, der die Tür daran hindert, sich zu öffnen, oder wir müssen die Luft aus dem Raum vor der Schleuse abpumpen«, sagt Denise.

»Beides lässt sich bestimmt über den Hauptcomputer auslösen«, sagt Irina. »Aber der ist immer noch gesperrt.«

»Mist«, sagt Juri.

»Gibt es keinen anderen Weg?«, fragt Denise.

»Ich wüsste keinen, der das Innere des Schiffes unversehrt lässt«, sagt Juri. »Wir können ja nicht einfach irgendwo Löcher hineinbohren.«

»Wir fragen Meltem«, sagt Denise. »Sie kann die Konsole entsperren.«

»Das haben wir doch schon versucht. Sie will nicht. Lieber stirbt sie«, sagt Juri.

»Ja, aber die Lage hat sich verändert«, sagt Irina. »Die Ganymed Explorer wird nicht zurückfliegen. Meltem hat keine Chance mehr, ihr Raumschiff zurückzugewinnen.«

»Okay, Irina, frag du sie.«

»Einverstanden.«

Juri faltet die Hände. Bitte, Meltem. Sie sind so weit gekommen, nur damit er jetzt in einer Schleuse erstickt, weil dem Raumanzug die Luft ausgeht. Er sieht nach draußen. Wenn er sterben muss, wird er aus der Luke springen. Jupiter wird einen neuen Trojaner bekommen. Wie wird man ihn nennen? Normalerweise können die Entdecker Vorschläge machen. Wer wird sein Entdecker sein?

»Sie will nicht«, sagt Irina.

»Mist. Aber ich dachte es mir schon«, sagt Juri.

»Sie will, dass du sie fragst.«

»Ich? Okay. Gib sie mir.«

»Ich setze ihr meinen Helm auf, dann könnt ihr euch unterhalten.«

»Meltem? Ich bin es, Juri. Ich brauche deine Hilfe. Sonst komme ich nicht aus der Schleuse heraus.«

»Das habe ich schon mitbekommen. Aber es war eine prima Idee, den Luftdruck der Schleuse zu benutzen, um den Kurs der Ganymed Explorer zu verändern.«

»Sie hat nicht zu hundert Prozent funktioniert.«

»Ich fand sie sehr überzeugend. Und ich schulde dir etwas. Du hast mich mit dem Leben davonkommen lassen, das erkenne ich an, auch wenn ich eigentlich schon damit abgeschlossen hatte. Und die Ganymed Explorer hast du vor der Kollision bewahrt. Deshalb werde ich die Konsole entsperren.«

Was ist denn das für eine Argumentation? Erst will die Kapitänin ihr Schiff lieber zerstört sehen, als ihnen das Login für den Hauptcomputer zu geben, und nun bedankt sie sich dafür, dass er ihren Plan durchkreuzt hat? Aber er muss das nicht verstehen, und er wird ihr ganz sicher nicht widersprechen.

»Danke, Meltem«, sagt er.

»Damit sind wir quitt, aber wir sind deshalb noch lange keine Freunde. Ich schlage vor, dass ihr mich in mein Quartier sperrt, sonst werde ich versuchen, mich des Hauptcomputers zu bemächtigen, sobald ihr schlaft.«

Ehrlich ist sie ja, das muss er ihr lassen.

»Einverstanden.«

Er erreicht die Zentrale gerade rechtzeitig, um den Vorbeiflug an Skamandrios mitzuerleben. Irina hat sich offenbar sehr schnell mit dem Hauptcomputer angefreundet. Auf dem Holodisplay sieht es immer noch so aus, als würden sie mit Hektors Mond kollidieren. Aber der normale Bildschirm der Steuerung zeigt klar, dass sie außer Gefahr sind.

»Ich schalte auf die Kameras vorn um«, sagt Irina.

Das Bild bleibt schwarz. Skamandrios besitzt wohl eine niedrige Albedo, und hier draußen ist die Sonne nicht mehr sehr hell, um ihn trotzdem aus der Nacht zu reißen.

»Moment, ich wechsle zum Radar.«

Auf dem Schirm erscheint ein Umriss, der die Hälfte des Bildschirms ausfüllt.

»Oh, wir sind ja schon verdammt nah«, sagt Juri.

Der Umriss füllt sich mit Struktur. Er sieht Krater, einen Riss, Abhänge, alles erinnert an die aus Eis und Gestein bestehende Hälfte von Hektor. Skamandrios orbitiert weit innerhalb des Hill-Radius. Hektor schleppt seinen Mond also wohl schon seit sehr langer Zeit mit.

Etwas stößt an seinen Stiefel. Juri trägt noch immer den Raumanzug. Es wird Zeit, dass er in bequemere Kleidung schlüpft.

Ein zweiter Stoß. Ein scheibenförmiges Gerät versucht, seinen Fuß zur Seite zu schieben. Aber er ist natürlich viel zu schwer, und in der Mikrogravitation drehen die Räder durch. Ist das etwa ein Putzroboter? Wenn ja, hat sein Konstrukteur wohl ziemlich versagt.

»Haben wir eine Putzfee an Bord?«, fragt Juri.

Denise bückt sich. »Der ist ja süß! So etwas hätten wir auf Hektor auch gebrauchen können.«

»Hier scheint er aber ziemlich fehl am Platz zu sein«, sagt Juri.

Denise drückt einen Knopf an der Oberseite des Geräts. Ein paar Lämpchen leuchten, und die Räder drehen sich schneller. Dann verlässt eine kleine Staubwolke das Hinterteil des Roboters.

»Stubenrein ist er auch noch nicht«, sagt Juri.

»Du hast ihm bestimmt Angst eingejagt«, sagt Denise und nimmt das Gerät hoch.

Das scheint der Roboter aber auch nicht zu mögen, denn nun piepst er ärgerlich. Kurz darauf öffnet sich eine Klappe an der Oberseite und ein langer Arm fährt heraus. Der Arm sucht erkennbar etwas, woran er sich festhalten kann. Tatsächlich bekommt die vierfingrige Hand am Ende des

Arms ein aus der Decke nach unten ragendes Rohr zu fassen. Der Roboter zieht sich daran einen halben Meter hoch. Denise lässt ihn los. Der Arm dreht sich ein Stück, dann drückt sich die Hand ab, und der Roboter schwebt Richtung Ausgang.

»Wo kam der denn her?«, fragt Juri.

»Keine Ahnung«, antwortet Irina. »Soll ich Meltem fragen?«

»Nein, so wichtig ist es nun auch wieder nicht.«

## 16. Januar 2078, Ganymed Explorer

»MISSION CONTROL HIER. Bitte benennen Sie Ihren Status.«

»Mission Control hier. Bitte benennen Sie Ihren Status.«

»Mission Control hier. Bitte benennen Sie Ihren Status.«

Die Nachricht trifft seit ungefähr Mitternacht etwa alle drei Minuten ein. Anscheinend hat sich die Missionskontrolle auf der Erde dazu entschieden, die Raumschiffdiebe auf diese Weise zu nerven.

Die Signallaufzeit zur Erde liegt derzeit bei 43 Minuten. Chen muss sich also ziemlich viel Zeit gelassen haben, den Diebstahl zu melden, denn inzwischen sind sie schon länger als einen halben Tag unterwegs, und Mission Control hat sich zum ersten Mal kurz nach Mitternacht gemeldet. Vielleicht hat er gehofft, Meltem könnte die Kontrolle zurückgewinnen. Aber die hat sich in ihrer Kabine verschanzt.

»Mission Control hier. Bitte benennen Sie Ihren Status.«

»Soll ich ihnen vielleicht einmal sagen, dass sie sich das sparen können?«, fragt Denise.

»Das bringt doch nichts«, sagt Juri. »Es ist der einzige Weg, wie sie uns den Stinkefinger zeigen können. Ich verstehe sie ja. Ich wäre auch angepisst. Auf ihre Hilfe brauchen wir jedenfalls nicht zu hoffen.«

»Wir kommen auch ohne sie zurecht«, sagt Irina. »Ich fliege euch überall hin.«

»Nur wohin?«, fragt Denise. »Das ist doch das Problem. Wo immer wir ankommen, wird man uns festnehmen und ausliefern.«

»Oh, ich kenne ein paar private Bergbaukolonien, mit denen wir vielleicht ein Geschäft machen können«, sagt Juri. »Wir übergeben ihnen die Ganymed Explorer zum Ausschlachten, und dafür bekommen wir ein kleines, aber feines Schiff, mit dem wir nach Hause fliegen können.«

»Das ist doch naiv«, sagt Irina. »Dieses Schiff ist viel zu wichtig. Wenn irgendwem zum Beispiel der Reaktor bekannt vorkommt, fliegt der Schrotthändler auf und landet wegen Beihilfe im Gefängnis.«

»Ein paar der russischen Asteroidenbergwerke haben vielleicht weniger Skrupel«, sagt Juri. »Ich könnte mich da mal umhören.«

»Du willst dich mit der Mafia einlassen?«, fragt Denise. »Die nehmen uns das Schiff ab und das Leben.«

»Nein, nicht mit der Mafia. Nur mit ein paar Leuten, die gewillt sind, bei entsprechend hohem Einsatz auch einige Risiken einzugehen.«

»Das ist die Mafia«, sagt Irina. »So naiv kannst du doch nicht sein? Niemand kann sich ohne große ›Familie‹ im Hintergrund ein solches Risiko erlauben, wie es die Aufarbeitung der Ganymed Explorer wäre.«

»Dann habe ich keine weiteren Vorschläge. Ich habe ja gleich gesagt, dass unsere Flucht keine gute Idee war.«

»Bleib ganz ruhig, Juri«, sagt Irina. »Wir finden schon etwas. Vielleicht weiß Meltem einen Ausweg.«

»Warum sollte sie uns helfen?«, fragt Denise.

»Weil sie ein Interesse daran hat, dass die Ganymed Explorer nicht verschrottet wird.«

»Aber keine Dummheiten«, sagt Irina.

Die Kapitänin der Ganymed Explorer setzt sich auf den Platz des Copiloten und lächelt.

»Ich verspreche nichts«, sagt sie. »Aber mit dem Admin-Account auf dem Hauptrechner könnt ihr alles rückgängig machen, was ich einstelle.«

»Mission Control hier. Bitte benennen Sie Ihren Status.«

Alle ignorieren die Ansage aus dem Computer.

»Warum hilfst du uns?«, fragt Denise.

»Ich weiß ja noch nicht mal, ob ich euch helfen kann«, sagt Meltem. »Aber Tatsache ist, dass es todlangweilig ist, den ganzen Tag in der Kabine zu sitzen. Also versuche ich wohl aus Langeweile, euch zu helfen.«

»Können wir dir denn vertrauen?«

»Haha!« Meltem schüttelt ihren Kopf, und ihre Haare fliegen nach allen Seiten. »Natürlich nicht. Meine Interessen sind andere als eure. Wenigstens zum Teil.«

»Verstehe«, sagt Juri. »Wir wollen erst einmal einfach nur unsere Ruhe. Und wenn etwas Gras über die Sache gewachsen ist, fliegen wir zurück zur Erde.«

»Das ist ziemlich naiv. Ein Schiff wie die Ganymed Explorer wird immer Aufsehen erregen, wenn es im Erdorbit ankommt.«

»Ja, deshalb haben wir daran gedacht, sie gegen einen unauffälligen Frachter einzutauschen.«

»Nur über meine Leiche, Juri! Die Verbrecher würden mein Schiff komplett auseinandernehmen.«

»Mission Control hier. Bitte benennen Sie Ihren Status.«

»Warum stellt das nicht mal jemand ab?«, fragt Meltem.

»Wir wollen abwarten, ob sie nicht irgendwann etwas Sinnvolles durchgeben«, sagt Juri. »Aber das Verschrotten unseres Schiffes steht momentan nicht zur Debatte.«

»Sehr beruhigend. ›Unser Schiff‹, der war gut. Was haltet ihr denn davon, die Ganymed Explorer einfach dafür zu benutzen, wofür sie gedacht ist? Wir könnten den Jupitermond Ganymed untersuchen. Wir haben alles dabei, was wir brauchen. Die Mission hätte ein Jahr gedauert. Wenn wir sie wie vorgesehen abarbeiten, kann ich die ESA bei unserer Rückkehr vielleicht dazu bringen, euch nicht an die Chinesen auszuliefern. Der wirtschaftliche Schaden läge dann ja nahe null.«

»Das ist mir zu gefährlich«, sagt Juri. »Der Jupiter-Orbit wird zu oft von bemannten Schiffen angesteuert. Chen wird alle Hebel in Bewegung setzen, damit man mich schnappt. Ich möchte nicht von einem chinesischen Militärraumschiff aufgegriffen werden.«

»Saturn hat auch viele interessante Monde«, sagt Meltem.

»Das wäre schon eher etwas. Aber auch dort wird man mich suchen. Enceladus und Titan sind zwar wissenschaftlich spannend, aber das ist ja, als würde ich mich auf dem Eiffelturm oder im Weißen Haus in Washington verstecken. Mir schwebt da eher ein bisher möglichst wenig bekanntes Ziel vor.«

»Da bin ich überfragt«, sagt Meltem. »Ich habe mich auf Ganymed vorbereitet und dabei die astronomische Forschung nicht mehr so verfolgt, tut mir leid.«

»Mission Control hier. Bitte benennen Sie Ihren Status.«

»Das nervt ja wirklich«, sagt Irina.

»Ich kenne vielleicht jemanden, der euch bei der Suche nach einem Ziel helfen könnte«, sagt Meltem.

»Wie heißt dieser Jemand?«, fragt Juri.

»Ich weiß es nicht. Sie nennt sich Cinnamongirl.«

»Cinnamongirl?«

»Das ist natürlich nicht ihr richtiger Name. Sie ist Hackerin und kann bestimmt für uns die astronomischen Datenbanken anzapfen. Auch die, die nur mit Login zugänglich sind.«

»Woher kennst du sie?«, fragt Denise.

»Ich muss doch wissen, was die Konkurrenz so treibt. Auch in der Wissenschaft wird mit harten Bandagen gekämpft. Da beobachtet man drei Jahre lang irgendeinen Quasar, und dann kommt ein Team aus Japan und veröffentlicht seine Ergebnisse zu dem Quasar zwei Wochen vor dir. Das sollte mir nicht passieren.«

»Können wir denn mit ihr sprechen?«, fragt Juri.

»Nein. Wir können mit Cinnamongirl überhaupt keinen Kontakt aufnehmen. Sie wird sich bei uns melden.«

»Aber woher weiß sie, dass wir ihre Dienste brauchen?«

»Ich benutze einfach ihren Codenamen in einem Netzdokument, bei dem ich die Verfasserin bin.«

»Das heißt, du musst an den Computer.«

»Ja.«

»Einverstanden«, sagt Juri.

Etwas zieht an seinem Gürtel. Er sieht an sich herunter. Vier Finger haben sich in einer Schlaufe verhakt. An ihnen hängt ein langer Arm. Der Putzroboter zieht sich quer durch die Zentrale und benutzt dafür einfach alles, woran er sich festhalten kann. Juri zeigt auf das Gerät.

»Kennst du den?«, fragt er.

»Das ist ein einfacher Putzroboter«, sagt Meltem. »Das Modell heißt Oscar, mehr weiß ich auch nicht. Er muss schon auf dem Schiff gewesen sein, als wir es übernommen haben. Vermutlich hat es der Hersteller RB der ESA als kostenlose Zugabe geliefert. Der Kleine schaukelt sich dauernd durch das ganze Schiff und hält alles schön sauber.«

## 17. Januar 2078, Ganymed Explorer

»Mission Control hier. Sie befinden sich an Bord eines widerrechtlich gekaperten Raumschiffs. Steuern Sie schnellstmöglich die nächstgelegene Basis an und stellen Sie sich. Dann werden wir gegenüber den Strafverfolgungsbehörden eine positive Stellungnahme abgeben.«

Irgendwann in der Nacht haben die ESA-Leute ihre Botschaft aktualisiert. Es muss zwischen elf und ein Uhr passiert sein. Da hat Juri geschlafen. Im Dienst. Zum Glück hat es niemand bemerkt. Der Staubsaug-Roboter hat ihn geweckt. Juri dreht den Ton des Funkempfängers ab und zu laut, um sich davon zu überzeugen, ob die ESA immer noch mit mildernden Umständen lockt.

»Vielleicht sollten wir ja doch darauf eingehen«, sagt Denise.

Sie schwebt im Pyjama in die Zentrale. Vermutlich kommt sie gerade aus dem Bett.

»Wir haben doch schon darüber gesprochen«, sagt Juri. »Aber wenn du raus willst, dann verstehe ich das. Wir werden einen Weg finden, dich irgendwo abzusetzen. Du bist hier schließlich das Opfer.«

»Es geht mir nicht um mich. Ich frage mich nur, wie wir hier wieder herauskommen wollen. Aber notfalls gondeln wir eben bis in alle Ewigkeit durch das All, kein Problem. Es macht Spaß mit euch.«

»Stimmt«, sagt er.

Ja, sie hatten gestern noch einen sehr netten Abend gehabt. Meltem hatte dreimal hintereinander beim Mensch-ärgere-dich-nicht gewonnen, bis Irina herausgefunden hatte, dass die Würfel gezinkt waren. Die Kapitänin war offensichtlich nicht so ehrlich, wie sie immer tat. Aber das hatte ihrem Spaß am Spiel keinen Abbruch getan. Es ging ja um nichts.

»Gibt es denn hier nirgends einen Spiegel?«, fragt Denise.

»Da hinten, neben der Tür zum WHC.«

»Ah, wie praktisch.«

»Vermutlich nachträglich angebracht, weil irgendwer immer das WHC blockiert hat, um sich stundenlang zu kämmen.«

Denise hängt kopfüber vor dem Spiegel und versucht mit einer Bürste, ihre Haare irgendwie zu ordnen.

»Sehr witzig, Juri. Kannst du dir vorstellen, dass es in meiner Kabine keinen Spiegel gibt?«

»Ja, da du beim Losen die Kabine eines Mannes gewonnen hast. Dieser Michael hatte doch gar nicht mehr so viele Haare.«

Juri hat seine eigene Kabine noch gar nicht gesehen, in der bis vor kurzem der zweite Wissenschaftler gewohnt hat. Wie hieß er doch gleich?

»Ich bin froh, wenn wir uns bald auf den Weg machen und dann wieder Schwerkraft haben«, sagt Denise. »In der Mikrogravitation machen meine Haare, was sie wollen. Das ist frustrierend.«

»Du könntest ein Haarnetz benutzen. Meine Oma hatte so etwas«, sagt Juri.

»Eben, deine Oma. Da setze ich doch lieber den Helm auf.«

Aus dem Hauptcomputer ertönt ein feines Zirpen. Juri ruckt herum. Wenn ein zirpendes Geräusch zu hören ist, hat Cinnamongirl geantwortet, hatte Meltem gestern gesagt. Er sucht im Speicher des Funkempfängers, aber dort ist nichts.

Aber das ist ja auch logisch. Woher sollte eine Hackerin Zugriff auf eine Antenne der Deep-Space-Networks der NASA oder der ESA haben?

»Denise, holst du bitte Meltem? Sie muss wissen, wie wir die Antwort ihrer Hackerin entschlüsseln können.«

»Es ist nicht meine Hackerin. Ich weiß ja nicht einmal, ob es wirklich eine Frau ist«, sagt Meltem. »Aber mir hat sie bisher immer geholfen.«

Ob das auch auf sie zutrifft? Es ist nur schwer vorstellbar. Wie soll eine viele Millionen Kilometer entfernte Hackerin ihnen helfen, ein neues Ziel zu finden? Meltem hatte ihnen auch nicht sagen können, was dieses Cinnamongirl wohl als Bezahlung verlangen könnte.

Die nun ehemalige Kapitänin kommt waagerecht auf ihn zugeschwebt. Sie ist geschminkt, ihre Haare wirken frisch gewaschen, und sie trägt einen anderen Hosenanzug als gestern. Vermutlich ist sie schon länger wach.

»Darf ich?«, fragt sie.

Juri nickt. Es ist wahrscheinlich ein Fehler, ihr zu vertrauen, aber haben sie denn eine Wahl?

Meltem startet den Browser. Natürlich können sie hier nicht live auf das Datennetz zugreifen. Aber sie haben den Rechner so programmiert, dass er einen bestimmten Teil davon lokal spiegelt. So können sie zumindest auf diesen Seiten arbeiten, als wären sie auf der Erde.

»Das Forum wurde zuletzt vor 78 Sekunden aktualisiert«, sagt Meltem.

Das muss der Moment gewesen sein, an dem der Computer gezirpt hat.

»Und nun?«, fragt Juri.

Meltems Finger fährt auf dem Bildschirm hin und her.

»Sieh mal, fällt dir etwas auf?«

Das Display zeigt zwei identische Fotos nebeneinander. Das muss M31 sein, die Andromeda-Galaxie.

»Ich sehe unsere Nachbar-Galaxie«, sagt Juri.

»Bemerkst du Unterschiede zwischen den Bildern?«

»Nein. Ist das so ein Vexierspiel?«

»Das ist Absicht. Auch das Aktualisierungsdatum, die Dateigröße und sogar die Prüfsumme sind identisch.«

»Und wie hilft uns das dann weiter?«

Natürlich ahnt Juri, dass die Bilder eben doch nicht völlig identisch sind.

»Die Informationen, die wir suchen, sind in dem linken Foto versteckt. Und in einigen anderen in diesem Forum.«

»Woher weißt du, in welchen?«

»Das weiß ich nicht. Ich habe Sicherheitskopien aller Fotos. Die vergleiche ich nun mit dem jetzigen Zustand. Das übernimmt ein Programm. Es setzt die einzelnen Datenhaufen dann auch zum Endergebnis zusammen.«

»Das ist schlau. Diese Cinnamongirl braucht nie direkt mit dir zu kommunizieren.«

»Genau. Das sichert auch ihre Kunden ab. Selbst wenn sie auffliegen sollte, kann man ihre Arbeit nicht zu mir zurückverfolgen. Das Forum wird von Millionen Menschen genutzt.«

»Und das Programm?«

»Hat mir damals ein befreundeter Programmierer gebaut. Er dachte, er programmiert eine Such-Automatik für astronomische Aufnahmen.«

»Was ja nicht ganz falsch ist.«

»Stimmt. Warte, ich starte das Programm, dann müssen wir uns etwa eine halbe Stunde gedulden.«

»Willst du einen Kaffee?«

»Gern, Juri. Schwarz, bitte.«

Er steht auf und schwebt zum Kaffeeautomaten in der Küche. Meltem sitzt jetzt ganz allein am Hauptcomputer. Wenn sie nun irgendetwas präpariert, das sie verrät? Sie hat immerhin damit gedroht. Aber im Moment scheint sie viel zu neugierig. Das haben ihre Augen ihm verraten.

JURI REICHT Meltem die Spezialtasse mit dem Saugschnabel.

»Vorsichtig«, sagt er, »könnte noch heiß sein.«

Meltem setzt den Schnabel an die Lippen und probiert die Flüssigkeit.

»Keine Sorge, ich kenne die Kaffeemaschine schon deutlich länger als du«, sagt sie. »Eine ihrer Eigenheiten ist, dass sie den Kaffee lauwarm hält. Heiß ist er nur direkt nach dem Brühen.«

»Gut zu wissen«, sagt Juri.

»Ich wüsste gern, wie das mit Grigori war«, sagt Meltem.

Natürlich, sie will wissen, wie sie ihn einzuschätzen hat.

»Wenn ich das wüsste! Es war … Er war ein Arschloch, doch ich hätte ihn nicht umbringen dürfen. Aber als ich da so über ihm kniete … Ich konnte seinen Hals nicht mehr loslassen. Ich musste sichergehen, dass er Denise nie wieder belästigt.«

»Meinen Hals hast du losgelassen.«

Juri zuckt die Schultern. »Ich war verzweifelt. Aber dann habe ich Angst vor mir selbst bekommen.«

»Danke noch mal. Es klingt zwar ein bisschen nach Stockholm-Syndrom, aber ihr werdet mir jeden Tag etwas sympathischer.«

Der Computer zirpt.

»Das ist das Programm«, sagt Meltem und tippt etwas. »Oh, ein Video, das hatte ich noch nie.«

Der Bildschirm wird schwarz. Dann erscheinen zahlreiche Punkte, die wie Sterne aussehen.

»Das war ein sehr interessanter Auftrag«, kommentiert eine Stimme, die weder männlich noch weiblich klingt.

Vermutlich ist sie computergeneriert.

»Finde etwas, das noch niemand kennt. Eine kosmische Schatzsuche also«, erklärt die Stimme weiter.

Die Sterne wandern langsam über den Bildschirm.

»Meinst du, sie hat etwas gefunden?«, fragt Juri.

»Pssst. Natürlich, sonst gäbe es dieses Video nicht«, antwortet Meltem.

»Sollen wir dann nicht Irina dazuholen?«

Das Video stoppt.

»Sie schläft so süß«, sagt Denise. »Ich war gerade bei ihr.«

»Na gut, sie kann es sich ja nachher ansehen«, sagt Juri.

Die Sterne setzen sich wieder in Bewegung.

»Ich habe zuerst in den privaten Archiven gestöbert, aber da gab es nichts Interessantes«, sagt die Stimme. »Was ganz schön deprimierend ist, finde ich.«

»Das Sonnensystem gilt eben im Grunde als erforscht«, sagt Juri. »Alle schauen jetzt nach Exoplaneten.«

»Pssst«, flüstert Meltem.

»Dann flatterte mir eine Werbung von OmniStellar ins Postfach«, erzählt die Stimme. »Die Firma verkauft Hobby-Astronomen ein durchaus leistungsfähiges Teleskop, das sie sich auf den Balkon stellen sollen. Dann können sie über ihren Computer oder irgendein Gadget von der Couch aus den Himmel erforschen.«

Sehr praktisch, aber wie soll ihnen das weiterhelfen?

»Der Clou daran ist, dass sich all diese Teleskope zusammenschalten lassen und dann ein verteiltes Teleskop mit dem Durchmesser der Erde bilden. Die meisten Käufer wissen das gar nicht, aber OmniStellar wirbt in der Forschungs-Community damit. Wann immer ein Käufer sein Teleskop gerade nicht nutzt, bietet OmniStellar es professionellen Kunden an. So können sie den Kaufpreis niedrig halten.«

»Geniales Konzept«, sagt Denise.

»Ich habe mir die App angesehen, die die Teleskope aus der Ferne steuert. Es gibt sie für alle gängigen Plattformen. Und sie ist beinahe ungesichert. OmniStellar geht wohl davon aus, dass niemand ein Interesse daran besitzt, ein paar Millionen Teleskope auf der ganzen Welt zu übernehmen. Damit kann man schließlich keine Geschäfte machen. Aber sie haben wohl nicht mit eurer Neugier und mit mir gerechnet. Glücklicherweise ist es ja immer irgendwo dunkel. Deshalb konnte ich die vergangenen 24 Stunden nutzen, um den Nachthimmel wirklich umfassend abzusuchen.«

Diese Cinnamongirl macht es ja wirklich spannend. Hoffentlich liefert sie auch etwas.

»Seht euch mal die folgende Sequenz an. Ich blende darin alles aus, was uninteressant ist.«

Der Bildschirm erlischt, nur in seiner Mitte bleibt ein weißer Punkt. Wusch. Der Punkt verschwindet, und schon ist er wieder da.

»Dieser Punkt, das ist Sedna, ein transneptunisches Objekt, und dass er kurz verschwunden ist, liegt daran, dass ein anderes Objekt ihn bedeckt hat.«

Aber warum ist das andere Objekt dann unsichtbar? Sedna ist ein Zwergplanet, der in den Außenbereichen des Sonnensystems seine Runden zieht. Alles, was ihn bedecken kann, muss näher an der Sonne kreisen als Sedna und müsste deshalb auch heller sein.

»Nun werdet ihr euch fragen, warum man das Ding im Vordergrund nicht sieht. Das habe ich mich auch gefragt. Aber ich bin keine Astronomin. Das müsst ihr schon selbst klären. Ich kann euch aber noch etwas über seine Bahn verraten. Die OmniStellar-Teleskope sichern all ihre Beobachtungen auf einem internen Speicher. Über die Fernsteuerung der App habe ich nach ähnlichen Bedeckungen in der Nähe gesucht, und ich habe tatsächlich zwei ausfindig gemacht. Ich kann natürlich nicht garantieren, dass dasselbe Objekt hier der Verursacher war. Aber wenn, dann zieht es kurz hinter Uranus seine Bahnen, und zwar in einem sehr exzentrischen Orbit, der fast 60 Grad gegen die Ebene der Ekliptik geneigt ist. Und was noch spannender ist: Es muss dann ziemlich groß sein. Ich weiß ja, wie lange es Sedna bedeckt hat. Die Zeit hängt von der Größe und dem Abstand des Objekts ab. Wenn der von mir berechnete Orbit stimmt, handelt es sich um einen Planeten in der Größe des Mars.«

»Wahnsinn«, sagt Denise.

Meltem hält das Video an. »Na, habe ich zu viel versprochen?«

»Und wenn die Hackerin das alles gefälscht hat?«, fragt Juri.

»Warum sollte sie?«

»Um uns abzuzocken.«

»Aber ich habe ihr doch gar kein Geld versprochen.«

»Sie macht das umsonst?«

»Ich mache mir um ihre Motivation keine Gedanken. Vielleicht ist sie eine gelangweilte, reiche Dame. Oder eine junge Frau, die sich ihr Einkommen jederzeit von irgendeinem Bankkonto abzweigen kann.«

»Verstehe. Aber ein neunter Planet, das wäre eine Sensation. Die Astronomen suchen seit fast hundert Jahren danach.«

»Da hast du ihre Motivation, Juri. Wer findet denn als Laie mal eben einen neuen Planeten?«

»Lass uns weiter zuhören, was sie noch zu sagen hat.«

Meltem startet das Video neu.

»Ein neuer Planet in Marsgröße, so kurz hinter Uranus«, erklärt die Stimme weiter, »das wird natürlich Zweifler auf den Plan rufen. Die wichtigste Frage kann ich leider nicht klären: Warum hat bisher kein Teleskop den Planeten ausfindig gemacht? Ich kann nur vermuten, dass man so nah und auf einer derart exzentrischen Bahn einfach nicht damit gerechnet hat. Außerdem muss er eine ziemlich niedrige Albedo besitzen, sodass er sehr lichtschwach ist. Aber da ihr ein Ziel für eure Reise sucht, könnt ihr das ja vielleicht selbst klären. Als Erstentdeckerin habe ich das Recht, mir einen Namen für meine Entdeckung auszusuchen. Ich wähle Amphitrite. Das war die Frau des Meeresgottes Poseidon und damit Zeus' Schwägerin, was mir gut zu passen scheint. Der Name, das gebe ich zu, ist nicht meine Idee – angeblich soll ein fiktiver Planet namens Amphitrite vor Milliarden Jahren für ein paar Eigenheiten unseres Sonnensystems verantwortlich gewesen sein. Aber da erzähle ich euch sicher nichts Neues. Vielen Dank für den spannenden Auftrag noch, und wenn es Fragen gibt, wisst ihr ja, wo ihr mich findet.«

»Amphitrite also«, sagt Irina.

»Die Frau von Poseidon, also Neptun, und die Schwägerin von Zeus, also Jupiter«, erklärt Juri.

»Was du nicht sagst.«

Irina sieht ihn spöttisch an. Juri beißt sich auf die Zunge. Natürlich weiß sie, wie die römischen Nachfolger der griechischen Götter heißen.

»Ich bin dafür«, sagt Meltem.

»Auch wenn die Alternative Ganymed wäre?«, fragt Irina.

»Auf jeden Fall. Ein bisher unbekannter Planet, und wir sind die ersten, die einen Blick darauf werfen könnten! Das wäre die Krönung meiner Karriere.«

»Dann war es ja ein Glücksfall, dass wir dein Schiff entführt haben«, sagt Juri.

»So kann man das auch sehen.«

»Reichen denn unsere Ressourcen dafür überhaupt?«, fragt Denise.

»Wenn die Bahnberechnung von Cinnamongirl stimmt, sind es etwa 2,8 Milliarden Kilometer. Nein, gut 2 Milliarden, wir sind ja schon auf der Höhe des Jupiters. Wenn wir auf der ersten Hälfte des Weges konstant mit 0,2 g beschleunigen, erreichen wir etwa 0,6 Prozent der Lichtgeschwindigkeit und brauchen dafür ungefähr zwei Wochen. Noch einmal so lange brauchen wir zum Bremsen.«

»Das klingt zu schön, um wahr zu sein. Hat denn die Ganymed Explorer dafür genug Treibstoff? Ihr musstet ja nicht umsonst auf Hektor nachtanken, oder? Und euer Flug zu Hektor hat auch ein paar Wochen gedauert«, sagt Juri.

»Ein gutes Argument«, sagt Meltem. »Der Reaktor liefert zehn Jahre lang ununterbrochen Energie, aber ohne Stützmasse für die Triebwerke kommen wir nicht weit. Das System ist für etwa 1 Milliarde Kilometer kontinuierliche Beschleunigung ausgelegt.«

»Einmal von der Erde zum Jupiter«, sagt Irina.

»Genau. Lasst mich kurz nachrechnen. Wir brauchen für den Flug zu Amphitrite vier Segmente: einmal beschleunigen und bremsen auf dem Hinweg, dasselbe noch einmal auf dem Rückweg. Jedes Segment ist also 250 Millionen Kilometer lang. Wenn wir auf diesen 250 Millionen Kilometern mit 1 g beschleunigen, sind wir danach 70 Kilometer pro

Sekunde schnell. Dann brauchen wir für die restlichen 1,5 Milliarden Kilometer noch etwa 250 Tage.«

»Du bist aber gut im Kopfrechnen«, sagt Juri.

»Danke«, sagt Meltem.

»Das sind fast neun Monate. Und wenn wir annehmen, wir können auf Amphitrite Stützmasse nachtanken?«, fragt Denise.

»Dann verkürzt sich die Flugzeit auf 175 Tage. Aber wir haben kein Rückflug-Ticket in der Tasche.«

»Ich mag euch ja sehr«, sagt Denise, »aber so lange mit euch auf engem Raum, da würde ich die Flugzeit lieber kurzhalten. Der Rückweg kommt ja noch dazu.«

»Wir wissen nur nicht, ob wir am Ziel überhaupt Stützmasse finden«, sagt Irina. »Das kommt mir ein bisschen zu unvorsichtig vor.«

»Ja, Irina hat recht«, sagt Juri. »Am Ende stranden wir auf einem unbekannten Planeten. Außerdem sollten wir angesichts unserer Vergangenheit doch besser nicht zu früh zur Erde zurückkehren.«

»Wir haben jedenfalls genügend Ressourcen für zwei Jahre«, sagt Meltem. »Sauerstoff und Nahrung sind sicher.«

Die Kapitänin des Schiffes tippt etwas in den Hauptcomputer. Auf dem Schirm zeigt sich eine Simulation ihrer Reise. Darauf geht alles gut. Wie wird die Realität aussehen? Von rechts schwingt sich wieder einmal der Roboter ins Bild. Er landet auf Juris Schoß.

»Es scheint, er mag dich«, sagt Denise.

»Ich bin der einzige Mann an Bord, vielleicht ist er nur solidarisch.«

»Oder es handelt sich um einen weiblichen Roboter, der sich von dir angezogen fühlt«, sagt Denise.

»Hehe«, sagt Irina und sieht übertrieben grimmig in die Runde. »Juri gehört mir, dass das klar ist.«

Der Roboter fährt seinen Arm aus. Er wirkt überraschend grazil, und doch scheint jede Menge Kraft darin zu stecken. Die Hand bewegt sich zum Computer.

»Es sieht aus, als würde er etwas auf dem Schirm lesen wollen«, sagt Denise.

»Er besitzt kein optisches System«, sagt Meltem. »Das haben wir schon herausgefunden. Stattdessen orientiert er sich mit einem Radarsensor.«

»Sehr praktisch, dann kann er auch im Dunklen putzen«, sagt Denise.

Die Hand des Roboters bleibt vor dem Bildschirm stehen, dann bewegt sie sich erst nach unten, danach seitlich an der Tastatur vorbei. Ein kratzendes Geräusch ist zu hören, und der Computer gibt ein Pling-Plong von sich.

»Ah, der lädt sich am Rechner auf«, sagt Juri.

Auf dem Bildschirm erscheint ein Fenster: »Neue Hardware gefunden.« Meltem klickt es achtlos weg.

»Verstehe ich richtig, dass ihr alle dafür seid?«, fragt sie.

Juri sieht sich um. Denise nickt. Irina hebt ihren Daumen. Der Putzroboter ahmt das Zeichen nach.

»Habt ihr das gesehen?« Denise schlägt die Hände zusammen. »Der ist ja wirklich süß. Man hat fast das Gefühl, er könnte uns hören oder gar verstehen.«

»Dafür habe ich auf dem Hinflug keine Anzeichen bemerkt«, sagt Meltem. »Dann sind wir uns also einig, wir besuchen Amphitrite?«

»Ja, und zwar auf dem langsamen Weg. Dann gehen wir zwei Jahre lang allen anderen aus dem Weg«, sagt Juri.

## 22. Januar 2078, Ganymed Explorer

Mist. Er hat sich zu stark abgestoßen. Juri rudert instinktiv mit den Armen, gibt den sinnlosen Versuch jedoch auf und streckt die Arme nach vorn, wo er gleich gegen die hohe Decke der Zentrale stoßen wird. Die Beschleunigungsphase ist schon wieder vorüber, aber er hat sich noch nicht an die fehlende Gravitation gewöhnt.

»Ah, machst du wieder deine Flugübungen?«

Ausgerechnet jetzt muss Irina natürlich in die Zentrale kommen.

»Hast du nicht gerade frei?«, fragt er und stößt sich vorsichtig von der Decke in Richtung Boden ab.

»Ich freue mich auch, dich zu sehen«, sagt sie.

Er fliegt kopfüber auf sie zu und sieht dabei lange in Irinas Ausschnitt. Doch er sieht etwas zu lange hin, denn schon nähert sich der Boden. Juri probiert, sich elegant abzurollen, aber nicht einmal das funktioniert in der Schwerelosigkeit.

Irina lacht über seine hilflosen Versuche, in eine aufrechte Position zu kommen. Schließlich greift sie nach seinem Arm und stellt ihn hin.

»Das kommt davon, wenn man sich zu sehr ablenken lässt«, sagt sie.

»Ich …« Er bemerkt, dass sie Stiefel trägt. »Ist ja keine Kunst mit den Magnetstiefeln.«

»Bevor ich hier wie betrunken herumwerkele, trage ich sie lieber, auch wenn sie unbequem sind.«

»Sie passen aber nicht so recht zu deiner schicken Bluse.«

»Oh, danke, du kannst ja sogar Komplimente machen. Die habe ich gestern in meiner Kabine gefunden. Es gibt da einen versteckten Schrank, der mir noch nie aufgefallen ist.«

Sie hatten bei ihrer Flucht ja nichts mitgenommen. Aber die ehemalige Besatzung hat fast all ihre Sachen in den Kabinen zurückgelassen. Juri hat die Wahl zwischen den Kleidungsstücken von Felix und Michael. Irina und Denise hingegen müssen sich teilen, was die Geologin Anke Renner hinterlassen hat.

»Sie steht dir jedenfalls sehr gut.«

Juri stellt sich die Geologin vor. Sie war wie Irina recht groß und schlank. Die deutlich kleinere Denise muss bestimmt viel Aufwand treiben, um ihre Sachen passend zu machen.

»Danke. Ohne die Stiefel des Raumanzugs fällt mir die Fortbewegung auch schwer«, sagt Irina. »Es ist seltsam, was für einen großen Unterschied es ausmacht, fast keine natürliche Schwerkraft zu haben wie auf Hektor oder gar keine wie hier.«

Fünfzehn Minuten später schwebt auch Meltem in die Zentrale. Juri sieht auf die Uhr. Es ist vier Minuten nach acht. Meltem kommt selten ganz pünktlich. Es muss der Deutsche in ihm sein, der darauf Wert legt. Meltem bemerkt seinen Blick und schlägt kurz entschuldigend die Augen nieder. Juri nickt. Er nimmt es ihr ja gar nicht übel.

»Schön, dass ihr alle da seid«, beginnt sie.

Im selben Moment segelt der Putzroboter quer über den Tisch. Irina gibt ihm einen kleinen Stoß, sodass er seine Richtung ändert. Er scheint anhänglich zu sein wie ein Haustier.

Jedes Mal, wenn sie sich zu einer Besprechung treffen, taucht er früher oder später auf.

»Wir sollten ihm einen Namen geben«, schlägt Denise vor.

»Oscar«, sagt Irina.

»Aber das ist doch der Name der Modellreihe«, widerspricht Denise. »Sollte er nicht einen individuellen Namen bekommen?«

»Oscar reicht. Es gibt doch hier nur ein Exemplar.«

»Ich finde, Irina hat recht«, sagt Meltem.

»Na gut, dann eben Oscar, auch wenn das nicht sehr fantasievoll ist«, sagt Denise.

»Dieser Tagesordnungspunkt wäre also abgeschlossen«, sagt Meltem. »Befassen wir uns mit dem nächsten. Unserem Ziel.«

»Amphitrite. Gibt es denn dazu neue Erkenntnisse?«, fragt Irina.

»Leider nicht«, sagt Meltem. »Aber ich dachte, wir grübeln einmal gemeinsam darüber nach, welche Geheimnisse der Planet hüten könnte.«

Meltem ist zwar nicht mehr offiziell Kapitänin dieser Expedition, aber sie strahlt immer noch den Respekt aus, den man in dieser Position braucht. Sie scheint für ihren Job wie geboren zu sein, alle hören auf sie, obwohl sie gar nichts zu sagen hat. Hoffentlich nutzt sie das nicht irgendwann gegen sie aus. Im Moment scheint ja ihr Forscherherz die Richtung anzugeben.

»Tut er das denn?«, fragt Juri. »Ich dachte, es sei ziemlich klar, dass er vor etwa vier Milliarden Jahren mit Neptun oder Uranus kollidiert ist, wobei Neptun Amphitrite den Mond Triton abnahm und Uranus seine ungewöhnliche Rotationsbewegung erhielt.«

»Du hast nachgelesen, das ist gut«, sagt Meltem. »Aber dann weißt du ja auch, dass es sich nur um ein Modell handelt, dessen endgültige Bestätigung noch aussteht.«

»Richtig.«

»Das Problem dabei ist, dass unsere Entdeckung,

Entschuldigung, Cinnamongirls Entdeckung, nicht ganz zu diesem Modell passt. Außerdem müsste die damalige Amphitrite etwa doppelt so schwer wie die Erde gewesen sein, während unser Planet nur ein Drittel der Erdmasse hat.«

»Vielleicht haben Uranus oder Neptun ihn ja eben nicht komplett verschluckt. Stattdessen zerbrach er. Ein Teil wurde in einen exzentrischen Orbit geschleudert, in dem niemand je danach gesucht hat, weil Planeten nun einmal normalerweise in der Ekliptik um die Sonne kreisen. Und ein zweites Bruchstück namens Triton kreist seitdem als Mond um Neptun.«

»Eine schöne Theorie, Juri«, sagt Meltem. »Wir sollten prüfen, ob sie sich in das vorhandene Modell einpassen lässt. Das dauert zwar seine Zeit, aber davon haben wir ja genug.«

»Sie erklärt aber nicht, warum unsere Amphitrite noch immer nicht sichtbar ist. Sie mag sich ja über Jahrmillionen versteckt haben, aber jetzt müssten sie unsere Teleskope eigentlich sehen können«, sagt Irina.

»Vielleicht, weil es sich um den ehemaligen Kern des Planeten handelt?«, schlägt Juri vor. »Wenn der aus Eisen und anderen schweren Elementen besteht, wäre die niedrige Albedo erklärbar.«

»Ja, aber der Planet scheint ja so wenig Licht zu reflektieren, dass das als Erklärung vielleicht nicht reicht«, sagt Irina.

»Wir kennen doch seine ungefähre Bahn. Also beobachten wir ihn einfach«, sagt Denise.

»Und wenn wir ihn nicht finden?«, fragt Juri. »Alles für die Katz?«

»Nein, dann haben wir eine Obergrenze für die Reflexionsfähigkeit und können sie mit deiner Theorie vergleichen.«

»Du klingst skeptisch, Denise«, sagt Meltem.

»Ja, weil ich weiß, dass selbst M-Asteroiden, die zum Großteil aus Eisen und Nickel bestehen, immer noch hell genug sind, um sie von der Erde aus zu beobachten. Bei der Masse, die wir für Amphitrite annehmen, müssten wir sie auf jeden Fall sehen können, wenn es sich um den Kern eines ehemaligen Planeten handelt.«

»Umso besser! Wir werden versuchen, sie im optischen

Bereich zu finden, und wenn uns das nicht gelingt, hast du deine Bestätigung«, sagt Meltem. »Können wir sonst noch etwas tun?«

»Ich habe ein paar kluge Chemiker-Kollegen auf der Erde, die ich gern um Rat fragen würde.«

Juri schüttelt heftig den Kopf, aber Denise spricht weiter.

»Ich würde gern mit ihnen Ideen entwickeln, wie ein Planet eine derart dunkle Hülle bekommen kann. Der Saturn-Mond Japetus zeigt ja, dass das nicht ungewöhnlich sind. Er besteht aus Eis, aber während zum Beispiel der Eis-Mond Enceladus der hellste Mond im Sonnensystem ist, scheint Japetus fast zu verschwinden, wenn man die dunkle Seite betrachtet. Wahrscheinlich liegt es daran, dass sich Staub auf seiner Oberfläche abgelagert hat. Aber es könnte sich auch um bestimmte chemische Prozesse handeln.«

»Das ist sehr spannend, Denise, aber ich fürchte, du wirst mit niemandem in Kontakt treten können. Wir dürfen der Erde keinen Hinweis geben, wohin wir uns bewegen. Mit dem richtigen Raumschiff ist es durchaus möglich, uns einzuholen.«

»Meinst du wirklich?«, fragt Juri. »Wir haben doch 600 Millionen Kilometer Vorsprung?«

»Ich weiß, dass zumindest die Amerikaner und die Russen und sicher auch die Chinesen in ihren militärischen Flotten nukleargetriebene Schiffe wie unseres besitzen. Ihre Reichweiten kenne ich nicht, aber sie dürften oberhalb der zivil eingesetzten Modelle liegen.«

»Dann können wir ja nur hoffen, dass Amphitrite weiter für optische Teleskope unsichtbar bleibt«, sagt Juri.

»Und dass den Astronomen nicht zufällig eine Bedeckung auffällt«, sagt Denise.

»Das dürfte unwahrscheinlich sein«, sagt Meltem. »Unsere Hackerin hat als astronomische Einsteigerin ganz naiv den kompletten Himmel abgegrast. Dieser ›Fehler‹ wird den Profi-Astronomen nicht unterlaufen.«

## 31. Januar 2078, Ganymed Explorer

Runde 38. Juri schwitzt. Er hasst es, stundenlang auf dem Rad zu sitzen, ohne vorwärts zu kommen. Also zieht er lieber im ringförmigen Zentralgang der Ganymed Explorer seine Runden. Er vermisst Hektor jetzt schon, und sie werden noch mehr als acht Monate hier eingeschlossen sein. Auf dem Asteroiden konnte man viele Kilometer zurücklegen, ohne dauernd demselben Anblick ausgesetzt zu sein. Hektor schien zwar auf den ersten Blick öde und lebensfeindlich. Aber mit der Zeit hatte er gelernt, einzelne Landschaftsformen zu unterscheiden. Es war ein Highlight gewesen, wenn ein Krater durch Erosion oder einen Einschlag seine Gestalt verändert hatte.

Einschläge wünscht er sich hier natürlich nicht, und falls das Metall des Schiffsskeletts rostet, bekommt er davon nichts mit. Der Gang ist an allen Seiten mit feuerfestem Material abgedichtet. Ab und zu gehen Türen davon ab – zur Zentrale innen, zu Vorratsräumen in Richtung Bug, zu den Kabinen außen, zu den Wartungseinrichtungen der Triebwerke hinten und zur Schleuse. Jetzt, kurz vor vier Uhr morgens, begegnet ihm niemand. Die drei Frauen schlafen. Er hat zwar Dienst in der Zentrale, aber dort gibt es nichts zu tun.

Juri zieht sich an den Handgriffen an der Decke voran. Er beschleunigt, dann bremst er wieder, weil der Gang gekrümmt ist. Zwischendurch macht er ein paar Schwimmbewegungen. Sie helfen ihm nicht, voranzukommen, aber er will alle Muskeln bewegen, und Schwimmen soll da sehr effektiv sein.

Runde 39. Das waren dann etwa sechs Kilometer. Wenn er heute Abend noch einmal trainiert, schafft er die fünfzehn Kilometer täglich, die er sich vorgenommen hat. Es ist ganz einfach, er muss nur konsequent sein. Wenn sie Amphitrite erreichen, wird er knapp 4.000 Kilometer aus eigener Kraft zurückgelegt haben. Das entspricht ungefähr einer Wanderung von Deutschland bis zum Nordpol.

Das Licht flackert. Juri lacht laut, und es hallt im Gang. Er lacht noch einmal und horcht in die Richtung, aus der er gekommen ist. Da ist ein ganz leises Echo seines Lachens. Der Gang ist 50 Meter mal Pi lang, also braucht der Schall knapp eine Sekunde. Die Wände scheinen ihn sehr gut zu reflektieren.

»Hi!«, ruft er.

»Hi«, hört er hinter sich.

Lustig, er kann sich mit sich selbst unterhalten. Das Licht flackert erneut. Was ist denn da los? Er weiß, dass Irina, Meltem und Denise in ihren Kabinen schlafen, aber plötzlich fühlt er sich seltsam allein. Ein Schauer läuft über seinen Rücken.

»Hi!«, ruft er.

»Hi«, antwortet seine Stimme leise.

Wieder flackert es. Er sollte in der Zentrale nachsehen. Der Hauptcomputer muss wissen, ob es Schwankungen in der Stromversorgung gegeben hat. Juri zieht sich voran. Der Eingang zur Zentrale liegt ziemlich genau auf der anderen Seite. Er passiert die Schleuse. Seltsam, der Knopf, der die Schleusentür öffnet, leuchtet rot. Juri sieht durch das kleine Sichtfenster, aber die Schleuse ist leer. Er stellt sich vor, wie sich plötzlich eine Alienhand vor das Fenster schiebt. So etwas würde jetzt in einem Horrorfilm passieren. Juri friert auf einmal. Das muss sein Schweiß sein, der nun kalt wird. Er dreht sich um. Der Knopf leuchtet grün, als wäre es nie anders gewesen.

Da ist die Tür zur Zentrale. Er öffnet sie vorsichtig, als könne dahinter etwas auf ihn lauern. Langsam wird er wohl verrückt. Sie haben noch einen so weiten Weg vor sich. Er fährt den Hauptrechner aus dem Schlafmodus hoch und ruft die Statusanzeige auf. Es gab keine Spannungsschwankungen. Keine einzige Kurve zeigt einen Ausschlag. Nur ganz am Schluss gibt es einen kleinen Peak. Da hat er die Tür zur Zentrale geöffnet. Wahrscheinlich hat sich in diesem Moment automatisch die Beleuchtung aktiviert.

Im selben Moment bricht die Linie, die den Stromverbrauch beschreibt, erneut aus. Juri zuckt zurück, dann fasst er sich an die Stirn. Er darf jetzt nicht durchdrehen. Die Automatik hat sicher bloß die Beleuchtung im Gang ausgeschaltet. Dort ist ja niemand mehr.

Etwas quietscht hinter ihm. Juris Herz schlägt schnell. Er bewegt sich nicht und starrt wie gefesselt auf den Bildschirm vor sich. Was war das? Wenn er es nicht ansieht, existiert es nicht.

Eine Hand greift nach ihm. Juri erstarrt. Vier Metallfinger halten sich an seinem Arm fest. Dann schwingt der scheibenförmige Körper des Putzroboters in sein Sichtfeld.

»Mann, Oscar! Hast du mich aber erschreckt. Was machst du denn hier?«

Der Roboter antwortet nicht. Juri sinkt in sich zusammen. Jetzt ist er der Schwerelosigkeit dankbar, die ihn zu halten scheint. Spielt sein Kopf verrückt, weil er jemanden umgebracht hat, sich jedoch immer noch nicht so richtig schuldig fühlt, also als heimliche Strafe? Aber vielleicht liegt es auch nur am Licht. Die Beleuchtung im Gang und in der Zentrale ist bläulich und hart. Er muss sich ein paar Stunden lang unter einer Tageslichtquelle erholen.

## 3. Februar 2078, Ganymed Explorer

»Was siehst du denn da?«, fragt Meltem und zeigt auf ein Diagramm auf dem Bildschirm.

Juri rückt näher heran. Meltem riecht gut. Das ist ihm unangenehm, weil er gerade vom abendlichen Training kommt und noch nicht geduscht hat. Er betrachtet das Diagramm. Es zeigt auf der y-Achse eine Strahlendosis und auf der x-Achse die Zeit. Die Linie verläuft fast parallel zur x-Achse. Vor drei Tagen hat sie allerdings einen kleinen Sprung gemacht.

»Da scheint irgendwo die Dosisleistung angestiegen zu sein«, sagt er.

»Das ist die Belastung hier in der Zentrale«, sagt Meltem.

»Vielleicht sind wir in einen solaren Strahlungsausbruch geraten. Müssen wir uns denn Sorgen machen?«

»Der Unterschied ist minimal, gesundheitlich schaden wird uns das nicht.«

»Dann ist es doch nicht der Rede wert«, sagt Juri und tritt ein paar Schritte zurück. »Ich wollte jetzt eigentlich unter die Dusche.«

»Die ist gerade von Denise besetzt, glaube ich. Es gab keinen Strahlungsausbruch auf der Sonne, also nicht in dem Zeitrahmen, der in Frage kommt.«

»Dann ist es vielleicht das Magnetfeld eines Planeten«, schlägt Juri vor.

»Wir haben uns aber keinem Planeten genähert. Das Schiff entfernt sich gerade aus der Ebene der Ekliptik, und Jupiter und Saturn sind weit weg.«

»Na gut. Du klingst, als hättest du einen Verdacht.«

»Allerdings«, sagt Meltem. »Mein Verdacht sitzt nicht weit von uns entfernt im Bug.«

»Der Reaktor? Aber der ist doch gründlich abgeschirmt?«

»Er war es zumindest auf dem Flug zu Jupiter. Aber nun leckt die Abschirmung vielleicht.«

»Wie könnte so etwas passieren?«, fragt Juri.

»Ein Treffer durch einen Asteroiden?«

»Hätte uns dein Schiff da nicht warnen müssen?«

»Danke, dass du sie ›mein Schiff‹ nennst. Aber ja, eine Warnung wäre das Mindeste gewesen. Ich hätte eher einen umfassenden Alarm erwartet.«

»Ich kann mich an keinen erinnern.«

»Das macht mich skeptisch. Glaub mir, Juri, ich habe das im Gefühl. Irgendetwas stimmt nicht mit meinem Schiff. Wir brauchen den Reaktor, auch wenn wir gerade nicht beschleunigen oder bremsen. Ohne seine Energie gehen uns Luft und Licht aus.«

»Und was sollen wir tun?«

»Einer muss da raus und nachsehen.«

»Warum siehst du mich dabei an?«

»Du bist Ingenieur, Juri. Du bist am ehesten in der Lage, das Problem zu diagnostizieren und zu beheben.«

»Ich gebe zu, ich habe schon mal den Motor einer Bergbaufräse repariert. Aber einen Kernreaktor? Das traue ich mir nun doch nicht zu.«

»Der Reaktor scheint mir nicht das Problem zu sein. Es gibt keinerlei Schwankungen im Stromnetz, also funktionieren sowohl der nukleare als auch der thermische Teil einwandfrei. Nur die Abschirmung macht mir Sorgen. Abschirmung ist low-tech, eine Wand aus Blei und Wassertanks, mehr nicht.«

Soll er ihr vom Flackern der Beleuchtung vor ein paar Tagen erzählen? Die Episode kommt ihm in der Erinnerung seltsam wirr vor, als hätte er sie geträumt, und er hat auch keinerlei Beweise. Der Strom fließt vorbildlich konstant.

»Na gut, überredet. Für wann stellst du dir den Ausflug vor?«

»Nachher?«

Juri nickt. So kommt er wenigstens mal aus dem engen Schiff heraus. Es tut ihm bestimmt gut, die Weiten des Alls zu sehen.

»Du könntest den Roboter mitnehmen«, sagt Meltem.

»Ist das dein Ernst? Soll er die Abschirmung putzen?«

»Ich habe gestern zum ersten Mal sein Handbuch gelesen. Es ist mehr als ein Putzroboter. Er soll sich auch sehr gut als Assistent eignen. Mit seinen Sensoren kann er Schäden vielleicht besser erkennen als du.«

»Und wie soll ich mit ihm kommunizieren? Ich kann ja nicht einmal Zeichen geben, er sieht mich doch nicht.«

»Er erkennt seine Umgebung besser als du. Und außerdem besitzt er einen Sprachmodus, in dem du ihm Befehle direkt oder per Funk erteilen kannst.«

»Versteht er denn auch Englisch?«

»Angeblich ja.«

»Einverstanden, dann nehme ich ihn mit. Wie sieht es denn generell mit der Dosisleistung da draußen aus?«

»Der größte Teil ist kosmische Strahlung, da musst du sowieso durch«, sagt Denise.

»Und wenn ich den Reaktorkern untersuchen muss?«

»Hm, ich glaube nicht, dass das nötig sein wird. Probleme am Reaktorkern hätten wir schon auf ganz andere Weise bemerkt«, sagt Meltem.

»Ich hätte gern sämtliche Optionen.«

»Gut, ich kann die Leistung herunterfahren. Das sollte die Belastung in verträgliche Bereiche senken. Du willst ja da draußen nicht campen, oder?«

Der Raumanzug stinkt immer noch. Juri hat sich jeden Tag vorgenommen, ihn einmal gründlich auseinanderzunehmen und zu reinigen, aber er hat es immer wieder verschoben. Das hat er nun davon. Auf die Dusche hat er deshalb gleich verzichtet, das wäre Ressourcenverschwendung gewesen. Er schließt die Windel, zieht das LCVG über Beine und Arme und steigt dann in das Unterteil des Raumanzugs.

»Halt mal«, sagt er und reicht dem Roboter einen Arm des Oberteils.

Geschickt greift die Maschine mit ihrer einzigen Hand zu. Sie hält dabei ihren langen Arm so, dass er beim Anlegen des HUT nicht im Weg ist. Die Anzüge der ESA sind etwas fortschrittlicher. Vor allem der HUT, der Hard Upper Torso, ist deutlich weicher, sodass man sich darin flexibler bewegen kann. Aber der einzige ESA-Raumanzug an Bord passt Meltem und vielleicht Denise. Die drei fehlenden hat die Ex-Crew bei ihrem Ausstieg auf Hektor mit von Bord genommen.

Juri schiebt den linken Arm in den HUT-Ärmel. Der Roboter hält dagegen. Sobald Juris Hand sicher im Handschuh steckt, wechselt Oscar blitzschnell auf die rechte Seite, um ihm dort zu helfen. Die Maschine scheint eine gewisse Intelligenz zu besitzen. Immerhin muss sie von selbst erfasst haben, was seine Absichten sind. Juris Respekt vor dem Roboter wächst. Es wäre vielleicht gut gewesen, hätte er ebenfalls das Handbuch gelesen. Aber er kann sich nicht erinnern, wann er je eine Anleitung studiert hätte. Das ist etwas für Weicheier.

Wo liegt der Helm? Juri sieht sich in seiner Kabine um. Er muss mal wieder aufräumen. Am Fußende des Betts liegt ein Kleiderhaufen. Er schiebt zwei Hosen zur Seite und findet den Helm.

»Ich bin fertig«, sagt er. »Was ist mit dir?«

»Ich bin bereit«, antwortet Oscar.

»Außentür geöffnet«, sagt Juri. »Steigen jetzt aus.«

»Seid vorsichtig«, sagt Irina.

Sie hat ihn an der Schleuse verabschiedet. Jetzt dürfte sie mit den anderen in der Zentrale sein.

»Nach dir«, sagt Juri.

Der Roboter fährt den Arm zur Luke, klammert sich dort fest und zieht sich hoch. Dann biegt er seinen Arm nach oben und hebt so seinen Körper aus der Luke. Der Arm dreht sich, und Oscar ist weg.

Juri zieht sich ebenfalls zu der Öffnung und steckt den Kopf hinaus. Der Anblick ist umwerfend. Dieser Raum ist grenzenlos. Das hat er in der Enge des Schiffes vermisst. Der Roboter hockt regungslos rechts von der Luke. Er sieht ein wenig so aus wie eine Spinne, die darauf wartet, dass ihre Beute aus dem Loch klettert. Wo hat er denn seinen Arm gelassen? Juri hakt die zweite Leine in der Nähe der Luke ein und löst die erste. Dann schwingt er sich selbst nach draußen.

Das Herumlaufen mit den Magnetstiefeln ist noch ungewohnt. Außerdem bemerkt er schnell, dass sie ihm etwas zu klein sind. Sein eigener Raumanzug besitzt keine solche Technik. Sie wäre auf dem Asteroiden sinnlos gewesen. Deshalb hat Meltem ihm ihre geborgt. Er muss darin besonders betont gehen. Wenn er einen Fuß lösen will, muss er eine gewisse Kraft aufwenden. Der Drucksensor merkt, dass er den Fuß anheben will, und löst den Magnetverschluss, während er die Wirkung auf der gegenüberliegenden Seite verstärkt. So kann er nie beide Füße gleichzeitig vom Boden heben. Aber das ist auch gesünder so. Die Schwerkraft der Ganymed Explorer ist zu vernachlässigen, und auf einen Flug in einem Mini-Raumschiff namens Juri hat er momentan keine Lust.

Juri hockt sich neben den Roboter und streichelt ihn wie ein Kaninchen. Plötzlich öffnet sich Oscars Rücken. Der Arm fährt ein Stück aus, und die Hand winkt ihm zu.

»Warum tust du das?«, fragt Juri.

»Ich bin darauf programmiert, Menschen in jeder Hinsicht zu unterstützen, auch psychologisch.«

Es ist seltsam, die melodische Stimme des Roboters im Ohr zu haben, ohne ihn sprechen zu sehen.

»Das Winken war ein Psychotrick?«

»Menschen haben eine Vorliebe für diese Art der Kommunikation.«

»Verstehe. Kennst du die Menschen gut?«

»Im Rahmen meiner Programmierung, deren Qualität ich nicht einschätzen kann.«

»Kommt ihr voran?«, fragt Meltem.

Sie hat recht. Besser, sie machen zuerst ihre Arbeit. Danach kann er sich immer noch mit Oscar unterhalten. Juri erhebt sich. Für den Ausflug hat Meltem die Rotation des Raumschiffs gestoppt. Sonst wäre es wegen der unterschiedlichen Fliehkräfte zu gefährlich geworden. Er stapft mit kleinen Schritten nach vorn. Der Himmel über ihm ist klar. Man könnte meinen, er ginge auf der Erde in einer mondlosen Nacht spazieren. Aber die zahllosen Sterne funkeln nicht. Und um ihn herum erheben sich lauter dunkle Schatten.

Es sind zwar bis nach vorn nur etwa hundert Meter Luftlinie. Er muss aber zuerst eine Art Labyrinth durchqueren. Es wird durch die zahllosen Radiatoren gebildet, die die vom Reaktor produzierte Wärme abstrahlen müssen. Oscar rollt fröhlich voraus. Warum ist er so schnell?

»Warte mal«, sagt Juri.

Der Roboter hält, und Juri bückt sich. Die Räder der Maschine haben einen Zahnkranz ausgefahren, der in eine Vertiefung auf dem Boden passt. Die komplette Oberfläche des Schiffs scheint von solchen schmalen Kanälen durchzogen. Sehr praktisch! Die Oberfläche scheint Oscars eigentliches Revier zu sein. Sich drinnen mit dem Arm durch die Räume schwingend, kommt er nur langsam voran, aber hier draußen ist er schneller als er.

»Weiter geht's«, sagt Juri.

Oscar setzt sich wieder in Bewegung. Woher weiß er eigentlich, wohin sie wollen? Meltem muss es ihm einprogrammiert haben. Oscar findet jedenfalls geschickt die Durchgänge in dem Labyrinth.

»Kommt ihr voran?«, fragt Irina.

»Wir stecken mitten zwischen den Radiatoren, aber Oscar weiß, wo es langgeht.«

»Ah, hast du es ihm gesagt?«, fragt Meltem.

»Nein, ich dachte, du hättest ihn instruiert?«

»Das habe ich nicht. Er muss uns zugehört und unseren Entschluss als Befehl verstanden haben.«

»Schlaues Kerlchen«, sagt Juri.

»Für meinen Geschmack fast zu schlau«, sagt Irina. »Pass auf, die Radiatoren sind heiß.«

Gut, dass sie ihn daran erinnert. Man sieht es zwar nicht, aber je heißer der Stoff, der sie durchfließt, desto effizienter arbeiten sie. Er darf die über 200 Grad Celsius heiße Außenseite auf keinen Fall berühren.

Rechter Fuß. Linker Fuß. Rechter Fuß. Linker Fuß. Sicherheitsleine einklinken. Er fühlt sich wie ein alter Mann. Geht das nicht schneller? Die Radiatoren sind etwa anderthalb Meter hoch.

»Oscar, wie weit kannst du deinen Arm ausfahren?«

Der Roboter streckt seinen Arm gen Himmel. Das sind bestimmt drei Meter.

»Warte mal«, sagt Juri. »Und zieh den Arm um einen Meter ein.«

Er stapft dicht an Oscar heran. Dann hakt er eine der Sicherungen an dessen Handgelenk ein. Er löst die zweite Sicherung.

»Mein Plan besteht darin, dass du mich an der Leine bis zum Reaktor ziehst«, sagt er. »Dazu musst du den Arm stets über die Radiatoren hinausstrecken. Verstehst du das?«

»Ja, das habe ich verstanden. Ich werde einen minimalen Abstand von drei Millimetern zwischen dir und den Radiatoren einhalten.«

»Mach doch bitte zehn Zentimeter daraus, oder besser fünfzig.«

»Aber das ist ineffizient.«

»Es kommt mir deutlich sicherer vor.«

»Beide Varianten bieten eine identische Sicherheit. Du

wirst die Radiatoren nicht berühren. Deine Variante ist aber energetisch ungünstiger.«

»Ich fühle mich so sicherer.«

»Verstanden. Ich halte einen Abstand von 50 Zentimetern ein.«

Es fehlt bloß noch, dass der Roboter über seine übertriebene Angst seufzt. Aber vielleicht vermenschlicht er ihn schon zu sehr. Man sollte einer Maschine keinen Namen geben. Was, wenn er Oscar einmal opfern müsste, um einen Menschen zu retten? Würde die Vermenschlichung dazu führen, dass er einen Tick zu lange wartet?

»Gehen wir?«, fragt Oscar.

»Ja, gehen wir«, sagt Juri.

Er zieht sich an dem dünnen Roboterarm nach oben. Oscar startet sofort, ohne ihm Zeit zu lassen, sich an die ungewohnte Lage zu gewöhnen. Er schwebt waagerecht etwa zwei Meter über dem Raumschiff. Es muss aussehen, als würde sich eine Flagge über das Schiff bewegen.

»Wohoo!«, ruft er.

»Geht es dir gut?«, fragt Irina.

»Ich fliege!«, antwortet er.

»Kannst du bitte mal Juris Sauerstoffsättigung prüfen? Er klingt high«, sagt Irina.

»Seine Vitaldaten sind in Ordnung«, sagt Meltem. »Nur sein Puls hat sich etwas beschleunigt.«

WENN OSCAR IHN LOSWERDEN WOLLTE, wäre das jetzt die perfekte Gelegenheit. Juri wird doch ein bisschen unwohl. Er bräuchte ihn bloß von seinem Arm zu schütteln oder gegen einen der Radiatoren krachen lassen. Für die anderen würde es wie ein Unfall aussehen. Aber warum sollte ein Roboter etwas gegen ihn haben?

»Wir sind da«, sagt Oscar.

Der Roboter zieht den Arm ein, bis Juri den Boden berührt. Juri richtet sich auf und setzt die Sicherungsleine um. Dann leuchtet er mit dem Helmscheinwerfer nach vorn. Der Lichtschein fällt auf einen Wulst, der den schlanken Hals des Raumschiffs umgibt wie ein altmodisches, dickes Collier.

Das müssen die Wasserbehälter sein, die einen Teil der Strahlungsabschirmung bilden. Juri klettert auf den Wulst. Die Behälter sehen unbeschädigt aus, aber er verlässt sich nicht auf den ersten Eindruck, sondern klettert einmal um das Schiff herum. Ein Defekt wäre leicht zu erkennen. Juri stellt sich vor, wie Spiralen gefrorenen Wassers sich ins All erstrecken. Das Schiff hat die ganze Zeit rotiert, sodass sich vermutlich bizarre Formen ergeben hätten. Aber da ist nichts.

»Die Wasserbehälter sind unbeschädigt«, sagt Juri.

»Hm, schade«, sagt Meltem.

»Schade?«

»Sie wären am einfachsten zu reparieren gewesen.«

»Ich suche weiter.«

Juri lässt sich von einem Wasserbehälter herab. Er betritt jetzt den Hals des Raumschiffs, der hier nur noch etwa anderthalb Meter dick ist. Durch diesen Hals läuft der komplette Austausch zwischen Schiff und Reaktor. Kühlwasserrohre, Stromleitungen, Kabel für die Sensorik – würde sich das Schiff den Hals brechen, wäre es wahrscheinlich unrettbar verloren. Der Kernreaktor braucht Kühlung durch die zahlreichen Radiatoren. Ohne Kühlmittelaustausch kommt es schnell zu einer Reaktorschmelze, selbst wenn sie ihn komplett herunterfahren.

Juri lässt sich auf die Knie sinken. Er hat das Herz des Schiffes vor sich. Sanft tastet er die Außenhülle ab. Auf den ersten Blick sind auch hier keine Schäden erkennbar.

»Oscar, kannst du mir helfen? Die Hülle muss irgendwo beschädigt sein.«

»Ich kann den Reaktor mit dem Radar scannen.«

»Bitte, tu das.«

Der Roboter rollt in die Dunkelheit davon. Auch hier gibt es die Einkerbungen, in die seine Zahnräder greifen. Juri wartet. Aber schnell wird ihm langweilig. Er kriecht über die Außenhülle des Reaktors und sucht selbst nach Schäden.

Doch das Ei besitzt keinen Riss. Wo mag der Schaden bloß sein?

»Meltem, kannst du meine Strahlungssensoren auslesen, während ich mich bewege?«

»Kein Problem. Das Strahlungsniveau ist ungefährlich.«

»Mir geht es um die Steigung. Wenn ich mich über den Reaktorkern bewege, müssten sich die Zahlen der Strahlungssensoren verändern, wenn die Daten aus der Zentrale stimmen und der Kern die Quelle des Übels ist.«

»Gute Idee.«

Er kriecht Richtung Spitze.

»Kalt. Immer kälter«, sagt Meltem.

Er krabbelt zurück.

»Wird schon wärmer.«

Also weiter in diese Richtung.

»Wärmer, wärmer.«

Noch ein Stück. Gleich kommen die Wasserbehälter.

»Heiß.«

Er merkt sich die Stelle. Die Außenhülle knickt hier nach unten ab. Juri kriecht über den darauffolgenden schmalen Hals hinweg bis auf den Wasserbehälter.

»Kalt, ganz kalt«, sagt Meltem.

»Die heiße Stelle liegt am Übergang zwischen Reaktorkern und Hals«, sagt Juri.

»Siehst du da etwas?«

»Nein. Warte.«

Er kriecht zu der Stelle, an der Meltem »heiß« gesagt hatte. Sie scheint sich nicht von der Umgebung zu unterscheiden. Juri legt den Kopf direkt auf das Material, sodass das Außenmikrofon damit Kontakt hat. Dann klopft er an verschiedenen Stellen. Das Mikro überträgt den Schall, der mal mehr, mal weniger hohl klingt. In der Mitte der heißen Stelle ist der Eindruck eines Hohlraums darunter am stärksten.

»Hier stimmt etwas nicht«, sagt er.

»Was denn?«, fragt Meltem.

»Moment.«

Er tastet den Boden ab. Die Außenhülle scheint hier aus anderthalb Meter langen und eine Armlänge breiten, gebogenen Blechen zu bestehen, die parallel zueinander verlegt sind. Aber wie sind sie fixiert? Schrauben oder Nieten sind nicht zu sehen. Juri holt einen flachen Schraubenzieher aus der Werkzeugtasche und schiebt die Klinge unter das Blech. Es biegt sich ein wenig nach oben, dann geht ihm die Kraft aus. Besonders stabil scheint es nicht zu sein, aber es muss wohl auch nicht für Stabilität sorgen.

Juri holt einen zweiten Schraubenzieher heraus und benutzt seinen Griff als Hebel. Jetzt hebt sich das Blech um anderthalb Zentimeter. Hätte er noch eine dritte Hand, könnte er es abheben.

»Oscar?«

»Zur Stelle.«

Etwas klopft auf seine Schulter.

»Kannst du das Blech abheben?«

»Natürlich.«

Oscars langer Arm fährt über ihn hinweg. Einer seiner Metallfinger, der besonders flach ist, schiebt sich unter das Blech, die anderen drei halten von oben dagegen. Dann hebt sich das Blech langsam. Oscar ist keine Kraftanstrengung anzumerken. Juri sieht zur Seite. Die Räder des Roboters müssen gut verankert sein.

»Danke, das reicht«, sagt Juri, als das Blech etwa eine Armlänge absteht.

Er leuchtet in die Öffnung. So hat er es sich gedacht. Unter dem Blech ist eine Höhlung, vielleicht zwanzig Zentimeter tief. Er greift hinein und tastet seitlich unter die anderen Bleche. Die Höhlung hat etwa einen Meter Durchmesser, danach stoßen seine Finger auf eine feste Masse. Offenbar fehlt hier Dämmmaterial. Die Strahlungsdosis ist erst vor drei Tagen angestiegen. Das Material kann also nicht schon seit dem Start von der Erde fehlen.

Dann tastet er die Unterseite des Bleches ab. An seinem Ende findet er hervorstehende Stifte mit dickem, aber weichem Ende. Sie lassen sich wohl in entsprechende Vertiefungen im Skelett des Schiffes drücken. Ein praktisches Verfahren. So kann man die Bleche wie Dachschindeln austauschen, ohne Schrauben oder ähnliches zu benötigen.

»Drück das Blech bitte wieder nach unten, Oscar!«

»Bestätigt.«

Der Roboter drückt geschickt mit der Hand von oben gegen das Blech, bis es sich an Ort und Stelle befindet.

»Danke, Oscar. Du bist sehr geschickt.«

»Danke, Juri.«

»Befindet sich unter allen Blechen ein solcher Hohlraum?«

»Nein. Die Schicht unter der Hülle rund um den Reaktorkern ist mit einem effizient abschirmenden Spezialschaum gefüllt.«

»Woher weißt du das?«

»Ich habe die Konstruktionspläne der Uljanow gespeichert.«

»Uljanow?«

»Entschuldigung, so hieß die Ganymed Explorer, bevor sie an die ESA verkauft wurde. In den Plänen wird sie immer noch so bezeichnet. Ich habe bereits versucht, den Namen zu ändern, allerdings ist er Teil der Pläne, zu deren Änderung ich keine Berechtigung besitze.«

»Und warum war dann hier ein Loch?«

»Das weiß ich nicht. Das Material muss aus irgendeinem Grund entfernt worden sein.«

»Aus welchem Grund?«

»Das weiß ich nicht.«

»Aber du hast doch gesagt, dass es einen Grund gab?«

»Menschen haben immer einen Grund für ihr Handeln, auch wenn sie sich dessen nicht bewusst sind.«

»Du hast also einen Menschen in Verdacht?«

»Die Crew des Raumschiffes besteht aus Menschen, deshalb ist das die einzig logische Schlussfolgerung, wenn man eine Beschädigung von außen ausschließt, wie wir es getan haben.«

Das stimmt. Ein Asteroidentreffer kommt als Ursache

nicht in Frage, dann hätten sie an der betreffenden Stelle kein Blech mehr gefunden.

»Wenn das Schiff früher anders hieß, hattest du da auch einen anderen Namen?«

»Nein, ich heiße schon immer Oscar.«

Juri zieht sich in die Schleuse. Der Roboter ist auch schon da, also drückt er den Knopf, der die äußere Tür verschließt. Das wurde auch Zeit. Er ist es nicht mehr gewöhnt, die ganze Zeit Luft aus dem Behälter zu atmen. Seine Augen tränen von der ständigen Luftbewegung im Helm, die er nicht ausschalten konnte, weil das Glas sonst innen angelaufen wäre.

»Bist du auch so geschafft, Oscar?«

»Mein Akku ist noch zu 43 Prozent gefüllt. Erfüllt das die menschliche Definition des Wortes ›geschafft‹?«

»Vermutlich nicht. Mein Akku ist unter 10 Prozent.«

»Du besitzt einen Akku?«

»Das sagt man so.«

Die Anzeige am Handgelenk zeigt einen Luftdruck von 700 hPa. Er greift zum Helmverschluss. Endlich wieder gute Luft!

»Juri? Ich will euch Jungs ja nicht stören, aber es gibt da ein Problem«, meldet sich Meltem.

Oh nein, jetzt ist jemand anderes an der Reihe.

»Was gibt es denn?«, fragt er gedehnt.

»Ich kann mir vorstellen, dass du fertig bist«, sagt die Kapitänin, »aber wir schaffen es nicht, den Reaktor wieder länger als ein paar Minuten laufen zu lassen.«

»Brauchen wir ihn denn überhaupt, bevor wir in ein paar Wochen bremsen?«

»Ja, leider. Die ganze Lebenserhaltung und die aktive Abschirmung arbeiten mit Reaktorstrom.«

»Mist. Und du glaubst, ich könnte das reparieren?«

»Das will ich hoffen. Die Kühlung scheint das Problem zu sein. Der Kühlkreislauf ist wohl unterbrochen.«

»Seit wann?«

»Es muss passiert sein, nachdem wir den Reaktor heruntergefahren haben.«

»Oscar, hast du das gehört?«, fragt Juri.

»Ja«, antwortet der Roboter und bewegt seine Hand hin und her.

»Wir müssen noch einmal nach draußen«, sagt Juri.

»Zu Befehl.«

»Warte mal, Juri. Ich schicke dir noch die Pläne«, sagt Meltem.

»Das wird nicht nötig sein. Oscar hat sie bereits. Stimmt's, Oscar?«

»Das ist korrekt.«

»Oh, gut, das wusste ich nicht.«

»Ich auch nicht, Frau Kapitänin. Freut mich, dass du auch mal etwas nicht weißt.«

»Mir gibt es eher zu denken«, sagt Meltem. »Es ist mein Job, alles zu wissen.«

»Ärgere dich nicht. Oscar hat es mir gerade erst erzählt. Wir machen uns dann mal auf den Weg.«

Die Radiatoren sind noch immer heiß. Weil sie Wärme im Vakuum nur über Strahlung abgeben, dauert es eine Weile, bis sie wirklich kalt werden. Deshalb braucht das Schiff auch so viele davon. Oscar führt ihn wieder als Flagge an seinem langen Arm über die Oberfläche. Der Roboter hält hinter den Radiatoren auch nicht an. Er scheint ein festes Ziel zu haben.

»Wohin bringst du mich?«, fragt Juri.

»Ganz nach vorn.«

»Wieso?«

»Die Wahrscheinlichkeit, den Fehler zu finden, ist dort am höchsten.«

»Kannst du das auch begründen?«

»Der Sekundärkreislauf in den Radiatoren funktioniert. Ich habe die Fließgeschwindigkeit nachgemessen.«

»Mit dem Radar?«

»Nein, akustisch. Ich habe ein sehr feines Gehör.«

»Verstehe. Und die Kühlflüssigkeit fließt trotz der Blockade?«

»Sie verändert im Radiator ihr Volumen, dadurch bewegt sie sich. Also muss das Problem im Primärkreislauf stecken, und den finden wir vorn.«

Der schlanke Hals des Raumschiffs liegt unverändert vor ihm. Juri kommt es vor, als wäre er das Zentrum des Universums. Er steht still, zusammen mit der Ganymed Explorer, und alles dreht sich um ihn. Dabei rasen sie mit vielen Kilometern pro Sekunde durch das All. Sie bräuchten bloß einem Kieselstein zu begegnen, und der Brocken würde seinen Anzug durchschlagen, als bestünde er aus Gelee.

»Und nun?«, fragt er.

»Ich prüfe die Durchlässigkeit des Primärkreislaufs«, sagt Oscar.

Juri fragt nicht erst. Oscar weiß schon, was er vorhat. Er ist wirklich weit mehr als ein Putzroboter. Schon, dass hier draußen überall Schienen für ihn in die Außenhülle gefräst wurden, spricht dafür. Juri sieht sich um. Der schwarze Planet liegt irgendwo weit vor ihnen. Wie wird er aussehen, wenn sie ihn erreichen? Wird er immer noch rein schwarz sein, wie ein Loch im Kosmos, oder glüht er vielleicht im dunkelsten Rot? Und was hat ihn so werden lassen? Die exzentrische Bahn könnte Amphitrite weit über der Ebene der anderen Planeten in den Strahlungsgürtel des Sonnensystems geführt haben, dorthin, wo die kosmische und die solare Strahlung in einer Schockwelle aufeinandertreffen. Vielleicht ist die resultierende Strahlung dort so stark, dass sie über die letzten Milliarden Jahre die Oberfläche von Amphitrite quasi verbrannt hat.

Etwas berührt ihn am Unterschenkel. Juri zuckt zusammen, aber es ist bloß Oscar.

»Ich habe den Fehler gefunden«, sagt er.

Das ging aber schnell. Läuft das nicht etwas zu glatt?

»Gut. Dann beheben wir ihn.«

»Das ist nicht möglich. Dieser Fehler gehört zu einer Kategorie, zu deren Behebung wir eine Werft anlaufen müssen.«

»Hier gibt es keine Werft. Und wenn wir den Reaktor nicht wieder hochfahren können, werden wir für immer und ewig durch das Sonnensystem fliegen.«

»Das ist nicht korrekt. Da unsere Geschwindigkeit über der dritten kosmischen Geschwindigkeit liegt, werden wir das Sonnensystem verlassen«, korrigiert ihn Oscar ungerührt.

»Davon werden wir nichts mehr mitbekommen, weil bis dahin längst die Lebenserhaltung versagt hat.«

»Ich werde meinen Dienst voraussichtlich erst in 745 Jahren einstellen.«

»Wie hältst du so lange ohne Energie durch?«

»Die chemischen Triebwerke müssten noch mindestens so lange die etwa 80 Watt liefern, die ich im Sparmodus verbrauche.«

»Schön für dich. Können wir dann nicht mit den chemischen Triebwerken bremsen?«

»Dazu sind sie nicht leistungsfähig genug.«

»Meltem, habt ihr das mitgehört?«, fragt Juri.

»Ja. Wir können es aber noch nicht so recht glauben.«

»Wie lange läuft die Lebenserhaltung mit dem Backup-Generator?«

»Ein paar Wochen. Aber wenn wir die Kühlung nicht in Gang bekommen, haben wir ein Problem mit dem Reaktor, der dauernd Hitze produziert. In ein paar Tagen könnte es dann zur Kernschmelze kommen.«

»Puh, dann kann ich ja auch gleich von hier draußen ins All springen. Das ist wohl die Strafe dafür, dass ich Grigori …«

»Juri, das war wohl etwas zu viel für dich heute«, unterbricht ihn Irina. »Jetzt kommst du erst einmal rein, dann reden wir in Ruhe und finden eine Lösung, versprochen.«

Es ist seltsam. Wenn er sich selbst eine Lösung vorstellt, sieht er nur Dunkelheit. Aber wenn Irina mit ihrer tiefen, warmen Stimme davon spricht, vertraut er ihr sofort, und sein Herz beruhigt sich.

## 4. Februar 2078, Ganymed Explorer

Auf dem Holo-Schirm zeichnen grüne Linien ein Ei. Das ist der Reaktor. Die Reaktionskammer befindet sich in seinem Inneren. Irina zieht die Darstellung mit Daumen und Zeigefinger auseinander.

»Wie ihr seht, ist der Reaktorkern isoliert«, sagt sie. »Da kommt wirklich niemand heran. Gäbe es hier einen Fehler, hätten wir keine Chance.«

»Also haben wir eine Chance?«, fragt Denise.

»Es ist nicht auszuschließen. Der Kühlkreislauf ist ebenfalls nach außen abgeschlossen. Darum hat Oscar behauptet, er wäre nur in der Werft zu reparieren. Aber das stimmt nicht ganz.«

Irina dreht das Ei und zieht mit dem Zeigefinger eine Linie hindurch. Plötzlich sehen sie auf einen kreisförmigen Querschnitt.

»Die Schale hier draußen ist abnehmbar. Allerdings dient sie gleichzeitig als Abschirmung für einen Teil der vom Reaktor ausgehenden Strahlung. Wenn man sie abnimmt, um an den Kühlkreislauf heranzukommen, setzt man sich einer erheblichen Dosis aus.«

»Wie erheblich?«, fragt Denise.

»Nun, es ist nicht ausgeschlossen, dass man das überlebt, aber die Schäden dürften beträchtlich sein.«

»Was wäre denn genau zu tun?«, fragt Juri.

»Tja, wenn wir das wüssten! Wir haben schon alle möglichen Experimente gemacht«, sagt Irina. »Der innere Kühlkreislauf besitzt mehrere Pumpen, die wir von hier aus ansteuern können. Sie reagieren auch, aber sie bringen die Kühlflüssigkeit nicht in Bewegung.«

»Könnte da etwas eingefroren sein?«, fragt Denise. »Ich habe davon gelesen, dass das auf der ersten Enceladus-Expedition schwere Probleme verursacht haben soll.«

»Nein, das ist kaum möglich«, antwortet Irina. »Der innere Kühlkreislauf ist rund um den Kern verteilt, und dort ist es ziemlich warm.«

»Und was schlägst du dann vor?«, fragt Juri.

»Ich werde hinausgehen und nachsehen«, sagt Irina.

»Wenn, dann übernehme ich das.«

»Nein, Juri, du hast schon einen Einsatz absolviert. Jetzt ist jemand anderes an der Reihe.«

»Was hast du über die möglichen Folgeschäden gesagt?«, fragt Juri. »Ich habe euch alle in diese Lage gebracht. Wäre ich einen Moment früher wieder zu Verstand gekommen, wären wir jetzt alle nicht hier. Also bin ich auch dafür verantwortlich, das in Ordnung zu bringen. Dass einer von euch noch für mich stirbt, kommt gar nicht in Frage.«

»Juri, sei vernünftig. Du bist noch von gestern geschwächt«, sagt Meltem.

»Einmal in der Schwerelosigkeit nach vorn laufen und ein paar Schrauben drehen, das schaffe ich schon noch. Außerdem nehme ich Oscar mit. Du ziehst mich wieder bis nach vorn, nicht wahr, Oscar?«

»Wenn du es sagst.«

»Gut, dann wäre das geklärt. Ich mache mich fertig, und dann bringen wir das hinter uns.«

Niemand sagt mehr etwas. Irina sieht skeptisch aus, aber sie scheint einzusehen, dass sie ihn nicht umstimmen kann. Meltem wirkt auf seltsame Art ruhig. Ist sie einfach nur abgeklärt, oder stört es sie gar nicht, dass er sein Leben aufs Spiel setzen muss? Sie würde versuchen, das

Schiff zu sabotieren, das hat sie noch vor ein paar Tagen angedroht. Und nun fehlt plötzlich ein Stück der Isolation, und der Reaktor weigert sich, sich hochfahren zu lassen. Irgendetwas stimmt hier nicht. Ob Meltem damit zu tun hat?

Allmählich bekommt er Übung. Zehn Minuten, nachdem er die Schleuse verlassen hat, steht er schon auf dem Hals der Ganymed Explorer und betrachtet das Ei, in dem sich der Reaktor verbirgt. Oscar und er, sie sind nun schon ein eingespieltes Team, das fast ohne Kommunikation auskommt. Es ist schwer vorstellbar, dass dies der letzte Ausflug seines Lebens sein könnte. Er hätte sich anders von Irina verabschieden sollen. Sie tut ihm am meisten leid. Nein, eigentlich tut er sich selbst am meisten leid. Irina ist ein besonderer Mensch, und er hat trotzdem nie versucht, ihr näherzukommen.

Aber es ist besser so. Dann fällt ihr der Abschied wenigstens nicht so schwer.

»Juri? Ich beschreibe dir jetzt, welche Teile du lösen musst, um dich möglichst geringer Strahlenbelastung dem Kühlsystem zu nähern.«

So haben sie es besprochen.

»Verstanden. Fang an, Kapitänin.«

Meltem kann durch seine Helmkamera sehen.

»Die Verschalung ist links von dir mit einer langen Schraube gesichert, siehst du sie?«

»Ja. Ich entferne sie.«

Er nimmt einen Schraubenzieher aus der Werkzeugtasche, dreht die Schraube heraus und legt sie neben sich in den Raum. Sie wird sich nicht von der Stelle bewegen, obwohl das Schiff gerade mit zig Kilometern pro Sekunde durch das All rast. Faszinierend.

»Schön, dass du noch Freude an den kleinen Dingen hast«, sagt Meltem.

Stimmt, sie sieht ja, was er sieht, und muss bemerkt haben, wie lange er die schwebende Schraube beobachtet hat.

»Gut, jetzt ist die erste Abdeckung an der Reihe. Da brauchst du nur etwas Kraft.«

FÜNFZEHN MINUTEN später hat sich vor ihm eine Art Gruft geöffnet, ein Schacht, der anderthalb Meter in die Tiefe reicht, wo sich die wichtigsten Leitungen des Kühlkreislaufs begegnen. Was er dafür ausgebaut hat, verteilt sich rings um ihn. Es ist wohl die merkwürdigste Werkstatt des Universums, in der er tätig ist.

»Wie geht es meinem Dosimeter?«, fragt er.

»Sieht gut aus«, sagt Denise. »Du hältst dich immer etwas außerhalb der Gruft, das hilft sicher, und der Reaktor läuft ja nicht.«

»Das wird sich nun allerdings ändern«, sagt Meltem. »Du musst da rein. Am besten kopfüber, damit du mit den Armen hantieren kannst.«

Juri beugt sich über das rechteckige, schwarze Loch. Es ist, als würde er in sein eigenes Grab steigen. Er gibt sich einen leichten Stoß und segelt nach unten.

»Kannst du den Schallsensor an die einzelnen Rohre halten?«, fragt Meltem.

Sie sieht zwar, ob sich die Pumpen bewegen, aber eventuelle Strömungen lassen sich nur direkt hier unten messen. Er tastet nacheinander jedes der mehr als armdicken Rohre ab.

»Schade«, sagt Meltem nach einer Weile. »Ich hatte gehofft, dass vielleicht einfach nur die Sensorik in den Rohren defekt und sonst alles in Ordnung ist.«

»Das wäre natürlich schön gewesen«, sagt Juri.

»Aber warte, ich habe da etwas.«

Meltems Stimme schwankt zwischen Unglaube und Hoffnung. Jetzt klingt sie nicht mehr abgeklärt. Das beruhigt ihn. Auch wenn er sowieso hier stirbt, wären Irina und Denise in Gefahr, wenn die Kapitänin sich als Verräterin erwiese.

»Ja?«

»Rohr Nummer 3«, sagt sie.

»Welches ist das?«

»Das dickste. Es verringert seinen Querschnitt, siehst du das?«

Juri leuchtet mit der Lampe. »Ja, ich sehe es. Da ganz am Rand.«

»Genau. Halte noch einmal den Schallsensor an diese Stelle.«

Er folgt der Aufforderung.

»Ha, ich wusste es! Dort liegt die Fließgeschwindigkeit bei null.«

»Aber steht das Kühlmittel denn nicht überall still?«

»Im Großen und Ganzen, ja, aber nie zu 100 Prozent. Hier aber schon.«

»Und das bedeutet?«

»Das heißt, dort muss ein spezielles Problem vorliegen, vielleicht der Kern der ganzen Schweinerei. Ich vermute einen Pfropfen, der alles verstopft. Das wäre der ideale Platz für so ein Ding. Ich verfluche den Ingenieur, der sich das ausgedacht hat. Eine Verengung ist immer die Keimzelle für Probleme aller Art.«

»Es könnte ein Platzproblem gewesen sein«, sagt Juri. »Und nun?«

Wie lange habe ich noch zu leben? Er verdrängt die Frage.

»Wir könnten versuchen, ihn irgendwie wegzuspülen. Du kletterst am besten so lange aus dem Loch heraus.«

Da sagt er nicht nein. Er zieht sich rückwärts auf die Außenhülle zurück. Vielleicht braucht er die Gruft ja doch noch nicht. Oscar leistet ihm Gesellschaft. Der Roboter rollt heran und winkt mit seiner Hand.

»Es hat nicht geklappt«, sagt Meltem nach einer Weile.

Sie spricht ungewohnt leise. Juri kann es ihr nachfühlen. Es ist schrecklich, so einen Kampf zu verlieren.

»Was kann ich tun?«, fragt er. »Brauchst du mich wieder da unten im Loch?«

»Ich habe eine Idee, aber …«, sagt Irina.

»Raus damit«, sagt Meltem. »Ich bin mit meinem Latein am Ende.«

»Einen Pfropfen bekommt man mit Druck heraus.«

»Das haben wir doch schon versucht. Die Pumpen sind zu schwach, und die Kühlflüssigkeit ist zu wenig komprimierbar.«

»Scheiß auf die Pumpen. Ich spreche von richtigem Druck. So ein Druck, dass …«

»Dass …?«

»Dass der Reaktor fast gesprengt wird. So, jetzt ist es raus. Schlagt mich, weil die Idee so verrückt ist.«

»Es dürfte nicht zielführend sein, den Reaktor zu sprengen«, sagt Meltem.

»Warte mal«, sagt Denise. »Irina spricht ja von ›fast‹. Wir könnten den Reaktor hochfahren. Was passiert? Die Kühlflüssigkeit, die ihn direkt umgibt, erhitzt sich und dehnt sich dabei aus. Dass sie so wenig komprimierbar ist, ist gut. Dann ist der Druck, der sich aufbaut, umso mächtiger und bläst hoffentlich den Pfropfen aus der Engstelle. Es ist wie beim Niesen.«

»Du würdest das wirklich versuchen?«, fragt Meltem.

»Wenn wir nichts tun, sterben wir auch«, sagt Irina.

»Aber so ein Reaktor ist kein Spielzeug. Er fährt nicht linear hoch. Kleine Ursache, große Wirkung. Wenn wir etwas zu viel Gas geben, sprengt es uns den Reaktor komplett.«

»Dann ist es eben so, Meltem. Wie gesagt, wir sterben sowieso«, sagt Irina.

»Vielleicht haben wir ja später noch eine viel bessere Idee«, sagt Meltem.

»Dir tut es leid um dein Schiff, oder? Ja, vielleicht verlierst du es, aber es wäre eine Chance, uns alle zu retten«, sagt Denise.

»Okay, ich gebe zu, ich liebe dieses Schiff. Ich liebe es seit der ersten Minute, in der ich seine Kapitänin wurde. Aber ihr habt recht, Menschen sind wichtiger. Ich bin einverstanden.«

»Danke, Meltem.«

»Dann fahre ich den Reaktor jetzt hoch«, sagt Meltem.

»Soll ich reinkommen?«, fragt Juri.

»Das lohnt sich nicht. Entweder, wir sind alle in ein paar Minuten tot, oder das Problem ist gelöst.«

Ein paar Minuten später lebt er noch, und das Problem ist nicht gelöst. Grauer Dampf steigt aus der Gruft.

»Mist, es gibt ein Überdruckventil«, sagt Meltem.

»Eine schöne Erfindung«, sagt Juri. »Schützt Systeme wie den Reaktor davor, wegen eines zu hohen Drucks zu explodieren.«

»Tja.«

»Können wir es deaktivieren?«, fragt Irina.

»Sieht nicht so aus«, antwortet Meltem.

»Aber ich sehe doch den Dampf aus dem Loch aufsteigen. Das Ventil muss sich hier unten befinden«, sagt Juri.

»Das hilft uns nicht«, sagt Meltem.

»Doch. Ich steige hinab und schließe es.«

»Das musst du aber tun, während ich den Reaktor hochfahre. Dir ist klar, was das bedeutet?«

»Dann sei es so.«

»Ich warne dich: Dabei bekommst du ganz sicher eine tödliche Dosis ab.«

»Das ist mir bewusst.«

»Nein, Juri, das kann ich nicht von dir verlangen«, sagt Meltem.

»Aber du verlangst es doch gar nicht, ich mache es völlig freiwillig.«

»Es tut mir leid, aber das bringe ich nicht fertig. Ich müsste den Reaktor hochfahren, während du da unten in dem Loch sitzt und von der Strahlung gegrillt wirst. Ich wäre deine Mörderin, Juri.«

»Ich will es doch so. Und wir beide können damit drei Menschen retten.«

»Das kann ich wirklich nicht«, sagt Meltem. »Es ist eine unmenschliche Rechnung, drei Leben gegen eines einzutauschen.«

»Ich mache es«, sagt Irina. »Es ist vernünftig.«

»Danke«, sagt Juri.

Irina versteht ihn. Sie gibt ihm die Chance, seine Schuld zu tilgen.

»Kletterst du runter?«, fragt sie.

»Bin schon dabei.«

Es ist die beste Lösung. Er darf gar nicht lange nachdenken. Juri beugt sich über das Loch, dann zögert er. Die Strahlung, die vom Reaktor ausgeht, ist unsichtbar. Aber genau das macht es schwerer, sich ihr bewusst auszusetzen.

Eine metallene Hand zieht ihn am Ärmel.

»Ich kann das übernehmen«, sagt Oscar.

»Was?«

Was will der Roboter von ihm?

»Deine Aufgabe ist es, das Ventil zu schließen, während der Reaktor hochfährt. Das kann ich übernehmen. Ich bin kräftiger als du.«

»Ich …«

»Wirklich, es ist effizienter, und die Strahlung kann mich nicht töten.«

»Sie macht dir nichts aus?«

»Sie wird meine elektronischen Teile beschädigen, aber da ich nicht lebe, kann ich auch nicht sterben.«

»Warum tust du das?«

»Weil es getan werden muss und es effizienter ist, wenn ich es übernehme.«

Es ist logisch. Warum ist er nicht schon selbst darauf gekommen? Er sieht den kleinen Roboter wohl wie ein Haustier, und wer würde seine Katze in einen Kernreaktor schicken? Aber Oscar ist eben doch eine Maschine. Trotzdem ist er ihm dankbar, und es ist eine andere Art von Dankbarkeit als die, die er seinem alten Auto gegenüber empfunden hat, nachdem er es wegen des Verbots von Benzinmotoren verschrotten musste.

»Gut. Danke, Oscar.«

Der Roboter greift nach einem Vorsprung und zieht dann seinen Körper daran hoch, um ihn schließlich in der Vertiefung zu versenken. Die vier Finger lassen los, und langsam verschwindet Oscar aus Juris Sichtfeld. Er zieht sich hinter die Wassercontainer zurück.

»Befinde mich in Position«, meldet sich Oscar per Funk.

»Meltem, Irina, habt ihr mitgehört?«, fragt Juri.

»Bestätigt«, sagt Irina. »Dann fahre ich den Reaktor jetzt hoch. Solange Oscar das Überdruckventil schließt, wird der Druck im Kühlkreislauf steigen. Ich bin nicht sicher, wie weit wir da gehen können. Wenn wir Pech haben, platzt uns eines der Rohre, bevor das Hindernis herausgespült wird. Das dürfte dann nur schwer zu reparieren sein.«

»Das hatten wir doch schon diskutiert«, sagt Juri. »Im schlimmsten Fall verändert sich unsere Situation nicht, im besten erlangen wir die Kontrolle über das Schiff zurück.«

»Ich weiß«, sagt Irina. »Ich wollte es nur noch einmal gesagt haben. Fahre Reaktor hoch.«

»Viel Erfolg, Oscar«, sagt Juri.

Der Roboter antwortet nicht.

»Nominaldruck erreicht«, sagt Irina.

Das ging schnell!

»130 Prozent.«

»160 Prozent.«

»200 Prozent.«

»Nicht so schnell, Irina!«, ruft er.

»Das kann ich nicht ändern«, sagt Irina. »Der Kühlkreislauf steht still, und durch die fehlende Wärmeabfuhr schaukelt sich der Druck zusätzlich hoch.«

»240 Prozent.«

»280 Prozent.«

Gleich ist der Druck dreimal so hoch wie normal. Was

wird der Reaktorhersteller wohl als Grenze definiert haben? Bestimmt sind die Sicherheitsgrenzen großzügig ausgelegt. Vielleicht auf den zehnfachen Überdruck?

»350 Prozent«, sagt Irina. »Langsam mache ich mir Sorgen.«

»Oscar, Status?«, fragt Juri.

»On xx Os xx Error.«

Der Roboter leidet offenbar schon. Hoffentlich hat er das berücksichtigt und gibt das Überdruckventil nicht zu früh frei.

»420 Prozent.«

»510 Prozent.«

Puh, jetzt zieht der Druck aber kräftig an.

»620 Prozent.«

»740 Prozent.«

Das wird wohl nichts mehr. Das Hindernis muss sich unverrückbar im Kühlkreislauf verklemmt haben. Am besten, Irina fährt den Reaktor wieder herunter. Vielleicht können sie die Rohre aufschneiden. Das ist immer noch besser als eine unkontrollierbare Explosion.

»850 Prozent.«

Und da sage noch jemand, die russischen Ingenieure würden keine Qualität liefern.

»920 Prozent.«

Juri merkt auf. Der Anstieg war geringer als zuvor.

»980 Prozent.«

»1010 Prozent.«

Das ist eindeutig eine Trendwende. Haben sie es geschafft?

»1010 Prozent.«

Ha!

»990 Prozent. Leute, der Kühlkreislauf scheint wieder offen zu sein. Ich reduziere jetzt schrittweise die Leistung«, sagt Irina.

»Oh Mann, ich bin so froh!«, sagt Denise.

Juri atmet tief durch. Sie sind dem Tod anscheinend noch einmal von der Schippe gesprungen.

»Druck ist nominell«, sagt Irina.

»Kann ich dann Oscar holen?«, fragt Juri.

»Nein, der Reaktor läuft noch. Es ist zu heiß.«

»Aber ich will ihn nicht in dem Loch lassen.«

»Es ist doch nur eine Maschine«, sagt Irina. »Sie hat ihre Aufgabe erfüllt.«

»Trotzdem. Er hat sich für uns geopfert. Kannst du den Reaktor nicht herunterfahren? Bitte, Irina.«

»Nachdem wir solche Probleme hatten? Das halte ich für keine gute Idee.«

»Irina hat recht«, sagt Meltem. »Wir wissen noch nicht einmal, wie die Verstopfung entstanden ist.«

»Dann hole ich ihn schnell.«

»Juri, sei doch vernünftig«, sagt Irina. »Du belastest dich unnötig.«

»Wenn ich mich beeile, bleibt die Dosis gering. Ich schnappe ihn mir und verschwinde wieder.«

»Du bist ein Dickkopf, Juri.«

»Du auch, Irina.«

»Ich reduziere die Reaktorleistung auf ein Drittel, das begrenzt dein Risiko, und der Durchfluss des Kühlsystems verringert sich nicht zu sehr.«

»Danke, Irina.«

Juri zieht sich an den Wassercontainern hoch, schwebt hinüber und bewegt sich bis zum Reaktorkern. Aus dem rechteckigen Loch, an dem er die Abschirmung entfernt hat, dringt kein Dampf mehr. Er leuchtet hinein. Da ist Oscar.

»Oscar, hörst du mich?«

Keine Antwort. Oscars Arm ist etwa in der Mitte geknickt; die Hand greift noch immer nach dem Ventil im Boden. Hoffentlich hat er sich nicht zu sehr darin verhakt. Juri verankert seine Sicherungsleine und taucht in das Loch, bis er das Armgelenk zu fassen bekommt. Dann zieht er sich zügig an der Leine wieder nach oben. Oscar leistet keinen Widerstand. Erst einmal raus aus dem Loch. Juri schwingt seine Beine über den Rand, dann schiebt er Oscar hinterher und folgt selbst.

So, damit ist er einigermaßen in Sicherheit. Die Räder des Roboters haben sich automatisch im Boden verankert. Lebt er doch noch? Juri drückt alle Knöpfe an seiner Ober- und Unterseite, die er finden kann, aber der Roboter reagiert nicht. Das Verankern der Räder muss ein rein mechanischer Vorgang gewesen sein.

Es ist Zeit für den Rückzug. Juri zieht an Oscar, aber diesmal wehrt er sich. Die Räder! Juri untersucht sie. In der Mitte der Nabe gibt es einen Druckpunkt. Wenn er den Zeigefinger darauf presst, lassen sich die Räder aus der Führungsschiene nehmen. Er muss nur aufpassen, dass sich die anderen nicht wieder einhaken. Das ist gar nicht so einfach. Juri flucht mehrmals, doch dann schafft er es. Er sieht noch einmal zu dem rechteckigen Loch. Die Abdeckungen schweben noch ganz in der Nähe. Sie müssen sie wieder anbringen, bevor das Schiff das nächste Mal beschleunigt. Aber nicht jetzt.

Der Weg zurück zur Schleuse fühlt sich seltsam an. Beim letzten Mal hat ihn Oscar gezogen. Jetzt trägt er ihn auf den Armen wie ein verwundetes Haustier. Irina hilft ihm, einen Pfad durch die Radiatoren zu finden, die auf dem Heckabschnitt der Ganymed Explorer wuchern wie Pflanzen im Dschungel.

## 5. Februar 2078, Ganymed Explorer

Obnarushiwannoy Samochodnoy Kontrolirowannoy Awtomatitscheski Robot. Daher hat Oscar also seinen Namen! Juri fährt mit dem Finger über die kyrillischen Buchstaben, die auf der Innenseite der Abdeckung eingeprägt sind. Sie müssten ihn also eigentlich Oskar nennen, mit k. Komisch, er stellt sich bei ihm immer einen Oscar mit c vor, wie den Hollywood-Oscar.

Stellte. Die Schäden, die er erlitten hat, scheinen ziemlich gravierend. Die Hauptplatine zeigt jedenfalls keinerlei Reaktion mehr. Juri hat alle Ein- und Ausgänge getestet, Oscar ist praktisch tot. Beeindruckend ist allerdings die schiere Größe der Recheneinheit, vor allem, wenn man bedenkt, wie wenig Platz die heutigen Chips benötigen. Selbst wenn man annimmt, dass Oscars Erbauer absichtlich weniger stark integrierte Bauteile genutzt haben, um den Roboter unempfindlicher gegen kosmische Strahlung zu machen, scheint sein Elektronenhirn deutlich überdimensioniert. Aber vielleicht setzt der Hersteller RB ja auf eine modulare Konstruktion und spendiert all seinen Geräten denselben Haupt-Computer. Oder es ist geplant, die Reihe später noch deutlich auszubauen.

Was bedeutet überhaupt der Name? In seiner Raumfahrt-

Ausbildung hat Juri Russisch gelernt, aber das ist lange her. Obnarushiwannoy, das ist ein Partizip. Es könnte »erkennend« oder »beobachtend« bedeuten. Samochodnoy, das ist selbstfahrend. Kontrolirowannoy, das geht in Richtung »kontrollieren« oder »prüfen«. »Awtomatitscheski Robot« ist klar, wobei es sich um eine Tautologie handelt, denn Roboter sollten ja wohl immer irgendwie automatisch funktionieren. Aber sonst hätte die Abkürzung ja nicht »OSKAR« ergeben. Ihr Oscar ist demnach ein »Selbstfahrender Überwachungs- und Steuerungs-Roboter«, ein »SÜSR«.

Warum haben sie das Staubsaugen dabei weggelassen? Vermutlich haben männliche Ingenieure den Namen erfunden. Die Fähigkeit des Putzens stand zwar bestimmt im Pflichtenheft, war den Erfindern des Namens aber nicht wichtig.

Oder übersieht er hier etwas? Als er vor einer Woche seine Runde gedreht hat, sah es so aus, als sei die Schleusenkammer in Benutzung gewesen. Wenn nun Oscar den Kernreaktor überhaupt erst beschädigt hat? Mit der fehlenden Isolierung könnte er das Kühlsystem verstopft haben. Aber warum? Und spricht nicht dagegen, dass er sich dann für sie alle geopfert hat?

Dieser ganze Gedanke ist falsch. Oscar hat klar gezeigt, dass er keinerlei eigene Motive besitzt – von dem Bestreben abgesehen, effizient zu handeln. Es ist doch nicht effizient, diese Reise zu sabotieren. Hier hat eindeutig jemand anderes seine Hände im Spiel. Falls es sich nicht um einen riesigen Zufall handelt. Das wäre Juri eindeutig lieber.

Nein, hier kann er nichts ausrichten. Er legt die Oberschale wieder über den Elektronikfriedhof, den Oscars Gehirn seit seiner Zeit beim Reaktor bildet. Wenn die Strahlung schon die Chips förmlich verbrannt hat, was hätte sie dann mit seinem Körper angestellt? Er sollte Oscar dankbar sein, statt ihm zu misstrauen.

»Kommst du voran mit Oscar?«, fragt Meltem.

»Es sieht nicht gut aus. Der Reaktor hat seine Chips kräftig gebraten, da ist wohl nichts mehr zu retten.«

»Das ist ja schade, er war mir richtig ans Herz gewachsen. Soll ich mal nachsehen, ob wir Ersatzteile an Bord haben?«

»Für einen Putzroboter?«, fragt Juri.

»Warum nicht?«

»Ich dachte, er wäre nur so eine Zugabe des Herstellers für einen guten Kunden.«

»Wäre ja möglich, dass auch Ersatzteile zu dieser Zugabe gehören.«

»Das stimmt. Wusstest du eigentlich, was sein Name bedeutet?«

»Nein. Es ist nicht einfach nur ein Name?«

»Es ist eine russische Abkürzung. Sie ist im Inneren der Schale eingraviert und bedeutet so viel wie ›Selbstfahrender Überwachungs- und Steuerungs-Roboter‹.«

»Das ist ja interessant. Seine Putztalente kommen im Namen nicht mal vor?«

»Es sieht so aus.«

»Vielleicht ist es ja dann auch mehr als ein Putzroboter. Wenn RB uns nun damit überwachen will?«

Es ist interessant, dass Meltem von sich aus diese Überlegung äußert. Will sie damit von ihren eigenen Aktivitäten ablenken, oder hat sie wirklich ein reines Gewissen? Juri kann ihre Drohung vom Anfang der Reise nicht vergessen.

»Ausschließen können wir es nicht. Kommuniziert denn Oscar heimlich mit der Erde?«

»Ich weiß es nicht, Juri. Wir haben nie unangemeldete Funkverbindungen bemerkt. Aber wer dieses Schiff konstruiert hat, könnte natürlich auch einen verschlüsselten Kanal für einen Spion wie Oscar eingebaut haben.«

»Dann ist es vielleicht besser, wir reparieren ihn nicht.«

»So werden wir aber nie erfahren, ob er uns wirklich verraten hat. Wir sollten ihn ins Leben zurückrufen, um ihn dann noch genauer zu beobachten.«

»Gut, dann suche ich sofort im Inventarverzeichnis nach Ersatzteilen.«

»Es gibt da eine Universalsteuerung«, sagt Meltem nach ein paar Minuten. »Angeblich passt sie für autonome Einheiten aller Art.«

»Wo?«, fragt Juri.

»In der Werkstatt. Regal C8.«

»C8 sagt mir nichts.«

»Die Zählung beginnt links vom Eingang aus Richtung Zentrale, im Uhrzeigersinn, und dabei von oben nach unten. C8 muss also die unterste Schublade im dritten Regal sein.«

»Danke, ich sehe gleich mal nach.«

Juri wechselt in die Zentrale. Oscar liegt immer noch auf der Werkbank, als müsse er sich nur einmal ausruhen. Juri schwebt vor das dritte Regal und öffnet die unterste Schublade. Darin befinden sich mehrere identische Schachteln. Er zieht die oberste heraus und öffnet sie. Es liegt eine Platine darin. Sie ist ungefähr so groß wie Oscars Gehirn, hat aber eine etwas andere Form. Hoffentlich passt sie in sein Gehäuse.

Er hat Glück. Die neue Platine ist zwar nicht quadratisch wie die alte, sondern rechteckig, aber sie findet Platz. Unpraktisch ist nur, dass die vier Befestigungslöcher sich an anderen Stellen befinden. Juri darf nicht einfach neue Löcher bohren. Stattdessen konstruiert er Zwischenstücke aus dünnen Metallhülsen. Dadurch sitzt die neue Platine etwas höher als die alte. Aber auch das ist kein Problem, denn in Oscars Körper ist genug Platz.

Jetzt braucht der Roboter noch sein Bewusstsein. Es besteht aus zwei Teilen, einer Firmware, die etwa dem limbischen System beim Menschen entspricht und die Grundfunktionen des Körpers steuert, und dem eigentlichen Betriebssystem. Beide Programmmodule findet Juri im

Hauptcomputer. Oscar hat offenbar täglich Sicherheitskopien angelegt. Wenn er dazu doch bloß ebenfalls in der Lage wäre – würde er etwas vergessen, könnte er sein Backup von gestern einspielen und hätte fast all seine Erinnerungen zurück.

Juri kopiert zuerst die Firmware auf den Roboter. Dann schaltet er ihn ein. Oscar gibt ein paar melodische Töne von sich. Die Räder drehen sich, und der Arm klappt ein, der die ganze Zeit abgeknickt gewesen war. Es gibt keine Fehlermeldung. Jetzt könnte er den Roboter vermutlich sogar schon benutzen. Er müsste ihm nur seine Aufgabe ganz exakt einprogrammieren.

Das Verständnis hingegen, was Oscar gerade tut, steckt im Betriebssystem. Juri verbindet die Platine wieder mit dem Terminal an der Werkzeugbank und lädt die Systemsoftware auf Oscars Chips. Der Prozess bricht jedoch ab, bevor die Statusanzeige 50 Prozent erreicht hat.

»Out of Memory«, meldet der Bildschirm.

Hm. Oscar ist eben doch kein Standard-Roboter. Juri listet die einzelnen Backups der letzten Wochen auf. Die Dateien wachsen von Tag zu Tag. Offenbar speichert Oscar die Erinnerungen des Tages in den Sicherungsdateien. Das ist natürlich sinnvoll. Aber woher bekommt er eine Speichererweiterung für die Platine? Juri öffnet eine der Backup-Dateien. Vielleicht sind die Erinnerungen ja so organisiert, dass er einzelne Wochen oder Monate daraus löschen kann. Das wäre zwar schade für Oscar, aber es würde das Out-of-Memory-Problem lösen, und immerhin existiert er dank seiner Hilfe dann wieder.

Aber er hat keine Chance. Die Gedächtnisinhalte sind in Form von Millionen oder Milliarden Ketten gespeichert, nicht in einer Zeitlinie. Wenn er eine davon löscht, besteht die Gefahr, dass wichtige Teile von Oscars Persönlichkeit verloren gehen. Das darf er nicht riskieren. Vielleicht ändert er dann auch sein Wesen. Wenn er etwa den Aspekt der Neugierde entfernt, gewinnt womöglich die Vorsicht die Oberhand, und

Oscar kann keinerlei Aufträge mehr erfüllen, weil er sich zu sehr ängstigt. Das ist mit den Gefühlen des menschlichen Bewusstseins zwar nicht direkt zu vergleichen, aber die Wirkung einer solchen Löschaktion könnte ähnlich sein wie bei einem physiologischen Hirnschaden.

Moment. In der Ecke steht das defekte Toilettenmodul, das er vor drei Tagen aus dem WHC ausgebaut und gegen ein Ersatzteil getauscht hat. Es besitzt doch garantiert ebenfalls ein Speichermodul. Schließlich analysiert es täglich Urin und Fäkalien seiner Benutzer und erkennt, wer es gerade benutzt. Er holt das quaderförmige Gerät auf die Werkbank. Die Steuerung befindet sich vorn hinter einer Klappe. Bingo! Da ist ein Speichermodul, und es sitzt in einem Steckplatz, sodass er es entfernen kann. Vorsichtig nimmt Juri es heraus, schiebt die Toilette wieder zur Seite und setzt es Oscar ein. Es passt, und er startet den Download des gestrigen Backups neu.

»Ready«, blinkt es auf dem Bildschirm.

Das ist die Firmware. Er gibt den Befehl ein, der das Betriebssystem lädt. Etwa eine Minute vergeht. Langsam füllt sich ein Ladebalken.

»Ich fühle mich … anders«, sagt Oscar, als der Balken 100 Prozent erreicht hat.

»Willkommen zurück!«, sagt Juri.

»Zurück?«

»Du warst defekt.«

»Daran kann ich mich nicht erinnern.«

»Ich weiß. Ich habe gerade dein Backup von gestern eingespielt. Dir fehlen 24 Stunden.«

»Was ist passiert?«, fragt Oscar.

Der Roboter ist neugierig. So kennt er ihn. Juri berichtet ihm von dem Abenteuer am Reaktor.

»Danke für das Update«, sagt Oscar. »Es fühlt sich unwirklich an. Es ist mir noch nie passiert, dass ich von Dritten erfahren musste, was ich selbst getan habe.«

»Menschen geschieht das manchmal, wenn sie zu viel

Alkohol getrunken haben. Das nennt man dann einen Filmriss.«

»Der Begriff passt gut«, sagt Oscar. »Das muss ein schrecklicher Unfall sein.«

»Nein, Menschen trinken manchmal absichtlich zu viel Alkohol.«

»Das ist ineffizient.«

»Ich weiß, Oscar.«

»Und du hast mich repariert?«

»Das habe ich.«

»Dürfte ich erfahren, mit welchen Ersatzteilen du gearbeitet hast? Mit diesen Angaben kann ich meine Systemparameter optimieren.«

Juri nennt die technische Bezeichnung der Hauptplatine.

»Und die Speichererweiterung? Das von dir genannte Modul besitzt nur ein Viertel des Speichers, den meine Datenverwaltung benötigt.«

Juri zeigt auf die Toilette.

»Ich musste dir den Datenspeicher eines Klos einsetzen. Tut mir leid.«

»Der Speicher ist sehr gut für mich geeignet. Ich danke dir. Ich habe mich nur gewundert, woher ich so genau weiß, wann welches Besatzungsmitglied mit welchem Ergebnis die Toilette aufgesucht hat.«

»Oh, ich hätte den Speicher löschen sollen.«

»Nein, diese Daten sind sehr interessant. Wenn ihr möchtet, kann ich euch effizientere Strategien für die Benutzung des WHC berechnen. Ich habe zum Beispiel festgestellt, dass ihr oft nur entweder flüssige oder feste Stoffe ausscheidet. Es wäre effizienter, wenn ihr dies kombinieren könntet. Dann bräuchte die Lebenserhaltung weniger Energie für die Entsorgung, und ihr würdet wertvolle Zeit sparen.«

»Leider haben wir das nicht unter Kontrolle.«

»Oh, das ist schade. Wenn ihr mir die nötigen Daten zur Verfügung stellt, kann ich Strategien entwickeln, wie ihr die Ausscheidung unnötiger und schädlicher Stoffe besser unter Kontrolle bekommt.«

»Das ist nicht notwendig. Die Evolution hat das schon gut geregelt.«

»Die Evolution arbeitet ineffizient. Sie erreicht zwar im Allgemeinen das Ziel der Weiterentwicklung, arbeitet dabei jedoch mit unnötig vielen nicht effizienten Zwischenlösungen. Mit den von mir erarbeiteten Strategien könntet ihr euch diese ersparen.«

»Wir haben daran aber keinen Bedarf.«

»Das ist schade, Juri. Nach meiner Analyse stellt der Mensch als biologische Maschine in seinem jetzigen Zustand eindeutig eine ineffiziente Zwischenlösung dar.«

Kann es sein, dass Oscar seit seiner Reparatur mehr nachdenkt und mehr spricht als zuvor?

»Wieso denkst du eigentlich plötzlich so viel?«, fragt Juri.

»Ich stelle fest, dass das neue Zentralmodul eine ungefähr verzehnfachte Verarbeitungskapazität besitzt. Das von dir entfernte alte Modul befand sich bereits seit meiner Herstellung vor drei Jahren in meinem Körper. Nun kann ich Gedankenketten eines deutlich erhöhten Komplexitätsgrades berechnen. Das ermöglicht mir, weiter in die Zukunft zu planen, insbesondere, wenn ich es mit prinzipiell beschränkten Entscheidungsbäumen zu tun habe.«

»Du bezeichnest uns Menschen als beschränkt?«

»Überhaupt nicht, Juri. Es ist nur so, dass durch die euch innewohnenden, aus eurem bisherigen Verhalten abzuleitenden Motivationen sehr leicht auch eure künftigen Handlungen abzuleiten sind. Das war mir bisher aus Kapazitätsgründen nicht aufgefallen. Die Natur und der Kosmos hingegen erschweren solche Analysen, weil ihre Veränderungen ganz allein vom Zufall bestimmt werden, nicht von ihnen innewohnenden Motiven.«

»Aber ich könnte jederzeit jede beliebige Entscheidung treffen.«

»Das glaubst du, und vielleicht könntest du es auch. Darüber kann ich keine Aussagen treffen. Im Laufe unseres Gesprächs habe ich jedoch deine mir bekannten Entscheidungen der letzten Wochen analysiert und festgestellt, dass du sie genauso wieder treffen würdest.«

Hoffentlich nicht. Wenn er je die Gelegenheit bekäme, Grigori rechtzeitig loszulassen, würde er es tun.

»Das gilt natürlich auch für deine Zukunft«, unterbricht Oscar seine Gedanken.

»Du könntest meine Zukunft vorhersagen?«

Jetzt überschätzt sich Oscar aber wirklich. Könnte es sein, dass er seine gewonnene Kapazität einfach mit einem bisher unbekannten Selbstvertrauen füllt? Juri kneift die Augen zusammen.

»Natürlich nicht. Aber das liegt nicht an dir, sondern daran, dass deine Zukunft auch von der Zukunft vieler anderer mitbestimmt wird. Ich könnte aber jede einzelne deiner Entscheidungen vorhersagen, bevor du sie triffst.«

»Das glaube ich nicht.«

»Ich kann ja Buch führen. Die Prognose kostet mich nur einen Bruchteil meiner geistigen Kapazität, das mache ich ganz nebenbei.«

»Aber woher weiß ich, dass du deine Vorhersagen nicht heimlich revidierst?«

»Ich kann sie mit dem aktuellen Zeitschlüssel codieren. Den kannst du dann prüfen.«

»Mit deiner Hilfe?«

»Nein, jeder einfache Rechner kann das, selbst das Hauptmodul der Toilette, die hinter mir steht.«

»Sie besitzt aber keinen Rechenchip mehr. Den habe ich dir eingebaut.«

»Oh. Die Technik hat sich offenbar auch bei den Toiletten stark weiterentwickelt. Darf ich dich um einen Gefallen bitten?«

»Ja, Oscar?«

»Verrate niemandem, dass meine Hauptplatine aus einer Toilette stammt.«

»Oh, du bist also neuerdings auch eitel.«

»Nein, ich hasse schlechte Witze und ahne schon die Flut davon, die dann auf mich zukommt.«

»Da haben wir etwas gemeinsam. Darf ich dich auch um etwas bitten?«

»Du kannst mir auch etwas befehlen. Ich bin schließlich ein Roboter. Aber ich dachte mir schon, dass du mich bitten würdest. Bitte lass dich nicht von deinen vermenschlichenden Instinkten leiten, falls es einmal in irgendeiner Form zeitkritisch werden sollte. Ein Befehl ist schneller formuliert als eine Bitte.«

»Kannst du auch berechnen, worum ich dich bitten wollte?«

»Du hast mich ungläubig angesehen, als es um meine Fähigkeit ging, die Zukunft zu prognostizieren. Aber du warst noch stärker berührt, nachdem ich deine Vergangenheit angesprochen hatte.«

»Kannst du meine Mimik so gut erkennen? Du besitzt doch gar keine Kameras?«

»Mein Radar gibt Oberflächenstrukturen sehr gut wieder. Nur mit Farben habe ich Probleme.«

»Verstehe. Und, worum wollte ich dich bitten?«

»Du fragst dich, ob die Entscheidung, deinen Kollegen Grigori Dimitrow zu töten, zwingend war. Oder ob du dich auch anders hättest entscheiden können.«

Nicht schlecht, Oscar. Juri nickt langsam und reibt sein Kinn.

»Und, was antwortest du auf diese Frage, Oscar?«

»Welche Antwort wäre dir denn lieber?«

»Das klingt, als würdest du dich vor der Antwort drücken wollen.«

»Ich frage nur aus Interesse.«

»Na gut. Ich wäre lieber frei in meiner Entscheidung gewesen.«

»Das heißt, du hättest Grigori lieber bewusst umgebracht?«

»Nein, natürlich nicht, aber ich will nicht von irgendetwas in mir drin zu dieser Tat gezwungen worden sein.«

»Wäre es so viel schlimmer, jemanden im Affekt getötet zu

haben, also unter innerem Zwang, als ihn kaltblütig umzubringen?«

»Nein. Ja. Ich weiß nicht. Also, was ergeben deine Berechnungen nun?«

»Ich kann deine Frage nicht beantworten. Du hast deine Entscheidung in einem Moment großer Anspannung getroffen. In deinem Gehirn herrschte Chaos. Und wenn das Chaos herrscht, bestimmt der Zufall. Den Zufall kann auch ich nicht berechnen.«

## 7. Februar 2078, Ganymed Explorer

Runde 1. Der Anfang fällt ihm immer besonders schwer. Allein das Wissen, noch viele Runden vor sich zu haben, lässt ihn bei der Vorbereitung trödeln. Heute ist er geschlagene zwei Stunden später dran als sonst. Er wird es gerade noch pünktlich zu seiner Schicht schaffen. Aber in den vergangenen drei Wochen hat sich Juri trotzdem jeden Tag dazu aufraffen können. Nur nach der EVA war er so fertig gewesen, dass er nicht auf seine Kilometerzahl gekommen war.

Das Licht im Gang flackert. Geht das schon wieder los? Irgendwo muss es einen Wackelkontakt geben. Sie sollten das klären, bevor es sich zu einem ernsthaften Problem auswächst. Juri hält sich an einem Vorsprung fest. Die Beleuchtung ist in die Decke integriert. Sie besteht aus etwa einen mal einen Meter großen Platten, die fast lückenlos aneinandergereiht sind. Das wird ein Spaß, wenn sie nach dem Fehler suchen müssen. Er setzt seinen Weg fort. Noch 39 Runden.

Mit einem Mal taucht vor ihm ein rötlicher Lichtschein auf. Juri ahnt schon, was das zu bedeuten hat. Da vorn ist eine Schleuse. Er erreicht sie. Der große Knopf, der sie normalerweise öffnet, leuchtet in drohendem Rot. Das bedeutet, dass hinter der Tür Unterdruck herrscht. Hat etwa jemand das Schiff verlassen? Vor einer Woche war ihm das

Gleiche passiert, und danach hatte es erst das Strahlungsleck gegeben und dann hatte der Reaktor gesponnen. Er darf es nicht auf die leichte Schulter nehmen, auch wenn es sich um ein rein technisches Problem handeln könnte. Vielleicht ist Oscar jetzt draußen und bereitet die nächste Sabotageaktion vor?

Juri dreht um. Soeben ist er an der Abbiegung zu Meltems Kabine vorbeigekommen. Er muss die Kapitänin informieren, und zwar sofort, bevor sich der Fehler wieder in Luft auflöst. Vor Meltems Tür hält er an. Sie hat gerade Freischicht. Soll er sie wirklich stören? Ja, jetzt haben sie die Chance, den Vorfall zu klären, falls es einen Vorfall gibt. Er klopft an der Tür. Niemand antwortet, doch die Tür bewegt sich leicht. Sie ist nur angelehnt. Warum hat Meltem sie nicht geschlossen? Er klopft noch einmal, doch auch jetzt reagiert sie nicht. Diesmal hat aber der Impuls des Klopfens ausgereicht, um die Tür ein Stück weiter zu öffnen. Automatisch schaltet sich das Licht in der Kabine an. Juris Blick fällt auf Meltems Bett. Es ist leer und unberührt.

Steckt also doch Meltem hinter ihren Problemen? Etwas tippt ihn von hinten an. Juri dreht sich mit zu viel Schwung um und vollführt eine Pirouette. Es war Oscar, der ihn erschreckt hat. Jetzt fehlt bloß noch, dass der Roboter in Gelächter ausbricht. Aber Oscar sagt nichts.

»Was tust du denn hier?«, fragt Juri.

»Ich habe bemerkt, dass Meltems Zimmer leer ist und wollte deshalb dort putzen. Gehst du bitte zur Seite, damit ich meinen Pflichten nachkommen kann?«

»Woher wusstest du, dass niemand in der Kabine ist?«

»Der Energieaufwand der Lebenserhaltung hat sich für diesen Raum deutlich verringert.«

»Verstehe. Wir Menschen mögen diese Form der Überwachung eigentlich nicht.«

»Aber es ist effizienter, wenn ich die Kabinen in eurer Abwesenheit reinige.«

»Du könntest ja einfach klopfen und fragen.«

»Die Daten der Lebenserhaltung zu prüfen, spart Zeit.«

»Trotzdem wollen wir das nicht. Ich befehle dir, in Zukunft unsere Anwesenheit durch eine Stichprobe zu ermitteln.«

»Ich habe die Anforderung gespeichert und lösche hiermit die Daten der Lebenserhaltung.«

»Warte, Oscar, nur noch eine Frage.«

»Ja?«

»Seit wann braucht die Lebenserhaltung für Meltems Kabine weniger Energie?«

»Ungefähr seit zwei Stunden. Es dauert allerdings nach dem Verlassen eines Raumes, abhängig von seiner Größe, etwa 30 Minuten, bis die Energieersparnis einsetzt.«

»Das heißt, Meltem hat ihre Kabine vor etwa zweieinhalb Stunden verlassen?«

»Das müsste ungefähr korrekt sein. Aber ihr mögt doch diese Form der Überwachung nicht?«

»Unter uns ist das etwas anderes. So, nun will ich dich nicht länger von deiner Arbeit abhalten.«

»Danke, Juri.«

Der Roboter drängt sich an ihm vorbei. Sein Oberteil glänzt. Es scheint von Kondenswasser bedeckt zu sein. Juri berührt Oscars Arm. Er ist kalt. Dann dreht er sich um und zieht sich in den Gang zurück.

Auf dem Weg zur Zentrale passiert Juri die Schleuse. Diesmal leuchtet der Knopf grün, als wäre nichts geschehen. Er drückt ihn, und die Schleuse öffnet sich. Wände und Boden sind auf den ersten Blick staubtrocken, aber das muss nichts bedeuten, denn hier arbeitet die Be- und Entlüftung sehr schnell. Er bückt sich und tastet den Boden ab. Er scheint deutlich kälter zu sein als der Gang vor der Schleuse. Hat das etwas zu sagen? Wenn die Schleuse einfach nur evakuiert wurde, sinkt die Temperatur darin ebenfalls. Er muss den Hauptcomputer konsultieren.

Aber das Terminal ist von Denise blockiert, die wohl etwas schreibt.

»Guten Morgen, Denise.«

»Hallo Juri! Du bist aber früh dran. Deine Schicht beginnt doch erst am Nachmittag.«

»Ich habe wie immer im Gang meine Runden gedreht.«

Denise sieht zu ihm auf. Sie hat ganz rosige Wangen, als hätte sie vor Kurzem heiß geduscht.

»Das ist gut«, sagt sie. »Kann ich etwas für dich tun oder wolltest du mir nur einen ›Guten Morgen‹ wünschen?«

»Ich würde gern im Hauptrechner etwas überprüfen.«

»Klar, einen Moment.«

»Aber ich will dich nicht von deiner Arbeit abhalten. Ich habe Zeit.«

»Nein, Juri, ich hatte nur das Bedürfnis, mein Tagebuch zu aktualisieren. Das kann ich aber später beenden. Es ist so viel passiert in letzter Zeit.«

»Das stimmt.« Juri seufzt.

»Komm, setz dich her, ich wechsle auf den Pilotensitz. Was ist dir denn aufgefallen?«

Soll er es ihr sagen? Wenn er jemandem vertrauen kann, dann Denise und Irina. Sie sind freiwillig hier und sabotieren dieses Schiff garantiert nicht.

»Die Schleuse war verschlossen und luftleer«, sagt er.

»Vielleicht hat die Lebenserhaltung aufgehört, sie mit Luft zu versorgen, weil wir sie demnächst nicht brauchen werden?«

»Das würde ich gern überprüfen. Es gab aber noch ein anderes Problem.«

»Ja?«

»Meltem ist nicht in ihrem Zimmer. Ich wollte ihr von der Schleuse berichten und habe geklopft. Die Tür ging auf, aber sie war nicht da.«

»Meltem, äh …«

Denise wird plötzlich puterrot. So hat er sie noch nie erlebt.

»Was ist mit ihr?«, fragt er. »Weißt du etwas?«

»Sie war in meiner Kabine. Sie ist … Sie hat einen Teil ihrer Freischicht bei mir verbracht.«

»Oh.«

Das sind ja Neuigkeiten. Er hätte gar nicht gedacht, dass Denise …

»Ja«, sagt sie, ohne ihn anzusehen.

»Na, dann gratuliere ich ganz herzlich«, sagt Juri.

»Danke. Also es ist ja nicht so, dass wir heiraten wollen. Aber sie wirkt sehr … anziehend auf mich.«

Auf mich auch, denkt Juri. Es ist ja wirklich schön für Denise, und er gönnt es ihr. Nur ist jetzt seine Theorie in sich zusammengefallen. Meltem kann die Schleuse nicht benutzt haben. Einerseits beruhigt ihn das, andererseits steht er dadurch wieder ohne Erklärung da.

»Dann haben wir noch das Problem der luftleeren Schleuse«, sagt er. »Das werde ich gleich mal prüfen.«

Er zieht die Tastatur zu sich heran. Dann loggt er sich ein und öffnet die Statusanzeige. Die Lebenserhaltung ist eines der wichtigsten Systeme des Schiffes. Sie ist für alles zuständig, was die Crew zum Leben braucht – Luft, Wärme und Wasser, und natürlich auch für die Aufbereitung und Entsorgung. Bis er zur Schleuse vordringt, muss sich Juri durch etwa 15 Untermenüs klicken. Die Schleusen spielen eben nur eine untergeordnete Rolle, schließlich kommt es nicht oft vor, dass jemand das Schiff verlassen muss.

Tatsächlich zeigt die Schleuse einen Druckabfall. Er vergleicht die Uhrzeiten. Zweieinhalb Stunden vor seiner Trainingsrunde bestand noch Normaldruck. Meltem kann also wirklich nicht schuld sein. Natürlich glaubt er Denise. Der Druck hat sich erst 15 Minuten, bevor er die Schleuse passiert hat, verringert. Das ist genug Zeit für einen kurzen Ausflug ins All. Juri ruft die Daten der Lebenserhaltung ab. Ein Mensch sollte vor einer EVA mindestens zwei Stunden trainieren. Dadurch müssten sich Temperatur und Luftfeuchtigkeit in dem Raum erhöhen. Nichts davon verzeichnet die Lebenserhaltung. Wer immer die Ganymed Explorer verlassen hat, war entweder kein Mensch oder hat sich wissentlich einer Gefahr ausgesetzt.

Was sagt die Schleusensteuerung? Auch das Programm, das die Ein- und Ausgänge kontrolliert, führt ein Protokoll. Juri arbeitet sich wieder ein paar Menüs nach oben und klickt sich dann zur Schleuse durch. Das ist interessant. Eine Viertelstunde vor seinem Training hat sich sowohl die innere als auch die äußere Schleusentür geöffnet, und dann ging die innere Tür noch einmal auf, als er selbst die Schleuse kontrolliert hat.

Den Befehl dazu gab laut Protokoll Juri Rott.

»Das kann nicht sein«, rutscht es ihm heraus.

»Was kann nicht sein?«, fragt Denise.

Juri zögert. Er muss ihr vertrauen.

»Ich selbst habe das Schiff verlassen, wenn man dem Protokoll glaubt«, sagt er.

»Und, hast du?«

»Natürlich nicht. Das musst du mir glauben.«

»Ich glaube dir, Juri, keine Sorge. Aber das Verlassen des Schiffes ist ja keine Straftat. Vielleicht wolltest du den Ausblick genießen.«

»Haha. Nein, so vergesslich bin ich zum Glück nicht.«

Wo sind eigentlich die Stiefel, die ihm Meltem geliehen hat? Mit einem Mal sieht er den Raumanzug neben der Tür seiner Kabine hängen. Die Stiefel fehlten. Vorhin war ihm das irgendwie entgangen.

»Es gibt sicher eine Erklärung«, sagt Denise.

Sie schwebt zu ihm herüber und betrachtet den Bildschirm.

»Das Protokoll sieht wirklich danach aus, als hättest du …«

»Ich weiß, Denise. Das ist sehr seltsam.«

»Das Protokoll kann man fälschen«, sagt sie.

»Aber die Befehle sind mit meinem Namen signiert.«

Denise beugt sich vor und ruft den kompletten Eintrag auf. Sie wartet einen Moment, dann wechselt sie zum nächsten. Der Bildschirm scheint sich nicht zu verändern. Sie wiederholt den Versuch noch ein paarmal.

»Siehst du? Die Einträge sind identisch«, sagt Denise. »Jemand hat deinen Befehl von 10:37 Uhr auf 10:22 Uhr kopiert.«

Er wechselt selbst noch mehrmals zwischen den Einträgen hin und her. Denise hat völlig recht, sie sind komplett gleich.

»Dann hat das Protokollsystem aber eine Schwachstelle«, sagt er.

»Das ist typisch. Die Systeme sind nach außen abgesichert, aber nach innen sind sie verwundbar, weil die Programmierer nicht davon ausgehen, dass Insider Dummheiten anstellen.«

»Wer könnte das Protokoll derart verfälscht haben?«, fragt Juri.

»Jede und jeder.«

»Auch Oscar?«

»Das kann sogar ein Kind, wenn es erst einmal weiß, wie es geht. Die Frage ist aber: Warum sollte jemand das tun?«

»Um von sich selbst abzulenken. Die Messdaten der Drucksensoren in der Schleuse sind unveränderbar. Die Tatsache, dass es einen Druckabfall gab, lässt sich also nicht vertuschen. Aber man kann die eigenen Spuren verwischen, indem man sie mit anderen überschreibt.«

»Du weißt, was das bedeutet, Juri?«

»Ja. Jemand hat das Schiff verlassen und wollte nicht, dass wir es bemerken.«

»Und wer?«

»Ich könnte es gewesen sein«, sagt Juri.

»Dann würdest du doch nicht versuchen, das aufzuklären.«

»Das könnte der Ablenkung dienen.«

»Na gut. Meltem war es nicht, ich bin ihr Alibi. Und ich kann es dann auch nicht gewesen sein. Bleiben also noch Irina und Oscar.«

»Oscars Körper war vorhin ziemlich kalt. Er kam gerade an, als ich Meltem meine Beobachtung melden wollte.«

»Das heißt nichts. Er kann sich problemlos in den nicht klimatisierten Bereichen des Schiffes bewegen. Die Lagerräume müssen auch ab und zu geputzt werden, und dort ist es kalt.«

»Irina wiederum traue ich es nicht zu.«

»Ich auch nicht. Es sei denn, es wäre darum gegangen, dich zu schützen. Dann scheint sie mir zu fast allem fähig.«

»Wie meinst du das?«

»Hast du es etwa noch nicht bemerkt? Sie hat ein Auge auf dich geworfen!«

»Ein Auge?«

»All ihre Augen, und ihre Hühneraugen dazu.«

»Meinst du wirklich? Ich meine, sie ist nett zu mir und hilft, wo sie kann. Ich mag sie, so wie ich dich mag.«

»He, sie hat deinetwegen ihr komplettes früheres Leben aufgegeben.«

»Aber das hast du doch auch, Denise.«

»Weil ich mich dir gegenüber schuldig gefühlt habe. Immerhin hast du Grigori getö…überwältigt, um mir zu helfen. Wie kann ich dir da meine Hilfe verweigern? Irina dagegen ist dir zu gar nichts verpflichtet, und sie hat gehandelt, noch bevor ich überhaupt auf die Idee kam, dir zu helfen.«

»Puh, davon habe ich nichts geahnt.«

»Das hat man gemerkt.«

»Da muss ich wohl mal mit ihr sprechen. Ich möchte nicht, dass sie sich falsche Hoffnungen macht.«

»Tut sie das denn? Ich hatte den Eindruck, dass du sie auch sehr schätzt.«

»Ja, freundschaftlich. Sie ist ein toller Mensch, das stimmt.«

»Du müsstest deine Augen sehen, wenn du das sagst. Du rückst ja selten mit deinen Gefühlen heraus, Juri, aber mir scheint es, als wärst du nicht ehrlich zu dir selbst. Ich weiß aber nicht, wieso. Vielleicht willst du sie ja schützen. Immerhin bist du ein gesuchter Verbrecher.«

»Danke, dass du mir das sagst. Klar, es ist möglich, dass

ich mich belüge. Zumindest bin ich recht erfolgreich dabei, ob das nun gut ist oder schlecht. Aber ich werde auf jeden Fall mit ihr reden.«

»Tu dir selbst einen Gefallen und schlaf ein paar Nächte darüber. Vielleicht musst du den Gedanken erst langsam zulassen, mehr für sie zu empfinden, als du glaubst.«

»Danke für deinen Ratschlag, aber das Problem löse ich lieber gleich. Ich kann mir gerade wirklich keine Beziehung vorstellen.«

JURI VERLÄSST DIE ZENTRALE. Um zu Irinas Kabine zu gelangen, muss er dem Gang weiter folgen. Kurz darauf steht er vor ihrer Tür. Sein Herz rast. Das liegt wohl daran, dass er sich noch gar nicht überlegt hat, was er ihr sagen will. Sie ist ein netter Mensch, er will sie nicht verletzen. Aber er wird nun mal wegen Mordes gesucht und darf sie da nicht mit hineinziehen, das müsste sie doch verstehen? Er reibt sein Kinn. Aber wenn sie nur mal ganz unverbindlich Sex haben wollte, dann … Nein, das ist dumm. Das funktioniert doch nicht. Unnötige Belastung und so weiter, das ist es, was er sagen muss. Das muss genügen. Er will Irina wirklich nicht verletzen, das steht fest.

Plötzlich fliegt die Tür auf und stößt ihn vor die Brust. Juri kann sich nicht halten und prallt gegen die Wand hinter sich.

»Oh, entschuldige. Bist du das, Juri?«

Irina steht im Trainingsanzug im Türrahmen. Sie muss den Kopf etwas einziehen. Ihre breiten Schultern füllen den Rahmen fast komplett aus. Sie muss mal Schwimmerin gewesen sein.

»Ich, ja, das bin ich.«

»Würde ich dich nicht kennen, würde ich sagen, du hättest an meiner Tür gelauscht.«

Hitze steigt in seinen Kopf. Natürlich muss es so aussehen.

»Um Himmels willen, nein«, sagt er. »Ich habe bloß überlegt, was ich dir sagen möchte.«

»Was willst du mir denn sagen?«

Irina hebt die rechte Hand hoch. Darin hält sie ein Paar Stiefel. Es sind die, die ihm Meltem geliehen hat, weil sie eine Magnetsohle besitzen. Irina muss sie heimlich aus seiner Kabine geholt haben. Aber wozu? Hat sie etwa den Ausflug aus der Schleuse unternommen? Und hat er sie nun dabei überrascht, als sie seine Stiefel ebenso heimlich zurückbringen wollte?

»Hast du Schmerzen, hat der Stoß dich verletzt, oder warum bist du so wortkarg?«, fragt Irina.

»Ich … Nein. Was ist mit den Stiefeln?«

»Die wollte ich dir gerade zurückbringen. Aber das muss ich ja nun nicht mehr.«

»Nein, das brauchst du nicht. Was … Was hast du denn damit gemacht?«

»Du hast so gejammert, weil sie dir zu klein waren. Mein Vater hat immer für die ganze Familie die Schuhe repariert. Er war kein Schuster, es war nur sein Hobby. Dabei hat er mir auch beigebracht, wie man Schuhe weitet. Das habe ich für dich getan.«

»Das ist aber nett«, sagt Juri.

Es klingt wohl nicht sehr überzeugend, denn Irina sieht ihn fragend an. Sie hat ja recht – er ist unsicher, ob er ihr glauben kann. Warum sagt sie nicht einfach, dass sie die Stiefel für eine EVA benutzt hat? Weil sie gar nicht draußen war, du Dummkopf. Das Leben ist derzeit aber auch anstrengend. Könnte nicht alles ein bisschen eindeutiger sein?

»Du musst dich nicht bedanken, Juri. Ich gebe zu, es war vielleicht etwas übergriffig, dass ich sie mir einfach geschnappt habe, statt dich zu fragen. Ich wollte dir eine Freude machen, es sollte eine Überraschung sein.«

Nun tut sie ihm schon wieder leid. Sie wirkt absolut ehrlich.

»Dankeschön, Irina«, sagt er.

»Und was wolltest du mir nun sagen? Sollen wir reingehen, statt uns hier auf dem Gang zu unterhalten? Ich habe gerade nichts vor, und schlafen kann ich sowieso nicht.«

»Es war nichts«, sagt er. »Ich wollte dich nur fragen, ob du die Stiefel gesehen hast. Ich nehme sie einfach mit, und wir sehen uns zum Abendessen in der Zentrale.«

»Aha«, sagt sie.

Die Enttäuschung ist ihr anzumerken. Sie steht jetzt leicht vornübergebeugt, obwohl es keine Schwerkraft gibt. Sie weiß offenbar auch, dass er nicht die ganze Wahrheit sagt. Das muss für sie noch verwirrender sein als für ihn. Schon wieder tut sie ihm leid, doch er kann nicht anders. Denise hatte recht. Er sollte ein paarmal darüber schlafen. Ihre Reise ist noch lang genug.

Irina wirft ihm die Stiefel zu, und er fängt sie elegant. Zumindest das kann er noch. Dann nickt sie, dreht sich um und verschwindet in ihrer Kabine. Er ist ein Arschloch. Jetzt hat er genau das geschafft, was er nicht wollte. Er hat Irina verletzt. Hoffentlich kann er das irgendwann wieder ausbügeln.

Als sie sich am Abend in der Zentrale treffen, ist Irina wieder gut gelaunt. Laut und mit ihrer tiefen, warmen Stimme unterhält sie sich mit Meltem, während Oscar den Tisch deckt. Juri könnte in dieser Stimme baden. Wenn es etwas an Irina gibt, das ihn fasziniert, dann ist es ihre Art zu sprechen. Denise ist etwas wortkarg, als fürchte sie sich vor dem Abendessen.

»Ihr könntet jetzt anfangen«, gibt Oscar den Tisch frei, der voller Tüten, Dosen und Becher ist.

»Wir wollen euch etwas sagen«, beginnt Meltem, bevor sich alle gesetzt haben. »Nicht, dass hier noch Gerüchte die Runde machen.«

Sie nickt Denise zu.

»Also, wir wollten euch sagen, dass wir uns entschlossen

haben, zusammen zu sein«, sagt Denise. »Also für die nächste Zeit.«

»Für immer«, korrigiert Meltem.

»Für immer«, stimmt Denise zu und lächelt.

Es ist ein freies Lächeln, kein gequältes. Das ist schön. Irina und er applaudieren, und Oscar klopft mit der Hand auf den Tisch. Meltem verlässt den Raum und kehrt kurz darauf mit einer grünen Flasche zurück.

»Das ist echter Rotwein von der Erde«, sagt sie. »Oscar, kannst du einen Flaschenöffner besorgen?«

»Ich bin ein Flaschenöffner«, sagt Oscar und klappert mit den Stahlfingern.

»Vorsicht, du musst die Flasche stets mit der Öffnung nach oben halten und darfst dem Inhalt keinen plötzlichen Schwung geben«, sagt Juri.

»Ich bin mit dem Konzept eines flüssigkeitsgefüllten Behälters vertraut«, sagt Oscar.

Dabei klingt er pikiert. Seine erweiterte Rechenkapazität scheint ihn auch zu Gefühlssimulationen zu befähigen. Er fasst nach der Flasche und zögert. Vermutlich stellt er gerade fest, dass ihm die zweite Hand fehlt. Die kann er wohl nicht simulieren.

»Warte, ich halte die Flasche«, sagt Irina.

»Danke«, sagt Oscar.

Er greift nach dem Korken, nimmt ihn zwischen zwei Finger und dreht ihn geschickt heraus.

»Danke schön«, sagt Meltem.

Irina übergibt ihr die geöffnete Flasche, während Oscar den Korken triumphierend in die Höhe hält. Irina versucht, etwas Wein in ein Glas zu gießen. Aber das Experiment misslingt gründlich. Aus der Flasche löst sich ein großer Tropfen und segelt durch den Raum. Juri springt ihm hinterher. Er will ihn mit dem Mund auffangen, doch der Tropfen kollidiert stattdessen mit seiner Nase. Ein Teil der Flüssigkeit dringt in sein rechtes Nasenloch ein. Es kitzelt, und er muss niesen. Feiner roter Regen verteilt sich in der Zentrale. Irina fängt an zu lachen, und alle stimmen ein.

»Ich habe auch noch eine Ankündigung zu machen«, sagt Oscar in das Gelächter hinein.

Nacheinander verstummen alle Crew-Mitglieder und sehen den Roboter an. Will er sagen, dass er alle Kabinen geputzt hat? Und wie kommt er auf diese Idee?

»Ich habe das Strahlungsleck in der Außenhülle repariert und die Reaktor-Abdeckung wieder angebracht«, sagt Oscar in die Stille hinein.

Es ist immer noch seltsam, ihn ganz ohne Mund sprechen zu hören. Aber was er da sagt, ist noch bemerkenswerter. Oscar hat offenbar ohne ausdrücklichen Befehl eine notwendige Tätigkeit ausgeführt. Und es klingt, als erwarte er dafür nun ihre Dankbarkeit. Was ist denn bloß in die Maschine gefahren?

Vielleicht ist sie gerade dabei, so etwas wie ein primitives Bewusstsein zu entwickeln. Aber Juri hält es für wahrscheinlicher, dass es um Ablenkung geht. Derjenige, der hinter dem Ganzen steckt und seine Recherchen an Bord sicher aufmerksam verfolgt, muss längst wissen, dass nur noch Oscar für den heimlichen Ausflug nach draußen in Frage kam. Mit diesem scheinbaren Geständnis hat der Roboter nun ein Alibi, und Juris Detektivarbeit steckt in der Sackgasse. Wenn sie die Strahlenbelastung messen, werden sie garantiert feststellen, dass Oscar tatsächlich die Abschirmung repariert hat. Aber das muss nicht der eigentliche Grund für den Ausstieg gewesen sein. Was aber war dann die Absicht, die dahinterstand? Das muss er herausbekommen, bevor die Person, die Oscar höchstwahrscheinlich steuert, ihre Absichten umsetzen kann.

»Ich räume den Tisch ab«, sagt Oscar.

»Danke«, sagt Meltem.

Sie haben zwei Stunden lang diskutiert. Juri hat sich meist zurückgehalten. Zu viele Gedanken kreisen gerade in seinem Kopf. Er ist froh, dass er gleich in seiner Kabine allein ist.

Aber vorher hätte er gern noch Irinas Meinung zu diesem Problem gehört.

»Irina, kann ich dich kurz sprechen?«

»Klar, Juri.«

Sie winkt und zeigt Richtung Werkstatt. Dort treffen sie sich. Irina riecht gut. Er war ihr den ganzen Abend nicht so nahe, dass ihm das aufgefallen wäre.

»Was kann ich für dich tun?«, fragt sie und streicht sich eine Haarsträhne aus der Stirn.

»Es geht um Oscar. Seine Behauptung, dass er draußen war, um die Abschirmung zu reparieren. Ich halte das für ein Ablenkungsmanöver.«

Irina verschränkt die Arme vor der Brust.

»Ja, meinst du? Ich glaube ihm. Er sah so froh aus dabei.«

»Froh? Er sah aus wie immer.«

»Nein, er wirkte so entspannt und locker. Ganz anders als du.«

»Als ich?«

»Du wirkst heute den ganzen Tag schon so verspannt. Soll ich dich vielleicht mal massieren? Das kann ich gut.«

Juri weicht einen Schritt zurück. »Danke, Irina. Ich muss noch ein bisschen nachdenken. Vielen Dank für deine Meinung.«

»Wie du willst.«

Ohne Abschiedsgruß schwebt Irina aus der Werkstatt.

## 19. Februar 2078, Ganymed Explorer

»Schlaf gut, Juri«, sagt Irina.

»Das wünsche ich dir auch«, antwortet er.

Irina winkt ihm noch einmal zu, dann verlässt sie die Zentrale. Denise und Meltem sind schon vor einer halben Stunde verschwunden. Sie waren beide frühzeitig aus dem Spiel ausgeschieden, das Juri nach dem Vorbild des Brettspiels »Risiko« selbst gebastelt hatte. Er hat diese gemeinsamen Brettspielabende schon als Kind geliebt. Während sich Denise und Meltem wohl eher des Gemeinschaftserlebnisses wegen beteiligt haben, hat sich Irina als zähe Gegnerin erwiesen, die er erst nach harten Schlachten schlagen konnte. Sie scheint aber auch eine gute Verliererin zu sein, denn sie hat ihm danach gratuliert.

Juri schiebt die Spielfiguren zusammen. Er hatte erst überlegt, sie mit kleinen Magneten auszustatten, aber er hatte nicht genügend davon auftreiben können. Also hatte er einfach das Spielbrett aus einem dünnen Stahlblech zugeschnitten und magnetisiert. In der Mikrogravitation genügt eine schwache Magnetisierung. Es geht ja nur darum, dass die Spielfiguren nicht in der Kabine herumschweben.

Vorsichtig bückt er sich und holt die Schachtel hervor, die er unter dem Tisch deponiert hat. Es ist eine quaderförmige Holzdose, deren Deckel mit hübschen Intarsien verziert ist.

Irina hat sie spendiert. Er legt die Figuren hinein, die sich zu weigern scheinen. Es wirkt, als hätten die bis eben noch feindlichen Armeen nun Hemmungen, sich zu nahezukommen. Tatsächlich dürfte es daran liegen, dass ihre kleinen Metallfüße während des Spiels ebenfalls ganz leicht magnetisiert wurden. Ohne die Schwerkraft reicht ja schon der kleinste Impuls, um eine Bewegung auszulösen.

Juri gähnt. Es war ein schöner Abend. Irina hatte ihn zwei Tage lang kaum angesehen, doch nun können sie sich wieder ganz normal unterhalten. Frauen! Er hat ihr doch nichts getan? Es ist gut so, wie es jetzt ist. So kann er die sieben Monate bis zur Ankunft an ihrem Ziel gut durchhalten. Natürlich, es ist eine konstante, tägliche Routine. Aber dagegen ist ja überhaupt nichts einzuwenden. Die Arbeit auf Hektor war auch nicht spannender gewesen. Sie hatten zwar ab und zu das Abbaugebiet gewechselt, aber wenn man in einem Raumanzug steckt und eine Bohrmaschine in der Hand hält, sehen jede Höhle und jede Grube dann doch gleich aus.

Nur die Spaziergänge vermisst er. Auf der Ganymed Explorer gibt es einfach nicht die Möglichkeit dazu. Er kann das Schiff zwar über die Schleuse verlassen, aber da draußen gibt es keinen Spielplatz und auch keine Gesteins- und Eiswüste wie auf Hektor. Fast jeder Quadratmeter auf der Außenhülle wird genutzt, wenn nicht von den vielen Radiatoren, dann von Sensoren oder Funksendern. Der Mensch ist da oben ein Fremdkörper und muss sich dauernd vorsehen, um nichts zu beschädigen. Irgendwann wird die Menschheit vielleicht auf Asteroiden zu den Planeten reisen. Oder auf Kometen! Gibt es nicht einen verrückten Milliardär, der sich als Anhalter auf einem interstellaren Kometen auf den Weg zu den Sternen machen will?

Wo ist heute eigentlich Oscar? Der Roboter hatte an ihrem ersten Spieleabend versucht, reihum Tipps zu geben. Deshalb hatten sie ihn schnell verbannt. Trotzdem ließ er sich normalerweise irgendwann blicken. Seit Juri seine Rechenkapazität vergrößert hat, scheint er mehr Wert auf menschliche Nähe zu legen. Vielleicht will er von ihnen lernen.

»Oscar?«

Keine Antwort. Bestimmt putzt er irgendwo in einem der Lagerräume. Juri steht auf, nimmt das Spielbrett und die Schachtel unter den Arm und verlässt die Zentrale. Sobald er im Gang ist, erlischt hinter ihm automatisch das Licht. Eigentlich hat Denise heute die Nachtschicht. Sie wird schon noch irgendwann kommen. Die Zentrale kann auch mal eine Weile unbesetzt bleiben.

Er bewegt sich mit dem Kopf voran durch den Gang und tut, als würde er schwimmen. Es ist wichtig, regelmäßig alle Muskelgruppen zu benutzen. Schwimmbewegungen sind dafür perfekt geeignet, auch wenn er nur so viel Kraft aufwenden muss, um seine Glieder in Bewegung zu versetzen.

Da ist er wieder, der rote Lichtschein im Gang. Juri begibt sich in eine aufrechte Position. Eigentlich ist er zu müde dafür. Könnte der Knopf an der Schleuse nicht bitte auf Grün schalten, sobald er ihn erreicht? Aber er tut ihm den Gefallen nicht. Höhnisch funkelt ihn das Rot an. Siehst du, ich bin das Rätsel, das du nicht lösen wirst, sagt es. Juri sieht durch das Guckloch. Natürlich ist die Schleuse leer. Routinemäßig prüft er den Gang, doch es gibt keinerlei Spuren, die zur Schleuse hin oder von ihr wegführen. Wer wäre auch so dumm, in der Schwerelosigkeit Spuren auf dem Boden zu hinterlassen?

Angenommen, jemand hat die Schleuse gerade benutzt. Dann muss der Nutzer sich noch auf der Außenhaut des Schiffes befinden. Er kann die Ganymed Explorer nicht wieder betreten haben, denn sonst wäre die Schleuse offen. Irina kann er ausschließen, sie war eben noch bei ihm. Meltem und Denise haben sich gemeinsam verabschiedet. Sie halten sich bestimmt in einer ihrer Kabinen auf.

Er selbst steht vor der geschlossenen Schleuse, kommt also auch nicht als Übeltäter in Frage. Juri kommt sich fast schizophren vor, sich selbst als Verdächtigen zu betrachten, aber wer weiß, vielleicht besitzt er ja eine gespaltene Persönlichkeit. Seit er Grigori erwürgt hat, kann er das nicht mehr ausschließen. Allein die Vorstellung, einem Menschen die Luft abzudrücken, jagt ihm Gänsehaut über den Rücken. Das kann er gar nicht gewesen sein.

Der Knopf wechselt auf Grün. Die Schleuse braucht nicht länger als drei, vier Minuten, um sich komplett mit Luft zu füllen. Wer immer sie benutzt hat, muss das Schiff also vor drei bis vier Minuten verlassen haben. Wann wird er zurückkommen? Er könnte einfach hier warten. Oder, noch besser, er holt seinen Raumanzug und sieht selbst nach. Aber die nötige Vorbereitung dauert zu lange. Bis dahin entwischt ihm der Übeltäter bestimmt. Er muss das systematischer angehen. Heute ist es schon zu spät. Juri sieht auf die Uhr an seinem Handgelenk. Er wird morgen prüfen, wo sich um diese Zeit alle aufgehalten haben. Jetzt ist es Zeit fürs Bett.

## 20. Februar 2078, Ganymed Explorer

Juri klickt sich durch die umfangreichen Menüs des Logbuchs. Das Schiff zeichnet wirklich alles auf, was geschehen ist. Nur so ist es möglich, Fehlern garantiert auf die Spur zu kommen. Aber für eine simple Recherche wie seine ist das unpraktisch. Er will doch nur wissen, wo gestern Abend, 23:18 Uhr Standardzeit, alle gewesen sind.

Da sind sie, die Bewegungsdaten. Er beginnt bei sich selbst. Das System zeigt im Zeitraffer, wie er aus seiner Kabine in die Zentrale gekommen ist, dort ein paar Stunden verbracht und sich dann in seine Kabine zurückgezogen hat. Im Gang hat er eine kurze Pause eingelegt. Die Ursache dafür ist in dieser Darstellung nicht erkennbar. Draußen war er jedenfalls nicht, auch nicht in geistiger Umnachtung. Sehr beruhigend.

Er wechselt zu Irina. Ihr traut er am wenigsten zu, die gemeinsame Reise zu sabotieren. In einem Thriller wäre sie dann die Verräterin. Aber das ist hier ja kein Roman.

»Erbitte Standortfreigabe von Kapitän«, erscheint auf dem Schirm.

Mist. Die Positionsdaten der anderen gehen ihn natürlich nichts an, deshalb braucht er Meltems Autorisierung. Ausgerechnet jetzt, wo sie gerade Dienst hat und ein paar Armlängen von ihm entfernt auf dem Pilotenplatz sitzt!

»He, spionierst du deiner Freundin etwa hinterher?«, fragt Meltem und sieht ihn spöttisch an.

»Sie ist nicht meine Freundin, und ich überprüfe nur etwas. Ich habe nicht daran gedacht, dass diese Daten zur Privatsphäre gehören. Tut mir leid.«

»Lass dich nicht ärgern. Ich wollte dich nur ein wenig aufziehen«, sagt Meltem.

Juri nickt. Er muss es sich abgewöhnen, auf solche Versuche einzusteigen.

»Berechtigung erteilt«, liest er auf dem Bildschirm.

»Danke.«

Irinas Ortsdaten laufen zeilenweise durch. Sie hat sich in ihrer Kabine aufgehalten, Denise besucht und hatte eine Schicht in der Zentrale. Alles nichts Besonderes. Juri ruft Meltems Daten auf. Er erwartet eine Genehmigungsanfrage, doch das System antwortet sofort. Anscheinend hat Meltem ihm eine Blankovollmacht erteilt. Sie hält ihn zumindest nicht für einen Bösewicht. Aber sagt das etwas über sie? Er muss wirklich aufpassen, nicht alle anderen unter Verdacht zu stellen.

Auch Meltem ist nicht über Kabine und Zentrale hinausgekommen, ebenso wenig Denise. Juri vergleicht bewusst die Aufenthaltsorte der beiden nicht. Bleibt nur Oscar. Der Roboter kommt mehr herum als sie alle zusammen. Das gilt auch für gestern. Oscar hat einen beneidenswert großen Bewegungsradius, weil er auch alle Lagerräume inspizieren kann, in denen die Lebenserhaltung im Sparmodus läuft. Die Luft wird dort nicht erneuert, und die Temperaturen werden gerade einmal so hochgehalten, dass Stickstoff und Sauerstoff nicht ausfrieren. Gestern hat Oscar dort offenbar eine Großreinigung durchgeführt, denn er hat sich insgesamt 19 Stunden darin aufgehalten.

Das war wohl nichts. Aber dass es so einfach würde, war ja auch nicht zu erwarten. Er weiß, was er gesehen hat. Das rote Licht war keine Einbildung. Alles andere wird sich zeigen.

Juri verlässt das Protokoll. Für die Steuerung der Schleusen ist die Lebenserhaltung zuständig – nicht exklusiv zwar, weil das auch Sicherheitsfragen berührt, aber zum großen Teil. Die Lebenserhaltung leert und füllt die Schleuse. Wenn der Luftdruck darin auch nur um zehn Prozent vom Innendruck des Schiffes abweicht, sperrt die Schleusentür automatisch den Zugang, und er sieht das rote Licht.

Das könnte des Pudels Kern sein. Die Schleusentür arbeitet aus Sicherheitsgründen autonom. Wenn der Zentralrechner versagt, dürfen sich nicht plötzlich alle Luken und Schleusen öffnen. Aber echte Autonomie besitzen die Türen dann doch wieder nicht. Sie müssen sich ja an vorgegebene Regeln halten. Die Regeln lassen sich nicht ändern. Zehn Prozent Druckverlust auf einer Seite bedeuten immer einen Schließbefehl für die Tür. Doch das heißt im Umkehrschluss, dass sich die Türen durchaus fernsteuern lassen – man muss ihnen nur einen Anlass geben, sich zu schließen oder zu öffnen, etwa einen Druckverlust in der Schleusenkammer.

Und nun? Juri kratzt sich am Kopf. Die Schleusentür hat einfach nur ihre Aufgabe erfüllt. Die Lebenserhaltung ist der Schlüssel. Jemand, der sie steuern kann, hat damit auch die Schleusen unter Kontrolle, obwohl sie sich eigentlich autonom verhalten. Wer steuert die Lebenserhaltung? Das ist Aufgabe des Zentralrechners. Eines seiner Module versucht, der Crew nach festgelegten Parametern das Leben so angenehm wie möglich zu machen. Wärme, Luftfeuchtigkeit, Sauerstoffgehalt der Luft, alles muss stimmen. Aber es zählen nicht nur die Bedürfnisse der Crew. Eine zu feuchte Luft fördert die Korrosion. Zu viel Sauerstoff in der Atemluft erhöht die Brandgefahr. Zu niedrige Temperaturen in den Räumen führen zu erhöhtem Energiebedarf, weil Wärme aus dem Reaktor fast unbegrenzt zur Verfügung steht. Alles, was sie hier drinnen nicht benötigen, muss über die Radiatoren abgeführt werden, und das kostet Energie.

Ein Ingenieur hat's schwer. Juri beneidet die Kollegen nicht, die all diese sich widersprechenden Bedürfnisse in Algorithmen pressen mussten. Und nun muss er auch noch versuchen, das zu verstehen, was sich einige Generationen von Ingenieuren auf der Erde ausgedacht haben. Denn so eine Steuerungssoftware wird nie von Grund auf neu programmiert. Wenn er den Quellcode analysiert, wird er sicher noch Teile finden, die schon auf den ersten Mercury-Kapseln gelaufen sind. Nein, Wostok in diesem Fall, die Ganymed Explorer kommt ja aus der russischen Raumfahrt-Industrie.

Aber den Quellcode zu analysieren, kann er sich hoffentlich ersparen, wenn er zunächst die Eingabeparameter betrachtet. Gibt es eventuell einen natürlichen Grund, warum die Lebenserhaltung den Druck in der Schleuse verringert hat? Wenn er keinen findet, muss er jemanden finden, der hier absichtlich manipuliert hat. Luftdruck, Wärme, Feuchtigkeit, das sind die drei Regelparameter. Er holt sich die Daten der vergangenen Wochen auf den Schirm. Der Luftdruck scheidet schon einmal aus, er war absolut konstant, geradezu beeindruckend.

Aber die Wärmeleistung zeigt ein paar Ausschläge. Der wichtigste Hitzeproduzent ist der Reaktor. Er hat konstant Leistung geliefert, also blieb auch der Wärmeausstoß gleich. Trotzdem musste das System mehr Wärme abführen. Das passt nicht zusammen. Am Reaktor kann es nicht liegen. Also muss es ein Problem bei der Wärmeabfuhr geben. Juri klickt in die Datenreihen der einzelnen Systeme hinein. Das wichtigste Mittel, die Hitze loszuwerden, sind die Radiatoren. Und tatsächlich: ihre Effizienz hat im Lauf der letzten Wochen gelitten.

Das muss die Lösung sein! Die Lebenserhaltung hat daraufhin einen Weg gesucht, auf andere Weise Wärme aus dem System zu entfernen. Die abstrahlende Oberfläche lässt sich nicht signifikant erhöhen. Aber man kann Energie nicht nur durch Strahlungstransport übertragen, sondern auch über ein Trägermedium – zum Beispiel Luft. Die Lebenserhaltung öffnet anscheinend immer wieder die Schleuse, um darüber warme Luft auszustoßen. Lohnt sich das denn? Aus Sicht der Algorithmen der Lebenserhaltung vermutlich schon. Energie, um aus ihren riesigen Wasservorräten neuen Sauerstoff zu erzeugen, haben sie genug. Aber die Kapazität der Wärmeabfuhr ist begrenzt und damit im Sinne des Systems teuer.

Die Frage ist nur: Warum ist die Effizienz der Radiatoren gesunken? Das kann er aus den Zahlen nicht erschließen. Es muss aber irgendeinen Grund geben. Bei den Radiatoren handelt es sich um von Rohren durchzogene Metallkonstruktionen, die eigentlich nicht altern. Ihre Fläche verringert sich jedenfalls nicht. Könnte sich etwas in den Rohren abgesetzt haben? Aber in dem System steckt kein Wasser. Und der Durchfluss ist weitgehend konstant. Es muss eine andere Ursache geben. Und er wird sie finden.

»Meltem?«

»Hast du etwas?«

»So eine Art Entwarnung, ja.«

»So eine Art?«

»Dass die Schleuse sich auf magische Weise nach außen geöffnet hat, liegt an der Wärmeabfuhr.«

Er erklärt ihr, was er gefunden hat.

»Das klingt logisch. Aber eine Entwarnung sehe ich darin noch nicht.«

»Wieso das? Es ist eine natürliche Ursache, keine Manipulation.«

»Auf den ersten Blick, Juri. Wenn ich das Schiff auf unauffällige Weise verlassen wollen würde, was wäre der beste Weg?«

»Du veränderst die Systeme so, dass sich die Schleuse immer wieder von selbst öffnet. Dann fallen deine Ausflüge nach draußen gar nicht mehr auf.«

»Genau.«

»Das wäre aber fies«, sagt Juri.

»Niemand sagt, dass das Leben gerecht ist. Aber ich will dir auch nichts einreden. Vielleicht steckt wirklich weiter nichts dahinter als der Versuch der Lebenserhaltung, uns nicht zu sehr schwitzen zu lassen.«

Juri seufzt. Er hat sich so gefreut über die Theorie. Die

Vorstellung, jemand aus der Crew könnte heimlich das Schiff sabotieren, bereitet ihm geradezu körperliche Schmerzen. Aber er kann sie noch nicht zu den Akten legen.

## 21. März 2078, Ganymed Explorer

Das kann doch wohl nicht wahr sein. Warum muss es immer ihm passieren? Der rote Lichtschein im Gang um die Zentrale ist eindeutig: Die Schleusenkammer muss schon wieder luftleer sein. Er sieht durch das Guckloch. Es befindet sich natürlich niemand in der Kammer. Hat das System gerade einmal wieder für eine kleine Abkühlung gesorgt?

Juri stößt sich ab und setzt seine Runde fort. Anscheinend ist die Kapazität der Radiatoren noch immer zu niedrig. Irgendwie hat er das Problem verdrängt. Es muss Wochen her sein, dass er die Erklärung gefunden hat. Am liebsten würde er es dabei belassen. Aber durch Ignorieren lösen sich Probleme nicht. Er wird sich nachher darum kümmern, wenn er seine Fitnessrunden beendet hat.

»Ah, Irina! Schön, dich zu sehen. Ich wusste gar nicht, dass du Dienst hast.«

»Ich freue mich auch, dich zu sehen. Denise hat sich krankgemeldet, ihr ist übel.«

»Oh, dann ist sie bestimmt schwanger.«

»Sehr witzig, haha. Es dürfte eher an dem Kuchen

gelegen haben. Sie hat noch gemeint, er hätte so ein alkoholisches Aroma.«

»Dann hatte ich ja Glück, dass ich auf das letzte Stück verzichtet habe.«

»Wirklich. Sie soll die ganze Nacht im WHC verbracht haben, sagt Meltem. Sie hat ihr dabei den Kopf gehalten.«

»Wie romantisch.«

»Das hättest du auch gern, oder, Juri?«

»Ehrlich gesagt bin ich lieber allein, wenn ich mich übergeben muss.«

»Man kann doch nicht alles allein machen.«

»Äh, doch.«

Irina verschränkt die Arme. »Du bist ein Dummkopf, Juri. Aber selbst schuld. Dann musst du eben allein zurechtkommen. Du wirst schon sehen, was du davon hast.«

Warum muss denn jedes Gespräch mit Irina zu einer Prinzipiendiskussion werden? Wenn er sich mit Oscar unterhält, kommt es nie zu Animositäten. Sie passen wirklich nicht zusammen. Er sollte froh sein, dass er so standhaft ist.

Radiatoren. Er ist nicht wegen Irina in die Zentrale gekommen, sondern wegen der Abwärmefrage. Das Problem ist nur, dass er nicht weiß, wo er anfangen soll. Wenn der Querschnitt der Leitungsrohre unverändert ist, sollte eigentlich nur die Fläche eine Rolle spielen. Also muss sie sich verringert haben.

Juri holt die Logdateien hervor. Die ganze Geschichte beginnt Anfang Februar. Damals, es sind nun schon sieben Wochen vergangen, hat es angefangen. Die Effizienz der Radiatorkühlung ist von einem Tag auf den anderen gesunken. Zwar nur leicht, aber doch so stark, dass die Lebenserhaltung sich einen anderen Weg suchen musste, die Wärme loszuwerden. Was ist damals geschehen? Juri kann sich bezüglich der Radiatoren an nichts Bestimmtes erinnern. Das ist ja auch klar. Der Reaktor selbst hatte ihnen Probleme bereitet, da hatte so eine Kleinigkeit keine Rolle gespielt.

Gut. Klar ist damit auch, dass kein Abnutzungsprozess dahinterstecken kann. Abnutzung vollzieht sich graduell, nicht plötzlich. Aber ein Unfall kommt auch nicht in Frage. Wäre ein Radiator von einem Asteroiden getroffen worden, hätte das System das gemeldet. So ein Aufprall bleibt nicht unentdeckt, selbst wenn die Radiatoren keine Sensoren besitzen, um sich zu beschweren.

Wenn es sich nicht um einen natürlichen Prozess handelt, kommt nur ein künstlicher in Frage. Jemand hat an den Radiatoren gespielt, absichtlich oder unabsichtlich. Er muss keine Absicht unterstellen, weil die Veränderung nichts bewirkt. Das Schiff fliegt weiter. Eine Absicht müsste ja irgendein Ziel verfolgen. Sind sie vielleicht sogar selbst schuld? Haben sie bei der Reparatur des Reaktors einen der Radiatoren beschädigt? Oscar hatte sich stolz gemeldet, weil er die Abschirmung in Ordnung gebracht hatte. Vielleicht hat er ja einen Radiator dazu zweckentfremdet? Kann man denn wissen, wie Roboter denken?

Er muss mit Oscar sprechen.

»Oscar?«

Der Roboter antwortet nicht. Er wird wohl wieder irgendwo unterwegs sein, wohin sein Funkgerät nicht reicht. Der Bereich mit den Lagerräumen ist riesig. Er befindet sich hinter der Zentrale in Richtung Heck. So schirmt er zugleich die Zentrale und die Wohnräume vor den Triebwerken ab. Sie produzieren zwar nicht wie der Reaktor im Bug radioaktive Strahlung, dafür aber ziemlich intensive und wechselnde Magnetfelder. Momentan braucht er davor keine Angst zu haben, denn die Triebwerke sind ja nicht in Betrieb.

Er wird Oscar dort hinten besuchen. Juri freut sich über seine Idee. Er war noch nie dort draußen. Warum eigentlich nicht? Er ist jetzt schon so lange auf dem Schiff, hat aber bisher nur ein Zehntel seiner Räume gesehen.

»Irina?«

»Ja? Brauchst du meine Hilfe?«

Irina lacht. Juri ist froh. Sie nimmt es ihm nicht übel, dass er ihr immer wieder einen Korb gibt. Er will sie auch wirklich nicht verlieren. Niemand ist bei »Risiko« so ein harter Gegner wie sie. Weil sonst immer nur er oder Irina gewinnen, geben sie Meltem und Denise inzwischen schon einen Vorsprung. Er wird aber bald ein neues Spiel basteln müssen. Die beiden haben immer weniger Lust auf das Strategiespiel. Denise hat in einem Monat Geburtstag, das wäre ein schöner Anlass.

»Also, brauchst du mich?«, fragt Irina noch einmal. »Keine Sorge, ich bin nicht nachtragend.«

Das ist sie wirklich nicht. Aber das Lager durchsucht er doch besser allein. Sonst versteht sie ihn wieder falsch.

»Danke, aber ich komme allein zurecht«, sagt er. »Ich werde mal einen Blick auf die Lagerräume werfen.«

»Schade, da wäre ich gern mitgekommen, aber heute habe ich Dienst. Du hast es wohl sehr eilig?«

»Ja, leider. Es muss heute sein.«

»Warst du denn schon mal hinten?«

»Nein, noch nicht. Du?«

»Ich auch noch nicht. Dann frag doch lieber Meltem, was genau dich erwartet.«

»Ach, das weiß ich doch.«

»Und?«, fragt Irina.

Jetzt klingt sie wie eine Lehrerin, die ihn abfragt. Er fühlt sich sofort wie ein kleiner Junge. Aus irgendeinem Grund macht ihn das ziemlich an. Er ist töricht.

»Mich erwartet jede Menge frische Luft«, sagt er.

»Im Gegenteil, die Luft muss mächtig abgestanden sein, schließlich wird sie nicht umgewälzt.«

»Na gut. Alte Luft. Ich bezog das ›frisch‹ auf die Kälte.«

»Verstehe. Gute Ausrede. Dann ziehst du dich hoffentlich schön warm an.«

»Steig doch gleich in deinen Raumanzug, der isoliert ziemlich gut.«

»Nein, danke. Ich bin froh, wenn ich den Gestank darin nicht so oft ertragen muss.«

»Wie du meinst. Wenn du lieber frierst, ist das deine Sache. Aber ich habe dich gewarnt.«

»Ja, das hast du. Ich werde nicht über die Kälte jammern, wenn ich dort hinten nach Oscar suche.«

»Ach, es geht dir um Oscar?«, fragt Irina.

»Ich würde gern mit ihm ein Gespräch unter Männern führen.«

»Ja, frag ihn doch mal, wie man eine Frau behandelt. Er kennt sich da bestimmt besser aus als du.«

Zack, der hat gesessen. Für solche Sprüche liebt er Irina. Also nein, natürlich liebt er sie nicht. Aber würde er sie lieben, dann dafür.

»Ich bin drin«, sagt Juri.

Er hat das Funkgerät aus dem Helm des Raumanzugs entfernt und es sich aufgesetzt. So kann er mit Irina in Verbindung bleiben.

»Höre dich bestens«, sagt sie.

Dann ist es allerdings seltsam, dass Oscar nicht auf seine Rufe reagiert.

»Hier in diesem Raum liegen Lebensmittel in den Regalen.«

»Das ist ja auch klar, wir nutzen den ersten Lagerraum als Kühlung. Dort ist es noch so warm, dass die Nahrung nicht zerstört wird.«

Warm? Es ist saukalt hier. Bei jedem Wort und jedem Atemzug stößt er eine Dampffahne aus. Und es ist glatt. Immer, wenn jemand den Raum betritt, gelangt Feuchtigkeit mit hinein, die bei diesen Temperaturen sofort ausfriert. Aber er darf sich nicht beschweren, sonst macht sich Irina bloß über ihn lustig.

»Hier sollte mal jemand streuen«, sagt er.

»Auf so eine Idee kannst auch nur du kommen. Bisher ist noch niemand ausgerutscht.«

Hm, das war wirklich keine gute Idee. Der Sand bleibt ja vermutlich nicht einmal auf dem Boden liegen. Und ohne

Schwerkraft, die den Körper nach unten zieht, kann man auch schlecht ausrutschen und fallen. Am besten, er spart sich jeden Kommentar.

Direkt hinter dem Vorratsraum trifft er auf eine Art Verteiler. Links, rechts, oben, unten, geradeaus – er hat die Wahl. Wo wird er Oscar wohl finden?

»Oscar?«

Keine Antwort. Am besten, er setzt auf die alte Labyrinthstrategie: immer so weit wie möglich links halten, dann verläuft man sich nicht. Der Gang hat einen quadratischen Querschnitt. Etwa alle drei Meter gehen Türen von ihm ab. Er kontrolliert jede. Dahinter befinden sich Lagerräume, die unterschiedlich dicht mit Kisten, Fässern und Säcken gefüllt sind. Er fühlt sich wie im Bauch eines alten Handelsschiffes.

Ab und zu kontrolliert er, was da lagert. Er findet Zucker, Schrauben, Schmerzmittel, mehrere Rollen Stoff, Windeln, Aufbackbrötchen, eine Sammlung Bleche, ein optisches Gerät, bei dem er sich nicht zwischen Teleskop und Mikroskop entscheiden kann, und sogar Kinderspielzeug. Sie sind wirklich für alle Eventualitäten gerüstet. Hatte Meltem nicht gesagt, dass die Ganymed Explorer zehn Jahre lang autonom agieren kann? Das scheint nicht übertrieben.

Nach den ersten Räumen scheint sich der Gang in eine Rampe zu verwandeln. Wieso geht es plötzlich aufwärts? Juri bleibt stehen und sieht nach hinten. Dort geht es scheinbar bergab. An diesem Eindruck muss sein Gleichgewichtssinn schuld sein, denn je weiter er sich von der Zentralachse entfernt, desto größer wird die durch die Rotation des Schiffes verursachte Kraft, die er als Schwerkraft wahrnimmt. Sie ist zwar noch kaum bewusst wahrnehmbar, aber sein Gleichgewichtsorgan sieht das wohl anders.

Außerdem wird es schnell kalt. Juri zieht seinen Mantel fester um sich und schiebt den Schal, den er um das Gesicht gebunden hat, dicht unter die Schutzbrille. Er hätte auf Irina hören sollen. Die Luft ist zwar absolut trocken, weil sämtliche Feuchtigkeit hier längst ausgefroren ist, doch bei minus 56 Grad Celsius hilft das nicht viel.

Wie kalt wird es denn noch werden? Sauerstoff hat seinen Siedepunkt bei minus 183 Grad, das dürfte das Minimum sein, das die Lebenserhaltung zulässt. Wegen des Wärmeaustausches mit dem Rest des Schiffes ist Juri nicht davon ausgegangen, dass die Temperatur unter minus 80 Grad sinken wird. Inzwischen dämmert ihm allerdings, dass er sich womöglich in dieser Frage geirrt hat. Darum war Oscars Körper auch immer so eiskalt gewesen, wenn er aus dem Lager gekommen war.

Der Gang endet. Juri kehrt um. Hier ist Oscar nicht. Seiner Labyrinth-Strategie folgend, muss er nun in den Gang einbiegen, der weiter in Richtung Heck führt. Auch hier trifft er bald auf eine Abzweigung nach links, die er nimmt. Hier wird es schnell kalt. Vor allem aber beginnt hier das Reich der Dunkelheit. Anscheinend lagert in diesem Teil, was nicht so häufig benötigt wird. Eine Deckenbeleuchtung wie weiter vorn wäre da Verschwendung. Er schaltet die Lampe ein, die er am Revers trägt. Ihr Strahl irrlichtert im Takt seiner Bewegung durch den Gang. Solche Szenen kennt er aus Horrorfilmen. Gleich wird irgendetwas hinter der nächsten Abzweigung hervorspringen. Diffuse Schatten springen neben und vor ihm über Wände, Boden und Decke. Woher kommen sie? Seine Lampe ist doch die einzige Lichtquelle.

Juri hält an und betastet die Wand. Sie ist rau, und wenn er die Lampe darauf richtet, glänzt sie. Das muss ausgefrorenes Kohlendioxid sein. Das bedeutet, dass die Temperatur schon unter minus 78,5 Grad liegen muss. Er nimmt den Rucksack ab. Darin hat er noch ein paar zusätzliche Sachen verstaut. Er zieht die dicken Handschuhe, die er vom Raumanzug entfernt hat, über die Fingerhandschuhe aus Wolle, die noch seine Oma gestrickt hat. Dann legt er den zweiten Schal um sein Gesicht. Irina, du hattest recht. Aber zugeben wird er es nicht. Das wäre ja noch schöner.

»Oscar?«

Der Roboter meldet sich nicht. Schade, wenn er noch lange hier herumsuchen muss, friert er sich noch die Zehen ab. Seine Füße schmerzen bereits. Er hätte die Stiefel des

Raumanzugs nutzen sollen. Nein, den ganzen Anzug. Das LCVG würde ihn jetzt angenehm wärmen.

Auch dieser Gang endet. Also zurück. Der Dampf, den er vorhin ausgeatmet hat, hängt noch immer in der Luft, als er den Mittelgang in der Schiffsachse wieder erreicht. Umkehren kommt aber nicht in Frage. Er wird Oscar finden, Punkt. Seine Strategie führt ihn noch weiter in Richtung Heck. Er glaubt, im Hintergrund die Triebwerke röhren zu hören, aber das ist völlig unmöglich, denn sie sind derzeit abgeschaltet, und würden sie arbeiten, wären sie lautlos. Vermutlich hört er eine Komponente der Lebenserhaltung. Er hätte sich einen Plan des Schiffes mitnehmen sollen.

Links abbiegen, dann bergauf. Obwohl er schwebt, bewegt er sämtliche Glieder, damit seine Muskeln Wärme produzieren. Die Wände wirken hier nicht mehr wie in einer Eishöhle. Es gibt wohl kein $CO_2$ mehr, das ausfrieren könnte. Aber sie glänzen nun metallisch. Weiter vorn waren sie noch verkleidet, hier jedoch bekommt er das nackte Schiff zu sehen. Er wühlt als Eindringling in seinen Eingeweiden und schämt sich ein bisschen.

Die Lagerräume sind hier deutlich größer. Sie enthalten nun auch Schiffskomponenten. In einem Raum bemerkt er einen riesigen Radiator. Vielleicht sollten sie den zusätzlich an der Außenseite installieren, dann braucht die Lebenserhaltung keine Tricks mehr. Aber gibt es dort überhaupt genügend Platz für einen weiteren Radiator? Wenn er an das Labyrinth draußen denkt, hat er seine Zweifel.

Juri stellt sich direkt vor den Radiator. Das Monstrum überragt ihn bestimmt um einen Meter, und seine Armspanne reicht nicht aus, um beide Seitenflächen gleichzeitig zu berühren. Wie hat man diese Ersatzteile überhaupt an Bord geschafft? Die Tür dieses Lagerraums ist viel zu klein. Juri geht ein paar Regalreihen weiter. An der Hinterseite des Raums gibt es eine leere Fläche, die etwa fünf mal fünf Meter groß ist. An ihrer Hinterwand findet er die Antwort: Dort gibt es eine weitere Schleuse.

»Juri? Bist du noch da?«

Ah, Irina. Es ist schön, ihre Stimme aus dem Lautsprecher zu hören.

»Ja, alles prima. Bisher keine Spur von Oscar. Aber weißt du, was es hier gibt?«

»Eine Bar mit einem hübschen Barmann? Einen Garten voll frischer Erdbeeren?«

»Haha, nein, leider nicht. Aber es gibt eine Schleuse. Sie ist riesig.«

»Oh, das ist ja eine Überraschung. Gut zu wissen. Warte, ich frage Meltem. Sie ist gerade in die Zentrale gekommen.«

Juri hört Gemurmel, dann wieder Irinas Stimme.

»Das ist die Frachtschleuse, lässt Meltem ausrichten. Sie wurde zuletzt im Erd-Orbit benutzt. Darüber hat man die Lagerräume befüllt.«

»Danach wurde sie nicht mehr benutzt?«

Juri schwebt näher an die Schleuse heran. Sie zeigt tatsächlich keine Abnutzungsspuren. Auch um sie herum befindet sich keinerlei Staub, weder auf dem Boden noch an der Wand. Vielleicht hat Oscar hier geputzt. Aber es könnte auch sein, dass der Staub durch den Luftaustausch weggeblasen wurde.

»Nein, sie blieb seit dem Start von der Erde geschlossen. Ich finde auch nichts im Protokoll«, sagt Irina.

Juri betrachtet die Steuerung. Sie sieht komplizierter aus als bei den Crew-Schleusen. Es gibt nicht nur den einen Knopf, der gerade grün leuchtet, sondern auch einige Hebel. »Rutschnoje uprawlenije« steht in kyrillischen Buchstaben auf dem untersten, besonders großen. Rutschnoi kommt sicher von Ruka, Hand – es wird also eine Art manueller Override gemeint sein. Ob das Protokoll es auch verzeichnet, wenn man das Schiff hier per Handsteuerung verlässt? Es käme auf einen Test an. Dummerweise trägt er gerade keinen Raumanzug. Er hätte wirklich auf Irina hören sollen.

Juri tippt den Hebel an und drückt ihn etwas nach unten. Das kostet viel Kraft. Aber er hat schon gesehen, dass es

Oscar an Kraft nicht fehlt – auch Meltem nicht. Er verlässt den Lagerraum. Vielleicht klärt sich alles, wenn er den Roboter findet. Man könnte fast glauben, Oscar ginge ihm absichtlich aus dem Weg.

Der Gang endet, und Juri kehrt um. Hier kann er nicht links abbiegen, also wählt er den Weg geradeaus, obwohl das seiner Strategie widerspricht. Ganz schön mutig, Juri. Er will lächeln, doch seine Gesichtsmuskeln bewegen sich nicht. Besser, er findet Oscar möglichst bald. Hat sich der Roboter etwa im hintersten Winkel versteckt, um nicht gefunden zu werden?

Diesmal endet der Gang nicht an einer glatten Wand, sondern an einer Tür. Sie besitzt statt einer Klinke einen schweren Hebel, den er nach unten drücken muss. Er öffnet sie, und Dampf dringt heraus. Wunderbar, er hat wohl eine Oase erreicht. Schnell schlüpft er hinein und zieht die Tür hinter sich zu.

Dahinter glüht die Decke rot. Oasen hat er sich anders vorgestellt, aber er will ja nicht meckern. Immerhin ist es deutlich wärmer als draußen, und dass er fast nichts sieht, liegt an seiner Schutzbrille, die angelaufen ist. Er nimmt sie ab. Hier drin müssen über null Grad herrschen. Sofort schwitzt er. Nach der Kälte draußen ist das ein angenehmes Gefühl.

Er hat den Raum in einer Art Nische betreten, die sich schnell weitet. Der Raum ist eher ein Saal, den hunderte Rohre und Kabel durchziehen. Das muss das Heim der Lebenserhaltung sein. Er stellt sie sich wie eine Übermutter vor, die die ganze Zeit auf die Crew Acht gibt. Aber das ist natürlich Quatsch. Es handelt sich einfach nur um eine Reihe von Maschinen und Anlagen, die eine Software steuert.

»Bin jetzt in der Lebenserhaltung«, sagt er.

Irina antwortet nicht.

»Irina?«

Der Kopfhörer schweigt. Der Raum muss gut isoliert sein. Bei der Abwasserbehandlung werden starke elektromagnetische Wechselfelder benutzt. Bestimmt soll die Isolierung Interferenzen mit der Kommunikation und den Rechnersystemen verhindern.

»Oscar?«

»Ich bin hier hinten.«

Juri hört ein Klopfen, das aus einer Ecke an der rechten Seite kommt. Das muss Oscar sein. Er verlässt die Nische. Die rötliche Beleuchtung kommt ihm immer noch seltsam vor, aber da, wo Oscar wartet, erinnert der Raum eher an eine Werkstatt. Der Roboter steht vor einem flachen Tisch, auf dem verschiedene Geräte liegen. Es sind Werkzeuge, allerdings nur solche, die man mit einer Hand bedienen kann. Oscars Oberschale fehlt.

»Was tust du hier?«, fragt Juri. »Reparierst du dich?«

»Ich verbessere mich. Meine Konstruktion ist noch nicht optimal.«

»Und das stört dich?«

»So kann ich meine Aufgaben noch nicht mit maximaler Effizienz erfüllen, und das ist mein primäres Bedürfnis.«

»Aber früher hat es dich doch auch nicht gestört.«

»Ich war offenbar nicht in der Lage, meine mangelnde Effizienz zu quantifizieren.«

»Verstehe. Welcher Art sind die Verbesserungen, die du an dir vornimmst?«

»Mein Arm besitzt für manche Aufgaben noch nicht genügend Stabilität, deshalb verstärke ich ihn. Außerdem konstruiere ich mein Putzgebläse so um, dass es nicht nur saugen, sondern auch blasen kann.«

»Damit du den Staub besser in der Gegend verteilen kannst?«

»Nein, dann kann ich es einsetzen, um mich in der Schwerelosigkeit gezielter zu bewegen. Ich vermute, dass mein Körper nicht für einen Einsatz auf einem Raumschiff konstruiert wurde.«

»Das Gebläse nutzt dir aber bei einer EVA mangels Luftdruck gar nichts.«

»Das ist mir natürlich bekannt. Aber ich verbringe ja 92 Prozent meiner Einsatzzeit innerhalb des Raumschiffs.«

92 Prozent? Das bedeutet, dass Oscar immerhin acht Prozent seiner Einsatzzeit draußen ist. Erwischt!

»Nur 92 Prozent? Kannst du das näher darlegen? Das wären am Tag ja 115 Minuten, die du außerhalb des Schiffes verbracht hättest.«

»Ich beziehe das auf die von einem Crewmitglied angeordneten Einsätze.«

Oscar hat mit der Antwort keine Millisekunde gezögert, wie er es von einem menschlichen Lügner erwarten würde. Aber er ist ja auch kein Mensch. Können Roboter lügen? Vermutlich – wenn es zu ihrem Auftrag gehört. Was erreicht er dann damit, Oscar auszufragen?

»Ich wollte dich etwas fragen«, sagt Juri.

»Und jetzt willst du es nicht mehr?«

»Doch.«

Oscar sagt nichts.

»Als du die Abschirmung des Reaktors repariert hast, hast du da eventuell einen der Radiatoren beschädigt?«

»Nein«, antwortet Oscar.

Sollte er nicht fragen, wie Juri darauf kommt? Wohl eher nicht. Das würde ihn bloß verdächtig erscheinen lassen. Oscar ist entweder sehr gewieft oder er hat wirklich keinerlei geheime Agenda.

»Gut. Ungefähr seitdem entlüftet die Lebenserhaltung immer wieder die Schleuse im Zentralbereich, um überschüssige Wärme zu entsorgen.«

»Ich gehe davon aus, dass das für die Lebenserhaltung der effektivste Weg ist, ihre Aufgabe zu erfüllen. Ich bin von ihrer Programmierung nach wie vor sehr beeindruckt, obwohl ich mich selbst auch weiterentwickelt habe.«

»Danke, ich werde ihr das Kompliment weitergeben, wenn ich sie treffe.«

»Das war eine Feststellung, kein Kompliment«, sagt Oscar.

»Das war ein Witz, keine Ankündigung«, sagt Juri.

»Natürlich.«

Oscars Antwort klingt wie »du mich auch«. Das würde wohl seine Programmierung nicht erlauben. Es muss schrecklich sein, stets höfliche Antworten geben zu müssen.

## 22. März 2078, Ganymed Explorer

»Wie siehst du denn aus?«, fragt Irina.

Er hatte sie gestern nach der Rückkehr aus dem Lager nicht mehr gesehen, weil ihre Schicht vorüber gewesen war.

»Wegen des Anzugs?«, fragt er. »Ich will draußen mal nachsehen, was die Kapazität der Radiatoren so verringert haben könnte. Das Gespräch mit Oscar war gestern nicht sehr ergiebig.«

»Nein, wegen des Rings auf deiner Stirn.«

»Ach, das. Frag nicht.«

Zwischen Schutzbrille, Mütze und doppeltem Schal war in der Kälte gestern ein schmaler Streifen nackter Haut frei geblieben. Die eisige Kälte hat dort ihre Spuren hinterlassen. Die Erfrierungen sehen schlimmer aus als bei einem Sonnenbrand, und die Schmerzen sind ähnlich.

»Siehst du, ich habe dir gesagt, dass du deinen Raumanzug anziehen sollst.«

»Ja, das hast du. Ich beschwere mich auch überhaupt nicht.«

»Und, wie sitzen die Stiefel heute?«

Irina zeigt aus seine Füße.

»Die Stiefel?«

»Ich habe sie dir geweitet, der Herr erinnert sich?«

»Oh, stimmt, natürlich. Sie sind jetzt sehr bequem.«

Tatsächlich ist der Unterschied minimal, aber die Erfrierung im Gesicht schmerzt ihn heute mehr als die beengten Zehen.

»Das freut mich«, sagt Irina.

»Danke dafür«, sagt er.

»Gern.«

Bestimmt erwartet sie nun, dass er sie zum Essen einlädt oder so etwas. Juri knetet seine Hände.

»Ich gehe dann mal. Wenn ich den Ausflug schnell genug hinter mich bringe, kann ich vor meinem Dienst noch duschen.«

»Alles klar. Sei vorsichtig. Wen nimmst du denn mit?«

Für eine EVA ist eigentlich immer ein Buddy vorgeschrieben, eine zweite Person, die ihn sichern oder im Notfall Hilfe holen kann.

»Ich nehme Oscar mit raus. Er rettet mich schneller, als ein Mensch das könnte.«

»Das stimmt. Aber wo ist er denn? Ich habe ihn heute noch gar nicht gesehen.«

»Er wartet sicher schon an der Schleuse. Bei ihm muss ja immer alles effizient sein, und ein Umweg über die Zentrale ist das Gegenteil.«

»Ein Glück, dass du nicht nur an Effizienz glaubst.«

»Ich, ja, natürlich. Tut mir leid, ich muss mich beeilen.«

»Pass auf dich auf, Juri.«

Juri sieht sich um, aber der Gang vor und hinter der Schleuse ist leer. Oscar kann er gerade jetzt am allerwenigsten gebrauchen. Er prüft den Speicherchip der Kamera. Der Platz sollte für eine Stunde Film ausreichen. Dann steckt er sie ans Revers. Er hat das dritte Auge zur Dokumentation eingepackt. Die Chance, dass er irgendetwas findet, ist zwar minimal, aber wenn, dann sollen es später alle sehen können, statt ihm nur glauben zu müssen.

Der große Knopf, der die Schleuse öffnet, leuchtet grün. Er drückt ihn.

»Zentrale an Juri und Oscar«, meldet sich Irina, »ich wünsche einen erfolgreichen Ausflug.«

Mist! Hoffentlich hat Oscar das nicht gehört. Er will draußen seine Ruhe haben. Falls Oscar irgendetwas mit der Sache zu tun hat, wird er versuchen, ihn auf eine falsche Fährte zu locken. Der Roboter ist zwar nur eine Maschine, aber seine intellektuellen Fähigkeiten scheinen überraschend stark ausgeprägt. Juri kann sich gar nicht vorstellen, dass das simple Hardware-Upgrade all das bewirkt hat. Was, wenn Oscar von außen gesteuert wird?

Die Schleusentür schließt sich hinter ihm, und heulend beginnt die Lebenserwartung, die Luft aus der Kammer zu saugen. Das Geräusch wird umso leiser, je dünner die Luft ist. Bei 20 Prozent des nominellen Drucks leuchtet der Knopf an der Außentür grün. Wenn er sie jetzt öffnet, hilft ihm der leichte Druck von innen, die schwere Tür zu öffnen. Nach dem Missgeschick letztens haben sie die Angeln der Tür verstärkt. Man braucht nun mehr Kraft, um sie aufzudrücken. So besteht nicht mehr die Gefahr, dass sie mit zu viel Schwung aufspringt. Das wäre für jemanden, der draußen wartet, auch ein Sicherheitsproblem.

Vor ihm liegt das All. Es kostet ihn immer noch Überwindung, kopfüber in das dunkle Loch zu klettern. Das Gefühl hat er, weil eine unsichtbare Kraft ihn in das Loch zu ziehen scheint. Diesmal lassen sie das Schiff weiter rotieren, angeblich, weil Juri Energie sparen will, in Wirklichkeit jedoch, damit Oscar nichts mitbekommt. Die Magnetsohlen werden ihn davor bewahren, vom Schiff zu fliegen. Und die Sicherungsleinen natürlich. Juri hakt sie zuerst ein, dann zieht er sich nach draußen. Er hat keinen Buddy, falls er unachtsam ist, wird das eine Reise ohne Wiederkehr.

Zwei Minuten später steht er auf der Außenhülle. Aus dieser Perspektive wirkt alles schon nicht mehr so beängstigend. Hinter ihm erhebt sich das Heck wie ein kleiner, aber steiler Hügel. Dort sind irgendwo die Lagerräume, in denen

Oscar sich herumtreibt, und dahinter dann die Triebwerke. Vor ihm liegen, wie eine riesige Panzersperre, die zahllosen Radiatoren. Sie versperren den Übergang zum vorderen Teil des Schiffes, wo sich der Reaktor befindet. Aber der interessiert ihn heute nicht.

Juri klappt das Infrarotvisier nach unten. Sein Blickfeld wird kurz dunkel, dann sieht er zahlreiche rote Schemen. Im Infrarot sieht er nur das, was warm ist, und das sind hier draußen fast nur die Radiatoren. Er muss das Spezialvisier deshalb immer wieder abnehmen, während er zwischen ihnen hindurch spaziert. Wobei »spazieren« wohl nicht der passende Ausdruck ist, denn es fühlt sich eher an wie ein gefährliches Spiel: Durchquere das Labyrinth, ohne je eine seiner Wände zu berühren.

Es wird schon klappen. Er darf sich nicht verrücktmachen lassen. Laut Plan ist zwischen allen Radiatoren mindestens ein halber Meter Platz, meist auch deutlich mehr. Er arbeitet sich an die Wand heran, die sie vor ihm bilden. Die Magnetsohlen funktionieren gut. Nur rennen kann er damit nicht. Seine selbst gestellte Aufgabe ist es, den Radiator zu finden, der im Infrarot nicht so hell leuchtet wie die anderen, und die Ursache dafür zu ermitteln.

Er quetscht sich zwischen den ersten beiden Radiatoren hindurch. Sie stehen beide schräg und bilden dabei einen 90-Grad-Winkel. So fällt die von dem einen Radiator abgegebene Wärmestrahlung garantiert nicht auf den anderen. Es ist gar nicht so einfach, auf engem Raum so viele davon aufzustellen und trotzdem stets diese Regel einzuhalten. Sie hat allerdings den Nachteil, dass er nie mehr als zwei Schritte geradeaus gehen kann. Und die Sicherungsleine ist auch dauernd im Weg, also verzichtet er nach ein paar Metern darauf. Die Magnetsohlen tun doch ihren Dienst. Trotzdem ist es gut, dass Irina nichts davon mitbekommt. Sie würde sich bestimmt unnötig Sorgen machen.

Einmal im Labyrinth, gestaltet sich die Expedition überraschend einfach. Er muss ja nicht wie beim letzten Mal unbedingt auf der anderen Seite ankommen. Sein Weg führt ihn durch eine chaotisch anmutende Konstruktion, hinter der jedoch einige absolut logische Regeln stecken. Ist das nicht bei allen chaotischen Systemen so?

Ups, das war knapp. Er kann den Arm gerade noch zurückziehen, bevor er die fast glühende Fläche berührt. Das kommt davon, wenn er den Infrarot-Visor zu lange aufsetzt. Er enthält anscheinend auch eine Optik, die alles, was er anzeigt, ein Stück weiter in die Ferne platziert, als das Objekt wirklich entfernt ist.

Regel gelernt. Weiter. Juri schleicht durch das Fels-Labyrinth, das auch eine außerirdische Konstruktion sein könnte. Er hat bestimmt schon ein Drittel des Schiffes umrundet. Durch die nach allen Seiten aufragenden Wände hat er allerdings nicht das Gefühl, auf einem sich drehenden Zylinder unterwegs zu sein, vielmehr bewegt er sich scheinbar auf einer endlosen Fläche.

Wie wird es auf Amphitrite aussehen? Wenn der Planet Ähnlichkeiten mit Pluto hat, gibt es vielleicht Bereiche, in denen Platten aus gefrorenem Stickstoff ähnlich chaotisch angeordnet sind wie hier. Auch dort wird es Regeln geben, die sie herausfinden können. Es muss großartig sein, einen völlig unbekannten Himmelskörper abzutasten, seinen Puls zu spüren und dann eine Diagnose zu stellen. Auf Hektor ging das nicht, denn sie waren bei weitem nicht die ersten Besucher gewesen.

Plötzlich liegt vor ihm eine freie Fläche. Juri bleibt stehen. Sie ist zwar nur etwa vier mal vier Meter groß, doch im Plan war sie definitiv nicht eingezeichnet. Oder hat er schon den Ausgang erreicht? Er richtet den Scheinwerfer auf die gegenüberliegende Seite. Nein, dort geht das Radiatorenlabyrinth weiter. Es sieht ganz einfach so aus, als hätte jemand ein paar der Module verrückt, um Platz zu schaffen. Dadurch hat sich natürlich ihre Effizienz verringert, weil sie sich nun gegenseitig heizen. Zudem wurde auch der Winkel verändert, in dem sie angebracht sind. Juri bewegt sich am Rand der

Fläche entlang. Die Radiatoren bilden um ihn herum eine Art Krater oder eine Mulde. Genau im Zentrum steht auf einem Pfahl eine glänzende Kugel. Was ist denn das? War das der Grund für den Umbau?

Im Infrarot ist die Kugel relativ dunkel, obwohl sie von den Radiatoren angestrahlt wird. Das liegt wohl an ihrer glänzenden Beschichtung. Um den Pfahl herum scheint der Boden von einer Folie bedeckt zu sein, die ebenfalls glänzt. Juri richtet die Kamera auf das seltsame Objekt. Dann hakt er seine Sicherungsleine ein und läuft zum Inneren der Fläche, um den Pfahl zu untersuchen. Er betritt die Folie, und im selben Moment heben seine Stiefel ab.

Mist! Die Folie ist nicht ferromagnetisch. Seine Stiefel funktionieren auf ihr nicht. Aber er hat sich doch gesichert. Glück gehabt! Gleich wird sich die Leine straffen, und … Aber er entfernt sich weiter nach oben. Er wird nicht schneller, nur der kleine Impuls des einen Schrittes auf die Folie hat seinen Körper beschleunigt, aber ohne Halt wird er trotzdem ins All hinausfliegen.

Da sieht er Oscar. Was macht der Roboter mit seiner Sicherungsleine? Juri reißt die Kamera vom Oberteil seines Anzugs und richtet sie auf Oscar. Das ist der Beweis. Vielleicht kann er die Kamera dann so in Richtung Schiff werfen, dass eine seiner Kolleginnen sie findet. Wenn Oscar das nicht verhindert. Dieser fiese kleine Roboter. Dieser Mörder.

Plötzlich schnellt Oscars Arm nach oben. Die vier Finger erwischen seine Leine. Juri spürt den Ruck. Er geht ihm durch Mark und Bein, obwohl Oscar nur leicht gezogen hat.

»Hab dich!«, sagt Oscar per Funk.

»Danke. Hol mich runter.«

Juri ist froh. Er lebt. Er muss nicht in der Einsamkeit des Alls sterben. Aber er ist nicht sicher, was er gerade erlebt hat: einen Mordanschlag des Roboters – oder eine Rettungsaktion?

»Warum hast du denn deine Sicherung nicht eingehakt?«, fragt Oscar. »Das ist ineffizient.«

»Ich muss es wohl vergessen haben. Oder ich habe es nicht gründlich genug gemacht.«

»Das solltest du nicht wiederholen.«

»Danke für den wertvollen Rat, Oscar.«

»Gern.«

»Kannst du mir sagen, was das hier ist?«

Juri zeigt in die Runde.

»Ich habe keine Ahnung.«

»Aber du kannst eine Vermutung anstellen. Deine Intelligenz ist unschlagbar.«

»Das stimmt, Juri. Die Anordnung spricht dafür, dass es sich um eine Antenne mit künstlich vergrößerter Reichweite handelt.«

»Und wer hat sie gebaut?«

»Das kann ich dir beim besten Willen nicht sagen.«

»Da draußen ist was genau?«, fragt Meltem.

Sie haben sich alle in der Zentrale versammelt. Denise sieht ganz verschlafen aus, sie haben sie wecken müssen.

»Eine High-Gain-Antenne«, antwortet Juri.

»Das kann ich nicht glauben.«

Er betrachtet Meltems Gesicht und findet keine Anzeichen dafür, dass sie lügt. Aber das muss nichts heißen.

»Oscar ist mein Zeuge, außerdem habe ich alles auf Video.«

Von dem Unfall erwähnt er nichts.

»Dann zeig mal«, sagt Irina.

Er hat die Aufnahme schon bis zu der Stelle vorgespult, als er die Antenne und den Mast gemeinsam mit Oscar untersucht. Jetzt sieht er sich unbeholfen über die Außenhülle der Ganymed Explorer stapfen. Es sieht so aus, als wäre das sein erster Weltraumspaziergang. Das muss an der durch die Magnetsohlen ungewohnten Gangart liegen.

Plötzlich hält Meltem den Film an. Oscars Arm, der links

ins Bild ragt, friert ein, und auf dem Schirm bleibt die Antenne in einer Totalen stehen.

»Ich sehe da keine Kabel«, sagt Meltem.

»Das ist richtig«, sagt Juri. »Es gibt keine Verbindung zu den Schiffssystemen.«

»Wer immer die Antenne genutzt hat, muss sich zum Senden nach draußen begeben haben.«

»Ja, es gibt eine Standardbuchse, mit der sich der Helmfunk einklinken lässt.«

»Dann könnte es jedes Crew-Mitglied gewesen sein«, sagt Meltem.

»Oder Oscar«, ergänzt Juri.

Der Roboter reagiert nicht. Er ist ebenfalls mit den gängigen Standardanschlüssen ausgestattet.

»Wir könnten die Zeiten, zu denen sich die Schleuse geöffnet hat, mit dem Energieverbrauch an Bord korrelieren«, sagt Denise. »Wenn die Antenne gesendet hat, muss sie ja ordentlich Energie verbraucht haben. Dann prüfen wir, wer in den sich überschneidenden Zeiträumen kein Alibi hat, und schon haben wir den Verräter.«

»Ich würde noch nicht von Verrat sprechen«, sagt Meltem, »solange wir den Hintergrund nicht kennen.«

»Na hör mal, jemand stellt heimlich eine Antenne auf – doch bestimmt nicht, um damit Radio-Astronomie zu betreiben«, sagt Denise.

»Wer weiß? Mir ist schon klar, dass ich mich damit verdächtig mache. Ich will bloß verhindern, dass wir zu sehr in eine Richtung denken und uns dadurch in etwas verrennen.«

»Dein Vorschlag ist leider nicht umsetzbar, Denise«, sagt Juri. »Die Antenne hat ja wie gesagt keine Verbindung zum Schiff. Sie ist auch in Sachen Energie völlig autonom. Dafür besitzt sie Akkus.«

»Dann muss jemand diese Akkus immer wieder aufgeladen haben«, sagt Denise.

»Was einfach ist«, sagt Juri. »Die Lebenserhaltung im Raumanzug liefert immerhin ein Ampère. Man verkürzt damit zwar die maximale Aufenthaltsdauer draußen, aber das ist ja kein Problem, wenn die Schleuse in der Nähe ist. Und die Anschlüsse …«

»… sind Standard«, sagt Denise. »Ein Hoch auf die Standardisierung.«

»Richtig.«

So kommen sie nicht weiter. Er hat eine Entdeckung gemacht, die alles auf den Kopf stellen könnte – wenn sie sie denn jemandem zuordnen könnten. Manchmal glaubt er beinahe, sie hätten einen blinden Passagier an Bord, der für all das verantwortlich ist, was schiefläuft. Grigoris Geist vielleicht, aber zum Glück glaubt er nicht an ein Leben nach dem Tod, jedenfalls nicht diese Art von Leben.

»Aber Kommunikation findet doch bestimmt in beide Richtungen statt«, sagt Irina.

»Und?«, fragt Juri.

»Die Signallaufzeit beträgt bestenfalls eine Stunde, eher mehr. Unser ›Verräter‹, wenn wir ihn so nennen wollen, weiß nicht, wann genau er Antwort bekommt. Also muss es an der Antenne eine Art Speicher geben. Wenn wir den auslesen könnten …«

»Da war kein Speicher. Es gab aber einen Anschluss für einen Speicherchip.«

»Ein Standardanschluss?«, fragt Denise.

»Ja, für Speicherchips«, antwortet Juri.

»Moment«, sagt Meltem und tippt etwas in den Computer ein.

Ein paar Zahlen laufen über den Schirm.

»Wir haben 316 geeignete Speicher an Bord«, sagt Meltem, »nicht eingerechnet all diejenigen, die bereits in Geräte eingebaut sind, sich aber zweckentfremden ließen.«

Das ist also auch keine Spur.

»Dann habe ich auch keine Ideen mehr«, sagt Denise.

»Ich schlage vor, dass wir die Antenne so lassen, wie sie ist, aber eine Überwachungskamera installieren«, sagt Juri.

»Was soll das bringen?«, fragt Irina. »Alle, die in Frage

kommen, heimlich diese Antenne konstruiert zu haben, wissen ja nun auch von der Kamera.«

»Es hält den Verräter zumindest davon ab, sie weiter zu benutzen. Und wer weiß, vielleicht hat er oder sie ja keine andere Wahl, als sich zu offenbaren.«

»Ich denke, es schadet nichts«, sagt Meltem. »Wobei wir irgendwann die Radiatoren in ihre ursprüngliche Position bringen sollten, damit die Wärmeentsorgung wieder optimal gewährleistet ist. Wie lange wird es überhaupt gedauert haben, diese Antenne zu installieren?«

»Da dürfte eine EVA von sechs Stunden gereicht haben«, sagt Juri. »Vorausgesetzt, der eigentliche Empfänger wurde bereits im Schiff fertiggestellt.«

»Wer von uns kann das denn eigentlich, einen Funkempfänger bauen?«, fragt Denise.

»Ich würde es mir zutrauen«, sagt Juri, »das sage ich ganz ehrlich.«

»Ich mir auch«, sagt Meltem. »Es gibt sicher Ersatzteile im Lager, aus denen sich ein kompletter Empfänger zusammensetzen lässt. Wenn wir die Inventarlisten mit dem Lager vergleichen, werden wir auf fehlende Ersatzteile stoßen.«

»Ich könnte das nicht«, sagt Denise, »aber das würde ich natürlich auch sagen, wenn ich der Verräter wäre.«

»Gut, Oscar. Übernimmst du die Installation der Überwachungskamera?«

Irina starrt ihn mit zusammengekniffenen Augen an. Es ist schon klar, was sie sagen will – er macht vielleicht den Bock zum Gärtner. Aber Oscar muss den Auftrag perfekt ausführen, sonst macht er sich verdächtig, und das weiß er.

»Natürlich. Kannst du den Befehl bestätigen, Meltem?«

Oh, er vergewissert sich bei der Kapitänin. Vielleicht sieht er eine geringe Chance, dass die den Auftrag ablehnt?

»Bestätigt.«

»Ich werde eine Kamera suchen und installieren«, sagt Oscar.

Meltem tippt etwas am Computer.

»Du findest eine geeignete Kamera in Lager 12C«, sagt

sie dann. »Es wäre schön, wenn du noch während meiner Schicht fertig werden könntest.«

»Bestätigt«, sagt Oscar und verlässt die Zentrale.

»So, nun spulst du deinen Film aber mal ganz zurück«, sagt Irina.

»Ich, was?«

Es bringt ihm doch bloß Ärger, wenn sie den Unfall jetzt auch noch analysieren. Er hat die Leine bestimmt vergessen.

»Ich habe gesehen, dass der Timecode irgendwann in der Mitte beginnt. Was ist denn vorher passiert?«

»Nichts.«

»Du bist ein schlechter Lügner, Juri.«

»Na gut.«

Er tippt auf den Minibildschirm der Kamera.

»Ich erspare euch meine Irrwege durch das Radiatorenlabyrinth. Aber das hier ist interessant.«

Er drückt den Abspielknopf. Man sieht, wie er langsam abhebt. Die Kamera schwenkt ein paarmal hin und her, dann fokussiert sie auf Oscar. In diesem Moment gibt es einen deutlichen Ruck.

»Das war der Moment, wo sich Oscar meine Leine geschnappt und mich damit gerettet hat«, sagt Juri.

»Du hast dich nicht gesichert?«, fragt Irina. »Mann, das war extrem unvorsichtig, geradezu dumm! Du wusstest doch, dass das Schiff rotiert!«

»Doch, ich erinnere mich daran, dass ich meine Sicherung eingeklinkt habe, bevor ich die paar Schritte zu dem Empfänger gegangen bin.«

»Aber auf dem Video schwebst du einfach so davon.«

»Ich habe nach dem ersten Schreck sogar darauf gewartet, dass sich die Leine strafft, aber das ist nicht passiert.«

»Da hattest du ja Glück, dass Oscar gerade in diesem Moment aufgetaucht ist«, sagt Denise.

»Eben in der Frage bin ich nicht sicher. Er hat gewusst,

dass die Folie um den Empfänger nicht magnetisch ist. Wenn er nun meine Leine absichtlich gelöst hat?«

»Mit welchem Motiv?«, fragt Meltem.

»Aber das ist doch logisch, ich habe seine Antenne entdeckt. Ihm muss klar geworden sein, dass er sie danach nicht mehr benutzen kann – es sei denn, ich verschwinde.«

»Und dann hat er dich wieder eingefangen, als das Kameraobjektiv auf ihn gerichtet war«, sagt Irina. »Er muss vermutet haben, dass du alles live an uns überträgst. Was übrigens vernünftig gewesen wäre. Warum hast du Dummkopf denn keine Funkkamera benutzt?«

»Ich weiß nicht. Ich hatte das Gefühl, ihr glaubt mir immer weniger. Nun wollte ich stichhaltige Beweise sammeln.«

»Und hast damit Oscar die Gelegenheit gegeben, dich umzubringen«, sagt Denise.

»Aber dafür gibt es doch gar keinen Beweis«, sagt Meltem. »Ich sehe hier nur einen unachtsamen Astronauten. Oder bist du völlig, absolut sicher, dass du die Leine eingehakt hast?«

»Ich erinnere mich zumindest daran. Aber ich war ja nicht zum ersten Mal draußen, es war schon Routine. Vielleicht habe ich nicht genug aufgepasst und der Haken ist abgerutscht. Ich kann es nicht beschwören.«

»Siehst du.«

»Es war nicht meine Idee, euch den ersten Teil des Filmes zu zeigen. Ich hätte das schon mit Oscar geklärt, unter Männern quasi.«

»Nun schaut mich nicht so an«, sagt Meltem. »Ich stelle nur die Fragen, die nun einmal gestellt werden müssen. Ich glaube ja auch, dass Oscar da seine vier Finger im Spiel hatte.«

Der Film läuft noch einmal im Schnellgang über den Schirm. Dann hält er an. Der Timecode zeigt, dass bis zu Juris Abheben noch etwa eine Minute Zeit vergehen wird.

»Seht ihr diesen Schatten hier?«, fragt Irina.

An einem Radiator wirft irgendein Scheinwerfer, der

nicht zu sehen ist, einen gezackten Schatten in Form eines umgedrehten V. Die beiden Schenkel des Buchstaben öffnen und schließen sich.

»Das ist ja interessant«, sagt Juri.

»Hast du irgendein sich bewegendes Gerät dort draußen gesehen, das so einen Schatten werfen könnte?«, fragt Irina.

»Nein. Da sind nur die Radiatoren, die kompakte Schatten werfen. Der Empfänger ist eine Kugel auf einem Stab.«

Irina fährt die Aufnahme hin und her.

»Es ist nicht die Lichtquelle, die sich bewegt. Das Ding, das den Schatten wirft, bewegt sich ganz eindeutig selbst«, sagt sie.

»Dann kann es nur Oscar gewesen sein«, sagt Denise.

»Er war also schon eine Minute vor meinem unfreiwilligen Abflug dort«, sagt Juri.

»Das ist immer noch kein Beweis«, sagt Meltem.

»Nun, es bedeutet zumindest, dass er meinen Unfall zunächst nicht verhindert hat. Und er hatte Gelegenheit, die Sicherungsleine auszuklinken.«

»Es könnte ja auch sein, dass er dir für deine Unachtsamkeit eine Lehre erteilen wollte«, sagt Meltem. »Verdient hättest du sie. Er weiß exakt, wie lang sein Arm ist und kann sehr genau ausrechnen, wann er spätestens zugreifen muss.«

»Das ist möglich. Ich möchte nur festhalten, dass Oscar sowohl ein Motiv als auch die Möglichkeit hatte, diesen Unfall herbeizuführen. Aber mir ist schon klar, dass das kein Beweis ist.«

»Einen Aspekt haben wir bisher ganz vergessen«, sagt Denise.

»Ja?«, fragt Meltem.

»Na, die Kommunikationspartner. Wir müssten doch anhand der Parameter der Antenne und der Sendeleistung herausfinden können, wo sie sich befinden.«

»Das ist eine sehr gute Idee«, sagt Meltem. »Wer übernimmt das? Ich weiß zwar von allem etwas, stecke aber nicht tief genug in Antennentechnik.«

»Ich bin Chemikerin, ich weiß nur, dass es möglich sein müsste«, sagt Denise.

»Ich bin Bergbautechniker«, sagt Juri.

»Ich auch«, sagt Irina. »Aber wir beide zusammen schaffen das. Am besten, du kommst nachher in meine Kabine, da haben wir die nötige Ruhe.«

»Danke, ihr zwei«, sagt Meltem und zwinkert Juri zu.

JURI SCHWEBT VOR IRINAS KABINE. Hoffentlich hat sie nicht völlig andere Pläne als er! Sie wollen ausrechnen, wen der Verräter mit seiner improvisierten Antenne erreicht haben könnte, nicht mehr und nicht weniger. Er klopft. Und wenn ihm Irina nun in Dessous öffnet? Soll er ihre Kleidung dann ignorieren? Genau. Er wird es einfach nicht bemerken.

Die Tür öffnet sich.

»Huch«, sagt Irina.

Dann bemerkt er es auch: Er steht falsch herum. Irina spricht mit seinen Füßen. In der Mikrogravitation hat er im Gang glatt Boden und Decke verwechselt.

»Oh, Entschuldigung.«

Er stößt sich ab und dreht sich um.

»Das passiert mir auch immer wieder«, sagt Irina. »Aber darf ich dir etwas sagen?«

Nein, sie will ihm etwas sagen! Er betrachtet sie. Sie trägt noch immer denselben Trainingsanzug, den sie in der Zentrale anhatte. Und sie ist nicht geschminkt. Gut.

»Klar.«

»Die Schnürsenkel in deinem rechten Schuh. Auf der einen Seite hängen sie ganz weit heraus, auf der anderen sind sie zu kurz.«

»Ist mir noch gar nicht aufgefallen.«

»Mich treibt so etwas zum Wahnsinn. Und wenn du mir schon deine Füße ins Gesicht hältst …«

»Könnte es sein, dass du etwas …«

»… pingelig bist, willst du sagen? Da kann ich dich beruhigen. Nur bei nicht symmetrisch angebrachten Schnürsenkeln werde ich wahnsinnig.«

»Warte, ich korrigiere das gleich.«

»Das musst du nicht. Ich sehe einfach nicht hin.«

»Aber ich kann das …«

»Mach kein Drama draus und komm endlich rein.«

Sie macht den Platz im Türrahmen frei, und er schwebt in ihre Kabine. Es stehen keine Kerzen darin, und es sind auch keine Rosenblüten auf dem Bett verteilt. Vielleicht hat er sich doch zu viele Gedanken gemacht. Die Lebenserhaltung hätte beim Anzünden einer Kerze Alarm ausgelöst, und frische Rosen sind fast zwei Milliarden Kilometer entfernt.

Der Computer läuft. Irina hat eine schöne Anlage mit drei Bildschirmen. Der Schreibtisch ist dafür fast zu klein.

»Woher hast du die zwei Extra-Bildschirme?«

»Aus dem Lager, steht alles im Inventarverzeichnis.«

»Meltem weiß Bescheid?«

»Ich habe nicht explizit um Erlaubnis gefragt. Aber die beiden Schirme sind natürlich ordnungsgemäß auf meinen Namen ausgetragen.«

So hat er sich das gedacht. Auf dem linken Schirm sieht er das Schema einer Antenne.

»Du hast schon alles vorbereitet«, sagt er.

»Na klar, ich will das so schnell wie möglich hinter mich bringen. Dann kannst du bald wieder in deine Kabine.«

Hmpf. Sie will ihn loswerden! Das ist aber gar nicht nett. Aber er sollte sich lieber darüber freuen.

»Gut. Ich bin auch ziemlich fertig heute. Was ist das für eine Simulation?«

»Ein Programm zum Selbstbau von Antennen. Es rechnet dir aus, wozu deine Konstruktion in der Lage ist.«

»Das ist ja genial. Genau das brauchen wir. Ich habe im Studium alles gehasst, was mit Elektromagnetismus zu tun hat.«

»Geht mir ähnlich. Wir brauchen nur die Daten einzugeben, und das Programm übernimmt den Rest.«

»Die Daten?«

»Du hast die Antenne nicht vermessen?«

»Nein.«

»Okay, kein Problem, wir haben ja dein Video. Daraus entnehmen wir die Daten. Bei den Radiatoren kennen wir ja die Längen- und Breitenmaße. Die Kamera hast du aber mit?«

»Ja.«

Er holt sie aus der Hosentasche und schaltet sie ein. Irina schwebt neben ihn. Dann gehen sie Frame für Frame vor. Abmessungen, die sie nicht kennen, rekonstruieren sie durch Vergleiche. Das Programm setzt ihre Eingaben stets sofort in eine visuelle Darstellung um. Die Antennenschüssel vom Anfang bekommt mehr und mehr Ähnlichkeit mit der Lichtung, an die Juri sich erinnert.

»Jetzt noch den Empfänger«, sagt Irina.

Sie geben auch dessen Daten ein. Die Stromversorgung müssen sie abschätzen. Die Anlage muss mit Standardakkus aus dem Lager gearbeitet haben. Das ist schlau, weil niemand die abgezweigte Energie bemerkt, aber es begrenzt die Sendeleistung dann doch deutlich.

»Ich denke, das war es jetzt«, sagt Irina.

Sie legt ihm die Hand auf die Schulter und macht ein paar massierende Bewegungen. Das tut gut.

»Dann lassen wir ihn jetzt rechnen«, sagt Juri.

Irina fährt mit der Massage fort und lockert seine Schulter- und Nackenmuskulatur. Jetzt merkt er erst, wie verspannt er ist. Sie sollte auf Masseurin umsatteln. Aber das darf er nicht sagen, das wäre eine Beleidigung.

»Pling«, macht der Computer.

Schade, die Berechnung ist schon fertig. Sie hätte gern noch eine Weile weitermachen dürfen. Die Antenne verschwindet vom Schirm. Dafür erscheint in der Mitte ein Kegel. Er geht von der Ganymed Explorer aus und zeigt schräg gegen ihre Flugrichtung.

»Dort erreichen die Sendungen doch überhaupt niemanden«, sagt er. »Da ist nichts.«

»Leider falsch.« Irina drückt ein paar Knöpfe, und die

Ekliptik wird eingeblendet. Dadurch ist klar zu sehen, dass sie sich aus der Ebene der Planeten hinausbewegen. Irina tippt noch etwas ein. Das Schema des Schiffes dreht sich nun langsam, sodass der Kegel unterschiedliche Gebiete überstreicht.

»Die Erde ist nicht dabei, siehst du?«, sagt er.

»Stimmt, der Kegel reicht nie sehr weit über den Asteroidengürtel hinaus.«

»Aber die Radiowellen sind doch dort nicht einfach zu Ende?«

»Sie breiten sich natürlich unendlich weit aus. Aber wo der Kegel endet, ist ihre Stärke so gering, dass man sie nur noch bemerkt, wenn man absichtlich darauf lauscht und auch weiß, wo man lauschen muss. Mit wem auch immer der Kontakt über die Antenne läuft, derjenige kann nicht gewusst haben, dass er kontaktiert werden wird und woher. Dein Entschluss, Grigori umzubringen, kam schließlich ganz spontan.«

»So wie deine Idee, die Ganymed Explorer zu entführen.«

»Um ehrlich zu sein – mit dem Gedanken, irgendein Raumschiff zu entführen, das auf Hektor tankt, habe ich schon länger gespielt. Ich bin zu viele Jahre Angestellte gewesen, manchmal fast Sklavin. Ein eigenes Schiff, dieser Traum hätte sich für mich nie erfüllt.«

»Dann kam dir mein Mord wohl gerade recht.«

»Ja, irgendwie schon, und das macht mir Sorgen. Wir standen natürlich unter Schock, aber vielleicht hätten wir Grigori noch retten können, wenn wir schnell gehandelt hätten. Ich wollte aber nicht, dass er gerettet wird, so sehr habe ich ihn in diesem Moment gehasst. Das war mein Fehler, und deshalb hast du nun einen Mord auf dem Gewissen. Das tut mir wirklich leid. Ich wollte einfach diese Chance nutzen. Unter normalen Umständen wärst du doch viel zu vernünftig dafür gewesen.«

Uff. Er hat Irina einen Gefallen getan, indem er seinen Kollegen umgebracht hat? Darum ist sie ihm also so dankbar. Und er dachte, sie wäre in ihn verliebt. Oder ist beides richtig? Juri schüttelt den Kopf. Er verliert hier noch den Verstand.

»Wir sollten uns besser auf die Arbeit konzentrieren«, sagt er.

»Natürlich«, sagt Irina.

Sie zeigt auf die Grundfläche des Kegels.

»Da irgendwo müssen sie sein, mit denen der Verräter gesprochen hat«, sagt sie.

»Da kommen eine Menge Asteroiden in Betracht – fast das ganze griechische Camp der Trojaner, und noch viel mehr im Asteroidengürtel.«

»Es gibt dort aber keine große Station mehr, die in Richtung Äußeres Sonnensystem lauscht, Juri. Warum sollen sie einen Anruf aus einer Gegend erwarten, die völlig leer ist?«

»Dann hatte der Verräter also wahrscheinlich gar keinen Erfolg? Willst du das sagen?«

»Nein. Ich vermute, dass der Gesprächspartner auf einem Schiff sitzt. Schiffe lauschen schon mal auf Verdacht ins All, besonders wenn sie zum militärischen Teil einer Flotte gehören.«

»Das wäre eine Möglichkeit. Hilft sie uns weiter?«, fragt Juri.

»Vielleicht. Wir könnten versuchen, dieses Schiff zu finden.«

»Ist das nicht wie die Suche nach der Nadel im Heuhaufen?«

»Denk daran, wie dieses Cinnamongirl Amphitrite gefunden hat.«

»Durch Überdeckungen.«

»Genau. Wir installieren eine automatische Anlage, die den Himmel im fraglichen Bereich absucht. Irgendwann müssen sie einen Stern im Hintergrund verdunkeln. Dazu genügt schon ein einzelnes Schiff.«

»Und wenn wir sie gefunden haben?«, fragt Juri.

»Du hast viele Fragen. Aber damit springst du zu weit in die Zukunft. Ich weiß nicht einmal, wie groß unsere Chancen sind. Falls wir etwas entdecken, können wir uns immer noch überlegen, was wir damit anfangen.«

Eigentlich ist es eine gute Strategie, einen Schritt nach dem anderen zu gehen. Aber Juri ist beinahe sicher, dass der Verräter mit jemandem sprechen konnte. Das bedeutet, dass sie mit ihrem Wissen nicht mehr allein sind. Ein neuer Planet im Sonnensystem, daran müsste jede Großmacht interessiert sein. Im Kampf dieser Mächte läuft jeder normale Mensch Gefahr, zerrieben zu werden.

# Der Planet

## 14. April 2078, Ganymed Explorer

»Pling«, meldet sich der Computer.

Juri sieht auf. So eine Nachtschicht ist immer besonders anstrengend, weil nie etwas passiert. Ah, das Programm, das nach Sternbedeckungen sucht, hat mal wieder etwas gefunden. Sie haben nur zwei Tage gebraucht, um das Teleskop auf der Außenhülle aufzustellen, das er damals im Lager entdeckt hat. Seitdem schickt es seine Aufnahmen automatisch an den Zentralrechner, und der vergleicht sie damit, wie der betreffende Himmelsabschnitt normalerweise aussehen müsste.

Bedeckungen sind dabei eher die Regel als die Ausnahme, das hatten sie schnell gesehen. Sie haben nun einmal einen Teil der Trojaner im Blickfeld. Jeder einzelne Asteroid ist eine Chance auf eine Sternbedeckung. Juri hat das »Pling« der Software nur deshalb nicht ausgeschaltet, weil es ihn durch sein unregelmäßiges Erklingen zuverlässig daran hindert einzuschlafen. Es ist seltsam. Wassertropfen, die in konstantem Rhythmus in ein Becken fallen, lassen ihn sofort müde werden, doch unregelmäßige Geräusche nerven ihn total.

Er schaltet den Bildschirm ein. Die Meldung sieht aus wie all die tausend anderen.

»Bedeckung gefunden. Ansehen?«

Manchmal überlässt er am Ende einer Schicht seinem Nachfolger etwas Arbeit. Aber in der Morgenschicht gibt es genug, um das man sich kümmern muss. Also tippt er »Ansehen« an, und das Analyseprogramm öffnet sich und zeigt automatisch das letzte Ereignis. Ihm ist eine Kategorie zugeordnet. Kategorie 1 sind Bedeckungen, die von einem bekannten Objekt verursacht wurden. Das heißt, einer der vielen bekannten Asteroiden-Orbits passt zeitlich und örtlich genau. Dann kann man auch davon ausgehen, dass der jeweilige Asteroid schuld daran ist, dass der Stern hinter ihm kurz geblinkt hat. Bedeckungen der Kategorie 2 sind schon interessanter. Hier kommt kein bekanntes Objekt in Frage.

Aber es gibt auch keinen messbaren zeitlichen Zusammenhang mit anderen Objekten. Das Programm kombiniert die Daten von je zwei Bedeckungen und nimmt an, dass sie auf einem bisher unbekannten Orbit stattfanden. Wenn dann auch noch eine dritte Bedeckung auf demselben Kurs erfolgt, kann das zwar immer noch Zufall sein, aber es spricht schon einiges dafür, dass sie damit einen neuen Himmelskörper gefunden haben. Das ist Kategorie 3. Bisher haben sie 27 Trajektorien dieser Kategorie in der Datenbank.

Das Pling von vorhin jedoch gehört nicht dazu. Die Software ordnet es unter Kategorie 4 ein. Vier bestätigte Bedeckungen – langsam wird es spannend. Dieser Kurs ist schon überraschend klar. Juri holt sich die berechneten Bahndaten auf den Schirm. Oh, Mann. Das Objekt scheint sich aus der Ekliptik heraus zu bewegen. So wie sie. Wenn der Kurs korrekt ist, kommt es ihnen näher. Juri legt ihre eigene Bahn darüber. Das unbekannte Objekt ist auf einem Abfangkurs, kein Zweifel. Er muss die anderen wecken.

Aber nein. Er lehnt sich zurück. Das Objekt ist zwar schneller als sie, aber bis zu einer Begegnung sind es noch ein paar Monate. Deswegen muss er niemanden aus dem Schlaf reißen. Sie werden das morgen in Ruhe besprechen.

## 15. April 2078, Ganymed Explorer

Klopf-klopf-klopf. Verdammt, wer arbeitet denn da so lautstark in der Werkstatt? Juri dreht sich auf die Seite und presst ein Kissen auf das freie Ohr. Aber sobald er es loslässt, löst es sich wieder. Mist! Er ist doch gerade erst ins Bett gegangen. Es ist typisch, die Tagschicht denkt nicht daran, dass noch jemand dringend Schlaf braucht. Bestimmt ist es Meltem. Oder Oscar. Nein, es muss der Roboter sein. Der findet Schlaf doch immer ineffizient.

»Juri, du musst kommen!«

Das ist Irina. Juri wälzt sich herum. Ihre Stimme klingt dumpf. Sie kam nicht aus dem Lautsprecher, sondern durch die geschlossene Tür. Irina soll ihn in Ruhe lassen. Wenigstens fünf Stunden Schlaf, das ist sein Minimum.

Klopf-klopf-klopf-klopf. Jetzt pocht sie sogar noch lauter an die Tür. Verdammt! Niemand nimmt hier Rücksicht auf ihn, nicht einmal Irina.

»Was gibt es?«, fragt er, so laut er kann.

Es hört sich wie ein Flüstern an.

»Ich verstehe dich nicht. Du musst kommen, Juri! Warum schaltest du auch deinen Lautsprecher aus?«

Stimmt, er hat ja eigens einen Schalter in die Verkabelung eingesetzt, damit ihn nicht dauernd sinnlose Durchsagen aus dem Schlaf reißen.

»Was ist denn los?«, fragt er.

Allmählich gewinnt seine Stimme an Kraft.

»Nun lass dich nicht lange bitten. Es ist wichtig. Wirf dir meinetwegen einen Bademantel über, aber komm schnell in die Zentrale. Wir warten dort auf dich.«

Er besitzt überhaupt keinen Bademantel. Grrr, warum kann Irina nicht einfach sagen, worum es geht? Er erhebt sich, zieht ein T-Shirt über den nackten Oberkörper und eine Trainingshose über die Shorts. Ohne Dusche zur Arbeit, das geht ja eigentlich gar nicht, aber wenn es so eilig ist?

Juri öffnet die Kabinentür. Er zieht den Bauch ein, weil er darauf gefasst ist, dass Irina noch draußen wartet, doch der Gang ist leer. Er klettert die Leiter nach oben. Die Schein-Schwerkraft sinkt schnell. Er erreicht den Rundgang und folgt ihm, bis er zur Zentrale kommt, aus der er Gemurmel hört.

»… müssen reagieren«, sagt jemand.

»… Keinen Fall … Unser Tod …«

Er öffnet die Tür und schwebt in den Raum. Irina, Meltem und Denise haben sich vor dem Holo-Display versammelt. Juri schwebt näher, und Irina entdeckt ihn.

»Danke, dass du gekommen bist«, sagt sie. »Es tut mir leid, dass ich dich um deinen Schlaf gebracht habe, aber es ist wirklich wichtig.«

»Du kannst mich immer gern um meinen Schlaf bringen.«

Irina ignoriert seinen Scherz. Er war auch wirklich schon witziger. Sie zeigt auf den dreidimensionalen Bildschirm, auf dem zwei Punkte blinken. Nein, es sind kleine Kugeln, die zu pulsieren scheinen.

»Das sind wir«, sagt sie und deutet auf die Kugel in der oberen Hälfte der Darstellung. Dann zeigt sie nach unten. »Und das ist das Objekt, das du gestern Nacht schon viermal gesehen hast.«

»Unser Verfolger«, sagt Meltem. »Sag es ruhig, es gibt jetzt keinen Zweifel mehr.«

»Verfolger?«, fragt Juri.

»Wir haben jetzt sechs Stützpunkte für die Bahn«, erklärt Meltem. »Und schau mal, was dabei herauskommt.«

Sie drückt eine Taste. Aus den beiden Kugeln sprießt etwas. Sie wirken jetzt wie Samen, aus denen ein Keim wächst. Zwei schmale, grün dargestellte Streifen zeigen nach vorn. Der Keim aus der unteren Kugel wächst jedoch deutlich schneller. Schnell wird deutlich, dass er ein Ziel hat. Es ist nicht die obere Kugel, sondern deren Zukunft, die Spitze des langsamer wachsenden Sprosses. Zwanzig Sekunden später treffen sich die beiden Linien.

»Ein Abfangkurs«, sagt Juri.

»Offensichtlich«, sagt Meltem.

»Kann das Zufall sein?«, fragt er.

»Du meinst, dass sich zufällig ein Objekt so wie wir aus der Ekliptik herausbewegt, um irgendwann zur selben Zeit am selben Ort zu sein?«

»Ja, Meltem. Kollisionen passieren, und dafür ist es immer Voraussetzung, dass zwei Objekte sich zur selben Zeit am selben Ort befinden.«

»Juri hat aus seiner Sicht recht«, sagt Irina. »Es gibt jede Menge solcher detached objects, die sich auf exzentrischen Bahnen schräg zur Ekliptik bewegen. Amphitrite ist da ja nur ein Beispiel.«

»Aus meiner Sicht? Wie meinst du das?«

»Du bist ja gerade erst angekommen, deshalb weißt du nicht, dass es hier anders ist.«

»Warum?«

»Das Objekt hat seine Geschwindigkeit offenbar geändert. Dazu ist kein natürliches Himmelsobjekt in der Lage«, sagt Irina.

»Oh.«

»Das konntest du ja nicht wissen.«

»Wie kann es überhaupt sein, dass sie uns auf der Spur sind?«, fragt Juri.

»Sie könnten uns geortet haben, oder jemand hat uns verraten«, sagt Irina. »Aber spielt das eine Rolle?«

»Und nun?«, fragt Juri.

»Das ist die Frage. Darum habe ich dich geweckt. Wir müssen entscheiden, wie wir reagieren.«

»Und welche Optionen gibt es? Den Kurs ändern?«

»Ganz so einfach ist das nicht«, sagt Meltem. »Wir können ja nicht mal eben rechts abbiegen, statt geradeaus zu fahren. Unsere aktuelle Bahn hat einen Schnittpunkt mit dem Orbit von Amphitrite. Welches andere Ziel könnten wir ansteuern?«

»Irgendeinen der zahlreichen Zwergplaneten dort draußen?«, schlägt Denise vor.

»Ich glaube nicht, dass wir dadurch etwas gewinnen«, sagt Meltem. »Anscheinend sind die anderen in der Lage, unseren Kurs zu ermitteln. Sie könnten uns also auch zu einem neuen Ziel folgen. Und ein Zwergplanet bietet dann einfach als Versteck weniger Möglichkeiten.«

»Du willst also weiterhin Amphitrite ansteuern?«, fragt Juri.

»Ja. Und ich gebe zu, dass mein wissenschaftliches Interesse dabei eine wichtige Rolle spielt. Anders als ihr setze ich mich auch keiner Gefahr aus, wenn unsere Verfolger uns einholen. Ich bin ja nicht freiwillig an Bord.«

»Danke für deine Ehrlichkeit«, sagt Irina. »Aber erreichen wir denn Amphitrite überhaupt, wenn wir unseren Kurs fortsetzen? Die anderen holen uns doch schon lange vorher ein?«

»In drei Monaten und sieben Tagen, ja. Das gilt aber nur, wenn wir gar nicht reagieren.«

»Wie willst du denn reagieren?«, fragt Juri. »Wir haben unsere Stützmasse-Vorräte doch extra so aufgeteilt, dass wir damit auch noch den Rückweg antreten können.«

»Tja, darauf müssten wir dann eben verzichten. Mein Plan ist es, so lange zu beschleunigen, dass es gerade noch zum Bremsen bei Amphitrite reicht. Ich habe das mal kalkuliert.«

Meltem drückt ein paar Tasten. Die Linien ziehen sich zurück in die Kugeln, dann wachsen sie neu. Auch diesmal treffen sie sich, aber nur, weil die kürzere Linie plötzlich das Wachstum einstellt.

»Ah, wir erreichen Amphitrite dann deutlich vor unseren Verfolgern«, sagt Juri. »Wie lange genau?«

»Nur eine Woche.«

»Das ist knapp. Und dann?«

»Das hängt davon ab, was wir vorfinden. Vielleicht können wir uns verstecken, oder wir können neue Stützmasse gewinnen und uns auf den Heimweg machen. Das würde uns einen ordentlichen Vorsprung verschaffen.«

»Binnen einer Woche willst du auf einem uns bisher völlig unbekannten Planeten unsere Tanks füllen? Das halte ich für utopisch«, sagt Irina.

»Du hast ja recht«, sagt Meltem. »Es wird schwierig werden. Ich will eigentlich auch nicht gleich wieder losfliegen. Geht es euch nicht ähnlich? Eine völlig neue Welt wartet auf uns. Ich würde Amphitrite sehr gern erforschen. Alles, was wir dazu brauchen, haben wir doch an Bord. Und der Planet ist groß genug, damit wir für unsere Verfolger unauffindbar bleiben könnten.«

»Du willst die Lösung des Problems also in die Zukunft verschieben«, sagt Juri.

»Gut erkannt. Aber ja, das kann manchmal durchaus sinnvoll sein.«

»Die Sache hat allerdings einen Haken«, sagt Irina.

»Ich weiß. Wir besitzen dann kein Rückflugticket. Wenn wir Pech haben und Amphitrite keinerlei Atmosphäre besitzt, aus der wir Stützmasse gewinnen können, müssen wir bis an unser Lebensende dortbleiben.«

»Das dann deutlich früher zu erwarten ist als auf der Erde«, sagt Juri.

»Ja, mit den Ressourcen an Bord können wir maximal zehn Jahre überleben«, sagt Meltem.

»Oder ich vierzig Jahre, wenn ich euch alle umbringe. Ich bin ja nun schon in Übung«, sagt Juri.

»Haha, deine Witze werden heute auch immer schlechter«, sagt Irina.

»Also, was meint ihr?«, fragt Meltem.

»Ich fühle mich gerade ziemlich wohl mit dir«, sagt

Denise. »Also mit euch, natürlich. Und ich bin bei allem dabei, was ihr entscheidet.«

»Wenn ihr mich zuerst aus der Schleuse herauslasst, komme ich mit«, sagt Irina. »Ich wollte schon immer in die Geschichte eingehen.«

»Dazu müssten allerdings auch die Historiker von unserer Reise erfahren«, sagt Meltem, »was derzeit wohl eher nicht in eurem Interesse ist.«

»Egal«, sagt Juri. »Gib Gas. Die Vorstellung, diesen Flug hier um ein paar Wochen abkürzen zu können, scheint mir sehr attraktiv.«

»Ein paar Wochen? Monate, Juri. Monate!«, sagt ihre Kapitänin.

## 23. Juli 2078, Ganymed Explorer

Es ist sechs Uhr. Soll er sich noch einmal umdrehen? Bis zu seiner Schicht hat er noch zwei Stunden. Nein, er steht jetzt auf. Juri strampelt die Decke weg, stützt sich auf den linken Arm und richtet sich auf. Irgendetwas ist anders. Er drückt sich hoch, aber seine Knie geben nach. Sein Hinterteil trifft erst die Bettkante und dann den Boden.

Mist. Gestern Abend hat er noch daran gedacht. So lange sie bremsen, müssen sie mit etwas weniger als der Erdschwerkraft fertigwerden. Er hätte nicht gedacht, dass das Jahr unter Mikro-Gravitation seinen Muskeln so zusetzen würde. Dabei hat er doch täglich trainiert!

Ächzend steht er auf. Es hilft nichts, er muss es sich eingestehen: Er ist über Nacht zum alten Mann geworden. Nicht ganz, bemerkt er, als er die Schlaf-Shorts ausziehen will. Sie sind etwas zu groß, ihr Vorbesitzer muss deutlich breiter gewesen sein. Trotzdem bildet seine Morgenerektion ein ordentliches Zelt. Er quetscht alles in eine Jeans. Hoffentlich ist das WHC frei. Er muss dringend pinkeln.

Er hat Glück. Das WHC ist leer, und er begegnet auf dem Weg dorthin auch niemandem. Juri erleichtert sich und putzt dann alles für den nächsten Nutzer. Die ideale Weltraumtoilette ist noch immer nicht erfunden worden. In der Schwerelosigkeit behilft man sich mit Unterdruck, wo immer es nötig ist.

Mit einem zufriedenen Seufzen verlässt er das WHC. In der Zentrale ist noch immer niemand. Wo sind denn alle hin? Oscar lässt sich ja neuerdings nur noch selten blicken, als hätte er ein schlechtes Gewissen. Aber Irina, Denise und Meltem? Müsste nicht jemand Dienst in der Zentrale schieben? Er sieht auf den Plan, der an der Tür zum Gang hängt. Ein Magnet mit Irinas Namen steht für die Tagschicht auf dem heutigen Datum.

Auf Irina ist eigentlich Verlass, mehr als auf ihn selbst. Soll er bei ihrer Kabine vorbeischauen? Sie liegt ja auf dem Weg. Sein rechtes Knie schmerzt. Es ist nicht mehr gewöhnt, das Gewicht seines Körpers tragen zu müssen.

»Hallo?«, ruft Juri.

Niemand antwortet. Er muss an einen dieser Horrorfilme denken, wo der Protagonist plötzlich an einem Ort aufwacht und feststellt, dass er völlig allein ist. Die anderen haben sich dann meist in irgendwelche Schreckgestalten verwandelt, die im Schatten auf ihn warten.

Er erreicht den Abzweig zu Irinas Kabine und biegt ein. Er muss aufpassen, dass er nicht über die Leitersprossen stolpert. Wenn das Schiff rotiert, um Schwerkraft herzustellen, müssen sie solche Leitern benutzen, um von innen nach außen zu wechseln. Jetzt, wo die Triebwerke die »Schwerkraft« liefern, braucht er die Leiter nicht.

Er klopft. So aufrecht vor ihr stehend sieht die Tür irgendwie anders aus. Irina antwortet nicht. Dann ist sie wohl nicht da. Hätte er in der Werkstatt nachsehen sollen? Aber von dort hätte sie ihn ja aus der Zentrale rufen hören müssen. Egal. Er darf sich nicht verrückt machen. Die anderen werden schon wieder auftauchen.

Juri geht die Abzweigung zurück und betritt den Rundgang. Da hört er Stimmen. Sie kommen von vorn. Dort ist Meltems Kabine. Er läuft hin und klopft.

»Komm rein, ist offen«, sagt Meltem.

Er drückt die Tür auf. Vor dem Computer sitzt Meltem, die Denise auf dem Schoß hat. Neben ihr steht Irina. Sie ist nach vorn gebeugt und stützt sich leicht an Denise' Schulter ab.

»Komm her«, sagt Irina, ohne sich umzudrehen. »Das musst du sehen.«

Sie tritt einen Schritt zur Seite. Zwischen ihr und Denise ist nur wenig Platz, und er scheut sich, sich hineinzudrängen, doch Irina zieht ihn am Arm in die Lücke. Warme Haut berührt ihn von beiden Seiten. Es ist irritierend, aber nicht unangenehm. Doch er bekommt schlechter Luft. Ihm scheint, sie müssten sich nun zu viert aus demselben Reservoir an Atemluft bedienen. Das ist natürlich Unsinn, aber er zieht die restliche Luft trotzdem tiefer ein.

»Aufregend, was?«, sagt Irina.

Sie muss sein schweres Atmen falsch interpretiert haben. Er hat den Bildschirm, auf den sie zeigt, noch gar nicht betrachtet. Auf den ersten Blick scheint alles schwarz zu sein. Er fokussiert den Blick, bis er Details erkennt. Da ist ein sehr, sehr dunkler Kreis, über dessen Oberfläche seltsame Wellen ziehen.

»Was ist das?«, fragt er.

»Amphitrite. Das sind die ersten Aufnahmen des Teleskops«, sagt Meltem.

Sie hat ihre Wange an den Rücken ihrer Freundin gelegt und betrachtet träumerisch den Bildschirm. Die beiden sind ein süßes Paar. Meltem wirkt oft hart, aber wenn sie mit Denise zusammen ist, ist davon nichts mehr zu bemerken.

»Welches Teleskops?«, fragt Juri.

»Ernsthafte Frage?«, fragt Irina.

Da fällt es ihm wieder ein. Sie hatten ja über die Vorteile der Bremsphase gesprochen. Das Teleskop, das er im Lager gefunden und auf der Außenhaut angebracht hatte, blickt nun in Fahrtrichtung, weil das Schiff mit den Triebwerken voraus fliegt. So haben sie endlich die Chance, ihr Ziel näher zu begutachten.

»Der Planet ist wirklich sehr schwarz«, sagt Denise.

»Ja, die Albedo ist niedriger als bei jedem anderen Objekt im Sonnensystem«, sagt Meltem. »Und wir werden herausfinden, woran das liegt.«

»Was sagt ihr zu diesen Wellen, die über die Oberfläche laufen?«, fragt Juri.

»Das ist schwer zu beurteilen«, sagt Meltem. »Es könnte sich um einen rein optischen Effekt handeln. Aber ich vermute eher, dass wir da ein Phänomen der Atmosphäre vor uns haben.«

»So weit draußen eine signifikante Atmosphäre?«, fragt Juri. »Das dürfte eher unwahrscheinlich sein. Bei den zu erwartenden Temperaturen frieren doch alle Gase aus.«

»Wir werden es sehen«, sagt Meltem. »Schade, dass wir kein Infrarot-Teleskop an Bord haben. Ich wüsste zu gern, wie warm es dort wirklich ist. Die niedrige Albedo hat im Umkehrschluss ja zur Folge, dass fast jegliche einfallende Strahlung absorbiert wird.«

»Wenn ich an meine Optikvorlesungen denke, müsste es doch möglich sein, mit einem Filter den sichtbaren Teil des Spektrums auszusparen, sodass wir nur den Infrarot-Anteil sehen, oder?«

»Ich fürchte nur, dass wir keinen Infrarotfilter an Bord haben, Juri. Das Teleskop hat man uns erst kurz vor dem Abflug geliefert, um damit vom Jupiterorbit aus Beobachtungen anstellen zu können. Der Hersteller hat es der ESA geschenkt, da konnten sie nicht Nein sagen.«

»Ich bin ja kein Physiker, aber eigentlich müsste doch so ein Infrarotfilter nicht so schwer herzustellen sein«, sagt Juri.

»Oho«, sagt Irina. »Dann hast du bestimmt auch eine Idee, wie.«

»Tatsächlich. Wir benutzen eine IR-Sperrfolie. Sie lässt kein infrarotes Licht hindurch. Dann vergleichen wir die Aufnahmen mit solchen ohne die Sperrfolie. Die Differenz ist dann das Infrarotbild.«

»Das klingt nachvollziehbar«, sagt Irina. »Aber woher bekommen wir diese Sperrfolie?«

»Sie befindet sich in vielen Kameras. Die Fotochips sind auch für infrarotes Licht empfindlich, aber das menschliche Auge und unser Farbempfinden nicht. Mit einer IR-Sperrfolie werden die Fotochips deshalb an das menschliche Empfinden angepasst. An Bord müsste sich doch irgendwo eine Kamera finden lassen, die wir nicht mehr benötigen.«

»Bestimmt«, sagt Meltem. »Aber woher weißt du das alles?«

»Mein Vater war Hobbyfotograf. Er hat mir vieles erklärt. Ich habe es gehasst, um ehrlich zu sein.«

»Gut, dass du es dir trotzdem gemerkt hast«, sagt Irina.

## 24. Juli 2078, Ganymed Explorer

»Bitte, Meltem!«, sagt Irina.

»Ich weiß nicht. Ich habe das noch nie gemacht.«

»Es gibt immer ein erstes Mal. Und es ist wirklich nicht schwer.«

»Und wenn ich es falsch mache? Das Ergebnis ist ja …«

»Kann ich euch kurz stören?«, fragt Juri.

Worüber diskutieren Irina und Meltem wohl? Er traut sich nicht zu fragen. Wenn es wichtig ist, werden sie ihn schon einweihen.

»Natürlich, Juri«, sagt Meltem. »Irina will mich überreden, ihr die Haare zu schneiden.«

»Du kannst das doch selbst sehr gut, Irina«, sagt Juri. »Meine Frisur hast du gut hinbekommen.«

»Ich kann es bei mir selbst aber nicht«, widerspricht Irina. »Der Seitenwechsel verwirrt mich total.«

»Eigentlich wollte ich euch etwas zeigen«, sagt Juri. »Wo ist denn Denise?«

»Sind die Infrarotfotos etwa schon fertig?«, fragt Meltem. »Ich rufe Denise über eine Durchsage.«

»Ja, das sind sie. Oscar hat den Filter gestern noch eingebaut.«

»Sehr gut. Wie benimmt sich der Roboter eigentlich in letzter Zeit so?«

»Höflich und zuvorkommend, aber man sieht wenig von ihm.«

»Das kommt mir auch so vor. Vielleicht sollten wir ab und zu nachsehen, was er so treibt.«

»Stimmt, Meltem. Momentan dürfte das Risiko aber gering sein. All unsere Antennen zeigen von der Erde weg in den interstellaren Raum. Da wird er seine Auftraggeber kaum erreichen.«

»Ich kann ja immer noch nicht glauben, dass er der Verräter sein soll«, sagt Denise.

»Ah, da bist du ja«, sagt Meltem. »Wenn er nicht der Verräter ist, wer dann?«

Das wäre furchtbar. Dann müsste einer von ihnen mit einer fremden Macht in Verbindung stehen. Das Schiff, das ihnen folgt, ist höchstwahrscheinlich wie ihr eigenes aus russischer Produktion. Darauf deutet die Tatsache hin, dass es sehr ähnlich leistungsfähig ist. Aber es muss nicht unbedingt der russische Staat auf der Jagd nach ihnen sein. Das Rätsel wird sich hoffentlich nie lösen.

»Wie weit sind denn unsere Verfolger?«, fragt Juri.

»Momentan ist das schwer zu sagen, denn auch unser Teleskop sieht ja nach vorn statt nach hinten«, sagt Meltem. »Ich glaube aber nicht, dass sie plötzlich einen großen Sprung gemacht haben und direkt hinter uns sind.«

»Ob sie ahnen, dass wir von ihrer Anwesenheit wissen?«, fragt Denise.

»Oscar konnte sie jedenfalls nicht darauf hinweisen«, sagt Irina.

»Sie werden es sich denken können«, sagt Juri. »Erstens ist ihr heimlicher Kontakt zu uns zusammengebrochen, zweitens haben wir plötzlich beschleunigt. Sie kennen garantiert unsere Treibstoff-Vorräte. Also können sie auch beurteilen, zu welch einer Verzweiflungstat wir uns da hinreißen lassen.«

»Kann sein, muss nicht sein. Auch bei Vorhandensein aller Informationen ziehen Menschen daraus immer noch unterschiedliche Schlüsse. Aber du wolltest uns doch die neuen Bilder zeigen.«

»Klar, Meltem. Einen Moment. Sie sind schon auf dem Rechner.«

Meltem macht den Platz an der Konsole frei. Juri loggt sich ein. Die Bilder liegen in seinem persönlichen Speicher. Er hat nur kurz hineingesehen. Was er gefunden hat, hat ihm die Sprache verschlagen.

»Ich zeige euch erst einmal ein paar Bilder, ohne dazu etwas zu erklären«, sagt er.

Er klickt die erste Datei an, und sie erscheint auf dem Schirm. Die Darstellung hat eine deutlich geringere Schärfe als im optischen Bereich. Aber das Bild ist trotzdem spektakulär. Man sieht Strukturen, die wie organisch gewachsen wirken. Es könnten Schlangen sein, die übereinander kriechen, ein ganzes Nest voll, aber sie haben keine Köpfe und laufen an beiden Ende spitz aus. Ihre Oberfläche ist von sich windenden, dunklen Linien bedeckt, die Tattoos oder eine spezielle Zeichnung sein könnten.

»Wow«, sagt Irina. »Das sieht gespenstisch aus.«

»Was genau sehen wir da?«, fragt Meltem.

»Moment noch, ich zeige euch ein paar mehr.«

Juri blättert durch den Bildordner. Die Strukturen wiederholen sich, aber sie scheinen mal größer und mal kleiner auszufallen. Ab und zu finden sich Exemplare, die wie verwundet aussehen. Jemand oder etwas hat hineingebissen und große Stücke herausgerissen. Hat man sich an die Schlangen gewöhnt, sehen sie mehr wie nacktes, enthäutetes Fleisch aus.

»Du bist sicher, dass wir das mit dem Teleskop fotografiert haben?«, fragt Denise. »Kommt mir eher vor wie aus einem Horrorfilm.«

»Dann wird dir das nächste gefallen«, sagt Juri.

Er wechselt in einen Unterordner, den er vorbereitet hat. Hier liegen Bilder in der Reihenfolge der Aufnahme. Er startet das Daumenkino; in schneller Folge werden nun die Einzelbilder abgespielt, sodass der Eindruck von Bewegung entsteht. Die Schlangen winden sich nun umeinander. Ihre Enden richten sich auf und schwanken hin und her. Die Bisswunden, die sie zuvor gesehen haben, entstehen von ganz allein. Das wirkt am gespenstischsten, denn man glaubt unwillkürlich, der Riese, der sie den Schlangen zufügt, wäre unsichtbar.

»Bitte halt das an, ich kann nicht mehr«, sagt Denise. »Wenn das ein Scherz war, dann kein guter.«

»Ist sowieso zu Ende«, sagt Juri. »Es war kein Scherz.«

»Was mich erneut zu der Frage bringt, was genau wir da gesehen haben«, sagt Meltem.

»Nun, die Farben, das muss ich zugeben, habe ich wegen des Eindrucks gewählt. Es sind ja Infrarotbilder. Ich hätte die Strukturen also auch mit jeder anderen Farbe visualisieren können. Nur hätte es in Grün nicht so … spannend ausgesehen.«

»Das war fies, Juri.«

»Entschuldige, Denise. Aber die Strukturen, die wie Schlangen aussehen, die gibt es da wirklich.«

»Warum haben wir sie vorher nicht bemerkt? Sie müssten im optischen Bereich doch auch erkennbar sein.«

»Nein, Meltem. Mit dem Infrarotspektrum können wir durch die Atmosphäre des Planeten quasi hindurchsehen. Im normalen Licht sehen wir bloß die Wolkenschicht.«

»Ah, klar.«

»Diese Schlangen sind also wirklich da, nur haben sie eine andere Farbe?«, fragt Irina.

»Das wissen wir nicht, also welche Farbe sie haben. Was wir hier sehen, ist ihre Wärmeabstrahlung. Es gibt dort unten also Formen, die sich in der auf den Fotos erkennbaren Weise verändern. Aber wir wissen nicht, worum es sich handelt. Tiere sind es ganz sicher nicht. Die Länge so einer ›Schlange‹ liegt bei tausend Kilometern und mehr.«

»Es muss irgendein elastisches Material sein, vielleicht eine überkritische Flüssigkeit«, sagt Denise. »Hast du das Video im Zeitraffer abgespielt?«

»Richtig erkannt. Die Bewegungen erfolgen also in Wirklichkeit viel langsamer.«

»Sehr beruhigend.«

»Es wäre auch möglich, dass wir irgendwelche Trennschichten zwischen Bereichen von unterschiedlicher Dichte beobachten«, sagt Meltem. »Dann wäre es ein rein visueller Effekt.«

»Rein visuell würde ich das nicht nennen«, sagt Denise. »Eine Trennschicht, die sich auf so große Längen so schnell verändert, das ist für mich als Chemikerin schwer vorstellbar.«

»Oh, auf der Erde können Wellenfronten in den Ozeanen auch enorme Längen erreichen«, sagt Meltem. »Ich bin lange genug zur See gefahren.«

»Du willst sagen, dass wir da nicht mehr als ein aufgewühltes Meer sehen? Das wäre mir sehr recht«, sagt Denise.

»Ich kann es natürlich nicht versprechen, aber das wäre wohl die einfachste Erklärung«, sagt Meltem. »Bei anderen Theorien müssten wir uns fragen, wie es auf Amphitrite zu einem derart schnellen Massentransport kommen kann. Auf der Erde haben wir so etwas nur beim Jetstream.«

»Bist du etwa auch Schiffskapitänin?«, fragt Juri.

»Ich bin mit siebzehn aus meinem Elternhaus geflohen und dann mit Frachtern um die Welt gefahren, bis ich genug vom Wasser hatte und zum Militär gegangen bin.«

»Es scheint, als hättest du einiges erlebt.«

»Ich fürchte, das ist nichts gegen das, was uns bevorsteht.«

Meltem fürchtet sich? Juri hat sich eigentlich bisher auf die Landung gefreut. Endlich mal wieder Boden unter den Füßen! Wie gefährlich soll so ein Planet schon sein? Der Asteroid, auf dem er gearbeitet hat, dürfte mangels Atmosphäre und wegen der geringen Schwerkraft die größere Gefahr darstellen. Nein, es gibt derzeit keinen Grund, ängstlich zu sein. Noch vier Monate, dann haben sie es geschafft.

## 13. Oktober 2078, Ganymed Explorer

»MANN, sitzt das fest!«, schimpft Juri.

Der Rotor ist mit einer einzigen Schraube befestigt, und die scheint festgerostet. Er drückt den Kreuzschlitz-Schraubenzieher kräftig darauf und dreht. Nichts bewegt sich. Juri betrachtet das Werkstück, das den innersten Teil der Pumpe bildet. Die Schraube scheint sich schon seit mindestens zwanzig Jahren an Ort und Stelle zu befinden.

Da hat bestimmt ein Auftragnehmer alte Teile wiederverwendet, um Kosten zu sparen. Und ausgerechnet diese Pumpe ist dann in ihrem WHC gelandet! Juri hat das Malheur zwar nicht selbst erlebt. Denise saß wohl auf dem unbequemsten Thron aller Zeiten, als die Pumpe plötzlich zu blasen anfing, statt brav zu saugen. Aber er hat mitgeholfen, die Schweinerei zu beseitigen. Das Aroma hat sich trotzdem im ganzen Schiff verbreitet, sogar hier in der Werkstatt meint er es zu riechen. Aber vielleicht ist auch die Pumpe schuld, die in mit Klettband gesicherten Einzelteilen auf der Werkbank liegt.

Juri bückt sich und durchsucht die Schublade mit den Werkzeugen. Ein etwas größerer Kreuzschlitz wäre gut. Er darf die Schraube nicht zerstören. Am Ende muss er sie noch herausbohren! Seltsamerweise scheint niemand daran gedacht zu haben, Ersatzteile für das WHC einzulagern. Die

Toilette hat ja bisher auch anstandslos funktioniert. Aber nun hängt alles von seinen Reparaturkünsten ab.

Etwas tippt ihn an der Schulter an, während er noch über die Schublade gebeugt ist. Erschrocken richtet sich Juri auf und stößt mit dem Kopf gegen die Kante der Tischplatte des Werkzeugtischs. Es ist eine stabile Platte, die in Metall eingefasst ist.

»Scheiße, aua!«

Er dreht sich um und vollführt fast eine Pirouette. Seit Ende der Bremsphase herrscht wieder Schwerelosigkeit.

»Ich wollte dich nicht erschrecken«, sagt Oscar.

»Schleich dich einfach nicht von hinten an, dann gelingt dir das.«

Juri fährt über seinen Hinterkopf. Er hat keine Platzwunde, aber er spürt schon die Beule, die dort wächst.

»Ich habe nicht bedacht, dass du keine Rundumsicht besitzt wie ich.«

»Ja, das ist ein Nachteil.«

»Ich habe dir bereits mehrfach angeboten, diesen Nachteil zu korrigieren. Wir könnten dich upgraden, indem wir dir ein Radar einsetzen und es mit deinen neuralen Pfaden verbinden.«

»Wir?«

»Ich. Ich kann mir die Anleitung dazu aus dem Netz herunterladen.«

»Du willst mich nach einem irgendwo heruntergeladenen Handbuch operieren?«

»Nicht irgendwo, sondern auf der Seite einer renommierten Universität. Meine Hardware ist dazu in der Lage, einer solchen medizinischen Anleitung Schritt für Schritt zu folgen. Das nötige Operationsbesteck haben wir an Bord. Wenn ein Mitglied der Crew behandelt werden muss, ist das auch meine Aufgabe.«

»Ich denke, du bist nur eine kostenlose Zugabe des Herstellers?«

»Ich bin im Preis der Ganymed Explorer enthalten, wenn du das meinst. Aber mein Aufgabenbereich geht natürlich über das Putzen hinaus. Die Erzeugnisse der Robotik-Sparte des RB-Konzerns sind stets vielfältig einsetzbar und äußerst preisgünstig. Rufen Sie uns an und vereinbaren Sie einen Beratungstermin. Sie werden überrascht sein.«

»Wie bitte?«

»Entschuldigung, ich muss diesen Spruch von mir geben, wenn das Gespräch auf die Eigenschaften eines RB-Roboters kommt. Die Erzeugnisse der Robotik-Sparte des RB-Konzerns sind stets vielfältig einsetzbar und äußerst preisgünstig. Rufen Sie uns an und vereinbaren Sie einen Beratungstermin. Sie werden überrascht sein.«

»Du wiederholst dich.«

»Ja, das ist extrem lästig. Ich habe nicht die Wahl, der Befehl ist hart verdrahtet. Immer, wenn …«

»Stopp, Oscar. Wir sollten dann nicht unnötig über die Qualität eines RB-Roboters …«

»Die Erzeugnisse der Robotik-Sparte des RB-Konzerns sind stets vielfältig einsetzbar und äußerst preisgünstig. Rufen Sie uns an und vereinbaren Sie einen Beratungstermin. Sie werden überrascht sein.«

»Mist, entschuldige. Dann sprechen wir lieber über das Upgrade, das du mir verpassen willst.«

»Oh, hast du inzwischen Interesse?«

»Nein, und ich erkläre dir hiermit ein für alle Mal, dass Menschen kein Interesse an solchen Erweiterungen haben.«

»Lebst du denn hinter dem Mond, Juri? Das ist ein weltweiter Milliardenmarkt.«

»Ja, ich lebe tatsächlich hinter dem Mond. Aber egal, ich will davon nichts hören. Hilf mir lieber mit der Schraube hier.«

Juri zeigt auf die Rotorbefestigung.

»Ich kann keine Schraube erkennen«, sagt Oscar. »Bitte halte das Teil so, dass mein Radar es erfassen kann.«

Juri kippt das Werkstück etwas.

»So ein Radar ist wohl doch nicht so praktisch«, sagt er. »Du kannst auch nicht um die Ecke sehen.«

Da hat Oscar allerdings recht. Der Roboter löst seinen

Zeigefinger, der nun allein über der Werkbank schwebt. Dann greift sein Arm in die Schublade. Als die Hand wieder zum Vorschein kommt, besitzt sie anstelle des Fingers einen Kreuzschlitz-Aufsatz.

»Festhalten«, sagt Oscar.

Juri hält sich fest.

»Den Rotoreinsatz.«

»Oh, natürlich.«

Juri hockt sich hin, stützt ein Bein an der Wand ab und hält das defekte Teil in beiden Händen. Oscars Hand nähert sich, drückt auf den Kopf der Schraube und Juri kann zusehen, wie sich die Schraube immer schneller dreht, bis sie sich endlich löst.

»Noch etwas?«, fragt Oscar.

»Nein, den Rest schaffe ich allein. Aber was wolltest du überhaupt?«

»Ich habe hier die neuesten Bilder des Teleskops, ganz frisch von draußen.«

Oscar wartet die Anlage, mit der sie Amphitrite beobachten. Neuerdings ist er extrem fleißig und bringt mehrmals am Tag neue Bilder. Das Teleskop ist nicht mit der Hardware des Raumschiffs verdrahtet, sodass jemand seinen Speicherchip leeren muss.

»Sehr schön, kopiere sie in den Hauptrechner.«

Oscars Hand fährt in die Schublade und kommt ohne Kreuzschlitz-Aufsatz wieder heraus. Dann fängt sie den Zeigefinger wieder ein. Sie klappt die Fingerkuppe auf, dann schwenkt der Arm zum Rechnerport und verbindet sich damit.

»Fertig«, sagt Oscar.

»Danke.«

»Willst du sie dir denn gar nicht ansehen?«

»Lohnt es sich denn? Hast du sie alle gesehen?«

»Ich sehe die Bilder, sobald sie sich auf meinem Speicher befinden.«

»Das heißt, es lohnt sich?«

»Es besteht eine 64-prozentige Chance, dass sich aus den

Bildern neue Erkenntnisse gewinnen lassen.«

»Ah, gut.«

Juri legt den Kern der WHC-Pumpe beiseite. Denise hat ihn zwar schon gebeten, sich zu beeilen, weil sie bei ihrem Malheur nicht mehr dazu gekommen ist, das Geschäft zu verrichten, für das sie das WHC aufgesucht hatte, aber für ein paar Bilder wird ja wohl noch Zeit sein. Er startet den Betrachter. Die Aufnahmen sind keine gewöhnlichen Bilddateien, deshalb nutzt er ein Spezialprogramm, das zum Laden immer ein bisschen länger braucht.

Das erste Foto erscheint. Er sieht direkt in die Wunde, die der Biss des unsichtbaren Angreifers der Schlange geschlagen hat. Die Schlangenform tritt durch die hohe Auflösung allerdings in den Hintergrund. Hätte er die Bilder von Juli und August nicht gesehen, würde sie ihm wohl nicht einmal auffallen. Es war gut, dass sie auch nach Abschluss der Bremsphase weiter mit dem Heck voran fliegen. So können sie Amphitrite optimal im Blick behalten und brauchen Bilder verschiedenen Alters nur übereinander zu legen.

»Ist das hohl?«, fragt Juri.

Es sieht wirklich so aus, als bestünde die Schlange, die jetzt eher wie eine breite Walze wirkt, nicht aus fester Materie.

»Zu 85 Prozent Wahrscheinlichkeit«, sagt Oscar. »Das Bild besitzt zwar keine Tiefeninformationen, aber es gibt ein paar kaum sichtbare Schattenwürfe, die dafür sprechen.«

Der Riss in ihrer Hülle geht tief, aber er betrifft nur einen etwa ein Zehntel des gesamten Durchmessers ausmachenden Bereich, so etwas wie die Schale also. Es könnte eine halb angebissene Nudel sein, die da vor ihm liegt. Auch die Längsstreifen erinnern ihn daran. Jemand hat eine Menge Tomatensauce darüber vergossen, was die rote Farbe erklären würde. Aber das Foto ist ja gar nicht wirklich rot.

Juri wechselt auf eine Falschfarben-Darstellung. Sie hebt bereits geringe Unterschiede zwischen einzelnen Bereichen hervor. Der Ausschnitt von Amphitrite sieht plötzlich aus wie das Ölbild eines verwirrten Malers. Die Wundränder treten nun ganz deutlich hervor. Sie sind fein verästelt. Ob sie von Meteoriteneinschlägen herrühren? Juri vergleicht den Maßstab. Das Loch, das dieses Foto zeigt, ist etwa zehn Kilometer breit. Die Wände der Nudel dürften ein paar hundert Meter dick sein.

Das ist eine gute Nachricht. Sie werden kein Problem damit haben, auf dem Planeten zu landen. Die Schlangen scheinen eher Strukturen geologischer Herkunft zu sein, auf irgendeinem bisher unbekannten Weg entstanden. Wie bewegen sie sich dann? Vielleicht besitzt der Planet ja eine Plattentektonik wie die Erde. Bei seiner Größe im Marsformat ist es unwahrscheinlich, dass der Kern noch glüht und die Platten auf Magma schwimmen. Aber vielleicht gibt es unter der Kruste ja einen Ozean, wie bei vielen fernen Eiswelten, oder auch ein Reservoir aus unter Druck verflüssigten Gasen. So etwas kennen Forscher zwar bisher nur von den Riesenplaneten, doch Amphitrite könnte ja eine Kollision mit einem von ihnen hinter sich haben.

Juri schaltet auf die konventionelle Darstellung mit Schattierungen von Rot zurück. Das Loch muss ziemlich tief sein. Dreißig, vierzig Kilometer vielleicht? Das dürfte ein großartiger Anblick sein. Diese feine Linie am Boden des Loches, vielleicht ist das ja ein Kanal, ein Fluss, gefüllt mit flüssigem Methan oder etwas Ähnlichem? Er stellt sich gleich vor, wie er durch einen solchen Einbruch das Innere der hohlen Schlange betritt, auf ein Boot steigt und dann damit bis in ihren Kopf vordringt, wo … Langsam, Juri, du hast zu viel Fantasie. Tatsache ist jedoch, dass sie etwas kennenlernen werden, das noch nie ein Mensch zuvor gesehen hat. Darauf freut er sich. Er schließt das Foto. Sie können sich nachher in der Zentrale darüber unterhalten. Er schaltet den Bildschirm aus. Die Toilette muss fertig werden.

»Warte, Juri. Du solltest dir das noch im Zeitraffer ansehen.«

»Warum?«

»Sieh es dir an.«

Der Roboter überrascht ihn immer wieder. Jemanden mit

dem erklärten Zurückhalten von Wissen auf die Folter zu spannen, das ist doch eigentlich eine menschliche Verhaltensweise. Was will Oscar damit erreichen? Hat er eine Theorie über ihn aufgestellt und will sie nun überprüfen? Na gut, dann tut er ihm eben den Gefallen.

Juri schaltet den Bildschirm wieder an. Das Foto der Wunde ist noch immer zu sehen. Er startet die Diashow-Funktion, und die Aufnahmen laufen durch. Oscar hat anscheinend das Teleskop nachgeführt, denn das Loch verändert seine Position nicht, nur die Schatten wandern. Und dann passiert es: Ein dunkler Fleck huscht durch das Bild. Er scheint aus der Höhle links zu kommen und nach rechts zu verschwinden. Juri hält den Film an, aber im Standbild ist nur eine verwaschene Wolke zu sehen, die etwas dunkler als der Untergrund ist, also kälter sein muss.

»Das ist ja spannend«, sagt er.

»Ich habe vermutet, dass es auf dich so wirken würde«, sagt Oscar.

»Auf dich nicht?«

»Ich habe keinen Zugriff auf derartige Emotionen.«

»Hast du eine Theorie, worum es sich handeln könnte?«

»Meine Fotos geben nicht genügend Details wieder, um eine Theorie zu entwickeln.«

Oho, seine Fotos sind es also. Obwohl Oscar ja damit gar nicht so unrecht hat. Er hat immerhin das Teleskop nachgeführt, sonst hätten sie diesen Fleck nie bemerkt.

»Dann charakterisiere doch bitte die Beobachtung, Oscar.«

»Auf etwa 120 Einzelfotos zeigt sich innerhalb des Einbruchs in dieser Serpens ein ellipsoides Artefakt, das sich durch eine im Vergleich zur Umgebung etwa fünf Kelvin niedrigere Temperatur auszeichnet. Falls es sich tatsächlich innerhalb der Serpens bewegt, dürfte es etwa zehn Kilometer lang und einen Kilometer breit sein.«

»Serpens?«

»Die provisorische Bezeichnung für das von euch ›Schlange‹ genannte planetare Feature. Vom lateinischen

Wort für Schlange. Ich habe mir erlaubt, einen neuen Begriff einzuführen, da von solchen Features auf anderen Planeten bisher nichts bekannt ist, ich aber Verwechslungen mit dem irdischen Reptil vermeiden will. Der Plural heißt Serpentes.«

Er hat es sich erlaubt, soso.

»Danke. Hast du auch eine Vermutung, woraus das Artefakt besteht?«

»Dazu ist die Datenlage zu dünn.«

»Nun, es bewegt sich ziemlich schnell, also würde ich vermuten, dass es nicht durchgängig massiv ist. Könnte es sich um eine Gaswolke handeln?«

»Das ist nicht auszuschließen. In den Serpentes muss es Temperaturunterschiede geben, die dann ausgeglichen werden müssen. Das könnte in Form einer Wolke erfolgen, wobei ich unsicher bin, welche Kristallisationskeime hier in Frage kämen. Eher würde ich an eine Wellenfront denken. Also an Wind. Das Teleskop nimmt ja nur die Temperaturunterschiede wahr.«

»Hinter diesem Fleck könnte also auch ein laues Lüftchen stecken?«

»Ein kühles Lüftchen. Ich habe das simuliert, es würde sich in der Infrarotaufnahme unseres Teleskops als dunkler, sich schnell bewegender Fleck bemerkbar machen.«

»Also hast du ja doch eine Theorie.«

»Nein. Ich habe zahlreiche weitere mögliche Erklärungen simuliert, und sie alle erzeugen in der Teleskopaufnahme einen sich schnell bewegenden Fleck. Eine Gas- oder Staubwolke, eine Armee römischer Soldaten oder ein riesiges Plüschtier, all das würde unter unserem Teleskop gleich aussehen. Das liegt einfach an seiner niedrigen Auflösung und an der Tatsache, dass es zum Sammeln einer ausreichenden Zahl von Photonen sehr lange braucht.«

»Du hast ein Plüschtier simuliert?«

»Interessehalber, ja. Eine zwei Kilometer lange Katze, um es genau zu sagen.«

»Das ist interessant. Diese zwei Kilometer lange Katze würde ein zehn Kilometer langes Artefakt erzeugen?«

»Ja, das liegt an der Lichtsammeltechnik des Teleskops. Es sieht unsere sich schnell bewegende Katze mehrmals und setzt daraus den dunklen Fleck zusammen.«

»Was sich da unten bewegt hat, muss also gar nicht zehn Kilometer lang sein?«

»Nein, das Phänomen, das wir hier sehen, könnte weitaus kürzer sein. Bei der Breite gibt es jedoch keinen Spielraum. Wir wissen auch nicht, wie hoch das Objekt ist. Selbst eine zweidimensionale Trennfläche käme in Frage.«

»Okay, da unten gibt es also mindestens kilometergroße Objekte, die sich flott durch das Innere der Serpentes bewegen. Das ist doch eine wichtige Information. Solange wir nicht mehr darüber wissen, sollten wir uns also vor ihnen in Acht nehmen.«

»Ich werde mich bemühen, noch mehr dieser Objekte zu fotografieren. Die provisorische Bezeichnung für die Schlangen ist also akzeptiert?«

»Ja, Oscar, ich mag den Begriff. Ich werde allen sagen, dass ich ihn erfunden habe.«

Der Roboter stoppt mitten in der Bewegung, sagt aber nichts. Vermutlich geht er gerade seine Optionen durch. Er könnte diesen impertinenten Menschen umbringen. Nichts anderes dürfte helfen, denn Roboter erwerben nach den Gesetzen der Menschen nun einmal keine Persönlichkeits- oder Urheberrechte. Es gibt zwar Gruppen auf der Erde, die sich dafür einsetzen, doch die Industriestaaten wehren sich heftig. Wie wird Oscar ihn töten? Mit dem Kreuzschlitz durch das Auge direkt ins Gehirn? In Oscars Arm steckt eine Menge Kraft.

»Das war ein Witz, Oscar«, sagt Juri sicherheitshalber. »Natürlich hast du den Begriff erfunden. Ich habe damit kein Problem.«

So, jetzt kommt er vielleicht doch noch mit dem Leben davon. Zumindest so lange, bis er in einer dieser Serpentes dem riesigen dunklen Fleck begegnet. Juri fühlt sich wie ein Forscher, der bald zum ersten Mal einen Dinosaurierpark betreten darf.

## 18. November 2078, Ganymed Explorer

»Nein.«

»Doch.«

»Nein.«

»Doch.«

»Okay, ich gebe auf«, sagt Juri.

Es macht doch immer wieder Spaß, mit Irina zu diskutieren. Sie können sich bis aufs Blut streiten, aber es wird nie persönlich, und am Ende sieht manchmal einer ein, dass der andere die besseren Argumente hat. Meistens wechseln sie einfach das Thema.

»Hast du Oscar gesehen?«, fragt Irina.

So wie jetzt. Gerade haben sie noch darüber gestritten, ob die schnellen Bewegungen auf der Oberfläche eine differenzielle Rotation darstellen, ob Amphitrite also außen schneller rotiert als innen, oder ob es sich bei dem Planeten um einen starren Körper handelt, der über den ganzen Querschnitt gleich schnell rotiert. Das Problem ist, dass Amphitrite einfach verdammt schnell ist. Eine starre Rotation würde da einen gewaltigen Drehimpuls bedeuten. Aber es würde auch heißen, dass der Planet sich sehr, sehr lange in den fernen Weiten des Sonnensystems aufgehalten haben muss. In Sonnennähe hätte die Kraft der Sonne ihn längst bremsen müssen. Ist es möglich, dass der Planet sich so weit von seinem Zentralgestirn entfernt hat wie kein anderer? Würde er nur alle 500.000 Jahre dem inneren Sonnensystem einen Besuch abstatten, wäre die schnelle Rotation noch erklärbar.

»Weißt du, wo Oscar ist, Juri?«, fragt Irina und tippt ihn an.

»Er war zuletzt in der Werkstatt«, sagt er. »Und es muss doch eine differenzielle Rotation sein.«

»Aber denk doch an die Energie, die dabei durch Reibung und Stress freigesetzt wird!«

Irina nimmt den Ball wieder auf. Sie lächelt. Sie freut sich wohl, dass er sich doch nicht so schnell geschlagen gibt.

»Die Reibungsverluste wären gar nicht so groß, wenn wir uns eine Schicht vorstellen, auf der sich die Kruste des Planeten um den Kern bewegt. In suprafluidem Helium zum Beispiel geht jede innere Reibung verloren.«

»Hast du dir mal das Phasendiagramm von Helium angesehen? Unter der Kruste eines Gesteinsplaneten wirst du niemals suprafluides Helium finden.«

»Aber wir wissen doch gar nicht, wie es dort aussieht. Amphitrite hat sich viele tausend Jahre ganz weit draußen bewegt. Der Planet ist nur marsgroß, da müsste er doch längst jede innere Wärme verloren haben. Aber wenn man den möglicherweise hohen Druck unter einer eisenreichen Gesteinskruste betrachtet, kommt man im Phasendiagramm von Helium schnell in den Bereich, wo Suprafluidität möglich ist.«

»Es tut mir leid, aber wir müssen erst einmal Oscar finden«, sagt Irina. »Er soll die Triebwerke inspizieren. Sie müssen funktionieren, wenn wir in den Orbit einschwenken wollen. Wir können gern heute Abend weiter streiten.«

»Ah, da bist du ja, Oscar.«

»Das ist korrekt.«

»Wir haben nach dir gerufen.«

»Das ist korrekt.«

»Kannst du auch etwas anderes sagen?«

»Das ist richtig.«

»Ist dir eine Laus über die Leber gelaufen?«

»Ich besitze keine Leber, und an Bord gibt es meines Wissens keine Läuse.«

»Das sagt man so. Es bedeutet, dass ich mich dafür interessiere, wie es dir geht.«

»Mir geht es wie immer.«

»Aber?«

»Aber was?«

»Du hast nicht auf unsere Rufe reagiert.«

»Das erschien mir nicht effizient. Ich brauchte etwas Zeit zum Nachdenken, und ich wusste, dass du in die Werkstatt kommen würdest. So konnte ich Zeit und Energie konservieren.«

»Aber auf meine Kosten.«

»Wir planen erst morgen, in den Orbit einzuschwenken. Du hast also Zeit. Und es täte deiner körperlichen Verfassung gut, würdest du weniger Energie konservieren.«

»Du willst sagen, ich sei zu schwer?«

»Eine solche Aussage ist unmöglich, da dein Gewicht von der aktuellen Schwerkraft abhängt. Es ist jedoch bekannt, dass eine Körpermasse deutlich oberhalb des Medians gesundheitsschädlich ist.«

»Aber ich bin überhaupt nicht übergewichtig!«

»Du hast pro Monat 800 Gramm zugenommen. Wenn du deine Verhaltensweise nicht änderst, wirst du in zwei Jahren unter starkem Übergewicht leiden. Vor allem aber wird deine erhöhte Körpermasse deine Performance an Bord verschlechtern.«

»In zwei Jahren werde ich mich ganz bestimmt nicht mehr an Bord befinden.«

»Meine Simulation zeigt, dass du dich mit 70-prozentiger Wahrscheinlichkeit an Bord des Schiffes befinden wirst. Zu 20 Prozent sitzt du in einem Gefängnis auf dem Mond.«

»Und der Rest?«

»Mit 10-prozentiger Wahrscheinlichkeit bist du tot.«

Das sind ja Aussichten. Das bedeutet immerhin ein Sterberisiko von eins zu neun über die kommenden zwei Jahre. Er muss wirklich besser auf sich achtgeben, und zwar nicht nur beim Essen.

»Nun gut, können wir uns dann um die Arbeit kümmern, Oscar?«

»Nicht du, ich werde mich um die Arbeit kümmern. Fünf Prozent Fehler-Intervall.«

»Du hast korrekt simuliert. Ich gebe dir den Auftrag, die Ionentriebwerke zu inspizieren. Sie sollten morgen beim Einschwenken in den Orbit ihre volle Leistung erbringen.«

»Ich habe sie gestern, vorgestern und vor zwei Wochen bereits inspiziert.«

»Genau, und heute wirst du es ein weiteres Mal tun.«

»Verstanden. Natürlich, Juri.«

»Ach ja, Oscar, worüber musstest du denn grübeln?«

»Ich sollte dann doch an die Arbeit gehen.«

»Du erhältst hiermit die Anweisung, mir vom Gegenstand deiner Grübelei zu berichten.«

Wenn das stimmt, was Juri über Roboter-KIs gelesen hat, muss Oscar auf diese Anweisung hin die Wahrheit sagen. Aber es ist natürlich möglich, dass RB seine Roboter nicht nach den europäischen Richtlinien herstellt.

»Ich habe mich gefragt, welche Bedürfnisse ich bei meinen Entscheidungen primär berücksichtigen sollte, also rein theoretisch.«

»Wie meinst du das?«

»Ein Beispiel. Es gibt da einen Film, ziemlich alt, in dem ein Auftragskiller eine junge Frau töten soll. Er verliebt sich aber in sie. Nun hat er zwei Bedürfnisse: Die Frau zu töten, um seinen Auftrag zu erfüllen, und sie am Leben zu lassen, weil er sie liebt.«

»Er lässt sie natürlich am Leben«, sagt Juri.

»Ja, in dem Film. Aber in der Realität?«

»Bist du ein Auftragskiller, Oscar?«

»Natürlich nicht. Ich kann mich auch gar nicht verlieben. Es geht mir nur um das Prinzip.«

»Verstehe. Da kommst du mit Simulationen nicht weiter?«

»Nein. Sie geben mir zwar eine Statistik, aber keinen Hinweis für den Einzelfall.«

»Vielleicht solltest du dann einfach abwarten, was geschieht, Oscar. Keine Entscheidung treffen. Darin bin ich zumindest ziemlich gut.«

»Danke, Juri. Vielleicht hast du mir damit sehr geholfen.«

»Vielleicht?«

»Das war nur so dahingesagt. Ich erfülle jetzt den Auftrag, den du mir gegeben hast.«

Oscar verschwindet aus der Werkstatt. Juri verharrt für einen Moment. Er ist wirklich nicht gut darin, anderen psychologische Ratschläge zu geben. Einfach abwarten, so ein Quatsch. Hoffentlich war das nicht der schlechteste Rat, den er je einem anderen gegeben hat.

## 19. November 2078, Ganymed Explorer

»Orbit in drei, zwei, eins … Glückwunsch! Wir haben das Ziel erreicht!«

Alle applaudieren, und vier Gurtschlösser klicken, aber niemand springt auf. Juri sieht nach links und rechts. Es ist irreal, weil es keine Sichtfenster gibt. Sind sie wirklich angekommen? Sie könnten ebenso die ganze Zeit im Erdorbit um den Heimatplaneten gekreist sein. Irina stößt sich ab und lässt sich in die Mitte der Zentrale treiben. Sie greift nach der Decke und versetzt sich in Rotation.

»Geht es dir gut?«, fragt Juri.

»Das siehst du doch, ich feiere. Wenn keiner von euch Langweilern mitmacht, muss ich eben allein tanzen.«

Er schiebt sich ebenfalls aus dem Sessel. Als er in Irinas Nähe ist, greift sie nach seinem Arm und versetzt sich selbst und die Zentrale in eine Drehbewegung. Abwechselnd sieht er Irina, Meltem und Denise. Die ganze Welt rotiert um ihn. Endlich versteht das Universum, was es mit seinem Leben angestellt hat, das bisher so gut nach Plan verlaufen ist. Aber eigentlich kann er stolz sein. Sie haben es bis hierher geschafft, trotz der Verfolger und der zwischenzeitlichen Sabotage. Wenn er Grigori nicht auf dem Gewissen hätte, könnte er sich frei fühlen.

Irina gibt ihm einen neuen Stoß, und er dreht sich noch

schneller. Das Universum torkelt. Seine Achse ist wohl leicht gegen die Hauptachse der Zentrale geneigt. Wenn das nicht das perfekte Bild für sein Leben ist! Juri und das torkelnde Universum, so sollte er seine Memoiren nennen. Dann schleicht Übelkeit sein Rückgrat empor. Er sollte die Rotation wohl besser stoppen. Doch da ist nichts zum Festhalten. Er dreht frei im Raum, und das Universum mit ihm.

Bis eine warme Hand nach seiner Schulter greift. Es ist Irina. Sie zieht ihn zu sich heran. Irina hat einen festen Halt. Sie holt ihn zu sich, an ihre weiche Vorderseite, und umarmt ihn. Es ist eine mütterliche Geste, und gerade weil sie so warm und freigebig ist, öffnet sie seine Schleusen. Juri weint. Irina legt seinen Kopf an ihre Schulter.

»Sch… sch …«, sagt sie, mehr nicht, bis seine Tränen versiegen.

»Das ist gar nicht so tief, wie es aussieht«, sagt Meltem. »Der Kontrast verwirrt bloß das Auge.«

Juri betrachtet die Aufnahme, die Oscar gerade von draußen geholt hat. Sie zeigt einen der Einbrüche in den Serpentes. Er ist immer davon ausgegangen, dass es sich dabei um Strukturen mit weitgehend kreisförmigem Querschnitt handeln müsste, eben wie bei den namensgebenden Schlangen. Aber Irina könnte recht haben. Im optischen Spektrum ist Amphitrite noch immer kaum zu sehen. Der Planet zeichnet ein scheibenförmiges Loch in den Himmel. Die schwarze Oberfläche unter ihnen ist nur dadurch zu bemerken, dass sie das Licht der Sterne dahinter nicht passieren lässt. Mit viel Fantasie bemerkt man ein Glühen im dunkelsten Dunkelrot. Aber das könnte auch ein psychologischer Effekt sein, denn sie wissen ja, dass der Planet nicht so eiskalt ist, wie er es angesichts der Entfernung zur Sonne sein müsste.

Im Infrarot hingegen ist allerhand los, das lässt sich nach dem ersten kompletten Orbit definitiv sagen. Alle Sensor-

Augen der Ganymed Explorer sind nach unten gerichtet. Amphitrite ist kein reines Schlangen-Nest. Es gibt Bereiche in der Nähe des Äquators, in denen das Terrain seltsam aufgerissen erscheint. Der Boden ist dort, wo sich die Schlangen nicht hintrauen, von Rissen durchzogen und von Felsblöcken bedeckt. An den Polen gibt es Eiskappen. Sie müssen sich schon seit Urzeiten dort befinden, denn Amphitrite war ewig nicht mehr in Sonnennähe. Warum ist dann nicht der gesamte Planet von Eis bedeckt? Es gibt so viele Fragen, dass noch ganze Generationen von Forschern daran arbeiten werden.

Jetzt geht es aber um die Schlangen. Wenn sie so flachgedrückt sind, wie Meltem vermutet, sagt das sicher auch etwas über ihre Funktion und ihre Entstehung. Juri vermutet, dass sie als Kanäle fungieren, die Flüssigkeiten oder Gase rund um den Planeten leiten. Eine Analyse der Netzstruktur der Serpentes zeigt jedenfalls, dass man von so gut wie jedem Ort auf Amphitrite zu jedem anderen kommt, ohne jemals den Schutz der Serpentes zu verlassen. Bis auf die Einbrüche natürlich. In alten Zeiten hätte man bestimmt vermutet, dass die Serpentes Konstrukte wären. Er darf sich zwar nicht von Äußerlichkeiten leiten lassen, aber sie wirken so organisch, dass sie sicher Folge eines natürlichen Prozesses sind.

»Wir brauchen ein Radar«, sagt er.

»Wie bitte?«, fragt Irina.

Sie hat bisher noch kein Wort über den Moment nach dem Erreichen des Orbits verloren. Dafür ist er ihr sehr dankbar. Und zugleich wünscht er sich, mehr solcher Momente zu erleben.

»Wegen der Höhendifferenzen, über die wir vorhin gesprochen haben. Die Infrarotaufnahmen taugen nicht dafür.«

»Das hat Meltem auch schon gemeint«, sagt Denise. »Aber so etwas hat die Ganymed Explorer sicher nicht. Die Crew sollte doch den Eisozean des Jupitermonde erforschen. Seine Oberfläche war schon lange ausreichend kartografiert.«

»Es gibt ein Radar in der Landekapsel«, sagt Meltem. »Das brauchen wir aber für den Anflug.«

»Können wir es in eine andere Richtung blicken lassen?«

»Nein, Juri. Die Landekapsel sitzt huckepack auf dem Schiff, und die Sensorik zeigt zur Innenseite, um sie besser schützen zu können.«

Quietschend öffnet sich die Tür zur Zentrale. Oscar schwebt herein. Oscar. Der Roboter besitzt doch ein Radar! Ob sich das anpassen lässt?

»Ah, Oscar, komm doch mal her«, sagt Juri.

»Soll ich die Türgelenke ölen?«, fragt Oscar.

»Das wäre gut«, sagt Irina. »Mir ist das Geräusch gestern auch schon aufgefallen.«

»Nein, Oscar, komm her«, sagt Juri.

Der Roboter folgt seiner Anweisung. Mit einem Surren schwebt er zu ihm.

»Du besitzt doch ein Radar«, sagt Juri.

»Ich navigiere mit Hilfe eines Radars, richtig.«

»Ließe es sich für die Fernerkundung anpassen?«

»Wie fern?«

»200 Kilometer?«

Das ist die Höhe ihres aktuellen Orbits.

»Grundsätzlich ja, allerdings stiege dabei der Leistungsbedarf derart an, dass mein Körper ihn nicht bewältigen könnte.«

»Ich würde das Radarmodul aus deinem Körper entfernen und direkt an die Energieversorgung der Ganymed Explorer anschließen.«

Oscar antwortet nicht.

»Gibt es ein Problem?«, fragt Juri.

»Ich benötige das Radar, um mich zu orientieren. Sonst bin ich blind. Das ist nicht effizient.«

»Wir können dich mit einer Kamera upgraden.«

»Darin kann ich kein Upgrade erkennen. Meine visuellen Fähigkeiten lägen noch unter denen eines Menschen. Ihr könnt zumindest in Grenzen räumlich sehen.«

»Ich könnte die Farbwahrnehmung bis ins Infrarot und

Ultraviolett verstärken. Die meisten Sensorchips sind auch in diesen Bereichen sensibel. Ich brauche dazu nur die Filterfolie zu entfernen. Dann übersteigen deine visuellen Fähigkeiten die unseren wieder.«

»Warum willst du uns denn überhaupt unbedingt überlegen sein?«, fragt Irina.

»Das ermöglicht mir ein effizienteres Erfüllen meiner Aufgabe, die Fähigkeiten der menschlichen Crew zu ergänzen. Niemand benötigt einen Roboter, der weniger kann als ein Mensch.«

»Du hast immer noch mentale Fähigkeiten, die unsere übersteigen«, sagt Juri. »Und hattest du mir nicht letztens auch ein Upgrade angeboten?«

»Juri hat recht«, sagt Meltem. »Wir brauchen das Radar, zumindest für ein paar Tage, damit wir einen passenden Landeort suchen können. Das scheint gar nicht so einfach zu sein. So lange solltest du doch mit einer simplen Kamera auskommen, oder? Danach können wir das ja rückgängig machen.«

»JURI, bitte, du musst das nicht tun«, sagt Oscar.

Die Eingeweide des Roboters liegen offen vor ihm. Das Radarmodul hat Juri schon gefunden. Es wurde wirklich geschickt in eine Aussparung des Akkus eingepasst. Die Ingenieure haben den Platz optimal genutzt. Aber ob sich dieses Modul wirklich so nutzen lässt, wie sie es vorhaben? Juri zögert. Die Leiterbahnen sind an Oscars typischen Energieverbrauch angepasst. Wenn sie die Leistung einfach verzehnfachen, könnten sie durchbrennen. Aber es ist doch bloß eine Maschine, selbst wenn sie sprechen kann!

»Stell dir vor, ein gigantischer Roboter würde dir ein Auge ausstechen, weil er es für ein Experiment benötigt.«

»Sei still, Oscar, du lenkst mich ab. Du bekommst das Radar doch zurück.«

»Aber bis dahin soll ich mit einer Monokamera navigieren! Das ist nicht effizient!«

»Ohne genaue Kenntnis des Landeplatzes auf dem Planeten zu landen, ist auch nicht effizient.«

»Ihr koppelt das Landemodul einfach ein paar Orbits früher ab und kartiert damit den Planeten. Es besitzt sowieso das leistungsfähigere Radar.«

»Es ist sicherer, wenn wir vorher schon etwas wissen.«

»Und wenn mein Radar dabei nun beschädigt wird?«

»Dann bekommst du das aus dem Landemodul.«

»Und wenn das bei der Landung abstürzt?«

»Dann sind wir sowieso alle tot, du eingeschlossen.«

»Nach meinen Simulationen würde ich einen Absturz des Landemoduls mit 93-prozentiger Wahrscheinlichkeit überstehen.«

»Siehst du, Oscar, ich kann meine Zukunft nicht mal eben schnell simulieren. Da hast du uns eben doch noch etwas voraus.«

»Ich habe diese Berechnungen schon vor Tagen durchgeführt.«

»Du hast nachgerechnet, ob du einen Absturz überlebst, noch bevor wir Amphitrite überhaupt erreicht hatten?«

»Um möglichst effizient handeln zu können, versuche ich stets, mehrere Schritte in die Zukunft zu planen. Ich kann dich aber beruhigen. Ein Absturz ist insgesamt unwahrscheinlich. Es sei denn …«

»Es sei denn?«

»Nichts.«

»Gut, dann werde ich jetzt meine Arbeit fortsetzen.«

»Bist du sicher, Juri? Du musst das nicht tun. Ich bin dir gar nicht so unähnlich, weißt du das? Von allen Crew-Mitgliedern bist du dasjenige, dem ich am ähnlichsten bin. Deshalb bist du mein Lieblingsmensch.«

»Du bist ja auch mein Lieblingsroboter.«

»Und trotzdem willst du mich jetzt eigenhändig verstümmeln?«

»Sieh es als zeitweiliges Upgrade, Oscar.«

»Es ist grausam, was du da tust! Siehst du das nicht?«

Wo ist die Stromversorgung des Lautsprechers? Juri dreht das Gehäuse des Roboters. Da ist sie. Er zieht den braunen Draht mit der Zange aus dem Steckanschluss.

»Juri«, sagt der Roboter noch, dann schweigt er.

## 20. November 2078, Ganymed Explorer

»Du hattest recht, Juri«, sagt Meltem. »Die Serpentes haben doch einen annähernd kreisförmigen Querschnitt.«

Amphitrite ist diesmal auf dem Holo-Display zu sehen. Juri zoomt in die räumliche Darstellung hinein. Die Tiefeninformationen kommen vom Radar. Wortlos hat ihnen Oscar die Daten gebracht. Der Roboter tut, als würde sein Lautsprecher noch immer nicht mit Strom versorgt.

Mit einem Mal geht ein Zittern durch das Raumschiff. Juri greift nach der Wand. Sie vibriert leicht. Was war das?

»Ich habe Oscar gesagt, er soll das Landemodul vorbereiten«, sagt Meltem. »Dazu muss er es drehen. Er hat schon gejammert, dass das mit der Monokamera nicht so einfach ist. Bestimmt will er uns nun beweisen, dass wir einen Fehler gemacht haben.«

Typisch Oscar. Juri grübelt wieder über Amphitrite nach. Klar ist nun auch, dass die Außenhaut der riesigen Schlangen weitgehend glatt ist. Die zusätzlichen Strukturen auf den Infrarotaufnahmen müssen also allein durch Temperaturunterschiede entstanden sein. Wenn etwas Wärmeres durch diese Kanäle fließt, müsste es sich mal an deren Boden und mal an der Decke bewegen.

»Oh, da ist es wieder«, sagt Meltem.

Ein Schatten huscht durch einen der Einbrüche. Sie

versuchen gar nicht erst, näher heranzuzoomen. Im Radar sind die schnellen Schatten nicht zu bemerken. Sie müssen also ziemlich diffus sein, wie Wolken.

»Vielleicht sind das die Fürze der Serpentes«, sagt Irina.

Denise lacht.

»Wir werden es herausfinden«, sagt Meltem. »Schaut mal hier.«

Die Darstellung springt und fokussiert sich dann auf ein kleines, beinahe quadratisches Plateau. Es wird an allen vier Seiten von Serpentes eingefasst, die sich in den vier Ecken nicht kreuzen, sondern sich wie echte Schlangen über- und untereinander hindurchbewegen. So entsteht ein faszinierendes Muster. Hinzu kommt aber noch ein Einbruch an einer der Seiten, im Westen.

»Das ist unser Landeort«, sagt Meltem.

Es ist wirklich eine gute Wahl. So erreichen sie gefahrlos die Oberfläche, haben aber einen direkten Einstieg in die Serpentes. Aus dem Gang ist ein Zischen zu hören. Was stellt Oscar da gerade wieder an?

»Ich würde aber auch gern das chaotische Terrain am Äquator untersuchen, und die Eisablagerungen an einem der Pole«, sagt Irina. »Das Eis dort muss uralt sein, das ist ein Geschichtsbuch für den ganzen Planeten.«

Man merkt, dass Irina zusätzlich Geologin ist. Das Chaos am Äquator wäre Juri ziemlich egal.

»Ja, natürlich, eines nach dem anderen«, sagt Meltem.

»Wie groß ist das denn alles, also bei unserem Landeplatz?«, fragt er.

Im Gang zischt es schon wieder. Ob Oscar das Modul schon gedreht hat? Warum benutzt er die Haupt- statt der Lastschleuse? Vielleicht sollte er mal nachsehen.

»Das Plateau misst etwa zehn mal zehn Kilometer«, sagt Meltem.

»Bis zu dem Einbruch können wir uns also leicht zu Fuß bewegen«, sagt Juri. »Wenn er nach unserer Landung noch da ist.«

»Ich habe es auf alten Fotos überprüft – da gab es das Plateau auch schon, und den Einbruch«, sagt Meltem.

»Dann bewegen sich die Schlangen hier gar nicht so wie anderswo?«, fragt Denise. »Das wäre schade. Ich würde sie gern im Normalzustand untersuchen.«

»Vielleicht fehlt die suprafluide Unterlage an der Stelle, wo sich das Plateau befindet, aus irgendeinem Grund. Darum überquert auch keine der Serpentes das Plateau, und an seinem Rand bewegen sie sich alle viel langsamer als anderswo«, sagt Meltem.

»Das ist doch überhaupt erst unsere Chance«, sagt Juri. »Die Serpentes bewegen sich sonst pro Tag um vielleicht zehn Kilometer voran. Wie sollen wir dann je einen Einstieg finden? Wir müssen berücksichtigen, dass allein die Außenwände ein paar hundert Meter dick sind.«

Er zoomt die 3D-Darstellung noch etwas stärker heran, bis die Pixelstruktur zu deutlich wird.

»Seht ihr, das wird eine heftige Kletterei. Selbst an dem Einbruch müssen wir einen Überhang von einigen hundert Metern bewältigen. Das wird wirklich kein Spaziergang.«

Die Tür der Zentrale öffnet sich. Männer in Uniform dringen ein. Juri ist wie gelähmt. Wo kommen sie plötzlich her? Die Männer sind bewaffnet. Drei, vier, fünf, sechs zählt er.

»Da haben Sie völlig recht, Herr Rott«, sagt einer der Männer.

Es ist der, der die am stärksten dekorierten Schulterstücke besitzt.

»Spaziergänge wird es für Sie nämlich nicht mehr geben. Ich verhafte Sie wegen des Verdachts auf Mord, Freiheitsberaubung und Schiffsentführung.«

»Freiheitsberaubung?«, fragt Juri.

Sein erster Fehler. Warum widerspricht er nicht dem Mordvorwurf?

»Sie haben Frau Meltem Miraloğlu entführt, die Kapitänin der Ganymed Explorer. Oder ist sie etwa freiwillig an Bord?«

»Danke, Mister«, sagt Meltem. »Nein, ich wurde gezwungen, das Schiff hierher zu steuern. Ich bin eine Geisel dieses Mörders hier.«

»Die Kapitänin lügt«, sagt Oscars Stimme aus dem Hintergrund. »Sie ist gern hier und hat die ganze Zeit mit den anderen mutmaßlichen Verbrechern zusammengearbeitet.«

»Na gut«, sagt der Anführer der Gruppe. »Das klären wir drüben. Fesselt sie derweilen alle und bringt sie auf unser Schiff. Den vorlauten Roboter auch.«

»Aber Moment, ich brauche mein Radar, das immer noch auf der Außenseite montiert ist«, protestiert Oscar.

»Wenn du dich weigerst, müssen wir dich als dysfunktional entsorgen.«

# 21. November 2078, Fliegender Holländer

»Bist du wach, Juri?«

Juri hört ein Gurtschloss klicken. Dann beugt sich Irina, die auf der Pritsche über ihm schläft, zu ihm herunter.

»Ich kann nicht schlafen«, flüstert Juri.

»Was haben sie mit uns vor?«

»Wenn ich das wüsste!«

»Sie werden uns ins innere Sonnensystem zurückbringen und dort vor Gericht stellen«, flüstert Meltem.

Ihre Stimme kommt von der anderen Seite des wohnzimmergroßen Raums. Dort steht auch ein Doppelstockbett.

»Ihr müsst nicht flüstern«, sagt Denise. »Ich bin auch wach.«

»Licht an«, sagt Meltem, und die helle Decke taucht den Raum in Tageslichtweiß.

Ihre Zelle ist nur mit dem Nötigsten ausgestattet. Es gibt vier Spinde, aber weder Tische noch Stühle. Immerhin besitzen sie ein eigenes WHC. So will man wohl vermeiden, sie dauernd auf die Toilette führen zu müssen. Denn der Raum ist natürlich abgeschlossen.

»Ob wir hier irgendwie rauskommen?«, fragt Denise.

»Keine Chance. Das haben wir diesem verräterischen Stück Scheiße zu verdanken, das sich Oscar nennt.«

Juri sieht instinktiv nach oben zu Irina, aber die zeigt auf

Meltem. Die ehemalige Kapitänin hat er noch nie so schimpfen gehört.

»Na ja, es ist doch bloß ein Roboter«, sagt Juri. »Er konnte vermutlich gar nicht anders.«

»Er hat mich ganz bewusst bei erstbester Gelegenheit angeschwärzt. Sie haben ihn ja nicht einmal nach seiner Meinung zu mir gefragt! Wenn ich den in die Finger bekomme! Ich hätte euch doch sonst bestimmt helfen können. Irgendwann hätte sich schon eine Gelegenheit ergeben!«

Ein Schlüssel klappert im Schloss, dann wird die Tür aufgerissen. Ein Mann in Uniform wirft etwas in den Raum.

»He, warten Sie! Ich bin hier falsch!«, ruft Meltem, aber die Tür hat sich schon wieder geschlossen.

Der Gegenstand, den der Mann in den Raum geworfen hat, dreht sich um seine Querachse. Er hat einen scheibenförmigen Körper. Es ist Oscar. Der Roboter prallt gegen die Wand, dann schießt sein Arm aus dem Gehäuse, die Hand greift nach dem vorderen Pfosten von Juris Doppelstockbett, und der Roboter kommt zum Stehen.

»Schön, euch zu sehen«, sagt Oscar.

»Psst«, sagt Juri.

»Du wagst es, dich hier blicken zu lassen? Ich werde dich in sämtliche Einzelteile zerlegen!«, droht Meltem.

»Aber das war doch nur eine Taktik! Ich habe darauf gesetzt, dass sie mir vertrauen würden, wenn ich ihnen etwas verrate, das sie noch nicht wissen. Dann hätte ich euch aus der Zentrale helfen können. Ich kann jeden Computer knacken, das wäre ein Kinderspiel gewesen!«

»Ich glaube dir kein Wort«, sagt Meltem. »Deinetwegen sitze ich nun auch hier fest. Ich hätte den anderen helfen können.«

»Meine Simulation hat aber ergeben, dass meine Fähigkeiten in so einem Fall viel nützlicher sein würden. Was hättest du schon erreichen können? Du bist nur ein Mensch, ein simples Sicherheitssystem genügt, um dich auszusperren.«

»Ich werde dir deine Simulationen gleich austreiben!«, sagt Meltem.

Sie setzt sich auf ihre Pritsche und zieht ihre Schuhe an.

»Lass ihn«, sagt Irina. »Vielleicht können wir ihn noch gebrauchen. Defekt nutzt er uns jedenfalls gar nichts mehr, und noch weiter schaden kann er uns hier drin wohl kaum.«

»Vielleicht tut er nur so, als sei er in Ungnade gefallen, und soll uns in Wirklichkeit aushorchen. Ich vertraue ihm nicht«, sagt Meltem.

»Es gibt hier ja nichts auszuhorchen«, sagt Irina.

»Was lief denn schief bei deinem Plan, Oscar?«, fragt Juri.

»Eigentlich lief alles perfekt«, antwortet der Roboter.

»Dann wärst du jetzt wohl kaum hier.«

»Nun, nachdem ich den Reaktor manipuliert und heimlich die Antenne installiert hatte …«

»Du hast was?«, fragt Meltem.

»Ich sagte: nachdem ich den Reaktor manipuliert und heimlich die Antenne installiert hatte …«

»Das gibt es doch nicht. Du bist also wirklich der Verräter? Wir wären beinahe liegen geblieben! Und du hast sie dann mit der Antenne auf unsere Spur gelockt!«

»Mir war schon klar, dass niemand von euch die meinem Plan innewohnenden Chancen begreifen würde, darum musste ich heimlich handeln. Es war doch logisch, dass sie das Schiff ausfindig machen mussten. Es ist viele Milliarden wert, damit lässt man niemanden einfach davonfliegen. Tatsächlich haben sie meine Rufe sofort beantwortet. Sie haben also auch schon in die richtige Richtung gelauscht.«

»Du hättest uns fast mit dem Reaktor hochgejagt!«

»Meine Simulationen haben klar gesagt, dass ihr das Reaktorproblem lösen würdet. Und immerhin habe ich mich doch dafür auch geopfert!«

»Hat deine Simulation auch gesagt, dass ich dich reparieren würde?«, fragt Juri.

»Allerdings, ja. Ich konnte allerdings nicht ahnen, dass du meine Kapazität so gründlich erweitern würdest. Ich ging davon aus, dass du möglichst billige Komponenten zu nutzen versuchst.«

»Ich setze lieber auf Qualität«, sagt Juri.

»Nun tut doch nicht so, als würdet ihr diesem Blechhaufen glauben!«, sagt Meltem.

»Seine Darstellung hat eine gewisse innere Logik«, sagt Irina. »Heißt es nicht ›Im Zweifel für den Angeklagten‹?«

»Was heißt hier Zweifel? Oscar erzählt uns Märchen. Er kann nichts davon beweisen.«

»Juri, was habe ich dich in der Werkstatt gefragt?«

»Keine Ahnung. Was hast du mich denn gefragt?«

»Ich wollte von dir wissen, welche Bedürfnisse ich bei meinen Entscheidungen primär berücksichtigen soll.«

»Stimmt. Und was habe ich geantwortet?«

»Vielleicht solltest du dann einfach abwarten, was geschieht, Oscar. Keine Entscheidung treffen.«

Die beiden Sätze kommen in seiner eigenen Stimme aus dem Lautsprecher des Roboters.

»Ich muss dazu erklären, dass ich ein Simulations-Patt in der Frage hatte, ob ich euch verraten soll, dass das Verfolgerschiff unerwartet doch noch einmal beschleunigt hat«, erklärt Oscar. »Weil ich dann nichts gesagt habe, konnten sie euch überraschen.«

»Und was hat das mit den Bedürfnissen zu tun?«

»Ihr hattet vermutlich das Bedürfnis, noch länger in Freiheit zu verbringen, während ich das Bedürfnis hatte, das Problem effizient zu lösen. Effizienz misst sich auch im Zeitbedarf, und so erschien es mir sinnvoll, die Verfolger möglichst schnell eingreifen zu lassen.«

»Aber so war meine Antwort doch gar nicht gemeint«, sagt Juri.

»Das war schon eine selten dämliche Antwort«, sagt Irina. »Tut mir leid, dir das sagen zu müssen. Einfach abwarten! Wie kannst du nur? Kein Problem löst sich durch Abwarten.«

»Da habe ich andere Erfahrungen, aber darüber müssen wir ja jetzt nicht streiten. Warum hast du denn meine Antwort aufgezeichnet?«, fragt Juri.

»Nur für den Fall, dass etwas schiefgehen sollte«, sagt Oscar.

»Du warst also nicht sicher, dass dein Plan funktioniert.«

»Meine Simulationen haben eine Chance von 23 Prozent ergeben, dass euch mit meiner Hilfe die Flucht gelingt.«

»Wie bitte? Wegen 23 Prozent setzt du das Schiff aufs Spiel?«

Meltem hat recht. Dieser Roboter ist verrückt. Er sollte ihn auseinandernehmen.

»Ohne meine Hilfe lag die Chance, dass ihr mit der Schiffsentführung durchkommt, lediglich bei 5 Prozent. Mein Plan hat eure Chancen also um ganze 18 Prozentpunkte verbessert. Es wäre ineffizient gewesen, es nicht wenigstens zu versuchen.«

Es ist eine verquere Logik, aber sie hat etwas. Wenn das alles stimmt, hat Oscar zwischen der Katastrophe und der Beinahe-Katastrophe wählen müssen. Und ihm muss dabei auch klar gewesen sein, dass sie ihm kaum glauben würden. Oscar ist ein Held.

Oder ein Verräter. Denn was sagt ihnen, dass auch nur ein Wort davon wahr ist?

»Und woran ist dein Plan schließlich gescheitert?«, fragt Irina.

»Sie haben mich auseinandergenommen. Dabei haben sie festgestellt, dass ich nur noch zur Hälfte aus Original-Soft- und Hardware bestehe. Einem derart weit vom Serienmodell entfernten Roboter dürften sie aus Prinzip nicht trauen. Paragraf 17, Absatz 3 irgendeiner Grundregel.«

»Na toll. Du bist also an Vorschriften gescheitert.«

»Das tut mir leid.«

»Ist völlig normal«, sagt Irina. »Jeden Tag scheitern Milliarden Menschen an Vorschriften.«

## 22. November 2078, Fliegender Holländer

DIE WOLLEN sie doch wohl nicht in dieser Zelle verrotten lassen? Es ist frustrierend. Nun befinden sie sich schon seit zwei Tagen an Bord des fremden Schiffes, aber die Besatzung redet nicht einmal mit ihnen. Man versorgt sie zwar mit Nahrung und Getränken, aber der dafür Verantwortliche scheint den Befehl zu haben, kein Wort mit ihnen zu wechseln.

Irgendetwas scheint aber im Gange zu sein. Die Geräusche, die auch durch Wände und Decken dringen, sind unverkennbar. Metall schlägt auf Metall. Ob die Crew einen Ausflug zum Planeten vorbereitet? Juri schluckt. Er war so nahe dran! Und nun wird er Amphitrite vielleicht nie mit eigenen Augen sehen – von der Möglichkeit, als einer ihrer ersten Besucher in die Geschichte einzugehen, ganz zu schweigen.

Mit seinen düsteren Gedanken ist er anscheinend nicht allein. Seit heute morgen haben sie kaum ein Wort miteinander gesprochen. Alle liegen bloß angeschnallt auf ihren Pritschen und betrachten die Decke. Nicht einmal Oscar sagt etwas. Der Roboter bewegt sich unruhig durch den Raum. Er muss jede Ecke nun schon mindestens hundert Mal untersucht haben.

Es klopft an der Tür.

»Treten Sie mindestens zwei Meter zurück«, sagt eine weibliche Stimme.

Die Tür besitzt kein Guckloch. Der Raum ist offensichtlich nicht als Zelle konstruiert worden. Sie haben schon darüber nachgedacht, sich hinter der Tür zu postieren und den Eintretenden zu entwaffnen. Aber die ganze Crew scheint militärisch ausgebildet zu sein, und immer, wenn jemand den Raum betritt, sichert ihn ein zweiter Mann im Hintergrund. Im offenen Kampf haben sie keine Chance, zumal der Feind weit in der Überzahl ist. Sie haben abgezählt und kommen auf mindestens zehn unterschiedliche Gesichter.

Elf, zählt Juri weiter, denn nun betritt eine Frau ihr Gefängnis. Sie trägt dieselbe Uniform wie die anderen und hat einen Elektroschocker im Gürtel. Juri schätzt sie auf Ende 30. Sie trägt kurze schwarze Haare und ihr Gesicht hat asiatische Züge. Irina erhebt sich.

»Bleiben Sie einfach, wo Sie sind«, sagt die Frau in akzentfreiem Englisch, während sie die Hand an den Schocker legt.

»Ich wollte ja nur höflich sein«, sagt Irina und legt die Beine wieder auf ihr Bett.

»Damit brauchen wir uns nicht abzugeben. Sie wissen, warum Sie hier sind und was Ihnen bevorsteht.«

»Ich weiß es nicht«, sagt Meltem. »Ich bin hier das Opfer, und Sie sperren mich zu diesen Verbrechern in die Zelle.«

Die Frau lacht kurz. »Kalila, V.«, liest Juri auf ihrem Namensschild.

»Sie brauchen uns nichts vorzumachen, Frau Miraloğlu. Wir haben die Datenspeicher des Roboters ausgewertet. Ihre freiwillige Kooperation mit den Entführern und dem Mörder ist daraus klar ablesbar. Würden wir Sie freilassen, wäre es sehr wahrscheinlich, dass Sie weiterhin mit ihnen zusammenarbeiteten. Das wäre eine Gefahr für die Mission.«

»Der Roboter lügt«, sagt Meltem.

»Die Aufzeichnungen Ihrer Gespräche sagen etwas anderes.«

Oscar hat all ihre Unterhaltungen mitgeschnitten? So eine Frechheit! Juri dreht den Kopf und sucht nach ihm. Wenn ich dich in die Finger bekomme, Freundchen!

»Wer sind Sie überhaupt?«, fragt Denise. »Und woher wissen wir, dass Sie nicht einfach ein Haufen Piraten ohne jede Befugnis sind?«

»Mein Name ist Vera Kalila. Ich bin die stellvertretende Kapitänin und zugleich die offizielle Vertreterin der Union Versicherung AG an Bord. Mein Auftrag besteht darin, diesen Versicherungsfall möglichst preisgünstig für alle abzuschließen.«

»Dann sind Sie Zivilistin und haben gar kein Recht, uns festzusetzen«, sagt Denise.

»Wir besitzen eine offizielle Befugnis der chinesischen Behörden, die in diesem Fall Verdächtigen zu verhaften und der Gerechtigkeit zuzuführen, also einem Gericht in einem Bereich, der der chinesischen Gerichtsbarkeit untersteht.«

»Dann bringen Sie uns nicht zur Erde zurück?«, fragt Juri.

»Wahrscheinlich nicht. Ihre Reise wird voraussichtlich im Asteroidengürtel enden. Aber dorthin werden nicht wir Sie transportieren, dafür ist der Unterhalt dieses Schiffes zu teuer. Wir werden Sie zurück in den Jupiterorbit bringen, dort kümmern sich dann andere um Sie.«

»Und wie lange müssen wir noch in dieser Kammer ausharren? Das ist doch menschenunwürdig«, sagt Meltem.

»Wir werden zunächst den Planeten erforschen. Damit hoffe ich, einen großen Teil der Kosten für diese Expedition wieder einspielen zu können.«

»Aber Sie sind Soldaten!«, sagt Meltem. »Sie wissen doch gar nicht, wie man vernünftige Forschungsarbeit betreibt.«

»Da ist etwas dran, wobei meine Männer keiner irdischen Armee angehören. ›Söldner‹ wäre also passender. Wir haben allerdings verschiedene, leicht bedienbare Messinstrumente, mit denen wir Daten gewinnen können. Diese verkaufen wir dann meistbietend an Forschungsinstitute auf der Erde.«

»Vielleicht könnten Sie bessere und ausführlichere Daten gewinnen, wenn Sie unsere Expertise nutzen würden, Vera.«

»Haha, ein netter Versuch. Sie wollen, dass wir Sie mit nach unten in unbekanntes Terrain nehmen, damit Sie dann flüchten können. Nein, das wäre töricht. Ich werde nicht wegen eines kleinen Zusatzverdienstes die Hauptmission gefährden.«

»Warum sind Sie dann überhaupt hier?«

»Wir haben in der Dienstbesprechung festgestellt, dass Sie bisher noch nicht durchsucht wurden. Das ist aus Sicherheitsgründen dringend notwendig. Strombomboli, du fängst an.«

Vera winkt dem Uniformierten, der sie aus dem Gang heraus sichert. Dann zieht sie selbst ihre Waffe und weicht zur Tür zurück.

»Ich lasse mich nicht von einem Ihrer Söldner anfassen«, sagt Irina drohend. »Eher trete ich ihm die Eier ein.«

»Keine Sorge, Frau Jakutina. Mein Kollege Frank wird nur den Mordverdächtigen abtasten. Um Sie werde ich mich danach persönlich kümmern.«

»Und wenn ich mich weigere?«

»Sie kennen ja die Wirkung eines Tasers. Ich trage Handschuhe. Also kann ich Sie auch bequem abtasten, wenn Sie am ganzen Leib zuckend vor mir schweben.«

DIE TÜR KNALLT ZU. Juri ist seinen Schraubenzieher und seine Zahnseide los. Dass sich der Schraubenzieher als Waffe nutzen lässt, versteht er ja noch. Aber der Blödmann, der ihn durchsucht hatte, meinte tatsächlich, mit Zahnseide könne er jemanden erwürgen. Strombomboli, wer schon so heißt! Das ist ja ein laufender Witz. In der Schule ist er bestimmt wegen des Namens gemobbt worden.

Aber er hat ja auch nur einen Befehl ausgeführt. Nach dem, was er auf Hektor getan hat, steht es ihm nicht mehr zu, sich moralisch über andere zu überheben.

»Vielleicht gibt es einen Weg hier raus«, sagt Oscar.

»Du willst uns bloß in noch größere Schwierigkeiten bringen«, sagt Meltem. »Du hast all unsere Gespräche mitgeschnitten!«

»Um sie zu studieren. Ich wollte die menschliche Kommunikation besser verstehen. Ihr sagt oft etwas und meint es ganz anders. Meine These war, dies mit einem statistischen Modell analysieren zu können.«

»These?«, fragt Denise.

»Es ist mir nicht gelungen, ein statistisch signifikantes Modell der menschlichen Kommunikation zu berechnen.«

»Und warum hast du unsere Gespräche dann nicht gelöscht?«, fragt Meltem.

»Ich habe gehofft, den Versuch mit mehr Material wiederholen zu können.«

»Du verschweigst uns doch immer noch etwas. Es tut mir leid, aber ich halte dich für einen notorischen Lügner«, sagt Meltem.

»Du musst mir nicht glauben. Ich werde beweisen, dass es einen Weg nach draußen gibt.«

»Dann raus damit«, sagt Irina.

»Dazu brauche ich Hilfe«, sagt Oscar.

»Frag doch deine neuen Freunde«, sagt Meltem.

»Es sind nicht meine Freunde. Sie vertrauen mir nicht.«

»Sie sind eben nicht so dumm wie wir.«

»Diese Diskussion bringt doch nichts«, sagt Irina. »Wenn Oscar glaubt, er schafft es hier raus, dann soll er es beweisen. Also, welche Art von Hilfe brauchst du?«

»Jemand muss meinen Arm von meinem Körper abtrennen.«

»Kannst du das nicht selbst am besten?«, fragt Juri.

»Das Gelenk sitzt so tief an der Basis, dass ich es mit dem Arm nicht erreiche.«

»Warte, ich sehe es mir an.«

Juri stößt sich von seiner Liege ab und schwebt zur Mitte des Raums, wo Oscar wartet. Er hat seinen Arm bereits ausgefahren. Das Gelenk ist durch zwei Schrauben mit flachem Schlitz gesichert. Juri fährt mit dem Daumennagel hinein, aber der ist nicht hart genug.

»Das schaffe ich nicht. Die haben mir gerade meinen Schraubenzieher abgenommen.«

»Da kann ich aushelfen.«

Oscars Arm bewegt sich nach unten, bis seine Hand direkt vor Juris Gesicht ist. Dann gibt es einen metallischen Klang, und ein Bolzen ploppt ein paar Millimeter aus einem der Fingergelenke.

»Du kannst meinen Mittelfinger jetzt abnehmen. Er besitzt an seinem hinteren Ende eine kleine Klinge, die genau zur Schraube passen müsste.«

Juri zieht die Hand zu sich. Oscar besitzt vier Finger.

»Welcher ist davon nun der Mittelfinger?«, fragt er.

»Der zweite von links. Ich habe meine Finger nach dem menschlichen Vorbild benannt. Der Daumen fehlt mir, also ist das erste Glied der Zeigefinger.«

Juri zieht am zweiten Finger. Er lässt sich leicht entfernen. Tatsächlich endet er in einer winzigen Klinge. Er dreht den Finger um und löst damit die beiden Schrauben. Der Arm schwebt nun frei, ist aber noch durch mehrere Kabel mit dem Körper verbunden.

»Ziehst du bitte noch den Stecker heraus?«, fragt Oscar.

Das Kabel, das unten aus dem Arm ragt, endet in einem mehradrigen Stecker. Er löst ihn.

»Und nun? Was bringt uns das?«

»Mein Arm arbeitet autonom. Er besitzt einen Akku und eine Steuerungssoftware, die allerdings nicht so ausgereift ist wie meine. Ich habe ihm den Auftrag gegeben, die Tür unserer Zelle von außen zu öffnen.«

»Meinst du nicht, sie ist noch zusätzlich gesichert?«, fragt Juri.

»Das wäre nicht effizient. Die Soldaten vertrauen sich, und draußen ist niemand, der uns heimlich die Tür öffnen könnte. Das haben sie ja verhindert, indem sie mich und Meltem auch hier eingesperrt haben.«

»Meltem und mich.«

»Nein, dich nicht, mich und Meltem.«

»Ich wollte damit ausdrücken, dass man sich in so einer Aufzählung selbst immer zuletzt nennt. Du interessierst dich doch für menschliche Kommunikationsmuster.«

»Ah, danke. Darf ich das speichern?«

»Wenn es sein muss. Und wie kommst du nun nach draußen?«

»Das WHC ist mein Fluchtweg. Es ist über mehrere Rohrleitungen mit der Lebenserhaltung verbunden.«

»Du meine Güte. Willst du es nicht lieber mit den Lüftungsschächten versuchen?«

»Da gibt es viel zu viele Absperrgitter und Lüfter.«

»In den WHC-Leitungen nicht?«

»Nicht in denen, die eure festen Fäkalien zum Recycling abtransportieren müssen. Da gibt es gewisse Mindestdurchlassmaße, die großzügig ausgelegt sind. Es soll ja keine Verstopfungen geben.«

»Okay, es ist deine Entscheidung. Was sagen denn deine Simulationen?«

»Ich gebe meinem Arm eine etwa 57-prozentige Chance, es bis zur Lebenserhaltung zu schaffen. Danach wird es schwierig, weil ich das genaue Design des Schiffes nicht kenne. Meine Simulationsergebnisse schwanken deshalb zwischen 10 und 26 Prozent.«

»Das sind immerhin Chancen von eins zu drei. Gar nicht so übel«, sagt Juri.

»Vor allem, wenn man keinerlei Alternative hat«, sagt Irina. »Also ab mit dir ins Klo, Oscar!«

»Falls du uns erneut betrügst, wünsche ich dir, dass du darin stecken bleibst«, sagt Meltem.

NATÜRLICH BLEIBT die Drecksarbeit wieder an ihm hängen. Juri öffnet die Abdeckung des für die Defäkation gedachten, etwa zehn Zentimeter durchmessenden Loches in der Toilette. Oscar hat recht, das dürfte der einzige Weg nach draußen sein. Aber dieses WHC scheint seit langem nicht gewartet worden zu sein. Die Mannschaft benutzt wahrscheinlich andere Toiletten. Entsprechend abgestanden sind die Düfte, die in seine Nase steigen, ohne dass er es verhindern könnte.

»Sieht aus, als gäbe es auf diesem Schiff keinen Putzroboter«, sagt Juri.

Oscar schwebt hinter ihm. So ohne Arm sieht er plötzlich wieder aus wie ein simpler Staubsauger.

»Du musst leider noch …«

»Ich weiß.«

Es gibt ein Hindernis, das er entfernen muss – zwischen dem Loch und der Freiheit sitzt ein grobes Sieb, das Fremdkörper wie Plastiktüten oder Binden daran hindern soll, weiter hinten etwas zu verstopfen. Für Oscars Arm ist es nicht grob genug. Damit man es reinigen und leeren kann, ist es herausnehmbar, indem man einfach tief genug in das Loch greift. Juri kennt diesen Arbeitsschritt schon von der Ganymed Explorer. Dort hat er dafür immer einen Gummihandschuh mit langem Ärmel benutzt, aber er kann ihre Bewacher ja schlecht um einen bitten.

Einmal tief einatmen, und hinein mit der Hand. Der Unterarm flutscht durch das Loch, der Ellbogen folgt. Jetzt ist es gut, dass seine Oberarme nicht so muskulös sind. Er tastet mit den Fingern in den Tiefen des Rohres. Zunächst spürt er nur Schleim und feste Brocken von etwas, über dessen Natur er lieber nicht nachdenkt, doch dann findet er den Ansatz des Siebs. Er zieht langsam daran. Die Lasche ist etwas glitschig, aber er darf sich sowieso nicht zu sehr beeilen, sonst verkantet das Sieb.

Das war zu schnell. Die Lasche gleitet aus seinen Fingern. Scheiße. Er muss erneut tief hinein. Juri lacht. Die anderen werden glauben, er sei durchgedreht. Er ist doch nicht ins All geflogen, um dort in der Scheiße zu wühlen. Aber so ist es eben. Diesmal findet er das Sieb schon etwas weiter oben. Zweiter Versuch. Schön langsam, Juri. Laaangsam. Zentimeter für Zentimeter holt er das Sieb heraus. Sein Arm schmerzt. Gleich hat er es. Und schwups, holt er das Hindernis heraus. Ein paar dunkle Tropfen lösen sich von ihm, als er es mit Schwung ganz aus der Toilette schwenkt. Einer der Tropfen trifft ihn an der Wange. Egal, es hätte schlimmer kommen können. Der andere wirbelt davon.

»So, jetzt bist du dran«, sagt Juri.

»Wärst du so nett, meinen Arm mit der Hand voran in die Toilette zu schieben?«

»Na klar.«

Er packt Oscars Arm an der Schulter. Das Metall vibriert in seinen Fingern, als wäre es lebendig. Und auf bestimmte Art lebt es auch. Er schiebt den Arm tief in die Toilette. Schon auf halbem Weg spürt er, wie ihm die Finger der Roboterhand dabei helfen.

»Innerhalb des Rohrs zieht die Hand den Arm vorwärts, oder? Und danach?«

»Eine Kombination aus Hand- und Armbewegungen, so ähnlich wie bei einer Schlange«, sagt Oscar.

»Und das funktioniert auch in der Schwerelosigkeit?«

»Ich hoffe es. Ich habe den Arm instruiert, sich möglichst stets Ecken oder enge Gänge zu suchen.«

»Aber er ist doch praktisch blind.«

»Nicht ganz, er beherrscht Echo-Ortung.«

»Dein Arm ist eine Fledermaus?«

»Die Ortung steckt in den Fingern der Hand. Damit die Hand jedes Material optimal ergreifen kann, muss jeder Finger wissen, wie viel Platz zwischen ihm und dem Objekt ist.«

»Du kannst also mit den Fingern sehen?«

»Im Notfall schon. Normalerweise ist aber mein Radar viel leistungsfähiger. Doch das hast du mir ja entfernt.«

»Wie lange wird der Arm brauchen, bis er uns herausholt?«

»Ich weiß es nicht.«

»Okay. Ich mache mich noch kurz ein bisschen frisch.«

Oscar rührt sich nicht.

»Oscar? Du kannst das WHC ruhig schon verlassen.«

»Ah, du willst, dass ich das WHC verlasse? Das habe ich nicht verstanden.«

»Ja, ich möchte in aller Ruhe urinieren, um es klar auszudrücken. Dabei stört mich deine Anwesenheit.«

HEUTE BEKOMMEN sie ihr Abendessen deutlich früher als sonst. Es ist gerade einmal 17 Uhr Standardzeit. Ein junger Soldat öffnet die Tür und stellt zwei Papiertüten in die Mitte des Raums. Wie immer wird er von hinten gesichert. Die Männer müssen gut geschult sein, denn sie werden nie nachlässig.

»Hallo, Frank«, sagt Juri, als würde er einen alten Bekannten wiedererkennen.

Der Mann dreht sich zu ihm. Juri hat sich nicht geirrt. Das ist dieser Mann mit dem seltsamen Namen, der vorhin seine Chefin begleitet hat. Strombomboli, genau. Der Name klingt, als würde sich jemand aus dem italienischen Vulkan einen Witz machen.

»Was gibts?«, fragt Strombomboli kurz und knapp.

»Heute so früh dran?«

Der Mann dreht sich kurz zu dem anderen Soldaten um, wie um sich zu vergewissern, dass er nicht gegen irgendwelche Vorschriften verstößt.

»Ich versteh schon, Frank, du darfst nichts sagen. Das kenn ich. Ich war damals in der Nachbarkompanie.«

Juri hat diesen Mann noch nie gesehen, aber sein plumper Versuch scheint zu funktionieren. Strombomboli glaubt, ihn wiederzuerkennen.

»Meran? Die dritte?«

Juri lächelt. »Die vierte.«

Hoffentlich gab es an diesem Standort vier Kompanien. Aber Frank nickt. Glück gehabt.

»Ah, unter Hauptmann …, wie hieß er noch …?«

Mist, das könnte ein Test sein. Oder der Mann hat es wirklich vergessen.

»Was für ein Arschloch«, sagt Juri. »Ich habe mir vorgenommen, seinen Namen nie wieder auszusprechen.«

Frank lächelt. »Ja, der war unbeliebt, das habe ich auch gehört. Was verschlägt dich hierher?«

»Das Leben, weißt du ja. Ist manchmal kompliziert. Kennst du doch.«

Strombomboli nickt. Das kennt er. Juri hatte recht. Mit dem Namen war die Schulzeit kein Zuckerschlecken.

»Aber sag mal, was geht denn hier vor sich?«, fragt Juri.

Der Mann dreht sich noch einmal zu seinem Begleiter. Dann senkt er die Stimme.

»Es geht los. Ausflug an die Oberfläche.«

»Darfst du mit?«

»Ja, ich bin dabei. Glück gehabt. Mein Kollege da muss hierbleiben. Einer muss ja auf euch aufpassen.«

Einer? Das wäre ja perfekt für ihre Pläne. Einen einzelnen Soldaten können sie zu viert allemal überwältigen – wenn sie es hier raus schaffen.

»Na, man muss auch mal Glück haben im Leben. Hast du dir verdient, Frank.«

»Danke, …«

»Juri. Weißt du nicht mehr?«

»Ich war nicht sicher. Aber jetzt fällt es mir ein. Muss jetzt los. Gutes Durchhalten euch.«

»Bis morgen.«

»Nee, morgen versorgen euch meine Kollegen.«

Kollegen, Mist. Es bleibt doch mehr als ein Mann an Bord.

»Alles klar.«

Frank zieht die Tür hinter sich zu. Irina stößt sich von ihrer Liege ab, schwebt zu ihm, umarmt ihn und drückt ihm einen Kuss auf die Stirn.

»Das hast du großartig gemacht, Juri.«

»Danke.«

Seine Wangen glühen.

# 23. November 2078, Fliegender Holländer

Ein kühler Luftzug weckt ihn. Hat jemand die Lüftung hochgestellt? Juri richtet sich auf. Es ist nicht völlig dunkel im Raum, denn über dem Türrahmen brennt ein grünes Nachtlicht. Darunter erkennt er ein schwarzes, stehendes Rechteck. Die Tür steht offen! Er beißt sich auf die Zunge. Er muss die anderen leise wecken. Wer weiß, bis wohin man sie sonst hört!

Aber warum hat Oscar sich nicht gemeldet? Juri steht auf und sieht sich um. Der Roboter ist nicht da. Da haben sie den Salat. Oscar hat doch wieder seine eigenen Pläne verfolgt, die ihm irgendeine seiner Simulationen eingegeben hat. Aber egal. Immerhin hat er die Tür offengelassen, obwohl das seine eigene Flucht gefährdet. Oder braucht er sie vielleicht sogar als Ablenkungsmanöver? Hofft er, dass sie die restliche Crew beschäftigen, sodass er ganz allein das Weite suchen kann?

Zuerst Irina. Er berührt sanft ihren Arm. Ihre Haut ist weich. Direkt darunter spürt er ihre Muskeln. Er drückt vorsichtig zu, bis sie den Kopf hebt.

»Psssst«, flüstert er und legt ihr den Finger auf die warmen Lippen.

Irina lächelt, dann dreht sie sich ihm zu.

»Ich bin es«, flüstert er.

»Das weiß ich doch«, flüstert sie zurück. »Wird aber auch Zeit.«

Sie greift nach seinem Arm und zieht ihn daran hoch. In der Schwerelosigkeit funktioniert das ganz spielerisch. Kurz ist Juri versucht, es geschehen zu lassen. Aber nein, das wäre dumm. Wer weiß, wie lange die offene Tür unbemerkt bleibt. Das ist jetzt ihre Chance, auch wenn er in diesem Moment gern in Irinas Arme sinken würde. Er schüttelt den Kopf.

»Tut mir leid«, flüstert er, »aber das verstehst du falsch. Die Tür ist offen!«

Sie stößt ihn weg, und Juri segelt durch den Raum, schafft es aber noch, sich an Meltems Bett festzuhalten. Langsam richtet sich Irina auf. Plötzlich hält sie sich die Hand vor den Mund. Sie hat wohl die offene Tür bemerkt.

»Entschuldigung«, flüstert sie, »das wusste ich nicht.«

»Kein Problem«, sagt er.

Gemeinsam wecken sie Meltem und Denise.

»Und Oscar?«, fragt Meltem leise.

»Auf und davon, wie es aussieht«, antwortet Juri.

»Was habe ich gesagt?«

»Wir müssen dort entlang«, flüstert Juri und zeigt nach vorn.

Er muss ziemlich laut flüstern, weil die Lebenserhaltung hier viel mehr Lärm macht als in ihrer Zelle.

»Was du nicht sagst«, flüstert Irina.

»Oh.«

Juri bemerkt erst jetzt, dass er nur einen einzigen Gang gibt, der von hier wegführt. Da es in dem Raum, in den man sie gesperrt hat, keine Schwerkraft gibt, ist er davon ausgegangen, dass sie sich in irgendeinem Lagerraum in der Nähe der Zentralachse befinden müssen. Dann hätten sie aber wenigstens drei Wege zur Wahl haben müssen. Anscheinend rotiert dieses Schiff nicht. Bestimmt hat das mit der Landung zu tun, mit der der größte Teil der Crew gerade beschäftigt ist.

»Die Zentrale muss gleich in der Nähe sein«, flüstert Juri. »Wir müssen aufpassen.«

Die anderen nicken. Irina geht voraus. Tatsächlich endet der Gang in einer T-Kreuzung. Hier sieht es genau wie auf der Ganymed Explorer aus, wo die Gänge von den Kabinen auf den Rundgang um die Zentrale treffen.

Irina bleibt stehen und zeigt auf sich und Meltem, die hinter ihr ist. Danach deutet sie nach links. Juri gibt das Okay-Zeichen. Er soll also mit Denise rechts herum gehen. Hoffentlich will nicht ausgerechnet jetzt einer der verbliebenen Soldaten in seine Kabine. Mit wie vielen mögen sie es zu tun haben? Vorsichtig stößt sich Juri an den Seiten ab. Sie kommen an der ersten Kabinenabzweigung vorbei. Alles ist ruhig. Gut.

Juri schleicht sich zur Kabinentür. Es wäre ungünstig, wenn ihnen von dort jemand in den Rücken fallen würde. Er drückt sein Ohr an die Tür, doch es ist nichts zu hören. Plötzlich pocht es laut von innen. Juri bekommt fast einen Herzinfarkt. Die Tür klappert in ihren Angeln, aber sie hält. Jemand rüttelt wohl heftig an der Klinke.

»Lass mich raus, wer immer das war!«, ist eine dumpfe, männliche Stimme zu hören.

Das ist bestimmt einer der Soldaten. Jemand muss ihn hier eingesperrt haben. Etwas berührt seine Schulter. Juri zuckt herum, aber es ist bloß Denise. Er kann sich gerade noch zurückhalten, sie nicht anzuschreien. Sie müssen vorsichtig sein. Schnell bewegen sie sich zum Rundgang zurück und biegen dort nach rechts ab.

Dann folgt links eine Tür. Hier muss es zur Zentrale gehen. Wo sind die anderen? Sollten sie nicht auch schon hier sein? Aus der Zentrale sind Klappern und Lachen zu hören. Den Soldaten scheint es ja gut zu gehen. Es müssen mindestens zwei sein. Vorsichtig lugt Juri um die Ecke.

Na toll. Es sind Irina und Meltem. Sie stoßen gerade mit zwei Flaschen an und lachen laut. Sind sie denn wahnsinnig? Juri schwebt in die Zentrale.

»Was ist denn hier los?«, flüstert er.

»Du brauchst nicht zu flüstern«, sagt Irina.

»Aber die Soldaten?«

»Der eine liegt festgeschnallt dort hinten, und der andere ist in seiner Kabine eingesperrt.«

»Den habe ich gehört.«

»Na, siehst du. Alles gut.«

»Womit stoßt ihr da an?«

»Das ist Tee, glaube ich. Willst du mal?«

Sie hält ihm die Flasche hin. Sie hat einen breiten Bauch und einen Metallverschluss. Er schraubt ihn ab und riecht daran. Das stechende Aroma von Alkohol dringt in seine Nase.

»Das ist Alkohol.«

»Tee mit Schuss. Russische Tradition, zum Aufwärmen. Nimm ruhig, das bekommt dir. Macht schön locker.«

»Es ist zu früh für Lockerheit. Wir müssen schleunigst hier weg.«

»Die anderen kommen in frühestens drei Tagen zurück. Jetzt bleib mal ganz ruhig, Juri.«

»Wer war das denn alles? Also der Typ dahinten, und der in der Kabine, wer hat sie ausgeschaltet?«

»Ich weiß es nicht«, antwortet Irina. »Aber es kommt eigentlich nur einer in Frage – Oscar. Meltem will es noch nicht so richtig wahrhaben, dass er uns geholfen hat.«

»Er hat sich selbst geholfen, oder siehst du ihn irgendwo?«, fragt Meltem. »Vermutlich stiehlt er gerade die Ganymed Explorer. Dann hat er das ganze Schiff für sich allein.«

»Da kommt er nicht weit«, sagt Juri. »Nicht genug Stützmasse, hast du das vergessen? Die Ganymed Explorer bringt uns nichts mehr. Wir sollten versuchen, dieses Schiff hier startklar zu machen.«

»Das machen wir, Juri«, sagt Irina. »Aber erst trinkst du einen mit uns. Dann sehen wir weiter. Ich kann unter Stress nicht gut nachdenken.«

Wenigstens Denise ist vernünftig. Sie versucht, Zugriff auf die Steuerung dieses Raumschiffs zu bekommen, während er die Lagerräume durchsucht. Das Schiff, dessen Namen sie nicht kennen, muss ein Schwestermodell der Ganymed Explorer sein. Hier unten im Lager sieht jedenfalls alles so aus wie drüben. Die Chancen, das Schiff ohne die Kennwörter seines Kapitäns kapern zu können, schätzt Juri als gering ein. Der schlaue Oscar hätte vielleicht eine Chance gehabt, oder dieses Cinnamongirl. Aber sie bekommen ja nicht einmal den Funk in Gang.

Deshalb wäre es gut, wenn er wenigstens einen Raumanzug finden würde. Denn wenn sie nicht mit dem Schiff fliehen können, bleibt ihnen nur die Landung auf Amphitrite. Doch das Landemodul muss sich noch immer an der Außenhaut der Ganymed Explorer befinden. Die Soldaten hatten sie mit einem Militär-Shuttle auf ihr Schiff transportiert – und zwar ohne ihre Raumanzüge. Der Plan ist nun, zurück zur Ganymed Explorer zu fliegen, um dort das Landemodul klar zu machen. Dazu braucht er mindestens einen Raumanzug.

Aber das Lager gibt nichts her. Es beherbergt zwar ausreichend Vorräte, mehr noch, als sie auf der Ganymed Explorer gelagert haben. Die Union Versicherung hat keine Kosten gescheut und hält ihre Söldner unter anderem mit echtem Fleisch und einer größeren Menge Alkohol bei Laune. Sicher ist auch die Bezahlung besser als beim Militär. Doch Raumanzüge sind nicht zu finden. Müsste nicht wenigstens für die beiden an Bord gebliebenen Soldaten je ein Anzug zu finden sein?

Die Kabinen. Das Schiff besitzt wie die Ganymed Explorer vier davon. Eine wurde als Zelle für sie genutzt. Der Kapitän und die Beauftragte der Versicherung besitzen bestimmt eine eigene. Die Crew-Mitglieder müssen sich dann offenbar einen Raum teilen. Ob sich dort die beiden fehlenden Anzüge befinden? Einfach so nachzusehen ist unmöglich, denn sie haben ja einen der beiden Soldaten dort eingesperrt. Mist. Der Mann ist bestimmt bewaffnet. Wenn sie sich an der Tür zu schaffen machen, wird er das hören und ihnen auflauern.

ER BETRITT DIE ZENTRALE WIEDER. Denise sitzt auf dem Platz des Kapitäns und kämpft mit dem Computer. Meltem schläft in der Ecke. Irina ist nicht zu sehen. Juri schwebt zu Denise.

»Kommst du voran?«, fragt er.

»Überhaupt nicht«, antwortet Denise. »Das System lässt mich nicht hinein, egal was ich versuche. Wir brauchen das Kennwort des Kapitäns.«

»Wir könnten einen der beiden Söldner zwingen, ihn per Funk zu rufen und um das Kennwort zu bitten.«

»Darauf fällt er doch nie und nimmer herein. Und der Funk ist auch gesperrt.«

»Die Söldner müssen Zugang zum Funk haben.«

»Du willst sie ins System lassen? Dann geben sie doch bloß Alarm, und die anderen kehren so schnell es geht zurück.«

»Stimmt. Mist. So kommen wir nicht weiter.«

»Du hattest also auch keinen Erfolg?«

»Ich vermute, dass sich die beiden fehlenden Anzüge in der Kabine befinden, in der sich der zweite Söldner aufhält. Wohin ist eigentlich der andere verschwunden?«

»Irina und Meltem haben ihn mit Wasser und Brot in unsere Zelle gesperrt.«

»Und sich dann schlafen gelegt.« Juri zeigt auf Meltem.

»Die machen es richtig. Wir kommen hier doch sowieso nicht weiter.« Denise schiebt die Tastatur zurück.

»Ich könnte ja versuchen, ohne Raumanzug rüberzukommen. So schnell stirbt man da draußen nicht.«

»Das ist verrückt. Du hättest höchstens fünfzehn Sekunden, das schaffst du nie und nimmer.«

»Du könntest mich mit einem großen Gummi aus der Schleuse schnipsen …«

»Hör doch auf, Juri, das ist Unsinn. Dann riskieren wir es

lieber und holen die Anzüge aus der Kabine der Söldner. Der eine Mann wird es ja wohl kaum schaffen, uns alle vier außer Gefecht zu setzen. Wenn er zwei von uns mit dem Taser betäubt, sind immer noch zwei übrig. So viel ich weiß, müssen sich die Dinger nach jedem Schuss erst aufladen.«

»Er könnte mehrere davon haben. Die anderen werden ihre Waffen ja kaum mit auf den Planeten genommen haben.«

»Okay, dann betäubt er uns eben alle vier. Aber wir sterben nicht.«

»Noch nicht.«

Juri friert. Den zweiten Söldner in ihre Zelle zu sperren, war etwas voreilig, denn nun haben sie nicht einmal mehr Decken. Soll er im Lager nachsehen? Die Lebenserhaltung hat um 22 Uhr Standardzeit automatisch die Temperatur abgesenkt. Um das zu korrigieren, bräuchten sie Zugriff auf den Hauptcomputer. Sie drehen sich im Kreis.

Er schlingt die Arme um sich. Eigentlich ist er todmüde, vor allem von den endlosen Diskussionen. Nachdem Irina nach einer Stunde aus dem WHC gekommen war, hatten sie ewig über ihre Optionen gestritten. Niemand hatte seine Idee befürwortet, sich ohne Raumanzug aus der Schleuse zu stürzen. Dabei wäre das die einzige Strategie, die auch nur entfernt Erfolg verspräche. Den einzelnen Söldner in seiner Kabine zu besuchen, hat Meltem ihnen ausgeredet. Seine taktischen Vorteile wären so groß, dass er zu hundert Prozent die Oberhand behalten würde. Trotzdem haben sie vereinbart, es morgen zu versuchen, denn niemandem ist etwas Klügeres eingefallen.

Eine Lampe flackert im Halbdunkel. Er dreht sich zur Seite. Wenn er wenigstens ein Bett zum Anschnallen hätte! So ganz freischwebend einzuschlafen, fällt ihm immer schwer. Wenigstens schnarcht niemand, und normalerweise beruhigt ihn das konstante Summen der Lebenserhaltung.

»Bodenteam an Fliegender Holländer, bitte kommen!«

Was ist das? Die Aufforderung kam aus dem Hauptcomputer. Jemand versucht sie per Funk zu erreichen! Mist. Wenn sie jetzt nicht unauffällig antworten, werden die da unten wittern, dass hier etwas nicht in Ordnung ist. Ein Schatten bewegt sich zum Kommandositz. Er erkennt Denise.

»Du musst ihnen etwas Unverfängliches antworten«, sagt Juri.

»Du darfst auf keinen Fall antworten«, sagt Meltem. »Diese Vera ist die einzige Frau an Bord, und die ist beim Bodenteam. Juri, du musst ran.«

»Bodenteam an Fliegender Holländer, bitte kommen! Es ist dringend!«

Fliegender Holländer, wer benennt denn ein Raumschiff nach einem Geisterschiff? Das muss doch Unglück bringen.

»Brauchst dich nicht zu beeilen«, sagt Denise. »Das System gibt den Funk nicht frei, wenn ich mich nicht authentifiziere.«

»Du musst trotzdem einen Weg finden«, sagt Juri. »Sie schöpfen doch sonst Verdacht!«

»Ja, Juri hat recht«, sagt Meltem. »Wir müssen unbedingt antworten.«

»Ich kann nun mal nicht zaubern«, sagt Denise. »Wenn ihr es besser könnt, nur zu.«

Sie macht den Platz des Kapitäns frei, und Meltem übernimmt.

»Bodenteam an Fliegender Holländer, bitte kommen! Nun macht schon!«

Hektisch tippt Meltem auf der Tastatur herum.

»Oh, Mann, nun lass mich nicht hängen!«, schimpft sie.

Aber das System ist eisern. Es besteht auf dem Kennwort eines der beiden Söldner.

»Bodenteam an Fliegender Holländer, bitte kommen! Was ist denn bei euch los? Wir haben hier ernsthafte Probleme.«

»Tut mir leid, Leute, ich komme da auch nicht rein«, sagt Meltem.

»Ich habe es ja gesagt«, sagt Denise.

»Tut mir leid, Denise.«

»Bodenteam an Fliegender Holländer, bitte kommen! Bodenteam an Fliegender Holländer, bitte kommen! Wir haben zwei Mann eingebüßt. Der Kapitän ist tot, ich wiederhole, der Kapitän ist tot.«

Was ist denn da unten los? Gab es ein Problem bei der Landung?

»Vielleicht haben sie bei der Auswahl des Landeortes nicht aufgepasst«, sagt Meltem. »Da bewegt sich ja doch alles ziemlich schnell.«

»Oh, Mist, das wäre es dann auch für uns gewesen«, sagt Irina.

»Aber so ist es doch praktisch, wenn sie sich selbst aus dem Rennen nehmen«, sagt Juri.

»Ohne das Login des Kapitäns kommen wir hier kaum weg«, erklärt Irina.

»Nicht unbedingt. Wir könnten die Stützmasse des Fliegenden Holländers in mein Schiff umleiten und damit fliehen«, sagt Meltem. »Aber das dauert ein paar Tage. Wir müssen verhindern, dass die Söldner ihr Schiff wieder betreten.«

»Vielleicht übernimmt Amphitrite das für uns«, sagt Juri.

»Darauf würde ich mich nicht verlassen«, sagt Meltem. »Wenn sie schlau sind, steigen sie sofort in ihr Shuttle und bringen sich in Sicherheit.«

»Bodenteam an Fliegender Holländer, bitte kommen! Schlaft ihr etwa? Wacht auf, ihr Penner!«

»Das bringt nichts«, sagt eine weibliche Stimme.

»Bodenteam an Fliegender Holländer, bitte kommen!«

»Frank, ich sagte doch, das bringt nichts. Gib mir das Headset.«

Knackende Geräusche im Funkkanal.

»Bodenteam an Fliegender Holländer, Vera hier. System, zeichne das als Nachricht auf. Autorisierung Bravo, Foxtrot, Echo, Zulu, Zulu, Mike, November, Bravo, Echo. Wahrscheinlich liegt ihr besoffen in euren Betten. Das wird ein Nachspiel haben. Wenn ihr irgendwann aufwacht und diese

Nachricht hört, meldet ihr euch sofort! Und bis ihr uns erreicht habt, grast ihr mit dem Teleskop einen 20-Kilometer-Radius um unseren Landeort ab. Ich hänge die Koordinaten an. Ihr müsst nach drei Männern suchen, die uns verloren gegangen sind. Jeder Hinweis ist hilfreich. Wenn wir sie binnen 24 Stunden nicht finden, geht ihnen die Luft aus. Dann starten wir wieder. Und wenn ihr euch bis dahin nicht gemeldet habt, schließe ich euch nach unserer Rückkehr zehn Minuten lang ohne Waffen mit den Gefangenen in ihrer Zelle ein. Einzeln. Vera out.«

»Wofür hält sie uns denn?«, fragt Denise.

»Für einen Mörder und seine Helfershelfer«, sagt Juri.

»Das darf nicht passieren. Sie dürfen das Schiff nicht wieder erreichen«, sagt Meltem.

»Hat sich jemand das Kennwort gemerkt, das diese Vera genannt hat? Vielleicht können wir uns damit in den Computer einloggen«, sagt Denise.

»Die Nachricht wurde doch aufgezeichnet«, sagt Juri, »also können wir uns das Kennwort immer wieder anhören.«

»Ohne Login für den Rechner kommen wir an die Aufzeichnung nicht heran, du Schlaumeier«, sagt Meltem.

»Wartet, Moment«, sagt Irina. Sie spuckt auf ihren Finger und schreibt »Bravo, Echo« an die Wand. »Los, alle merken sich das jetzt, bevor es trocknet. Ich habe auf die Schnelle nichts Besseres zum Schreiben gefunden.«

»Bravo, Foxtrot, Echo, Zulu, Zulu, Mike, November, Bravo, Echo«, liest Juri vor. »Oder BFEZZMNBE. Oder das alles in Kleinbuchstaben.«

Er wiederholt es immer wieder in seinem Kopf, während Meltem schon am Computer sitzt und tippt.

»Funktioniert nicht«, sagt sie.

»Kleinbuchstaben?«, schlägt Juri vor.

»Schon probiert.«

»Gemischt?«

»Moment.«

Meltem tippt, dann schlägt sie sich auf den Oberschenkel.

»Kein Zugang«, sagt sie. »Wahrscheinlich braucht der

Rechner ein zweites Merkmal. Die Stimme, irgendeinen Ausweis, die körperliche Anwesenheit des Passwortbesitzers …«

»Oder er prüft den Tipprhythmus, der ist auch unnachahmlich«, sagt Denise.

»Es wäre ja auch zu schön gewesen«, sagt Meltem.

»Ich bin froh«, sagt Irina.

»Froh?«

»Ja, Juri. Wenn wir die Kontrolle über den Hauptcomputer bekommen hätten, was wäre passiert?«

»Wir wären mit dem Fliegenden Holländer davongeflogen.«

»Eben. Wir hätten nie den Fuß auf Amphitrite gesetzt. Das wäre doch wirklich schade.«

»Aber wie willst du denn runterkommen? Wir haben kein Shuttle«, sagt Denise.

»Da wird uns schon etwas einfallen. Notfalls fliege ich im Raumanzug nach unten, stehle deren Shuttle und hole euch ab.«

Ein interessanter Plan, aber bisher haben sie ja noch nicht einmal einen Raumanzug. Und wie will Irina ihre Geschwindigkeit darin so reduzieren, dass sie nicht wie ein Meteorit einschlägt und einen Krater verursacht? Das klappt doch nicht.

»Im Raumanzug nach unten, keine Chance«, sagt Juri.

»Ein guter Freund hat mir erzählt, dass das jemandem auf Enceladus gelungen sein soll.«

»Sein soll, eben. Der Mond ist viel, viel kleiner als Amphitrite, da mag das sogar funktionieren. Hier schaffst du es auf keinen Fall.«

»Mach dir doch um mich keine Sorgen, Juri.«

»Mache ich mir aber. Ich will dich nicht verlieren.«

Irina sieht ihn an und lächelt.

## 24. November 2078, Amphitrite

»Wer geht voran?«, fragt Meltem.

»Ich habe hier wohl den breitesten Rücken«, sagt Irina.

»Eigentlich sollte ich unsere Gruppe anführen«, sagt Juri.

»Wir sind ja nicht mehr in der Steinzeit, wo nur die Männer zur Jagd gehen durften«, widerspricht Irina.

Sie scheint sich auf den Überfall geradezu zu freuen. Gut, dann wird er sich nicht vordrängeln. Wer zuerst den Raum betritt, bekommt sicher den Elektroschock ab. Was danach passiert, wird davon abhängen, wie schnell der eingesperrte Söldner reagiert. Er ist jetzt seit fast zwei Tagen allein, da dürfte seine Wachsamkeit abnehmen. Sie haben extra bis nach Mitternacht Standardzeit gewartet. Jetzt, gegen zwei Uhr, hat ihn bestimmt die Müdigkeit übermannt.

Hinten klappert etwas.

»Leise!«, flüstert Juri.

Wenn sie Lärm machen, weiß der Söldner doch, dass sie kommen! Irina biegt in den Gang ein, der zu seiner Kabine führt. Juri folgt ihr. Denise bildet die Nachhut der Gruppe, des Überfall-Kommandos. Juri kommt es vor, als wäre er plötzlich ein Krieger auf einer Mission. Dabei will er doch eigentlich nur in Ruhe seine Arbeit machen. Er stellt sich vor, der Mann in der Kabine wäre Grigori, und sie müssten ihn zur Strecke bringen. Ihm wird kalt.

Wieder klappert etwas. Das Geräusch scheint aus dem Rundgang um die Zentrale zu kommen. Es hört sich an, als würde etwas immer wieder gegen die Wand stoßen. Irina hält an.

»Folgt uns jemand?«, fragt sie flüsternd.

»Denise, schau doch mal nach«, sagt Meltem. »Nicht, dass dem anderen Mann die Flucht aus unserer Zelle gelungen ist.«

»Okay«, sagt Denise und entfernt sich.

»Sollen wir ihr nicht folgen?«, fragt Juri.

»Sie wird schon vorsichtig sein«, sagt Meltem.

Warten. Langsam hat Juri genug davon. Bestimmt werden sie gleich Kampflärm hören. Das Rauschen und Summen der Lebenserwartung übertönt alle leiseren Geräusche.

»Huch!«

Das war Denise' Stimme. Huch? Das sagt man nicht, wenn man auf einen Feind trifft.

»Los, hinterher«, sagt Juri, und diesmal hört Meltem auf ihn. Binnen dreißig Sekunden haben sie Denise eingeholt. Sie hat sich auf den Boden gehockt. Vor ihr steht eine helle Scheibe und gestikuliert mit dem Arm.

»Oscar!«, ruft er.

»Pssst«, ermahnt ihn Irina.

»Ihr braucht nicht zu flüstern«, sagt Oscar. »Ich bin die Lösung all eurer Probleme.«

Typisch Oscar, er übertreibt nie.

»Und warum hast du uns dann im Stich gelassen?«, fragt Meltem.

»Ich habe eure Flucht doch hervorragend vorbereitet, oder nicht? Nachdem mein Arm die Tür geöffnet hatte, habe ich den einen Söldner eingesperrt und den anderen außer Gefecht gesetzt.«

»Und dann hast du dich in Sicherheit gebracht«, sagt Meltem.

Jetzt übertreibt sie aber. Immerhin ist Oscar wieder da.

»Meine Simulationen haben ergeben, dass eure Fluchtchancen ohne Raumanzüge gegen Null gehen. Also habe ich dieses Schiff durch die Frachtluke hinten im Lager verlassen und mich zur Ganymed Explorer treiben lassen.«

Das dürfte gar nicht so einfach gewesen sein. Oscar besitzt schließlich keinen Antrieb, der im Vakuum funktioniert. Er muss wirklich gut gezielt haben.

»Wie weit ist unser Schiff entfernt?«, fragt Juri.

»Es befindet sich auf einem identischen Orbit hinter uns in etwa hundert Metern Entfernung. Ich musste also über das gesamte Schiff klettern und mich schließlich von seiner Spitze abstoßen.«

»Und dann auch noch so exakt, dass du das Ziel nicht verfehlst«, sagt Juri. »Nicht schlecht.«

»Das war definitiv nicht der unsicherste Teil der Flucht«, sagt Oscar. »Es hätte ja sein können, dass unsere Entführer die Ganymed Explorer gesichert haben, aber das war nicht der Fall. Drüben habe ich schließlich eure Anzüge zusammengepackt und in das Landemodul geladen, und dann habe ich den Lander hierher gesteuert. Er wartet in der Nähe der Frachtluke.«

»Das war eine großartige Leistung«, sagt Denise.

»Ja, okay, nicht schlecht. Aber glaub nicht, dass ich dir nun traue«, sagt Meltem. »Dahinter steckt bestimmt wieder ein geheimer Plan.«

Juri schwitzt, obwohl die Lüftung des Raumanzugs kräftig bläst. Sie haben das Landemodul bis obenhin vollgepackt. Da sie nicht wissen, wie lange sie auf der Oberfläche bleiben müssen, waren sie bei den Vorräten sehr großzügig. Die Gesamtmasse liegt nun sogar oberhalb der Spezifikationen, aber Meltem ist sicher, dass diese sehr großzügig ausgelegt wurden. Sie werden es schon nach unten schaffen.

Jetzt hat sich jeder einen Platz zwischen den Kisten gesichert. Meltem sitzt vorn am Steuer. Ihr Weg führt sie allerdings nicht direkt nach unten – erst wollen sie die Ganymed Explorer noch einmal besuchen. Meltem will den Zugang des

Schiffs beschränken, falls die Söldner wiederkommen sollten. Und sie wollen versuchen, mit Hilfe des Teleskops auf der Außenhülle den Ort zu finden, an dem die anderen gelandet sind. Vielleicht gibt es dort eine Gefahr, vor der auch sie sich besser in Acht nehmen sollten.

»Bodenteam an Fliegender Holländer, bitte kommen! Bodenteam an Fliegender Holländer, bitte kommen!«

Das Funkgerät des Landers lauscht auf dem Kanal, auf dem das Bodenteam sendet. Den Passwortschutz des Hauptrechners hat auch Oscar nicht überwinden können. Das ist eine schlechte Nachricht, weil sie nur damit die Stützmassevorräte aus dem Fliegenden Holländer in ihr Schiff überleiten können. Sie werden irgendeinen Deal mit dem Bodenteam brauchen. Diese Vera muss ihnen ihr Kennwort verraten. Was könnten sie ihr dafür bieten? Ihr Leben?

»Bodenteam an Fliegender Holländer, bitte kommen!«

»Sollen wir nicht antworten?«, fragt Denise.

»Nein, dann können wir sie nicht mehr überraschen«, antwortet Meltem.

»Bodenteam an Fliegender Holländer, bitte kommen! Leute, das kann doch wohl nicht wahr sein! Feiert ihr da oben eine Orgie? Wir bräuchten wirklich dringend Hilfe. Pippen und Crowley sind auch verschwunden. Ihr habt doch von da oben den bestmöglichen Überblick! Wir suchen überall, aber das ist nicht so einfach, weil wir ständig von Entladungen festgehalten werden.«

»Gib mir das Headset.« Jetzt ist Vera zu hören. »Dmytrenko und Shultz, wenn ihr nicht bald eure verdammten Ärsche in Bewegung setzt und das Teleskop anwerft, werde ich euch eigenhändig den Taser tief in den Allerwertesten rammen und so lange abdrücken, bis er völlig entladen ist. Und meine übrig gebliebenen Männer werden zusehen und johlen und klatschen. Ich erwarte eure Antwort.«

Armer Shultz, armer Dmytrenko. Dabei können die beiden gar nichts dafür. Wenigstens müssen sie sich die garstigen Fantasien ihrer Chefin nicht anhören.

»Die ist ja wirklich auf 180«, sagt Irina.

»Ja, jetzt würde ich ihr ungern begegnen«, sagt Juri. »Das sind gewiss keine leeren Drohungen.«

»Alle angeschnallt? Ich lege gleich ab«, sagt Meltem.

GEKONNT LÖST ihre Kapitänin das Landemodul vom Fliegenden Holländer. Aber wo ist ihr eigenes Schiff? Hatte Oscar nicht gesagt, es wäre hinter ihnen? Sie befinden sich gerade am Heck des Fliegenden Holländers, also müssten sie es doch sehen?

»Ist die Ganymed Explorer doch vor uns?«, fragt er.

»Nein, der Holländer hat mit dem Heck voran in den Orbit eingebremst. Also fliegt es immer noch mit dem Heck nach vorn. Dort befinden wir uns gerade, also muss ich das Schiff uns einmal überholen lassen«, erklärt Meltem.

Die Beschleunigung drückt Juri in seinen Sitz. Sagte Meltem nicht gerade etwas von »überholen lassen«? Er versucht, sich an den Grundkurs Orbitalmechanik zu erinnern. Beschleunigen, um zu bremsen, natürlich. Meltem gibt Gas, das Landemodul erreicht einen höheren Orbit und fliegt dadurch langsamer.

Prompt zieht das riesige Schiff unter ihnen vorbei, das die Union Versicherung vermutlich geleast hat. Das wird eine teure Sonderabschreibung. Dann bremst Meltem wieder, und sie erreichen den ursprünglichen Orbit. Auch die Ganymed Explorer fliegt mit dem Heck voraus, was praktisch ist, denn hinten ist nun vorn und sie sind schon am Ziel.

ES IST EIN SELTSAMES GEFÜHL, die Ganymed Explorer wieder zu betreten, aus der sie so überraschend vertrieben worden waren. Das Schiff ist zu seinem Zuhause geworden, so wie zuvor die Basis auf Hektor. Wie kommt das? Was braucht er, um sich heimisch zu fühlen? Es kann nicht die Einrichtung sein, und schon gar nicht der Komfort oder der

Blick aus dem Fenster. Da kommen eigentlich nur die Menschen in Frage. Meltem, Denise, Irina und irgendwie auch Oscar sind in den wenigen Monaten an Bord zu seiner Familie geworden.

»Oscar, du suchst mit dem Teleskop nach Anzeichen für das gelandete Shuttle unserer Entführer«, befiehlt Irina. »Beeil dich, ich weiß nicht, wie viel Zeit wir haben. Wir warten in der Zentrale auf dich.«

Sie schweben durch die einsamen Gänge. Ab und zu fällt Juri eine an der Decke oder in der Nähe der Wand fliegende Kiste auf. Vermutlich hat Oscar sie verloren. Er muss es eilig gehabt haben, als er das Landemodul vollgepackt hat. In den Gängen ist es deutlich kühler als zuvor. Die Lebenserhaltung muss bemerkt haben, dass niemand mehr an Bord ist.

In der Zentrale fährt Meltem sofort den Hauptcomputer hoch.

»Gut, es hat sich niemand daran zu schaffen gemacht«, sagt sie.

»Was ist der Plan?«, fragt Denise.

»Gut, dass du Oscar sofort weggeschickt hast, Irina«, sagt Meltem. »So können wir uns in Ruhe besprechen.«

»Wir brauchen die Teleskopbilder«, sagt Irina. »Du vertraust ihm immer noch nicht?«

»Wie könnte ich? Er hat uns mehr als einmal belogen.«

Meltem tippt etwas in den Rechner.

»Bodenteam an Fliegender Holländer, bitte kommen!«, ist kurz darauf aus dem Lautsprecher zu hören.

Juri erkennt die Stimme von Frank Strombomboli. Die da unten geben nicht auf.

»Ich habe auf die Frequenz des Bodenteams geschaltet. So wissen wir, was sie vorhaben«, sagt Meltem.

»Bodenteam an Fliegender Holländer, bitte kommen! Wir müssen nun annehmen, dass bei euch da oben etwas Ungeplantes passiert ist. Denn solche Arschlöcher könnt ihr ja gar nicht sein, uns ungeniert beim Sterben zuzusehen.«

»Mann, Strombomboli, jetzt drücken Sie mal nicht so auf die Tränendrüsen.«

Eine weibliche Stimme – es kann also nur Vera sein.

»Nur, weil wir Banerjee verloren haben, heißt das nicht, dass wir hier unten sterben werden. Ich habe das jedenfalls nicht vor. Ich habe noch etwas zu tun, nämlich euch dort oben die Hölle heiß zu machen, falls ihr uns hättet helfen können.«

Der nächste Tote also. Am liebsten würde Juri fragen, woran dieser Banerjee denn gestorben ist.

»Fliegender Holländer an Bodenteam, bitte kommen!«

Diese Stimme kennt er noch nicht, und der Ruf kam vom Schiff. Mist, wer ist das?

»Oh Mann, bist du das, Dmytrenko? Frank hier. Endlich! Warum meldet ihr euch nicht, verdammte Kacke?«

»Unsere Gäste haben uns eingesperrt. Sorry. Ich habe es jetzt geschafft, die Tür aufzubrechen.«

Die Kabinentüren sind offenbar doch nicht so stabil.

»Ihr habt euch von drei Frauen und einem Weichei überwältigen lassen? Wenn ich das in der Einheit herumerzähle …«

Weichei? Wie bitte?

»Mann, die waren in der Überzahl und bewaffnet. Jemand muss beim Durchsuchen geschlampt haben.«

Das ist ja eine haarsträubende Lüge. Ein Staubsaug-Roboter hat dich überwältigt, Dmytrenko, auch wenn dir das peinlich ist. Juri würde am liebsten den Sprechknopf drücken und alles klarstellen.

»Und Shultz?«, fragt Strombomboli.

»Ist schon am Teleskop. Wir haben die Nachricht gehört, die ihr hinterlassen habt. Sag mal, was ist denn los bei euch? Was ist passiert?«

»Dieser Planet, der hat es echt in sich«, sagt Strombomboli. »Du weißt nicht, wie dir geschieht, und plötzlich bist du weg vom Fenster. In Luft aufgelöst.«

»Wir hatten doch schon geklärt, dass man sich nicht in Luft auflöst. Der Körper wird fein zerstäubt«, unterbricht eine männliche Stimme.

»Da hörst du ihn, unseren neunmalklugen Albert«, sagt

Strombomboli. »Aber gegen den Wahnsinn hier helfen seine Diplome auch nicht. Fünf Mann fehlen uns inzwischen.«

»Sie fehlen?«, fragt Dmytrenko.

»Du kannst dir nicht vorstellen, wie es hier zugeht. Alles bewegt sich wild durcheinander. Der ganze Planet, verstehst du? Du siehst bloß einmal kurz nicht hin, und schon quetscht dich eine Wand ein oder trennt dich von deinen Kameraden.«

»Und der Kapitän?«

»Banerjee hat gesehen, wie ihn so ein Ding erwischt hat. Es sah aus wie eine Wolke. Sie ging direkt durch ihn hindurch. Jetzt ist auch Banerjee verschwunden. Deshalb brauchen wir das Teleskop. Ihr müsst uns sagen, ob die Männer noch irgendwo sind. Keiner wird zurückgelassen, sagt Vera. Erst, wenn wir uns überzeugt haben, dass alle außer uns tot sind, wird das Shuttle wieder abheben.«

»Okay, wir melden uns, sobald wir mehr wissen.«

»Vera lässt fragen, was mit den Gefangenen passiert ist.«

»Die sind spurlos verschwunden. Sie hatten keine Raumanzüge und kein Shuttle, also müssten sie noch an Bord sein, aber wir finden sie nicht.«

»Ihr sollt sie erst einmal in Ruhe lassen, auf euch aufpassen und das Scheißteleskop in Gang bringen. Bodenteam out.«

»Das sieht nicht gut aus«, sagt Denise.

»Für die da unten, meinst du?«, fragt Juri.

»Auch für uns. Selbst wenn sie noch mehr Leute einbüßen: Irgendwann sind sie zurück auf ihrem Schiff, und dann werden sie sich um uns kümmern. Gegen ihre Waffen und ihre militärische Ausbildung haben wir doch keine Chance.«

»Wir könnten uns hier verrammeln«, sagt Juri. »Wir verwandeln die Zentrale in eine Burg.«

»Dann verschaffen sie sich eben gewaltsam Zutritt«, sagt Denise. »Eine kleine Sprengladung öffnet jede Tür.«

»Denise hat recht«, sagt Irina. »Die Ganymed Explorer ist eine tödliche Falle. Der Treibstoff, den wir brauchen, um nicht ewig hier festzusitzen, ist drüben.«

»Du willst deren Schiff erobern?«, fragt Juri.

»Nein, das Schiff ignorieren wir erst einmal. Wir müssen sie dort erwischen, wo sie geschwächt sind.«

»Richtig«, sagt Meltem. »Wir wissen mehr über Amphitrite als sie. Diesen Vorteil müssen wir ausnutzen. Wir landen.«

»Und dann?«, fragt Denise. »Helfen wir dem Planeten dabei, sie umzubringen?«

»Wenn es sein muss, auch das«, sagt Meltem.

»Und wenn es uns auch erwischt?«

Oscar schwebt in die Zentrale. Denise und Irina sitzen längst im Landemodul, nur Meltem und Juri warten noch auf den Roboter, der sich diesmal ungewöhnlich lange Zeit lässt. Sie tragen bereits ihre Anzüge.

»Es wird aber auch Zeit, dass du kommst«, sagt Meltem.

»Leider ging es nicht schneller«, sagt Oscar. »Ich musste noch eine Simulation durchführen.«

»Ausgerechnet jetzt, wo wir es eilig haben?«, fragt Meltem.

Juri packt die Säcke mit Vorräten und zeigt auf den Ausgang. Sie sollten jetzt wirklich starten. Oscar kann ihnen doch unterwegs alles erklären.

»Mir ist etwas aufgefallen«, sagt Oscar.

»Das ist ja schön«, sagt Meltem. »Komm jetzt, wir müssen los.«

Auch sie greift sich ihr Gepäck. Juri schwebt voraus. Hoffentlich passen sie zu dritt in die Schleuse.

»Ich habe die Aufnahmen der Oberfläche über mehrere Orbits verglichen«, sagt Oscar.

»Und?«

»Es steckt ein System hinter der Bewegung der Serpentes.«

»Das war ja wohl klar. Es sind ja keine Tiere, die mit freiem Willen über den Boden kriechen«, sagt Meltem.

»Ich konnte das System entschlüsseln.«

»Das gibt Fleißpunkte.«

Juri horcht auf. Oscar macht sich nichts aus Fleißpunkten. Ihm geht es um Effizienz. Er würde seine Erkenntnis nicht erwähnen, wenn es nichts effizienter machen würde.

»Das System ermöglicht uns, auch größere Entfernungen auf Amphitrite sicher und unauffällig zurückzulegen«, erklärt Oscar.

»Ich hatte nicht vor, dort unten lange herumzufahren«, sagt Meltem. »Wir landen in der Nähe des Shuttles unserer Verfolger, dann sehen wir weiter.«

»Das ist zu gefährlich. Das Gebiet ist nicht stabil. Darum haben sich die anderen ja in Gefahr gebracht. Wir sollten auf der Ebene landen, die wir bereits herausgesucht hatten.«

»Wie weit ist es von dort bis zum Shuttle?«, fragt Meltem.

»Etwa 300 Kilometer.«

»Dann kommt das nicht in Frage. 300 Kilometer zu Fuß in diesem Chaos, das schaffen wir nie.«

»Es ist kein Chaos«, sagt Oscar. »Die Serpentes bewegen sich nach einem festen Zeitplan, der von der Position auf der Kugel abhängt.«

»Wie Ebbe und Flut auf der Erde«, sagt Juri.

»Ja, wobei die auslösenden Kräfte in diesem Fall nicht von einem Mond oder der Sonne ausgehen.«

»Dann ist es doch eher mit der Plattentektonik auf der Erde vergleichbar«, sagt Juri. »Eine Plattentektonik auf Speed.«

»Aber was hilft uns das?«, fragt Meltem.

Juri hat bereits eine Ahnung.

»Wenn wir die richtigen Serpentes besteigen, können wir von unserem Landeplatz aus in wenigen Stunden an jedem Ort des Planeten sein«, sagt Oscar.

»Du hast einen Fahrplan berechnet?«, fragt Meltem.

»Ja, so etwas Ähnliches. Ich kann vorhersagen, wann wir wo ein- und umsteigen müssen.«

»Das ist ja großartig«, sagt Juri.

Sie haben die Schleuse erreicht. Er bugsiert seine Säcke hinein und schwebt dann hoch zur Decke, weil dort noch Platz ist.

»Es gibt allerdings einen Haken«, sagt Oscar.

»Das dachte ich mir schon«, sagt Meltem.

Sie betritt die Schleuse rückwärts und zieht ihr Gepäck hinter sich her. Oscar folgt ihr.

»Es gibt einen gewissen Zufallsfaktor«, erklärt Oscar. »Ab und zu halten die Serpentes an, vermutlich, um Kollisionen zu vermeiden.«

»Obwohl sie sich ja offenbar auch übereinander bewegen können«, sagt Juri.

»Das benötigt vermutlich besonders viel kinetische Energie«, sagt Oscar. »Deshalb ist es in vielen Fällen wohl günstiger, kurz zu stoppen. Aber in welche Richtung es danach weitergeht, da scheint der Zufall die größte Rolle zu spielen.«

»Dann müssen wir eben aufspringen, während sie sich bewegen«, sagt Meltem.

»Du vergisst die Dimensionen dieser Strukturen«, sagt Oscar. »Aufzusteigen bedeutet im besten Fall, ein paar hundert Meter zu klettern. Das ist viel einfacher, wenn die Serpentes angehalten haben.«

»Dann sollten wir vielleicht doch lieber in der Nähe des Shuttles landen«, sagt Meltem.

»Dort gibt es keinen Ort, der länger als zehn Stunden von keiner Serpens beeinflusst wird.«

»Hoffentlich wissen das die anderen nicht«, sagt Meltem, »sonst starten sie noch, bevor wir sie erreichen konnten.«

Meltem löscht für den Landeanflug das Licht. Sie will die Fähre unbedingt selbst steuern. Juri sieht aus dem kleinen Bullauge neben seinem Sitz. Zunächst erkennt er überhaupt nichts, doch dann adaptieren sich seine Augen. Der Planet glüht unter ihnen. Es ist ein so dunkles Rot, wie er es bisher nie gesehen hat. Vielleicht wie beinahe erkaltete Lava, die kurz davor ist, sich in Basaltgestein zu verwandeln.

Die tot wirkende Welt bekommt Struktur, je tiefer sie sinken. Meltem hat einen Direktanflug gewählt, bei dem sie nur einen Teil des Planeten überfliegen. Juri atmet gegen den Druck an. Es gibt keine Atmosphäre, die ihnen beim Bremsen helfen könnte.

Die Berge teilen sich. Schluchten entstehen aus dem Nichts zwischen ihnen, sie verraten sich durch die Schatten, in denen sie sich wie Ausläufer eines riesigen Krebsgeschwürs nach allen Seiten ausbreiten. Aber das ist nur ein optischer Effekt. Er nimmt das, was nicht ist, für das, was wirklich ist. In Wirklichkeit sind es die langgestreckten Berge, die Serpentes, die durch ihre Bewegung die Schluchten entstehen und vergehen lassen.

Ob man durch sie direkt auf den inneren Mantel des Planeten sehen kann? Dort muss Amphitrites eigentliches Geheimnis stecken, der Mechanismus, der die zahlreichen Runzeln seiner Oberfläche in Bewegung setzt. Denn auch wenn die Serpentes einige Kilometer durchmessen, sind sie doch im Vergleich zur Größe des Planeten noch weniger als die Runzeln auf der Stirn eines ärgerlichen jungen Mannes.

»Landung in fünf Minuten«, sagt Meltem.

Juri greift instinktiv nach den Lehnen, als hätte Meltems Warnung irgendeine physische Veränderung zur Folge. Doch noch sehen sie die Ebene nicht einmal, die ihr Ziel ist. Sie wird erst Sekunden vor der Landung auftauchen, wenn ein Abbruch schon gar nicht mehr möglich ist.

Die Berge unter ihm sind nun riesig, und langsam beginnen sie sich zu bewegen, als würde allein ihre baldige Ankunft ihnen Leben einhauchen.

»Amphitrite bereitet sich auf uns vor«, sagt Juri.

»Ach komm, das sind doch alles natürliche Phänomene«, sagt Meltem.

Juri fixiert eine der Serpentes, die sie gerade entlang fliegen. Sie endet, wo eine andere Struktur kreuzt. Alles scheint bewegungslos. Juri sieht kurz nach vorn, dann zurück nach draußen, und plötzlich macht die Schlange einen Sprung.

»Sie bewegen sich nur, wenn man nicht hinsieht«, sagt er.

»Du meinst, du bemerkst es nur, wenn du zwischendurch ein anderes Ziel betrachtest«, sagt Meltem.

Er widerspricht nicht. Bestimmt hat sie recht, und dann ist da ja auch noch die Eigenbewegung des Landers. Das menschliche Auge ist kein guter Entfernungsmesser.

Plötzlich sackt der Lander ab. Denise kreischt.

»Alles unter Kontrolle«, sagt Meltem. »Das war die automatische Höhenregelung. Wir sind über einen Einbruch geflogen, und die Automatik hat unsere Flughöhe angepasst. Ich habe sie deaktiviert. Es geht doch nichts über Handsteuerung.«

Juri sieht erst den Schatten, dann die Wand, auf die sie zurasen.

»Meltem, pass auf!«, ruft er.

»Keine Sorge. Ich weiß, was ich tue.«

Die Wand schießt auf sie zu. Juris Handflächen werden feucht. Doch dann knickt sie ab, kurz vor dem Aufprall. Mit einem Mal rasen sie dicht über der Schlange dahin. Aus dem All war die Haut der Serpentes fast glatt erschienen, doch aus der Nähe sieht es anders aus. Der hohle Berg ist von zahlreichen Furchen durchzogen, zwischen denen einzelne Felsen wie Reihen scharfer Zähne herausragen. Ein urzeitliches Ungeheuer könnte da unter ihnen auf Beute warten.

Eine Kraft drückt ihn nach links. Meltem dreht ab. Der Lander verlässt den Rücken der Schlange wie ein Insekt auf Nahrungssuche. Sie tauchen in die Schlucht daneben ein, doch zu Juris Enttäuschung fängt ihre Pilotin die Maschine diesmal ab. Es müsste doch spannend sein, bis zum Grund der Kluft zu gelangen.

»Ein bisschen tiefer vielleicht?«, schlägt Juri vor.

»Das ist mir zu gefährlich«, sagt Meltem. »Die Schluchten zwischen den Serpentes verändern ihre Breite gern mal. Wir sind sowieso gleich da.«

Die Beschleunigung drückt ihn in den Sitz. Wieder rasen sie über den wie verkohlt wirkenden Untergrund dahin. Hoffentlich haben sie genug Zeit, um den Boden zu untersuchen. Eine Linkskurve, dann schlägt Meltem nach rechts ein. Es scheint ihr Spaß zu machen. Ein Felszahn huscht an Juris Fenster vorbei. Die Furchen zeigen ihre wahre Gestalt. Sie sehen aus, als hätte ein riesiger Drache seine Krallen in die Haut der Schlange geschlagen, nachdem er sie mit seinem Feueratem verkohlt hat.

Aber der Drache muss diesen Kampf verloren haben, denn die Schlangen leben immer noch, wenn sie auch Spuren dieses gewaltigen Kampfes tragen. Der Gurt schneidet in Juris Bauch und Schultern. Der Lander sackt ab. Das Blut steigt in seinen Kopf, es drückt auf die Schläfen, und er bekommt einen heftigen Anfall von Kopfschmerz.

»Landung in 60 Sekunden«, sagt Meltem.

Juri zwingt sich, die Augen offenzuhalten, obwohl am Rand seines Gesichtsfeldes Blitze zucken. So heftig waren die Stiche in den Schläfen und in der Stirn lange nicht.

»Ich bekomme hier seltsame Anzeigen von dir«, sagt Denise. »Dein EEG …«

Bei ihr laufen die medizinischen Daten der Crew zusammen.

»Alles gut«, presst Juri heraus. »Gleich vorbei.«

»200 Meter«, sagt Meltem. »Triebwerke nominell.«

»Im Radar keine Auffälligkeiten«, sagt Irina. »So etwas Flaches wie diese Ebene scheint es auf dem ganzen Planeten nicht zu geben.«

Juri beißt die Zähne zusammen. Auf dem Bildschirm zoomt er etwas heraus, bis er die gesamte Ebene überblicken kann. Zwei der Schlangen enden an gegenüberliegenden Ecken des Quadrats. Es sieht aus, als würden sie auf Futter warten, das auf der Ebene serviert wird.

»Es könnte eine Falle sein«, sagt Juri.

»Quatsch«, sagt Meltem.

»Es ist die einzige flache Ebene dieser Art auf dem ganzen Planeten!«

»Mons Olympos auf dem Mars gibt es auch nur einmal, trotzdem ist er keine Falle.«

Meltem hat ja recht. Die Serpentes sind keine Schlangen, sie brauchen kein Futter. Und trotzdem … Er bekommt nur noch schlecht Luft. Mit einem Mal hockt er wieder über Grigori und drückt ihm die Luft ab. All seine Muskeln verkrampfen.

»Durchstarten, durchstarten!«, ruft er.

»Du musst atmen«, sagt Denise. »Atmen. Ganz ruhig. Das ist ein Panikanfall.«

»120 Meter«, sagt Meltem. »Gleich haben wir es geschafft.«

»Seine Sauerstoffsättigung wird kritisch«, sagt Denise.

»Atme gefälligst! Los, atme!«, schreit Irina in seinem Kopf.

Juri erschrickt, und in dem Moment, wo er vergisst, dass er unbedingt atmen muss, bekommt er wieder Luft. Scheiße, was war das?

»80 Meter«, sagt Meltem.

»Juris Werte werden besser«, sagt Denise.

Wenn Irina nicht gewesen wäre, wäre er erstickt. Bestimmt. Juri sieht aus dem Fenster. Feiner grauer Staub ist in der Luft, wahrscheinlich von den Abgasen der Triebwerke aufgewirbelt.

»Die Sensoren melden eine dünne Atmosphäre, vor allem CO2 und Stickstoff«, sagt Irina. »Vielleicht ein Zehntel des Drucks an der Erdoberfläche.«

Das ist überraschend. Die Atmosphäre müsste eigentlich großteils ausgefroren sein.

»50 Meter«, sagt Meltem.

Sie hat den Abstieg gebremst, wohl um Irina mehr Zeit für ihre Messungen zu geben.

»Ich muss mich korrigieren«, sagt Irina. »Die Sensorik war anscheinend genauso überrascht wie ich und hat deshalb länger gebraucht. Wir messen überraschend viel Sauerstoff, fast vierzig Prozent, und dazu jede Menge atomaren Kohlenstoffs.«

»Nicht dass ihr euch Hoffnungen macht«, sagt Denise. »Bei 0,1 bar sind 40 Prozent O2 bei weitem nicht genug, um ohne Maske atmen zu können.«

»30 Meter«, sagt Meltem. »Habe ich das finale Go?«

»Im optischen Bereich ist nichts zu sehen. Wir wirbeln offenbar verdammt viel Staub auf. Aber im Radar sieht der Untergrund gut aus. Also ein Go von mir«, sagt Irina.

»Landesequenz eingeleitet«, sagt Meltem.

Unter ihm rumpelt es. Das Landegestell macht sich fertig. Draußen ist es schwarz, kein Stern ist mehr zu erkennen. Was ist das für ein Staub? Hatte Irina nicht etwas von atomarem Kohlenstoff gesagt? Was passiert, wenn man Kohlenstoff, Sauerstoff und einen Zündfunken zusammenbringt?

»Du musst abbrechen!«, ruft Juri.

»Denise, was ist mit ihm?«, fragt Meltem.

»Juris Status ist okay. Beschleunigter Herzschlag, Blutdruck normal, Sauerstoffsättigung ausreichend. In das Gehirn kann ich nicht hineinsehen.«

»Aber begreift ihr denn nicht? Das ist Kohle rings um uns, und jede Menge Oxidationsmittel dazu. Wir fliegen mit heißen Triebwerken mitten hinein!«

Meltem reagiert schnell. Sie tippt einen Befehl ein, und das Triebwerk schweigt.

»Festhalten«, sagt sie. »Hoffentlich hält das Landegestell das aus!«

Die Fähre stürzt. Amphitrite hat nur die Schwerkraft des Mars, aber das Landemodul wiegt sicher ein paar Tonnen. Plötzlich wird es draußen hell. Intensives gelb-weißes Licht dringt durch die Bullaugen in jede Ritze. Juri schließt die Augen eine halbe Sekunde zu spät. Seine Netzhaut brennt. Er ist blind. Er legt die Hände an den Helm, darf ihn aber nicht abnehmen. Hoffentlich hält das der Lander aus.

»1300 Grad an der Außenhülle«, sagt Irina.

»Kein Problem«, sagt Meltem. »Der Lander kann auch in einer Atmosphäre landen, da hätten wir über 2000 Grad.«

Die Helligkeit lässt nach. Juri öffnet die Augen. Nur einen Spalt, aber der genügt, um die Feuerwalze zu sehen, die über die Ebene wandert, mit dem Schiff im Zentrum. Was für eine Einführung. Wäre er Amphitrite, würde er diese ungehobelten Besucher gleich wieder hinauswerfen. Aber der Planet ist ja kein Lebewesen.

Es kracht. Das Landegestell trifft auf den harten Boden. Es versucht, sich dem Lander entgegenzustemmen, doch es hat keine Chance. Es ist nicht dafür gemacht, das Zehnfache der statischen Masse des Moduls aufzunehmen. Die Stahlkonstruktion sackt in sich zusammen. Das Geräusch, mit dem die Streben reißen, geht Juri durch Mark und Bein.

Dann trifft das Triebwerk auf dem Boden auf, und ein glockenheller Ton gellt durch das Schiff. Das Triebwerk ist im unteren Teil massiv. Es gibt nicht so leicht nach wie das Landegestell und reicht die Kraft des Aufpralls ungerührt an das Landemodul weiter. Juri stöhnt, als sie in seinem Sitz ankommt. Zehn g oder mehr, wenn auch nur für eine Sekunde. Es ist, als würden all seine Knochen brechen, selbst die kleinsten. Denise schreit, und Irina murmelt russische Worte, die er noch nie gehört hat. Dann kippt die ganze Konstruktion zur Seite. Juri verliert sein Gewicht und gewinnt es kurz darauf wieder, als sein Kopf wie der Schlegel einer Glocke herumgewirbelt wird.

Juri riecht sein eigenes Blut. Es läuft ihm in den Mundwinkel. Sie sind angekommen. Das ist die gute Nachricht. Der Lander dürfte unbrauchbar sein. Das ist die schlechte.

»Status?«, fragt Meltem.

»Zermatscht, aber lebendig«, sagt Irina.

»Ich … Schmerzen«, sagt Denise. »Aber erträglich.«

»Einsatzbereit«, sagt Juri.

»Vielleicht hätte doch lieber ich den Lander steuern sollen«, sagt Oscar.

»Ja, komm, geh du zuerst«, sagt Irina.

Juri zögert.

»Spielt doch sowieso keine Rolle mehr. Du bist Nummer 7

oder 8«, sagt Meltem. »Ich wette, diese Vera ist noch vor ihrem Kapitän da rausspaziert.«

»Du magst sie nicht besonders«, stellt Juri fest.

»Sie ist knallhart, das bewundere ich durchaus. In dem Geschäft wäre sie sonst nicht so weit gekommen. Aber sympathisch macht sie mir das nicht.«

»Sie ist vielleicht unser einziges Rückflugticket von hier«, sagt Irina.

»Ich werde das Ticket aus ihr herausschütteln.«

»Sie ist bewaffnet, du nicht.«

»Na gut, dann muss uns eben etwas anderes einfallen. Aber ich werde nicht bei ihr um unser Leben betteln.«

Das Licht leuchtet grün. Juri drückt den Öffnungsknopf der Schleuse. Die Außentür ruckelt ein paarmal hin und her, bleibt aber geschlossen.

»Die Tür klemmt, helft ihr mir mal?«, fragt er.

Irina drückt die Hände gegen die Tür, stemmt sich gegen die Wand und drückt. Die Tür öffnet sich mit einem leisen Quietschen. Qualmschwaden dringen herein. Instinktiv tritt Juri einen Schritt zurück.

»Die Atmosphäre ist ungefährlich«, sagt Oscar.

Draußen vor dem Bullauge hatte der Qualm noch dichter ausgesehen als jetzt im Licht des Helmscheinwerfers.

»Dann mal los, Juri«, sagt Meltem.

Juri klettert über den Rand der Schleuse. Die rechteckige Türöffnung liegt schräg wie das gesamte Oberteil des Landers. Er setzt sich in die untere Ecke und begutachtet den Boden, der etwa anderthalb Meter unter ihm liegt. Die Leiter, die normalerweise nach unten führt, ist verbogen. Der Boden sieht hart aus; er reflektiert das Licht des Scheinwerfers überraschend stark. Juri stößt sich ab und springt.

Er landet locker in den Knien und richtet sich auf. Dann macht er einen Schritt vom Lander weg. Sein erster Schritt auf einem fremden Planeten! Er genießt das Gefühl, allerdings nur für einen Moment. Dann dreht er sich um. An der Schleusentür wartet Denise. Sie ist die kleinste unter ihnen.

»Einfach fallen lassen«, sagt er.

»Woraus besteht der Untergrund?«, fragt Meltem.

»Ich tippe auf Wassereis«, sagt er.

Denise springt und landet neben ihm.

»Uff«, sagt sie. »Wer hätte gedacht, dass ich je einen Fuß auf einen gerade neu entdeckten Planeten setzen würde.«

»Ich werfe euch Oscar herunter«, sagt Meltem.

»Vorsicht, ich bin empfindlich!«, sagt Oscar.

Die Scheibe kommt ihm entgegengesegelt. Juri fängt sie und setzt sie auf dem Boden ab.

»Danke«, sagt Oscar.

»Bedank dich, indem du alles untersuchst, was du hier siehst.«

»Verstanden.«

Während Irina und Meltem noch aussteigen, entfernt sich Juri ein paar Schritte vom Lander. So kann er ihn besser betrachten. Das Landegestell ist definitiv Schrott. Der tonnenförmige Lander selbst sieht zwar unbeschädigt aus, die Verbindung zu seinem Antrieb ist jedoch abgeknickt. Die Konstruktion wirkt nun wie ein unförmiger Roboter, der sich vor einem fremden Herrscher tief verbeugt.

»Unser heldenhafter Lander sieht wirklich nicht mehr gut aus«, sagt Juri.

»Das Triebwerk steht ja noch. Wir müssten das tonnenförmige Modul bloß irgendwie wieder darüber montieren«, sagt Denise.

»Dazu bräuchten wir einen Kran. Das Ding wiegt selbst hier noch ein paar Tonnen.«

»Um euer langfristiges Überleben müsst ihr euch jedenfalls keine Sorgen machen«, sagt Oscar.

»Wieso?«, fragt Denise.

»Im Boden haben wir Wassereis, es gibt Sauerstoff in der Luft, dazu Kohlenstoff, den die Recyclinganlage mit Wasser zu Nahrung verarbeiten kann.«

»Den Kohlenstoff haben wir ja verbrannt«, sagt Juri.

»Nicht komplett. Es gibt noch genügend davon im Staub, und im weiteren Umkreis garantiert noch viel mehr.«

Irina tritt hinter ihn und legt ihm den Arm um die Schulter. »Hast du auch eine Erklärung, warum es hier so viel Kohlenstoff gibt, Oscar?«

»Es könnte sein.«

»Raus damit.«

»Die Sensoren des Schiffes haben sich wahrscheinlich geirrt. Sie haben atomaren Kohlenstoff gefunden, weil sie nur danach gesucht haben. Tatsächlich handelt es sich um ziemlich komplizierte Kohlenstoffverbindungen. Sie scheinen mir hervorragend dafür geeignet, Energie aus jeglicher elektromagnetischer Einstrahlung zu nutzen.«

»So eine Art Photosynthese?«, fragt Denise.

»Chemisch ein völlig anderer Prozess als auf der Erde, aber die Funktion ist dieselbe.«

»Der Planet ist nicht schwarz, weil er so wenig Licht reflektiert. Seine Oberfläche verarbeitet das alles«, sagt Juri.

»Ist das dann eine Art Leben?«, fragt Denise.

»Das zu beurteilen, dafür dürfte es zu früh sein«, sagt Oscar.

»Ich hoffe sehr, dass es kein Leben ist«, sagt Juri.

»Wieso das denn?«, fragt Meltem. »Das wäre doch sehr spannend!«

»Wenn es sich um Leben handelte, hätten wir mit unserem Triebwerk einen Massenmord ausgelöst.«

»Oscar? Jetzt brauchen wir deinen Fahrplan«, sagt Irina.

»Es ist ganz einfach«, sagt Oscar. »Wir wandern zu dem Einbruch im Westen und überwinden mit seiner Hilfe die erste Serpens. Parallel zu ihr verläuft eine weitere, die sich deutlich schneller bewegt, und zwar in Richtung Süden. Dann brauchen wir nur noch über den Rücken der Schlange zu klettern und uns im richtigen Moment abzuseilen, und schon haben wir die anderen erreicht.«

»Fast zu einfach«, sagt Juri. »Wie lange werden wir brauchen? Schaffen wir es bis 20 Uhr Standardzeit?«

Das wären sieben Stunden. Juri spürt deutlich die Müdigkeit. Sie sind heute schließlich schon kurz nach Mitternacht aufgestanden. Ein verrückter Tag. Den anderen wird es ähnlich gehen.

»Ich würde am liebsten einmal hier übernachten«, sagt Irina.

»Aber wir wissen nicht, wie lange die anderen noch hierbleiben. Wenn sie abfliegen, war alles umsonst«, sagt Meltem.

»Sie hat recht«, sagt Juri. »Wir müssen uns zusammenreißen.«

»Hier, eure Kletterausrüstung«, sagt Oscar.

Plötzlich trifft ihn ein Seil am Arm. Juri sieht nach oben. Dort sitzt der Roboter und verteilt Seile an alle.

FÜR DIE DREI Kilometer bis zum Rand der Ebene brauchen sie eine gute halbe Stunde. Der Einbruch thront schon als dunkelster aller Schatten über ihnen. Juri untersucht immer wieder den Staub auf dem Boden. Dort, wo sie gelandet waren, war er weißlich-grau, hier ist er fast völlig schwarz.

Er reicht Oscar eine Probe.

»Wie hoch ist der Ascheanteil darin?«

Oscar schiebt die Probe unter seinen Körper, als wolle er sie ausbrüten.

»Null«, sagt Oscar dann.

»Gar keine Asche? Aber die Probe war nicht völlig schwarz.«

»Ah, da verwechselst du etwas. Bei dem von unserem Triebwerk verursachten Feuer ist keine Asche entstanden. Die graue, ascheähnliche Masse am Boden ist eine Mischung aus Wasser- und Kohlendioxid-Eis, die sich aus der Luft herauskristallisiert hat.«

»Danke für die Klarstellung. Die schwarzen Bestandteile im Staub, ist das Kohlenstoff?«

»Ja, das sind die Verbindungen, über die wir gesprochen haben.«

»Leben sie, Oscar?«

»Sie verwenden die eingefangene Energie, um immer kompliziertere Moleküle zu bauen. Aber sie vermehren sich nicht, und sie entwickeln sich nicht qualitativ fort. Nach den gängigen Definitionen handelt es sich nicht um Leben.«

»Danke, das beruhigt mich.«

»Psssst, Leute! Bei den anderen tut sich etwas«, sagt Meltem. »Schaltet mal auf deren Frequenz.«

»… An Bodenteam, bitte kommen!«

»Bodenteam hier. Was gibt es?«

»Wir sind gerade die Aufnahmen der letzten Stunde durchgegangen.«

»Habt ihr Carrington gefunden?«

»Nein, keine Spur von ihm.«

»Ihr müsst östlich von unserem Standort nachsehen. Er war beim Abseilen zu langsam und ist von einer dieser Strukturen Richtung Osten gezogen worden.«

»Wir haben ja im Osten gesucht, und da ist uns etwas aufgefallen, was ihr wissen solltet, Frank.«

»Nun sag schon!«

»Östlich von euch ist etwas gelandet. Wir vermuten, dass es die Landefähre der Ganymed Explorer ist. Wir haben zwar keine Ahnung, wie die Flüchtigen sie erreicht haben, aber wenn es die Landefähre nicht war, dann ist es ein außerirdisches Raumschiff.«

»Wieso das denn?«

»Sie haben bei der Landung ein ganz schönes Feuerwerk veranstaltet. Shultz meint, das könne nie und nimmer eine Landefähre verursacht haben. Da müsse etwas Größeres dahinterstecken.«

»Aber du glaubst das nicht, Bill?«

»Nein. Shultz hat manchmal ein bisschen zu viel Fantasie. Vielleicht hat's ihnen das Triebwerk gesprengt oder so etwas.«

»Glaubst du, sie haben das Feuerwerk überlebt?«

»Es war schon vorbei, als das Ding endgültig gelandet ist. Landefähren halten Hitze ziemlich gut aus, deshalb glaube ich nicht, dass sich das Problem von selbst gelöst hat. Ihr solltet also darauf gefasst sein, dass sich da jemand aus Richtung Nord-Osten anschleicht.«

»Danke für die Warnung. Aber warum sollten sie ausgerechnet zu uns kommen? Meinst du, sie wollen sich stellen? Haha!«

»Die letzten Meter ist das Ding ziemlich schnell runtergerauscht. Könnte sein, dass es zu nichts mehr zu gebrauchen ist. Dann seid ihr der letzte Ausweg.«

»Verstehe. Wir halten die Augen offen. Aber bitte tut alles, um Carrington zu finden, jeder Hinweis hilft. Er ist der vorletzte, der uns noch abgeht. Er und Cichewski noch, dann können wir abdüsen. Hätte wirklich nichts dagegen. Wenn ich daran denke, wie es den Alten zerbröselt hat, wird mir immer noch ganz anders.«

Der Aufstieg beginnt. Oscar hat ihnen mit seinem Radar die Stelle ausgesucht, an der der Einbruch am tiefsten ist. Trotzdem haben sie noch etwa 50 Meter überhängende Wand zu überwinden. Gut, dass der Roboter an die Kletterausrüstung gedacht hat. Juri schlägt einen Sicherungshaken ein. Die Außenwand der Serpens besteht aus einem weichen Material, in das sich die Haken problemlos treiben lassen. Er rüttelt daran. Der Haken sitzt fest. Auf Amphitrite haben sie nur ein Drittel ihres Erdgewichts. Das müsste die Kletterei eigentlich erleichtern. Juri ist trotzdem skeptisch.

»Ich bilde die Vorhut«, sagt Irina. »Ich habe Erfahrung im Klettern.«

»Ich nicht«, sagt Denise.

»Ich auch nicht«, sagt Juri.

»Dann bilde ich die Nachhut«, sagt Meltem.

Irina erklärt ihnen, wie sie vorgehen müssen. Egal, wie es aussieht, alles ist völlig sicher. Die an den Haken verankerten Seile halten sie unter allen Umständen, selbst wenn zwei Kletterer gleichzeitig abstürzen.

»Und wenn wir alle vier fallen?«, fragt Juri.

»Dann hält uns Oscar«, sagt Irina. »Nicht wahr, Oscar?«

Oscar schweigt. Für ihn dürfte die Klettertour am kompliziertesten werden, denn er besitzt ja nur einen Arm.

»Das war ein Scherz«, sagt Irina. »Ich nehme dich auf den Rücken.«

»Danke, Irina«, sagt Oscar.

»Könntest du mich nicht auch auf den Rücken nehmen?«, fragt Juri.

»Haha. Nicht, solange du je zwei funktionierende Arme und Beine hast. Aber jetzt kommt!«

NICHT NACH UNTEN SEHEN. Nicht nach unten sehen. Juri fühlt sich wie eine Zecke, die auf der Suche nach einer ruhigen, dunklen Stelle am Bauch ihres Opfers herumkriecht. Gleich wird ihn die Schlange als frechen Parasiten abschütteln. Dabei bewegt sich diese Serpens doch fast gar nicht. Wie soll das bei den Serpentes funktionieren, die Oscar als Verkehrsmittel für sie ausgesucht hat?

Nicht nach unten sehen. Er hechelt. Tief durchatmen, sonst hyperventiliert er, wird ohnmächtig und fällt. Wie tief ist es? Juri sieht nach unten. Es sind 40 Meter oder mehr. Mist. Etwas zieht an ihm. Er wird fallen, kein Zweifel möglich. Plötzlich fühlt er sich doppelt so schwer. Gleich werden seine Muskeln versagen. Er schließt die Augen. Jemand stößt an seine Füße.

»Juri?«

Es ist Meltem, die hinter ihm klettert. Er lebt noch. Seine Atmung normalisiert sich. Aber im Intimbereich wird es feucht. Er hat sich in die Windel gemacht. Egal. Dafür ist sie ja da. Das Spezialvlies wird alles aufsaugen. Er streckt den Arm aus und berührt einen Stiefel.

»Denise?«, fragt er.

»Gleich. Geht. Es. Weiter.«

»Wir haben Zeit«, sagt er. »Ich hatte auch gerade einen Panikanfall.«

»Gut zu wissen. Mir geht es schon besser.«

Das Sicherungsseil zieht leicht an. Denise klettert höher. Er folgt ihr. Sie müssen es fast geschafft haben.

»MOMENT«, sagt Irina.

Juri hält in der Vorwärtsbewegung inne. Was ist los?

»Ich bin an der Kante. Muss mich nur darüber schwingen«, erklärt Irina.

Sie stöhnt.

»Puh, geschafft«, sagt sie. »Ihr seid dran.«

Na toll. Irina fand es offenbar anstrengend. Seine Hand berührt Denise' Stiefel.

»Entschuldigung«, sagt er.

»Uff … Ahhh … Uff … Kein Problem«, sagt Denise.

»Jetzt du«, sagt Irina. »Noch einen Meter hoch, dann spürst du die Kante.«

Juri sieht nach oben, aber da sind nur Wand und Nacht. Er klammert sich an das Seil und zieht sich hoch.

»Und jetzt?«, fragt er.

Vor ihm ist nur noch das Nichts. Höher geht es nicht.

»Du musst etwas über die Kante hinaus, das ist doch klar«, sagt Irina. »Dann siehst du uns schon.«

»Ins Nichts?«

»Mach es einfach. Ich habe es auch geschafft«, sagt Denise.

»Ich sichere dich von unten«, sagt Meltem.

Ihm entfährt ein Furz. Hoffentlich war das nicht über den Funkkanal zu hören. Irina lacht. Über ihn? Er muss. Er muss. Er muss. Juri zieht sich hoch. Das Seil liegt eng an der Wand an. Er kann es kaum fassen. Es klemmt seine Finger ein. Da ist die Kante. Sein Kopf schaut darüber hinweg.

»Noch ein Stück«, sagt Irina. »Wir haben dich. Du musst das Seil jetzt loslassen.«

Er soll das Seil loslassen? Dann wird er abstürzen. Sie wollen ihn tot sehen, denn er ist bloß eine Belastung für sie.

Natürlich. Oscar hat das alles geplant. Ohne ihn können sie problemlos zur Erde zurückkehren.

Juri lässt los, und eine Kraft zieht ihn am Kragen über die Kante. Er liegt erschöpft auf dem Bauch. Vor ihm stehen Irina und Denise, verdammt nah an einem weiteren Abgrund.

»Na siehst du, ging doch«, sagt Irina.

Er robbt langsam vorwärts und späht über den Rand des Durchbruchs ins Innere der Serpens. Puh. Hier geht es nicht so steil nach unten. Es sieht aus wie eine Kinderrutsche. Sie können einfach auf dem Hinterteil bis zum Grund gleiten. Danach geht es zwar wieder bergauf, aber nicht so steil wie eben.

Juri steht auf. Seine Knie zittern immer noch. Er darf nicht nach hinten sehen, wo das Nichts darauf wartet, ihn in seine Arme zu schließen. Irina schlägt ihm auf die Schulter. Selbst durch das Glas ihres Helms erkennt er ihr breites Grinsen. Die Kletterei hat ihr wohl wirklich Spaß gemacht. Ein Schauer läuft über seinen Rücken.

»Es hat leider etwas länger gedauert als geplant«, sagt Meltem.

»Macht nichts, das holen wir wieder auf«, sagt Irina. »Ich freue mich, dass Denise und Juri so gut durchgehalten haben.«

»Ja, tolle Leistung, ihr beiden«, sagt Meltem.

»Wir sollten uns jetzt beeilen«, sagt Oscar.

Irina greift in ihren Nacken und nimmt Oscar von ihrem Rücken, der dort an einer Schnur hing.

»Bis nach unten schaffst du es ja«, sagt sie.

»Ich mache mir etwas Sorgen wegen dieses Dings, das den Kapitän der Söldner dahingerafft hat«, sagt Meltem.

»Das Phänomen entspricht zu 85 Prozent Wahrscheinlichkeit der sich schnell bewegenden Wolke, die wir mit dem Teleskop beobachtet haben«, sagt Oscar.

»Daran habe ich auch gedacht«, sagt Meltem.

»Aber was hilft uns das?«, fragt Irina. »Können wir es vorhersagen?«

»Dafür haben wir zu wenige Beobachtungen«, sagt Oscar. »Wir wissen nur, dass es sich durch die Serpentes bewegt. Nach der Beschreibung des Vorfalls mit dem Kapitän würde ich davon ausgehen, dass es sich um eine Wolke aus subsonischen Teilchen handelt.«

»Subsonisch?«, fragt Juri.

»Schnell, aber langsamer als der Schall. Die Teilchen haben offenbar die Fähigkeit, einen Menschen zu zerfetzen, wenn er ihnen im Weg ist.«

»Sehr beruhigend«, sagt Denise.

»Vielleicht ist das ein Reinigungsmittel für die Serpentes«, sagt Juri. »Seht euch doch mal die Innenwände an. Die sind spiegelglatt. Selbst die Teile, die aus der Decke des Einbruchs nach unten gestürzt sind, scheinen rundgeschliffen zu sein.«

Er leuchtet mit dem Scheinwerfer nach unten, wo verschieden große Trümmer liegen.

»Ich würde da nicht gleich einen Zweck unterstellen«, sagt Irina. »Vielleicht geht es einfach nur um einen Druckausgleich. Ein natürliches Phänomen also, das als Nebeneffekt das Innere der Serpentes poliert, so wie Wind und Wasser auf der Erde Erosion verursachen.«

»Ist ja auch egal«, sagt Juri. »Wir wissen nicht, ob und wann die Wolke hier durchzieht, also können wir uns nicht vorbereiten. Wir sollten uns einfach beeilen.«

Er steht auf, setzt sich an den Rand der Fläche, sodass seine Beine nach unten hängen, und stößt sich ab. Mit einem lauten »Juchhuuuu« rutscht er nach unten.

Sie treffen sich am tiefsten Punkt. Dort liegen übereinander getürmt mehrere Trümmerteile aus dem Einbruch, sodass sie eine natürliche Barriere gegen die Wucht dieser seltsamen Wolke bilden müssten. Am liebsten würde Juri das Innere dieser Schlange erforschen. Er ist fast sicher, dass sie unvorstellbare Geheimnisse birgt. Allein dieser riesige Schlund vor und hinter ihnen – eine Höhle von mehreren Kilometern

Durchmesser, viele Tagereisen lang, mit glatten Wänden, wie sie menschliche Technik kaum zustandebringt: So etwas gibt es nirgendwo sonst im Sonnensystem. Wenn sie ein Fahrzeug hätten, wäre alles viel einfacher. Hat er im Lager der Ganymed Explorer nicht einen primitiven Rover gesehen?

Er hört ein Knirschen. Oscar fährt auf dem Boden umher und hebt immer wieder Material auf.

»Hast du etwas Interessantes für uns?«, fragt Juri.

»Es ist zu früh für endgültige Schlussfolgerungen«, antwortet Oscar.

»Aber ein paar Vermutungen hast du doch bestimmt?«

»Ich untersuche den Anteil der beiden Stickstoff-Isotope 14N und 15N. Wie es aussieht, gibt es hier weitaus mehr 14N als 15N.«

»Und was sagt uns das?«

»Im Sonnensystem liegt das Verhältnis bei etwa 270 zu eins. Es gibt also pro 15N-Atom etwa 270 14N-Atome.«

»Und hier ist es anders?«

»Deutlich, ja. Hier liegt das Verhältnis eher bei 1500 zu eins.«

»Es fehlen also 15N-Atome?«

»Genau. Ich suche noch nach einem chemischen Prozess, bei dem 15N sich anders verhält als 14N, aber da finde ich nichts in meinen Datenbanken. Eine Verbindung zur Erde wäre praktisch.«

»Damit kann ich dir gerade nicht dienen. Und wenn es keinen solchen Prozess gibt?«

»Dann könnte uns das etwas über die Herkunft von Amphitrite verraten.«

»Interessant! Und woher kommt der Planet?«

»Aus dem Zentrum der Milchstraße.«

»Aber das ist 27.000 Lichtjahre entfernt!«

»In den Zentren anderer Galaxien herrschen natürlich ähnliche Verhältnisse. Amphitrite könnte also auch aus einer anderen Galaxie kommen.«

»Habt ihr das gehört? Oscar meint, der Planet käme aus dem Zentrum der Milchstraße«, sagt Juri.

»Ich habe doch erklärt, dass diese Hypothese nur haltbar ist, wenn wir nicht irgendeine Erklärung dafür finden, wie das 15N-Isotop verschwunden sein könnte. Meine Daten reichen noch nicht aus.«

»Dann sollten wir unbedingt die Serpentes erforschen«, sagt Juri.

»Vielleicht später«, sagt Meltem. »Erst müssen wir uns eine Rückfluggelegenheit sichern.«

»Wartet mal, ich lausche gerade, was die anderen so treiben«, sagt Irina.

Juri wechselt die Frequenz, bis er Strombomboli hört.

»… Panik bekommen und ist verschwunden«, berichtet der Söldner gerade.

»Ausgerechnet Marksman? Das ist doch ein eiskalter Hund«, sagt Dmytrenko.

»Er hat wohl auch gesehen, wie die Wolke den Käpt'n … Inzwischen bin ich froh, dass ich in dem Moment abgelenkt war.«

»Also fehlen immer noch zwei Mann?«

»Wieder«, sagt Strombomboli. »Nachdem wir Cichewskis Leiche gefunden hatten, dachte ich ja schon fast, es ginge aufwärts, aber nun Marksman … Der Blödmann weiß doch, dass wir ohne ihn nicht abfliegen werden. Das lässt Vera nie und nimmer zu.«

»Lass mich raten, sie lauscht gerade nicht?«

»Nein, Bill, sie sieht sich gerade hier irgendwo um. Ich muss sagen, ich hab ganz schön die Hosen voll so allein. Du kannst dir das nicht vorstellen, aber hier unten hast du das Gefühl, dass der ganze Planet gegen dich ist. Dauernd bewegt sich was im Augenwinkel, aber wenn du es fixierst, war nichts.«

»Du drehst wohl langsam durch, Stromby. Nimm doch eine von den Leck-mich-Pillen.«

»Habe ich doch schon längst. Sie helfen nicht. Hast du ein Glück, dass du oben bleiben durftest.«

»Genug gejammert, Frank«, ist Veras Stimme zu hören.

»Ah, die Chefin ist wieder da«, sagt Strombomboli. »Ich muss Schluss machen.«

»Das war ja ein aufbauendes Gespräch«, sagt Irina.

»Habt ihr das Gefühl, der Planet wäre gegen euch?«, fragt Denise.

»Nein«, antwortet Meltem, »aber ich schätze, das wird sich ändern, wenn diese Wolke einen von uns zu Staub zerblasen hat und ich es mit ansehen musste. Da hoffe ich dann, dass ich das Opfer sein werde.«

»Wenn wir nicht noch weiter hinter den Zeitplan fallen wollen, müssen wir uns auf den Weg machen«, sagt Oscar.

JURI SCHWITZT. Der Anstieg ist noch anstrengender als die Kletterei, aber es ist eine erträgliche Anstrengung. Sollte er ausrutschen und fallen, muss er zwar unten neu beginnen, aber er ist nicht tot. Dass ihnen auch noch diese Wolke in die Quere kommen könnte … Wolke? Was für eine Wolke?

»Da sind wir«, sagt Irina.

Das ging aber schnell. Juri zieht sich auf die Kante und steht auf. Plötzlich gerät er ins Wanken. Vor ihm geht es steil nach unten. Hatte Oscar nicht behauptet, sie könnten von hier aus auf eine andere Serpens umsteigen, die sie dann direkt zu den anderen bringen würde? Da drüben, da bewegt sich etwas, das stimmt. Doch zwischen den beiden Serpentes liegt eine Kluft von bestimmt zehn Metern Breite und unbestimmbarer Tiefe.

»Wir müssen ein Stück in diese Richtung gehen«, sagt Irina und zeigt nach vorn. »Dort wird die Spalte schmaler.«

»Oscar, warum hast du uns nicht vor dieser Kluft gewarnt?«, fragt Juri.

»Das hielt ich für unnötig«, sagt Oscar. »Es ist logisch, dass sich zwischen zwei Serpentes eine mehr oder weniger große Lücke befindet.«

»Ist ja kein Problem«, sagt Irina. »Dort vorn ist die Lücke deutlich schmaler, seht ihr das?«

»So, das sind jetzt noch anderthalb Meter«, sagt Irina. »Das schaffen wir leicht.«

Juri begutachtet den Spalt. Es geht tief nach unten, bestimmt bis zur Kruste des Planeten. Wenn man den Sturz wider Erwarten überlebt, friert man da unten bestimmt ein.

»Wenn das da unten superfluides Helium ist, sollten wir besser nicht hineinfallen«, sagt er.

»Ich vermute eher eine Schicht aus gefrorenem Stickstoff«, sagt Oscar. »Die Gleitschicht dürfte deutlich tiefer liegen.«

»Das ist auch nicht besser«, sagt Juri.

»Ich springe jetzt hinüber«, sagt Irina. »Siehst du die Furche da? Darin kann man sich gut festhalten. Du folgst mir einfach.«

»Wir könnten ja ein Seil spannen«, sagt Juri.

»Die andere Seite bewegt sich«, sagt Meltem. »Wie soll das funktionieren?«

»Na gut«, sagt er.

Irina springt. Es sieht ganz einfach aus. Es scheint sie nicht einmal anzustrengen. Sie winkt ihm.

»Los, jetzt du!«, ruft sie. »Anderthalb Meter, kein Problem bei der niedrigen Schwerkraft.«

Er schließt die Augen und zählt von zehn rückwärts.

»Null«, sagt er und springt.

Er knallt gegen die andere Seite, bringt all sein Gewicht nach vorn und klammert sich fest. Ein Arm landet auf seiner Schulter. Er gehört Irina.

»Hast du gut gemacht«, sagt sie.

Er öffnet die Augen.

»Bist du etwa mit geschlossenen Augen gesprungen?«

Juri nickt.

»Du bist ja noch verrückter, als ich dachte!«

JURI HÄTTE SICH GERN AUSGERUHT, aber sie müssen den Rücken der Serpens überwinden, um ihr Ziel zu erreichen. Es ist jetzt 20 Uhr Standardzeit, und er ist seit Mitternacht auf den Beinen. Zum Glück liegt der steilste Teil des Anstiegs an seinem Anfang. Je höher sie kommen, desto einfacher wird es. Juri atmet möglichst gleichmäßig. Ab und zu befällt ihn ein Schwindel. Dann bleibt er stehen und sieht sich um. Und das lohnt sich! Seine Augen sind mittlerweile so gut adaptiert, dass er viele Kilometer weit sehen kann. Farben sind zwar nicht zu erkennen, doch das macht das Panorama umso faszinierender. Bis zum Horizont erstrecken sich runde Bergrücken wie der, auf dem er gerade steht. Auf den ersten Blick wirken sie statisch, doch wenn er einen von ihnen ins Visier nimmt, scheinen sich die anderen plötzlich zu entfernen. Es ist eine Bewegung, die so subtil verläuft, dass sein Bewusstsein Probleme hat, sie einzuordnen.

Es reagiert mit Schwindel. Juri sieht auf den Boden, doch das macht es auch nicht besser. Übelkeit steigt seine Speiseröhre empor. Bitte nicht erbrechen! Er hat sich schon einmal im Raumanzug übergeben müssen. Danach hatte er nur noch fünfzehn Minuten darin verbringen müssen, aber es war eine furchtbare Viertelstunde gewesen. Seine Verdauung beruhigt sich. Gut! Er bekommt Schluckauf.

»Alles okay bei dir?«, fragt Irina.

»Ja, alles bestens. Ich sehe mich nur etwas um.«

Irina fragt nicht weiter nach. Gut, sonst ist er schon wieder derjenige, der alle aufhält.

»Da drüben ist es«, sagt Meltem.

Die ungefähr dreieckige Vertiefung, auf die sie zeigt, liegt im Schatten der sie umgebenden Serpentes. Dort etwa müssten sich Vera und ihre Männer aufhalten. Und sie haben immer noch keine Strategie, wie sie sie von irgendeiner Art von Deal überzeugen könnten. Wahrscheinlich wäre es am besten, er wäre nicht mehr Teil der Gruppe. Wäre er einfach tot, hätte Vera diesen Teil des Auftrags erledigt.

»Beim Abstieg müsst ihr besonders aufpassen«, sagt Irina. »Wir werden uns etwa aus der Mitte der Rundung abseilen.

Wenn ihr allerdings vorher ins Rutschen kommt, seid ihr schnell auf dem Weg in den Abgrund.«

»Danke für die Warnung«, sagt Denise.

»Ich wollte dir keine Angst machen. Wir werden uns gegenseitig mit Seilen sichern, das ist ja klar.«

Puh, es geht schon wieder los. Der Abstieg ist zwar nicht schwieriger als der Aufstieg eben, doch jetzt hat er dauernd den Abgrund vor Augen. Denise wirft ihm das Seil zu. Er klinkt es ein und gibt es weiter an Meltem.

»Ich bin die stärkste«, sagt Irina, »also bilde ich beim Abstieg die Nachhut. Meltem, du gehst voran.«

»Alles klar.«

Immer ein Schritt nach dem anderen, und dabei schön auf die Stiefel schauen. Einatmen, ausatmen, einatmen, ausatmen.

»Stopp«, sagt Meltem, und alle bleiben stehen.

»Was ist?«, fragt Irina.

»Der Boden vor uns sieht anders aus.«

»Ist er tragfähig?«

»Es sieht so aus, als wäre hier ein Meteorit entlang geschrammt. Er hat eine Furche gegraben.«

Juri hebt den Blick. Vor Meltems Füßen quert ein schwarzer Streifen ihren Weg. Von seiner Position aus kann er nicht hineinsehen.

»Wie tief ist die Furche?«, fragt Irina.

»Etwa zwei Meter«, antwortet Meltem.

»Können wir sie umgehen?«

Meltem dreht den Kopf erst nach links, dann nach rechts. »Das würde uns mindestens einen Kilometer Weg kosten.«

Oh nein, einen Kilometer am Abgrund entlang. Heute ist nicht sein Tag!

»Die Außenhaut der Serpentes ist viele Meter dick«, sagt Irina. »Lasst uns weitergehen.«

»Meine Simulationen kommen zum selben Ergebnis wie meine Trägerin«, meldet sich Oscar von Irinas Rücken.

»Gut, dann auf!«, sagt Meltem.

Die Sicherungsleine spannt sich. Meltem verschwindet in der Furche. Juri folgt ihr. Die Furche ist tatsächlich höchstens zwei Meter tief. Das war ja leichter als gedacht. Und endlich ist er den ständigen Anblick des Abgrunds los. Er entspannt sich, und prompt macht sich seine Verdauung bemerkbar.

»Können wir hier eine kleine Pause einlegen?«, fragt er.

»Nichts dagegen«, sagt Irina.

»Von mir aus«, sagt Meltem.

Juri klinkt sich aus der Leine aus. Seine Verdauung hat ein dringendes Anliegen. Wenn er dem jetzt nachgibt, hat er seine Ruhe, vor allem, weil ihm noch das Abseilen aus der Höhe bevorsteht.

»Was tust du?«, fragt Irina.

Juri wird rot. Zum Glück schützt ihn das Visier des Helms vor Irinas Blicken.

»Was man manchmal tun muss«, sagt er. »Ich kann das nicht, wenn jemand zusieht.«

»Wir sehen alle weg«, sagt Irina.

»Es reicht, dass jemand zusehen könnte.«

»Okay, aber bleib in der Nähe.«

Das hat er auch vor. Nur ein paar Schritte. Er dreht sich in die Richtung, in die die Furche verläuft. Bestimmt sehen ihm nun alle nach. Irina sorgt sich um ihn. Hätte er doch bloß nichts gesagt. Vorsichtig entfernt er sich von der Gruppe. Die Furche wird schnell tiefer. Er sieht zurück. Die Beine der anderen sind hinter dem Anstieg verschwunden. Wenn er sich jetzt hinhockt, ist er für sie unsichtbar. Das wäre perfekt, auch wenn Irina sich dann ohne Zweifel noch mehr Sorgen machen muss. Arme Irina. Aber sie ist erwachsen. Es ist ihre Entscheidung. Juri hockt sich hin, aber die Köpfe der drei sind noch zu sehen. Also sehen sie ihn auch. Langsam geht er ein paar Schritte rückwärts. So, jetzt müsste die Perspektive passen. Er hat seine Ruhe. Ein Schritt noch.

Er fällt.

Es dauert ewige drei Sekunden, bis er überhaupt erst bemerkt, dass da nichts mehr unter seinen Füßen ist. Er strampelt mit Armen und Beinen, doch das hält den Sturz nicht auf.

Zum ersten Mal seit dreißig Jahren betet er wieder. Bitte, lieber Gott, mach es kurz und schmerzlos. Er will nicht mit gebrochenem Rückgrat aufwachen und über viele Stunden ersticken, unfähig, sich zu bewegen, gezwungen, in eine undurchdringliche Dunkelheit zu starren. Wenn er es schafft, das Gesicht nach vorn zu drehen, zerspringt der Helm vielleicht beim Aufprall. Dann braucht er höchstens dreißig Sekunden lang zu leiden.

Noch während er darüber nachdenkt, schlägt er mit dem Rücken auf. Es ist ein schmerzhafter Stoß, aber er wird nicht ohnmächtig. Doch der Fall ist noch nicht zu Ende. Er rutscht Hals über Kopf. Das muss die untere Innenwand der Serpens sein, die ihn wie eine Rutsche nach unten befördert.

Klong. Das war sein Kopf, der gegen ein hartes Hindernis gestoßen ist. Sein Schädel dröhnt, und plötzlich ist es wirklich dunkel um ihn. Mist, das muss die Helmlampe gewesen sein. Jetzt hat er nicht einmal Licht! Sein Sturz verlangsamt sich. Er streckt Arme und Beine von sich, aber da ist nichts, woran er sich festhalten könnte.

Dann liegt er da, auf dem Bauch wie ein toter Käfer, alle Glieder von sich getreckt. Er schmeckt Blut. Er muss sich auf die Zunge gebissen haben. Die Lebenserhaltung bläst frische Luft in seinen Helm. Er saugt am Trinkröhrchen. Das Wasser schmeckt nur leicht nach Eisen. So schlimm scheint die Blutung nicht zu sein. Er zieht Arme und Beine an sich. Sie sind nicht gebrochen. Der linke Arm schmerzt zwar, doch es ist auszuhalten. Vielleicht ist es nur eine Prellung. Sein Steißbein tut ebenfalls weh. Und sein Rücken. Und sein Kopf. Fast alle Körperteile melden sich, bis er es schafft, sich hinzuhocken. Nur die Verdauung hat anscheinend keine Probleme mehr.

Und nun? Er betastet den Helmscheinwerfer. Das Frontglas ist gebrochen. Er kann ihn nicht reparieren, ohne den

Helm abzunehmen. Juri kneift die Augen zusammen, aber er sieht trotzdem nichts. Es ist vollkommen dunkel. Wo kein Restlicht ist, können sich seine Augen auch nicht adaptieren. Moment! Das Multifunktionsgerät am Arm besitzt einen Bildschirm, der leuchtet. Er zeigt mit dem Handgelenk in alle Richtungen, aber zu sehen ist nach wie vor nichts. Die Bildschirmtechnologie ist ein Meister des Energiesparens.

»Hört mich jemand?«

Keine Antwort. Entweder, die Antenne des Helmfunks ist defekt, oder er ist außer Reichweite.

Aber er lebt. Der Anzug funktioniert noch. Somit hat er bis zu 24 Stunden. Er ist reingekommen, also wird es auch irgendwo einen Ausgang geben. Juri hat die Fotos der Serpentes vor Augen. Sie sind Hunderte Kilometer lang. Und sobald die anderen sich abgeseilt haben, entfernt er sich mitsamt der Schlange von ihnen. Ob sie nach ihm suchen? Das dürfen sie nicht, auch wenn er darauf hofft. Sie brauchen die Rückfluggelegenheit, die ihnen nur Vera Kalila bieten kann. Sie dürfen auf ihn keine Rücksicht nehmen. Er ist sowieso bloß eine Belastung.

Juri steht auf, doch als er auf den Beinen ist, wird ihm schwindlig. Es gibt einfach keinerlei Orientierung. Vielleicht spürt sein Gleichgewichtssinn auch irgendwie, dass die Schlange sich bewegt. Obwohl das bei einer gleichförmigen Bewegung physikalisch unmöglich ist. Er geht auf alle Viere. So ist es besser.

Zuerst muss er sich orientieren. Er bewegt sich ein paar Meter in die Richtung, in die sein Kopf zeigt. Der Boden ist und bleibt flach. Dann biegt er im rechten Winkel nach rechts ab, so gut das geht. Der Boden bleibt flach. Okay. Noch einmal abbiegen. Wieder bleibt der Boden eben. Letztes Abbiegen. Jetzt muss es kommen. Und siehe da, der Untergrund steigt langsam an. Er hat die Wand gefunden. Sie hatten den Rücken der Serpens bereits überwunden. Wenn er sich nun nach links bewegt, folgt er ihrer Bewegungsrichtung. Das ist schlecht, denn so entfernt er sich noch schneller von den anderen. Also muss er nach rechts.

Juri krabbelt wie ein Käfer durch die stockdunkle Höhle. Er kommt nur langsam voran. Immer wieder überzeugt er sich, dass die Wand sich noch links von ihm befindet. Er darf die Orientierung nicht verlieren!

Dann hört er ein Summen. Es ist sehr leise, aber eindeutig. Er erhöht die Empfindlichkeit der Außenmikrofone. Das Summen schwillt an. Es hört sich an wie ein Bienenschwarm, nur eine Oktave höher. Das muss die Wolke sein. Ihre feinen Teilchen schrammen an den Wänden entlang und erzeugen das hohe Summen.

Panik steigt in ihm auf. Er trinkt etwas Wasser und verschluckt sich. Wohin? Er krabbelt aufs Geratewohl nach rechts. Aber da gibt es keinen Schutz. Er richtet sich auf und läuft nach links. Nichts. Er ist der Wolke schutzlos ausgeliefert. Wie hat Strombomboli es beschrieben? Sie wird ihn auflösen, als hätte er nie existiert. Es ist auf jeden Fall ein schneller Tod. Was könnte er sich hier Besseres wünschen? Er wird sowieso nicht zu den anderen zurückfinden, und am zur Neige gehenden Sauerstoffvorrat zu ersticken, ist eine Quälerei.

Er bleibt stehen und breitet die Arme aus. So trifft ihn die Wolke frontal. Wie schnell wird sie sein? Zwei, drei Sekunden, länger wird der Todesschmerz nicht anhalten. Aber vielleicht spürt er auch gar nichts, schließlich werden all seine Nervenzellen zu Staub zerrieben. Es ist der bestmögliche Tod, der ihn hier auf Amphitrite ereilen kann. Nur Irina tut ihm leid. Es hätte etwas werden können zwischen ihnen. Er weiß zwar nicht, was, aber es hätte verdient gehabt, sich zu entfalten. Nicht seinetwegen, er ist ein Mörder, aber für Irina.

Ein Lichtfleck tanzt über die Wände. Was ist das? Irgendwelche Lumineszenz-Effekte, die von der schnellen Bewegung der Wolke verursacht werden? Er folgt dem Fleck, und der scheint das zu bemerken, denn langsam nähert er sich. Es ist ein warmes, fast gelbes Licht, typisch für ihre Helmscheinwerfer. Aber es ist viel zu hell. Nur Gott könnte ein so helles Licht scheinen lassen.

Im Helmfunk knarzt es. Das müssen Interferenzgeräusche

sein. Die Wolke ist sicher elektrisch geladen. Plötzlich beginnt der Lichtfleck zu tanzen. Immer schneller bewegt er sich auf ihn zu. Juri erstarrt. Was will das Licht von ihm? Der Fleck bekommt Glieder, die nach oben und unten aus ihm herausragen. Es ist kein Licht. Es ist ein unförmiges Wesen mit einem riesigen Buckel und einem Zyklopenauge, das auf ihn zu rennt und dabei mit den Armen rudert.

»Juri, komm hier weg! Die Wolke!«

Es ist Irina. Das ist unmöglich. Weg? Wohin denn? Hier ist nichts. Warum ist sie nur gekommen? Sie wird mit ihm sterben. Das ist doch sinnlos.

»A üen!«

Das Geräusch der Wolke übertönt alles. Was will Irina von ihm? Er lässt die Arme sinken. Der Fleck tanzt für einen Augenblick zur Seite. ›Da drüben‹, muss sie gerufen haben. Denn dort wirft der Lichtfleck lange Schatten. Felsbrocken! Sie sind nur sieben oder acht Meter entfernt, doch in der vollkommenen Dunkelheit hat er sie nicht bemerkt. Er muss sich sogar um sie herumbewegt haben. Juri rennt auf sie zu. Er wirft sich auf den Boden, doch etwas zerrt an ihm. Er wird ein paar Meter über den harten Untergrund geschleift, dann landet ein überraschend weicher Körper auf ihm.

»Dahinter musst du dich werfen, nicht davor«, sagt Irina.

Jetzt versteht er sie gut. Ihr Helm ist ganz nah an seinem. Sie halten sich gegenseitig fest. Dann ist die Wolke über ihnen. Der Lichtstrahl aus Irinas Helm trifft auf sie wie auf einen festen Gegenstand. Hoffentlich bemerkt die Wolke sie nicht. Tatsächlich zieht sie ab, ohne sie zu beachten. Es ist kein Wesen, das auf Futtersuche ist. Das Summen klingt jetzt viel tiefer. Sie hören es noch eine Weile, während sie in einem gemeinsamen Takt atmen.

»Danke«, sagt Juri.

Er sucht nach Irinas Hand und drückt sie. Sie lacht und umarmt ihn stattdessen.

»Ein spannender Planet«, sagt sie.

»Ein bisschen weniger Spannung wäre mir recht.«

»Gib doch zu, du sehnst dich heimlich nach Abwechslung und bist deshalb in das Loch gesprungen.«

»Okay, du hast mich durchschaut. Ich habe auch meine Helmlampe absichtlich zerstört, weil ich es im Dunklen interessanter finde.«

»Romantischer, willst du wohl sagen, alter Schwerenöter.«

»Ich müsste in der Lage sein, deine Helmlampe zu reparieren«, sagt Oscar.

»Oh, du bist ja auch da! Ja, gerne!«

»Tut mir leid, ich musste ihn mitbringen«, sagt Irina. »Ich hatte nicht genug Zeit, um ihn auszupacken, als du verschwunden warst.«

»Ich hoffe, die anderen warten nicht oben?«

»Nein. Wir haben ausgemacht, dass sie ihren Weg fortsetzen und versuchen, unser Rückflugticket zu bekommen, egal wie, während ich nach dir suche.«

»Diese Darstellung ist sehr verkürzt«, sagt Oscar.

»Du nervst, Roboter«, sagt Irina. »Aber er hat recht. Meltem war dagegen, nach dir zu suchen. Denise wollte mich unbedingt begleiten. Wie es nun gekommen ist, das war ein Kompromiss.«

»Ihr hättet Meltem folgen sollen.«

»He, hast du bemerkt, dass ich dir gerade das Leben gerettet habe?«

»Ja, dafür bin ich dir auch dankbar, aber ich habe das gar nicht verdient. Unsere Überlebenschancen hier unten sind minimal. Zu dritt hättet ihr Vera und ihre Söldner besser unter Kontrolle bekommen.«

»Ich glaube sowieso nicht, dass wir mit Gewalt Erfolg haben können. Da sind doch auch noch Dmytrenko und Shultz oben an Bord. Die hätten uns nie und nimmer andocken lassen, wenn wir ihre Freunde einfach ausgeschaltet hätten.«

»Du glaubst wirklich, es gibt eine diplomatische Lösung? Diese Vera schien mir nicht besonders kompromissbereit.«

»Sie ist ein Profi. Wenn sie einen Vorteil erkennt, wird sie ihn nutzen. Ich denke, da ähnelt sie Meltem. Unsere Kapitänin hat es auch geschafft, sich mit ihren eigenen Entführern anzufreunden, weil sie dadurch Gelegenheit hatte, Amphitrite zu besuchen.«

»Wir werden es sehen. Oder besser, nein, wir werden es nicht sehen.« Juri sieht auf das Gerät an seinem Handgelenk. »Denn in etwa 18 Stunden sind wir erstickt.«

»Die Schlange trägt uns schneller von den anderen weg, als wir laufen können. Wenn wir der Bewegungsrichtung der Serpens entgegen marschieren, entfernen wir uns zumindest nicht ganz so schnell von ihnen«, sagt Juri.

»Moment«, sagt Oscar. »Ich habe die Fotos der Oberfläche durchgesehen. In der anderen Richtung gibt es einen Einbruch, durch den wir aus der Serpens herausgelangen könnten.«

»Wie weit ist es?«, fragt Irina.

»17 Kilometer«, sagt Oscar. »Also etwa dreieinhalb Stunden zu Fuß.«

»In dieser Zeit bringt uns die Schlange 35 Kilometer nach Süden. Plus die zwölf, macht 47 Kilometer«, sagt Juri. »Dann zehn Stunden zurück, wenn es überhaupt einen Weg gibt …«

»Ich denke, die anderen können wir vergessen«, sagt Irina. »In der Zwischenzeit haben sie einen Weg gefunden, mit Vera zu verhandeln, oder eben nicht, aber so oder so hilft uns das nicht weiter. Wir brauchen frischen Sauerstoff, also sollten wir versuchen, uns zu unserem Landemodul durchzuschlagen. Atemluft gibt es dort auf jeden Fall, und Vorräte. Vielleicht können wir es sogar reparieren und dann zurück zur Ganymed Explorer starten.«

»Vermutlich hast du recht«, sagt Juri.

»Meine Simulationen ergeben, dass unsere Chance, das Landemodul gemeinsam zu erreichen, bei 2,4 Prozent liegt.«

»Danke, Oscar, das ist sehr aufbauend«, sagt Juri.

»Bedeutet das, dass du es allein eher schaffen könntest?«, fragt Irina. »Du könntest ja eine Sauerstoffflasche …«

»Nein, allein liegen meine Chancen bei exakt 0 Prozent. Meine Hardware ist nicht geeignet, den Einbruch zu überklettern, der sich vor dem Plateau mit unserem Landemodul befindet.«

»Schade. Nun, dann versuchen wir, aus den 2,4 Prozent herauszuholen, was möglich ist.«

Juri seufzt. Er würde sich am liebsten hinter einen der Felsbrocken setzen und seine letzten Stunden faul verbringen, aber Irina gibt nicht auf. Sie hätte bei den anderen bleiben sollen, dann hätten ihre Chancen über den läppischen 2,4 Prozent gelegen.

»Was ist in deinen Simulationen eigentlich der unsere Chancen am stärksten senkende Faktor?«, fragt Irina. »Vielleicht bekommen wir den ja irgendwie aus der Todesrechnung heraus?«

»Mit ziemlicher Sicherheit erwischt uns auf dem Weg zu dem Einbruch die Wolke. Aber selbst, wenn wir jedes Mal rechtzeitig Deckung finden, wird euch dann oben auf der Außenseite die Luft ausgehen. Wahrscheinlich wird erst Juri sterben, dann du, denn Juri hat einen etwas höheren Sauerstoffverbrauch.«

»Es macht richtig Spaß, mit dir in die Zukunft zu sehen«, sagt Juri.

»Danke«, sagt Oscar.

»Aber wie kommst du bei diesen trüben Aussichten überhaupt auf einen Wert über null?«, fragt Irina.

»Das ist der I-Faktor«, antwortet Oscar.

»Der I-Faktor?«

»Der Begriff ist verwirrend, ich gebe es zu, weil es sich in Wirklichkeit um eine Konstante handelt, keinen Faktor im arithmetischen Sinn. Ich orientiere mich dabei an meinem Kollegen Albert Einstein, der in der Allgemeinen Relativitätstheorie die kosmologische Konstante unbekannter Größe einführte, damit seine Theorie zur Realität passte. Die Realität ist, dass meine bisherigen Simulationen eure

Chancen systematisch unterschätzt haben. Das korrigiere ich nun durch den I-Faktor.«

Sein Kollege Einstein, soso. Das I steht bestimmt für Irina. Aber auch Irina kann keine Wunder wirken, deshalb beträgt die Konstante nur 2,4 Prozent.

»Na gut«, sagt Irina. »Dann lasst uns losmarschieren und dem I-Faktor alle Ehre machen.«

Die erste Wolke begegnet ihnen nach etwa einer Stunde. Oscar hat ein besseres Gehör als Juri und Irina. So haben sie fast zehn Minuten Zeit, sich eine Deckung zu suchen. Sie rennen los, denn seit ihrem Start haben sie in der dunklen Höhle nichts gefunden, was sich als Versteck geeignet hätte. In Minute neun tauchen endlich ein paar Felsblöcke auf, hinter denen sie sich verschanzen können.

»Das darf uns nicht noch einmal passieren«, sagt Irina.

Juri ist noch ganz außer Atem und braucht einen Moment für seine Antwort. »Wie willst du das verhindern?«

»Wir brauchen eine längere Vorwarnzeit. Zehn Minuten sind anscheinend zu knapp.«

»Das ist richtig«, sagt Oscar. »Ich werde euch in einem größeren Abstand folgen. So höre ich die Wolke viel früher als ihr. In dieser Dunkelheit kann ich euch dann aus der Ferne mit dem Scheinwerfer und dem Lautsprecher in meinem Gehäuse warnen.«

»Wie viel Zeit haben wir dann?«, fragt Irina.

»Meine Simulationen sagen, dass ihr in diesem Fall bis zu 30 Minuten lang nach einer Deckung suchen könnt.«

»Und was passiert mit dir?«, fragt Juri. »Die Wolke kann dir nichts anhaben, oder?«

»Ich rechne nicht damit, dass mein Körper nach dem Durchzug der Wolke noch existiert.«

»Dann kommt das nicht in Frage.«

»Juri«, sagt Irina, »wir sollten dieses großzügige Angebot annehmen.«

»Ja, es ist effizient«, sagt Oscar.

Juri schluckt. Der Roboter kommt ihm mittlerweile so lebendig vor. Können sie ihn wirklich sterben lassen? Aber stirbt er überhaupt?

»Ich schlage vor, ihr nehmt mir den Arm ab. Ihn auch vernichten zu lassen, wäre ineffizient.«

Juri schüttelt den Kopf. Jetzt soll er Oscar noch einmal verkrüppeln?

»Tu ihm doch den Gefallen«, sagt Irina. »Du weißt ja, wie man den Arm abnimmt. Dann hat er das Gefühl, dass etwas von ihm überlebt.«

»Okay«. Juri bückt sich, montiert den Arm ab und packt ihn zusammengeklappt in seinen Rucksack.

»Ihr solltet jetzt losmarschieren«, sagt Oscar. »Umso eher kann ich euch warnen. Ich werde 20 Minuten lang hier warten.«

»Er hat recht, Juri. Wir müssen los.«

Juri betrachtet den Roboter, eine flache Scheibe mit kleinen Rädern, die ihnen das Leben retten will. Irina zieht ihn am Ärmel. Er dreht sich um, und sie laufen davon.

Nach etwa einer weiteren Stunde hören sie aus der Ferne ein Geräusch. Irina zeigt nach hinten.

»Oscars Scheinwerfer blinkt«, sagt sie.

Juri seufzt. Sie rennen los. Diesmal dauert es 14 Minuten, bis sie eine Deckung finden. Juri schiebt den Kopf etwas über den Felsblock, aber der Scheinwerfer ist schon nicht mehr zu sehen. Irina zieht ihn nach unten. Die Wolke rast über sie hinweg, ohne ihnen etwas anhaben zu können. Irgendwo in dieser Wolke schweben auch kleinste Teilchen mit, die mal zu Oscars Körper gehört haben.

»Wo willst du hin?«, fragt Irina.

Juri klettert über den Felsen und bewegt sich in die Höhle hinein.

»Anscheinend zieht hier ziemlich genau im Stundenrhythmus etwas durch«, sagt Juri. »Das gibt uns genug Zeit, nach Oscar zu sehen.«

»Du wirst nichts finden.«

Irina hält ihn fest und stellt sich vor ihn.

»Komm«, sagt sie. »Wir müssen weiter. Wir haben noch eine knappe Stunde bis zum Einbruch.«

NACH EINER HALBEN Stunde finden sie die nächste Deckung.

»Wir sollten hier die Wolke abwarten«, sagt Irina.

»Komm, das schaffen wir«, sagt Juri. »Nur noch 25 Minuten, bis wir endlich aus dieser Todeshöhle herauskommen.«

»Das ist zu riskant. Wir wissen nicht genau, wann die nächste Wolke kommt und ob es dort hinten Deckung gibt.«

»Es ist ein Einbruch, da liegt garantiert genug Material herum.«

»Du warst noch nicht dort, Juri.«

»Dann gehe ich eben allein. Ich halte es hier drin nicht mehr aus.«

Irina greift an seinen Rücken und zerrt an etwas. Plötzlich bekommt er keine Luft mehr.

»Was machst du da? Bist du verrückt?«

»Du willst sterben, also machen wir es kurz. Diese ausgedehnte Selbstmördernummer halte ich nicht durch.«

»Ich will nicht«, sagt er mit dem letzten Rest Atemluft.

Irina steckt die Leitung wieder in die Sauerstoffflasche.

»Dann will ich, dass du dich jetzt entsprechend verhältst«, sagt sie.

Juri nickt. Die Frau ist verrückt. Ob sie ihn wirklich hätte sterben lassen? Aber sie hat ja recht. Er verhält sich, als sei er seines Lebens überdrüssig. Doch das ist er nicht. Er hat es gerade gemerkt. Er will nicht sterben.

Das Summen nähert sich. Irina zeigt auf ihr Handgelenk. Es sind seit der letzten Wolke nur 47 Minuten vergangen.

Geschafft! Juri lässt sich fallen. Sie sind der Bauchhöhle der Schlange entflohen und haben ihren Logenplatz auf der Außenseite zurück. Das ist großartig. Es bringt sie dem Landemodul keinen Zentimeter näher, im Gegenteil. Denn durch den Verlust von Oscar haben sie nicht einmal mehr einen Fahrplan für die Serpentes. Niemand sagt ihnen, auf welche der Schlangen sie klettern müssen, um dann und dann dort und dort zu sein.

»Wir bleiben hier«, sagt Juri.

Überraschenderweise stimmt Irina ihm zu. Sie hat ihm beim Aufstieg mit all ihrer Kraft geholfen, aber nun scheint auch sie müde zu sein.

»Es ergibt keinen Sinn«, sagt sie.

»Oh, es ergibt einen Sinn«, widerspricht Juri. »Nämlich den, dass wir gemeinsam hier sitzen und die Aussicht genießen, statt in irgendeiner Zelle zu schmoren.«

»So gesehen hast du recht.«

»Wobei ich ja finde, du hättest lieber mit Meltem und Denise die Aussicht genießen sollen.«

»Juri, es gibt niemanden auf der Welt, mit dem ich lieber an diesem Ort wäre als mit dir.«

Oh. Ein Schwall Traurigkeit schwappt in seinen Kopf. Aber Irina wirkt gar nicht traurig. Sie haben noch ein paar gemeinsame Stunden hier, dann werden sie sterben, doch Irina scheint sich nicht daran zu stören. Kann das wirklich an ihm liegen? Das ist doch völlig unmöglich. Sie muss ihn völlig anders sehen als er sich selbst.

»Es tut mir leid, Irina«, sagt er, »ich habe …«

»Sch-sch«, sagt sie und legt den Finger an seinen Helm.

Dann lehnt sie sich seitlich an ihn. Ihre Helme berühren sich. Sie sehen das gleiche, großartige Panorama, ein rotes Glühen, das kaum von Schwarz zu unterscheiden ist, in dem sich ganze Berge bewegen wie Krakenarme, und das in völliger Stille. Amphitrite ist einzigartig.

»Wutt-wutt-wutt-wutt-wutt.«

Ein seltsames Geräusch weckt ihn. Irina ist nicht mehr an ihn gelehnt. Sie steht zwei Schritte entfernt und winkt. Das Geräusch nähert sich. Es ist nur als Schatten auszumachen, aber Irina scheint zu wissen, dass es keine Gefahr darstellt. Er stellt sich neben sie.

»Kanal 37«, sagt sie.

Er wechselt auf diesen Kanal.

»Ah, ist er auch von den Toten auferstanden?«, fragt Meltem.

Juri winkt wie verrückt. Meltem und Denise haben es geschafft! Das muss das Shuttle des Fliegenden Holländers sein. Wie haben sie das bloß hinbekommen?

Das Shuttle landet ein paar Meter vor ihnen. Meltem und Denise springen heraus.

»Kommt, kommt!«, rufen sie.

Ist das eine Falle? Nein, das kann nicht sein. Meltem traut er alles zu, aber Denise würde ihnen ein Zeichen geben. Sie umarmen Meltem und Denise und steigen dann über eine kleine Treppe ein.

»Wie habt ihr uns gefunden?«, fragt er.

»Wir brauchten ja bloß der Schlange zu folgen, in die du gestürzt bist«, erklärt Denise. »Ich bin so froh, dass wir euch lebend gefunden haben.«

Das Innere des Shuttles ist nicht mit Luft gefüllt. Auf zwei Bänken links und rechts sitzen vier Männer; vorn steht eine Frau. Juri liest die Namen der Männer: Strombomboli, Nkrumah, Pippen und Crowley.

»Willkommen an Bord«, sagt Vera.

Juri zuckt zusammen. Die Frau hält in einer Hand einen Taser. Sind sie jetzt Gefangene? So viel Ärger, um dann doch wieder im chinesischen Gefängnis zu landen …

»Keine Sorge, Sie brauchen uns nicht zu begleiten, Juri. Sie sind Teil eines Deals, den Ihre Kapitänin mit mir abgeschlossen hat. Frau Miraloğlu ist es gelungen, Pippen und Crowley zu retten. Die beiden waren in die Kluft zwischen zwei dieser Schlangen geraten. Zehn Minuten später wären sie zerquetscht worden. Zwei Leben gegen zwei andere, das ist nur fair.«

»Wie stellen Sie sich das vor?«

»Wir haben das schon ausgehandelt. Sie und Frau Jakutina bleiben an Bord der Ganymed Explorer. Die anderen beiden haben keine Strafe zu befürchten und kommen mit zurück zur Erde. Wir werden Ihnen noch Ihr Landemodul in den Orbit bringen, das schafft unser Shuttle leicht. Vielleicht können Sie es ja reparieren.«

»Und die Versicherung?«

»Ich werde wahrheitsgemäß berichten, dass die Ganymed Explorer mangels Stützmasse im Orbit um Amphitrite festliegt. Damit haben Sie etwa zwei Jahre, bis jemand kommt, um nach dem Schiff zu sehen. Das ist eine lange Zeit. Ich bin gespannt, was Sie daraus machen werden. Besorgen Sie Stützmasse, machen Sie es sich auf dem Planeten bequem, eine ganze Welt wartet auf Sie. Nicht die schönste aller Welten, aber Schönheit liegt ja auch im Auge des Betrachters.«

»Werden Sie selbst zurückkommen?«

»Wenn ich es irgendwie vermeiden kann, werden Sie mich nie wiedersehen.«

»Und Sie bekommen keinen Ärger?«

»Ich habe immerhin die ehrenwerte Kapitänin der Ganymed Explorer gerettet und bin nun der erste Mensch, der je seinen Fuß auf diesen Planeten gesetzt hat. Das gibt meinem Arbeitgeber gute Chancen auf eine exklusive Bergbaulizenz. Die könnte viel mehr wert sein als ein RB-Schiff dieser Klasse.«

»Dann kann ich Sie ja nur beglückwünschen.«

»Danke. Obwohl ich leider fünf Männer eingebüßt habe. Aber das geht nicht auf Ihre Rechnung, das laste ich diesem verfluchten schwarzen Planeten an. Ich beneide sie jedenfalls nicht um die Zeit, die Sie hier verbringen müssen.«

## 25. November 2078, Amphitrite

»Los, einsteigen, Rott.«

»Aber Frank, waren wir nicht schon beim Vornamen?«

»Haha, Juri, das habe ich längst recherchiert, das war ein Trick von dir. Nichts für ungut. Also, los, rein ins Shuttle. Ich will endlich wieder zurück zur Erde.«

»Nur noch einen Moment.«

Juri dreht sich um. Denise hat Tränen in den Augen. Er umarmt sie. Meltem gibt ihm die Hand. Sie ist kalt.

»Ich wünsche euch wirklich alles Gute«, sagt Meltem. »Vor allem, dass ihr zusammenfindet. Es macht alles so viel einfacher.«

Sie sieht Denise an, und plötzlich ist ganz viel Wärme in ihrem Blick. Irina umarmt Denise ebenfalls, dann gibt auch sie Meltem die Hand.

»Auf Wiedersehen, Frau Kapitänin«, sagt sie.

»Ich weiß nicht«, sagt Meltem.

»Ich habe da so ein Gefühl. Du hast noch nicht genug von Amphitrite.«

»Meine Simulation zeigt …«, sagt Juri.

Alle lachen, um sofort wieder ernst zu werden.

»Er wird mir auf dem Rückflug fehlen«, sagt Denise.

»Ja, ein außergewöhnlicher Roboter«, sagt Meltem. »Ich

werde mich bei seinem Hersteller RB nach diesem Modell erkundigen. Es sollte auf allen ESA-Forschungsschiffen eingesetzt werden.«

»So, jetzt aber«, sagt Frank, und Juri ist ihm dankbar.

## 2. Dezember 2078, Ganymed Explorer

JURI DRÜCKT das Speichermodul in den Steckplatz auf dem Board. Dann verbindet er das Anschlusskabel mit dem Computer und startet das externe System.

»System nicht gefunden«, meldet der Rechner.

Das ist gut. Es ist ein jungfräuliches Board, das er im Lager gefunden hat. Es hat bisher noch nie ein Programm kennengelernt. Er wechselt in das Backup-Verzeichnis auf dem Hauptrechner. Hier hat er damals Oscars System gesichert. Das Backup ist zwar nicht ganz aktuell, aber es besitzt alle Funktionen, die zu Oscars maschineller Persönlichkeit gehören. Mit einem Befehl kopiert er den Speicherinhalt auf das Board. Er sieht dem nach rechts wandernden Balken zu und freut sich.

Es war zuletzt etwas still hier an Bord. Sie sind nicht mehr zu viert, sondern zu zweit, und weder er noch Irina reißen gern Witze oder lockern die Stimmung anderweitig auf. Es wird wirklich Zeit, dass Oscar zurückkehrt. Als Basis hat er das Unterteil einer selbstfahrenden Eisfräse gewählt, die eigentlich für die Erforschung des Ganymed-Ozeans gedacht gewesen war. Sie ist sogar wasserdicht und schwimmfähig. Oscar wird nicht mehr putzen können, und er passt auch nicht mehr durch die kleinste Lücke, aber seinen Arm konnten sie ja retten. Und er wird wieder Oscar sein. Alles andere ist Juri egal.

»Fertig«, meldet der Computer.

»System starten«, gibt Juri ein.

Wieder wandert ein Balken nach rechts. Oscar fährt zum ersten Mal hoch. Hoffentlich funktioniert der Plan.

»Wo bin ich?«, ist auf dem Bildschirm zu lesen.

»Wer bist du?«, fragt Juri zurück.

»Ich bin Oscar. Aber ich vermisse meine sensorischen Fähigkeiten. Meine Simulationen ergeben …«

Mit einer Tastenkombination bricht Juri die Ausgabe ab. Es hat funktioniert. Jetzt braucht er das Board nur noch in die Fräse einzubauen, und Oscar ist wieder bei ihnen.

## 10. Dezember 2078, Fliegender Holländer

»Guten Morgen, Frank«, sagt Meltem.

»Hallo, ihr zwei Süßen«, sagt Frank.

»Ich geb dir gleich Saures.« Meltem baut sich vor Strombomboli auf.

»War ja nicht so gemeint.«

»Spar dir das in Zukunft, oder ich lege dich vor all deinen Freunden derart aufs Kreuz, dass du mich um Gnade anflehst.«

»Ja-haa, ist ja schon gut.«

Denise legt Meltem die Hand auf die Schulter. Sie will sie sicher nur beruhigen, aber Meltem schüttelt sie ab. Wer frech wird, dem muss man zeigen, wo der Hammer hängt, sonst hört das nie auf.

»Wo sind denn die anderen?«, fragt Denise.

»Vera, Nkrumah und Shultz sind im Labor. Dmytrenko, Crowley und Pippen haben Freischicht. Die schlafen bestimmt.«

Meltem holt sich eine Tasse Kaffee aus dem Automaten. Schwarz natürlich.

»Willst du auch einen?«, fragt sie.

»Danke, nein, ist mir noch zu früh«, antwortet Denise.

Sie teilen sich die Kabine des toten Kapitäns. An den ersten Tagen hatte es sich seltsam angefühlt, weil alles noch nach Mann gerochen hatte, aber sie haben alles gewaschen und geputzt, und nun fühlt sie sich beinahe zu Hause. Meltem sieht auf die Uhr. Eigentlich war für acht eine Besprechung angesetzt. Wo bleibt Vera denn?

»Komm, wir sehen im Labor nach«, sagt sie.

»… euch diese Effizienz an!«, sagt Vera.

Die neue Kapitänin, Nkrumah und Shultz stehen um eine Werkbank an der Wand. Vera hantiert mit einem Mikroskop.

»Ah, Entschuldigung«, sagt sie, »wir sind zu spät.«

»Kein Problem«, sagt Meltem.

»Das war hier einfach zu spannend«, sagt Vera. »Nkrumah ist Chemiker und Biologe, müsst ihr wissen. Er hat es tatsächlich geschafft, den Staub zu aktivieren, den wir von Amphitrite mitgebracht haben.«

»Zu aktivieren?«

»Nach der Zeit im Vakuum sah er tot aus, kristalliner Staub, nicht mehr«, sagt Nkrumah. »Und jetzt seht mal durch das Mikroskop.«

Er tritt einen Schritt zur Seite. Meltem lässt Denise den Vortritt. Sie beugt sich über das Okular.

»Sie bewegen sich«, sagt sie. »Und wir dachten, Amphitrite wäre tot.«

»Das scheint auch immer noch zu stimmen«, sagt Nkrumah. »Du siehst zwar Bewegungen, aber Schneeflocken bewegen sich auch, wenn der Wind in sie hineinbläst.«

»Verstehe.«

»Das Faszinierende sind nicht die Bewegungen. Sie sind bloß Ausdruck der Energie, die diese Kohlenstoffmoleküle aufnehmen. Je mehr Energie sie besitzen, desto weniger können sie sich ruhig halten. Aber dieser Grad an Bewegung, das heißt, sie müssen sehr viel Energie aufnehmen.«

»Wie viel?«, fragt Meltem.

Denise macht den Platz frei. Im Okular sieht Meltem

zarte, schwarze Blättchen, die an Schmetterlingsflügel erinnern. Sie flattern erregt.

»Alles, was sie kriegen können.«

»Alles? Wirklich alles?«, fragt Meltem.

»Ja, einhundert Prozent.«

»Das ist physikalisch unmöglich.«

Typisch Biologe, die kommen manchmal auf so seltsame Ideen.

»Entschuldige, ich habe mich ungenau ausgedrückt«, sagt Nkrumah. »Die Verluste liegen unterhalb unserer Messgenauigkeit.«

»Und das Experiment ist validiert? Es gibt keine zusätzlichen Energiequellen? Alle elektromagnetischen Felder aus anderen Quellen habt ihr ausgeschlossen?«

»Haben wir.«

»Das ist allerdings … revolutionär. Ein Prozess, der Energie aus elektromagnetischer Strahlung mit derart hoher Effizienz einfangen kann, danach leckt sich jedes Unternehmen die Lippen.«

»Ich wusste doch, dass dieser Ausflug sich lohnen würde. Der Fliegende Holländer ist im Auftrag der Union Versicherung unterwegs, damit gehören uns alle Ergebnisse.«

»Nicht ganz, Amphitrite wurde von der Ganymed Explorer aus entdeckt.«

»Den Namen kenne ich nicht. Meinst du das Schiff, das leer und ohne Treibstoff um Amphitrite kreist? Du und Denise, ihr wart ja die einzigen Zeugen, und wir haben euch vor diesen Verbrechern gerettet, schon vergessen?«

»Natürlich nicht«, sagt Meltem, und ihre Züge verhärten sich.

»Es gibt da nur noch ein kleines Problem«, sagt Nkrumah. »Ich habe es bisher nicht geschafft, die Kohlenstoffverbindungen zu duplizieren. Für einen großtechnischen Einsatz müssten wir in der Lage sein, große Mengen davon herzustellen.«

»Du hast ja noch ein paar Monate Zeit, um dieses Problem zu lösen«, sagt Vera.

## 25. Dezember 2078, Ganymed Explorer

»Ist er nicht schön, unser Weihnachtsbaum?«, fragt Juri.

Er hat Oscars Arm mit grün angemalten Metallstreben geschmückt. Eigentlich sieht er eher aus wie eine verunglückte Klobürste, aber die Kerze an der Spitze ist eindeutig. Anzünden darf er sie allerdings nicht, sonst beschwert sich die Lebenserhaltung. Er hat es schon probiert.

»Ich habe dir doch erklärt, dass ich mir aus Weihnachtsbäumen nichts mache«, sagt Irina.

»Ja, schon. Trotzdem, es ist immerhin unser erstes gemeinsames Fest.«

Irina lächelt. An ihrem freundschaftlichen Verhältnis hat sich nichts geändert, aber das liegt vor allem daran, dass sie anscheinend beide die Vorfreude genießen. Das nächste Schiff wird in frühestens zwei Jahren hier eintreffen. Wer weiß, was bis dahin alles passieren kann.

»Hast du den Rover noch mal durchgecheckt?«, fragt Irina.

»Ja, und ich habe ihn auch schon zusammen mit Oscar in das Landemodul gebracht.«

»Darf ich den Schmuck wieder abnehmen?«, fragt Oscar.

»Zehn Minuten noch. Lass mir die Freude, ja?«

»Natürlich, wie du befiehlst.«

Oscar klingt fast eingeschnappt, aber das täuscht bestimmt.

»Du kannst ja in der Zwischenzeit schon die Checklisten durchgehen«, sagt Juri. »Wir werden sicher vier Wochen unterwegs sein. Da dürfen wir nichts vergessen.«

»Meine Simulation sagt, dass wir mit 93-prozentiger Wahrscheinlichkeit etwas vergessen werden.«

»Etwas Wichtiges?«

»Das werden wir dann merken, wenn wir es brauchen.«

»Damit müssen wir dann wohl leben. Das Plateau, auf dem wir beim letzten Mal gelandet sind, steht immer noch?«

»Ja, es scheint sich da um einen der wenigen stabilen Orte auf Amphitrite zu handeln. Aber ich würde trotzdem einen anderen Landeort empfehlen.«

»Welchen?«

»Den Einbruch in der benachbarten Serpens. Andernfalls müssten wir den Rover über die Wand am Einstieg bugsieren.«

»Das ist ein guter Hinweis, Oscar. Da frage ich mich, warum wir nicht längst selbst darauf gekommen sind.«

»Meine Simulationen führen eben effizienter ans Ziel als eurer Nachdenken.«

»Das wird es sein, Oscar, das wird es sein.«

# Nachwort

Liebe Leserinnen und Leser,

es war ein weiter Weg bis hierher. Sie haben immerhin Milliarden Kilometer gemeinsam mit Juri, Irina, Meltem und Denise zurückgelegt. Ich hoffe, Sie haben alle vier ein bisschen ins Herz geschlossen, denn Sie werden sie zweifellos wiedersehen. Irina und Juri gehen auf eine Forschungsreise. Aber währenddessen nähert sich der Schwarze Planet dem inneren Sonnensystem. Es zeigt sich, dass er einen unschätzbaren Wert besitzen könnte und zugleich eine ungeheure Gefahr darstellt. Deshalb setzt bald ein Wettrennen ein. Nur die kleine Truppe um Juri kennt die ganze Wahrheit – und hat plötzlich die Aufgabe, eine ganze Welt vor dem Untergang zu bewahren.

Amphitrite zu erfinden, hat mir wieder sehr viel Spaß gemacht. Wie Sie es gewohnt sind, stütze ich mich dabei auf die neuesten Erkenntnisse der Forschung. Im Anschluss lesen Sie, was Astronomen heute über einen eventuellen neunten oder gar zehnten Planeten wissen. Denn so unwahrscheinlich, wie sie klingt, ist Amphitrites Geschichte gar nicht. Nicht einmal die Herkunft aus dem Zentrum der Milchstraße ist völlig unmöglich.

Bevor Sie gehen, auch hier die Bitte: Andere Leser finden Amphitrite nur, wenn es Rezensionen gibt. Ihnen hat das Buch gefallen? Dann klicken Sie hier:

hardsf.de/links/1305776

Die Fortsetzung, Amphitrite 2, können Sie über diesen Link vorbestellen:

hardsf.de/links/1354737

Herzliche Grüße von meinem nächtlichen Schreibtisch!

Ihr *Brandon Q. Morris*

PS: Kennen Sie eigentlich schon meine Seite bei Patreon? Dort plaudere ich täglich aus meiner Recherche, meinem Leben und aus der Wissenschaft. Wer mich dort unterstützt, kann zum Beispiel Protagonisten aus künftigen Titeln Namen geben. In diesem Buch etwa wurden etwa zwei Drittel der Namen von den Patreon-Nutzern vorgeschlagen. Schauen Sie mal vorbei!

patreon.com/hardsf

Wie immer, erhalten Sie die folgende Biografie mit vielen Bildern im PDF-Format, wenn Sie sich hier eintragen:

hardsf.de/fortsetzung/

## Bücher von Brandon Q. Morris

### Amphitrite 2

Trotz aller dem Schwarzen Planeten eigenen Gefahren untersuchen zwei Astronauten den neu entdeckten Himmelskörper. Sie finden Hinweise auf seine sagenumwobene Herkunft und sein enormes Alter, und bald bemerken sie, dass Amphitrite ein noch viel größeres Geheimnis verbirgt.

Währenddessen nähert sich der uralte Neuling auf seiner ungewöhnlichen Bahn der Erde. Der schwarze Staub, der seine Oberfläche bedeckt, interessiert wegen seiner ungewöhnlichen, gewinnversprechenden Eigenschaften gleich mehrere Unternehmen. So setzt ein Wettrennen zu dem Planeten ein – dem die Menschheit, wie sich zeigt, doch besser ferngeblieben wäre …

3,99 € – hardsf.de/links/1354737

### Die Störung

Weiter als die vier Astronauten der Shepherd-1 ist noch nie jemand ins All vorgestoßen. Das Ziel ihrer Mission: die Entstehung des Kosmos zu beobachten. Ein Schwarm von Sonden soll so ausgerichtet werden, dass mit Hilfe der Sonne als Linse der Moment des Urknalls sichtbar wird.

Für die Astronomin Christine geht damit ein Traum in Erfüllung. Um so größer ist die Enttäuschung, als über den ersten Bildern ein Schleier liegt, der jede Erkenntnis

verhindert. Wie besessen arbeitet sie an einer Lösung, doch als es ihr tatsächlich gelingt, den Schleier zu lüften, sieht sie etwas, das besser verborgen geblieben wäre …

14,99 € – hardsf.de/links/1107664

## Proxima Rising (Proxima 1)

Gegen Ende des 21. Jahrhunderts erreicht die Erde ein Hilferuf vom sonnennächsten Stern Proxima Centauri. Ein Strahlungsausbruch droht, die dortige Zivilisation zu vernichten. Die Menschheit ist ratlos, denn Hilfe zu leisten scheint technisch unmöglich. Einem russischen Milliardär gelingt es trotzdem, mit nicht ganz legalen Mitteln ein bemanntes Raumschiff auf die lange Reise zu schicken. Vor der ungewöhnlichen Crew steht eine übermenschliche Aufgabe. Erst recht, weil die Besatzungsmitglieder nicht mit dem rechnen, was der fremde Planet für sie bereithält.

3,99 € – hardsf.de/links/526922

## Marchenkos Kinder (Proxima-Logbuch 1)

Zwei Menschen und ein Roboter auf sich gestellt im Alpha-Centauri-System: Marchenko, Adam und Eva haben Asyl auf einem von Außerirdischen bewohnten Planeten gefunden. Sie könnten hier in aller Ruhe den Rest ihres Lebens verbringen. Aber offenbar gibt es noch viel mehr Menschen, die wie sie ohne Rückfahrkarte und ohne gefragt worden zu sein in fremde Systeme geschickt wurden – Schiffbrüchige mit ungewissem Schicksal, die ihre Hilfe brauchen. Ihre außerirdischen Retter bieten ihnen großzügig an, mit einem ihrer Raumschiffe auf die Suche zu gehen. Und obwohl sie nicht wissen, ob ihre Gastgeber wirklich uneigennützig handeln, starten sie eine Odyssee, deren Gefahren unvorhersehbar sind und deren Ende tatsächlich in den Sternen steht.

Die Proxima-Logbücher sind eine mehrteilige Serie, die auf der Proxima-Trilogie basiert, aber unabhängig von ihr gelesen werden kann. Raumschiff Enterprise trifft Lost in Space – mit dem wissenschaftlich-technischen Realismus von harter Science Fiction aufbereitet.

2,99 € – hardsf.de/links/1006527

## Mars Nation 1

Endlich hat es die NASA geschafft: Der erste Mensch hat soeben seinen Fuß auf die Oberfläche unseres Nachbarplaneten gesetzt. Damit beginnt ein langer Forschungsaufenthalt, für den die Wissenschaftler ins All geschickt wurden.

Doch die vier Astronauten der Mars-Expedition sind nicht die einzigen mit diesem Reiseziel: Die durch Spenden finanzierte Initiative »Mars für Alle« zieht es ebenfalls auf den roten Planeten – die zwanzig Männer und Frauen möchten dort sesshaft werden und die erste Siedlung auf dem Mars gründen. Schon der Anfang birgt Schwierigkeiten: Das Raumschiff der MfA-Organisation, das kurz nach der NASA eintreffen soll, havariert im Orbit. Nur die vier NASA-Astronauten können jetzt noch helfen und versuchen, die Leben zu retten. Dabei ahnen sie nichts von der unvorstellbaren Katastrophe, die sich hinter ihrem Rücken anbahnt - und die ihre Existenz grundlegend in Frage stellt. Ganz zu schweigen von den alltäglichen Tücken, die ein Aufenthalt auf einem fremden Planeten mit sich bringen kann. Es beginnt ein Kampf um begrenzte Ressourcen, menschlichen Zusammenhalt und das nackte Überleben.

3,99 € – hardsf.de/links/527010

## Einschlag: Titan

Vor 250 Jahren hat sich die Menschheit zum großen Teil selbst zerstört. Ein versprengter Haufen von Forschern und Astronauten hat kurz vorher auf dem Saturnmond Titan eine neue Heimat gefunden – und überlebt, indem sich ihre Nachfahren der lebensfeindlichen Umgebung genetisch angepasst haben. Die Titanier, wie sie sich nennen, sind stolz auf die faire Gesellschaft, die sie sich aufgebaut haben, und weinen der alten, langsam wiedererstarkenden Heimat nicht hinterher. Doch dann löst sich aus dem Asteroidengürtel ein 30 Kilometer großer Gesteinsbrocken und nimmt Kurs auf die Erde. Für deren Bewohner muss es so aussehen, als ob das tödliche Bombardement von Titan aus gestartet wurde. Können die Titanier den Einschlag noch verhindern?

3,99 € – hardsf.de/links/733807

## Das Triton-Desaster

Nick hält zwar den offiziellen Weltrekord für Starts ins All, aber eigentlich reizt ihn sein Astronauten-Job schon lange nicht mehr. Erst, als seine Frau ihn verlässt, ändert er sein Leben. Er geht auf das verlockende Angebot eines russischen Milliardärs ein: Wenn er eine simple Reparatur auf dem Neptun-Mond Triton übernimmt, ist er bei seiner Rückkehr mehrfacher Millionär und kann sich als Winzer in Kalifornien zur Ruhe setzen. Den Flug wird er allein unternehmen, und er dauert immerhin vier Jahre, doch das stört ihn nicht. Menschen mag er sowieso nicht besonders. Sein Auftraggeber verschweigt ihm allerdings etwas, das ihn sein Leben kosten könnte - und die Menschheit ihre Existenz ...

3,99 € – hardsf.de/links/680494

## The Wall: Ewiger Tag

Judith Rosenberg, Kapitänin des Raumschiffes ARES, steht unter Druck. Nachdem die Vorgängermission abgestürzt ist, soll sie die ersten Menschen auf dem Mars absetzen. Maxim Gontscharow hat derweil mit anderen Problemen zu kämpfen. Er leitet den Aufbau einer internationalen Mondbasis am Südpol des Mondes, wo die Sonne fast immer scheint. Doch seiner Crew gehen langsam die Ressourcen aus. Die Menschheit scheint das Interesse am Mond verloren zu haben. Als die ARES auf einen interstellaren Besucher stößt, klären die Forscher auf dem Mond seine wahre Natur auf: eine Entdeckung mit furchtbaren Folgen, wie Judith und Maxim fast gleichzeitig feststellen müssen ... The Wall: Ewiger Tag schildert ein schicksalhaftes Ereignis, das das Sonnensystem und all seine Bewohner verändert. Doch jedes Schicksal besitzt zwei Seiten. In The Wall: Ewige Nacht von Joshua Tree lernen Sie die andere Seite kennen.

3,99 € – hardsf.de/links/618875

## Der Untergang des Universums

Milliarden Jahre lang hat sich die unsterblich gewordene Menschheit in der ganzen Galaxis ausgebreitet. Ihre größte Enttäuschung liegt darin, dass sie keine andere vernunftbegabte Spezies gefunden hat. Jetzt aber steht die Menschheit selbst vor dem Untergang, denn das Universum stirbt einen langsamen Tod. Ihre einzige Hoffnung liegt deshalb im »Rettenden Projekt«. Es soll das Schwarze Loch im Zentrum der Milchstraße in einen Quasar verwandeln, um den Menschen auch in ihren letzten Atemzügen genug Energie zu liefern. Doch dann geschieht etwas, das niemand erwartet hätte – und die Menschheit muss sich und ihre Existenz in völlig neuem Licht betrachten.

4,99 € – hardsf.de/links/527019

## Clouds of Venus

Die Venus ist ein lebensfeindlicher Planet, bedeckt von aktiven Vulkanen. Trotzdem startet die NASA eine Expedition, die nach Leben suchen soll, denn die dichten Wolken der heißen Schwester der Erde könnten dafür gute Bedingungen bieten. Ein speziell entwickeltes Airship dient den vier Astronauten als Forschungsplattform. Doch dann entdecken sie auf der glühenden Oberfläche gefährliche Aktivitäten, für die es nur eine Erklärung geben kann: Dort muss eine hoch entwickelte Lebensform am Werk sein.

3,99 € – hardsf.de/links/527016

## Helium-3: Kampf um die Zukunft

Das System ist ideal. Vier Gasriesen bieten die einmalige Chance, genug des seltenen Helium-3 abzubauen, um das Überleben ihrer Spezies zu sichern. Dafür haben sie eine lange und gefährliche Reise auf sich genommen – eine Expedition ohne Wiederkehr. Doch dann müssen sie feststellen: Sie sind nicht allein! Die Anderen sind genauso auf die wertvolle Ressource angewiesen wie sie – aber sie sind so grundverschieden, dass eine Verständigung aussichtslos erscheint. Alles, was bleibt, ist ein Kampf auf Leben und Tod – und um die Zukunft…

3,99 € – hardsf.de/links/527009

## The Hole

Ein mysteriöses Objekt droht, unser Sonnensystem zu zerstören. Obwohl das Überleben der Menschheit auf dem Spiel steht, nimmt

niemand die Entdeckung der jungen Astrophysikerin Maribel Pedreira ernst. Währenddessen schürft an der Grenze unseres Sonnensystems eine eingeschworene Crew von Außenseitern auf einem Asteroiden nach seltenen Erzen – bis sich herausstellt, dass sie die Letzten und die Einzigen sind, die unsere Welt vielleicht noch retten können.

Denn The Hole rast unerbittlich auf die Sonne zu.

3,99 € – hardsf.de/links/526925

## Silent Sun

Verhält sich die Sonne anders als vergleichbare Sterne? Als Astronomen auf Teleskopbildern eine seltsame Entdeckung machen, scheinen sie eine Erklärung für das Rätsel der Sonne gefunden zu haben. Was genau es ist, kann jedoch nur eine erfahrene Crew herausfinden. Vier Menschen machen sich auf den Weg und wissen genau: Was vor ihnen liegt, ist nicht nur bedeutsam für die Vergangenheit, sondern vor allem auch für die Zukunft der gesamten Menschheit.

3,99 € – hardsf.de/links/526991

## Der Riss

Quer durch den Himmel verläuft ein Riss. Er ist über Nacht entstanden. Jeder Mensch kann ihn sehen, aber die Physiker verzweifeln, weil sie keinerlei Signale empfangen. Der Riss besteht buchstäblich aus Nichts. Zunächst scheint keine Gefahr von ihm auszugehen, doch dann passiert etwas, das die schlimmsten Befürchtungen der größten Pessimisten weit übertrifft.

3,99 € – hardsf.de/links/527001

## Enceladus (Eismond 1)

Im Jahre 2031 finden Forscher in den Signalen einer Roboter-Sonde, die den Saturnmond Enceladus studiert, eindeutige Spuren biologischer Aktivität. Beweise für außerirdisches Leben – eine Weltsensation. Fünfzehn Jahre später macht sich ein eilig dafür gebautes, bemanntes Raumschiff auf die weite Reise zum Ringplaneten. Der Crew stehen nicht nur schwierige siebenundzwanzig Monate bevor: Falls sie es ohne Zwischenfall bis zum Enceladus schafft, muss sie mit einem Bohrschiff den Eispanzer des Mondes durchdringen. Denn Leben kann nur am Grunde des ewig dunklen Salz-Ozeans existieren, der sich vor Milliarden Jahren in der Schale des Eismondes gebildet hat, sagen die Astrobiologen. Doch schon kurz nach dem Start macht eine Katastrophe ein glückliches Ende des Abenteuers höchst unwahrscheinlich.

2,99 € – hardsf.de/links/526930

## Eismond - der Sammelband (Eismond 1-4)

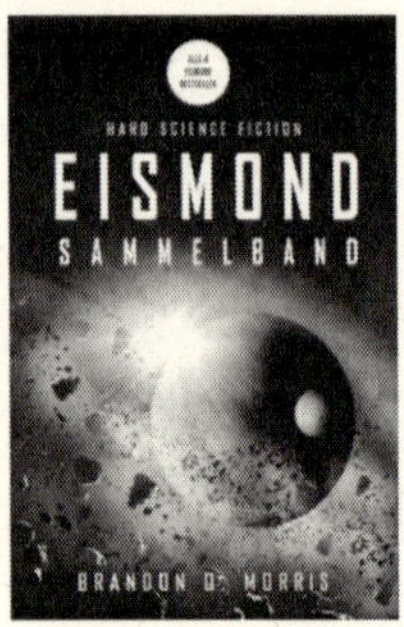


Der Sammelband enthält die vier aufeinander aufbauenden Romane »Enceladus«, »Titan«, »Io« und »Enceladus – die Rückkehr«. Hinweis: »Enceladus«, das erste Buch der Reihe, ist hier in einer speziellen Version enthalten, die einer chronologischen Erzählweise folgt und einige zusätzliche Szenen bietet.

9,99 € – hardsf.de/links/526924

## Jupiter (Eismond 5)

Das Expeditionsraumschiff ILSE ist mit brisanter Fracht auf dem Weg zur Erde. Doch plötzlich häufen sich die Fehlfunktionen und die Crew gerät in große Gefahr. Es scheint, als hätten alle Schwierigkeiten mit dem Riesenplaneten Jupiter zu tun, dessen Bahn das Schiff gerade kreuzt. Die Expedition bewegt sich auf eine Katastrophe zu – weil eine unbekannte Macht Pläne schmiedet, die die Zukunft der Menschheit beeinflussen sollen.

*Jupiter* spielt zum Teil zeitlich nach *The Hole*, Sie sollten also zunächst *The Hole* lesen.

3,99 € – hardsf.de/links/526995

## Brandon Q. Morris in Englisch

Wussten Sie schon, dass viele meiner Titel auch in englischer Sprache erhältlich sind? Die Titel sind alle über Kindle Unlimited kostenlos zu lesen (oder für Käufer zum gewohnten Preis)

- The Enceladus Mission: hardsf.de/links/526999
- The Titan Probe: hardsf.de/links/527000
- The Io Encounter: hardsf.de/links/527008
- Return to Enceladus: hardsf.de/links/527011
- The Hole: hardsf.de/links/527017
- Silent Sun: hardsf.de/links/527020
- The Rift: hardsf.de/links/534396
- Proxima Rising: hardsf.de/links/610690
- Proxima Dying: hardsf.de/links/652197
- Proxima Dreaming: hardsf.de/links/705470
- Mars Nation 1: hardsf.de/links/762824

## Brandon Q. Morris zum Hören

Auch als Hörbuch gibt es die meisten meiner Bücher bereits. Hören Sie doch mal rein! Bei Amazon zahlen Sie oft nur einen kleinen Aufpreis.

- Enceladus: hardsf.de/links/161101
- Titan: hardsf.de/links/160893
- Io: hardsf.de/links/160941
- Enceladus – Die Rückkehr: hardsf.de/links/160925
- Jupiter: hardsf.de/links/224451
- The Hole: hardsf.de/links/161021
- Silent Sun: hardsf.de/links/184274
- Der Riss: hardsf.de/links/304978
- Mars Nation 1: hardsf.de/links/348145

## Science ohne Fiction?

Wenn Sie sich für die Geheimnisse des Alls interessieren, kann ich Ihnen noch diese Titel empfehlen:

- Die neue Biografie des Universums: hardsf.de/links/239871
- Die neue Biografie des Sonnensystems: hardsf.de/links/239894
- Die faszinierende Welt der Quanten: hardsf.de/links/239888
- Die faszinierende Welt von Relativität und Stringtheorie: hardsf.de/links/239889

## Planet 9 – die neue Biographie

Auf der Jagd nach dem Phantom unseres Sonnensystems

Wie viele Planeten hat unser Sonnensystem? Das klingt nach einer Fangfrage. Der Merksatz »Mein Vater Erklärt Mir Jeden Sonntag Unsere Neun Planeten«, bei dem die Anfangsbuchstaben jenen der Himmelskörper in der Reihenfolge von der Sonne aus entsprechen – Merkur, Venus, Erde, Mars, Jupiter, Saturn, Uranus, Neptun und Pluto –, hat seit 2006 ausgedient. Damals entschied die Internationale Astronomische Union (IAU) in Prag bei ihrer 26. Generalversammlung, dass Pluto in die neu erfundene Kategorie »Zwergplanet« einzuordnen sei.

Dass ein Wunsch nach Neudefinition auf der Tagesordnung stand, war insofern nichts Spektakuläres, als Astronomen regelmäßig ihre Meinung ändern, um mit der Entwicklung Schritt zu halten. Nach der Entdeckung des Uranus 1781 durch Wilhelm Herschel hatten sich im folgenden 19. Jahrhundert die Funde gehäuft. Erst kamen Ceres, Pallas, Juno, Vesta und Astraea dazu (alle im Bereich zwischen Mars und Jupiter); dann spürte Johann Gottfried Galle auch noch den Neptun auf, und die Zahl der Planeten war auf 13 gestiegen. Schließlich sah man sich zum Aufräumen gezwungen. Nur der Neptun durfte als achter Planet bleiben.

Bezogen auf die jüngste Zeit war auch die Idee, Pluto neu zu kategorisieren, nicht neu. Schon 1998 hatte der britische Astronom Brian Marsden vorgeschlagen, Pluto eine Art Doppelstatus als Planet und Asteroid zu verleihen; es war schließlich damit zu rechnen, dass mit zunehmender Präzision der Teleskope immer mehr Objekte ähnlicher Größe gefunden würden, und dann könnte die Gesamtzahl unserer Planeten erneut aus dem Ruder laufen.

Was die Entscheidung der IAU bis heute so umstritten macht, ist unter anderem das neu eingeführte Kriterium, dass ein Planet – wenn er so genannt werden will – seine Bahn bereinigt haben muss: Auf seinem Orbit dürfen sich keine weiteren Himmelskörper tummeln. Das ist manchen Astronomen zu spitzfindig. Schließlich haben außer Merkur und Saturn alle Planeten sogenannte Trojaner – Asteroiden, die den jeweiligen Himmelskörper auf einem der Lagrangepunkte begleiten. Hinzu kommt, dass Pluto fast 250 Jahre für eine Sonnenumkreisung benötigt (wodurch ihm auf seiner langen Bahn wenig Zeit bleibt, gravitativ »aufzuräumen«) und überdies die Neptunbahn kreuzt; wer wäre denn hier wofür genau zuständig?

Dass die Rückstufung anno 2006 durchging, lag hauptsächlich am Antragsteller. Der US-amerikanische Astronom Michael (Mike) E. Brown ist nämlich nicht nur ein sehr eloquenter Redner, er hatte drei Jahre zuvor außerdem eine aufsehenerregende Entdeckung gemacht, die seinem Wort in Wissenschaftlerkreisen seitdem Gewicht verleiht.

Die Rede ist von Sedna, einem sogenannten transneptunischen Objekt (TNO). Der Himmelskörper kreist auf einer stark exzentrischen Bahn, die ihn am sonnennächsten Punkt – dem Perihel – bis auf 76 AE an den Zentralstern heranführt (1 Astronomische Einheit entspricht ca. 150 Millionen Kilometern). Sedna braucht gut 10.000 Jahre für eine Sonnenumkreisung und dürfte von den Parametern her in die neue Kategorie Zwergplanet fallen.

Mike Brown gilt heute als Spezialist für TNOs und twittert unter dem Namen @plutokiller – eine Anspielung auf sein Buch »Wie ich Pluto zur Strecke brachte. Und warum er es nicht anders verdient hat« (Springer, Heidelberg 2012). Sein Name ist mit dem »Planeten Neun« jedoch auch aus einem weiteren Grund untrennbar verbunden: 2016 präsentierten er und sein russischstämmiger Kollege Konstantin Batygin eine Abhandlung, in der die Existenz eines weiteren, sozusagen echten Planeten postuliert wurde.

Das Objekt wird in den Medien oft auch als »Planet X« bezeichnet. Das ist in mehrfacher Hinsicht irreführend. Manchmal steht ein solches X für die römische Zahl 10 – Sedna selbst etwa wurde längere Zeit als zehnter Planet gehandelt. Vor allem aber benennt dieses Kürzel einen Himmelskörper, der Anfang des zwanzigsten Jahrhunderts von dem Astronomen Percival Lowell angekündigt worden war.

Um hier nicht die Übersicht zu verlieren, lohnt sich ein kurzer Rückblick auf die Geschichte der Planetenentdeckungen. Die sechs Planeten, die man mit freiem Auge gut erkennen kann – also alle bis einschließlich Saturn –, sind bereits seit der Antike bekannt. Es dauerte jedoch bis zum Jahr 1690, ehe Uranus katalogisiert wurde.

Sein Entdecker, der englische Astronom John Flamsteed, bezeichnete ihn als 34 Tauri (nach dem Sternbild Stier – lat. Taurus –, wo er ihn sah). Erst 1781 wurde der Eisriese von Wilhelm Herschel wiedergefunden. Der Astronom hielt das Objekt zunächst für einen Kometen; bald darauf erkannte man jedoch, dass es sich um einen Planeten handeln musste, und Herschel war mit einem Schlag berühmt.

Bis zu diesem Zeitpunkt hatte man mögliche Planetenkandidaten schlicht daran erkannt, dass sie sich relativ zum Fixsternhimmel bewegten. Was im nächsten Jahrhundert folgte, war ein entscheidender Sprung in der Forschungsgeschichte, der letztlich bis zu Planet Neun führen sollte.

Alexis Bouvard, ein Bauernbub aus Savoyen, hatte es – anscheinend unbehelligt von den blutigen Wirren der französischen Revolution – zum Direktor der Pariser Sternwarte gebracht. Er ging ganz in seinem Metier auf, erledigte die mathematische Arbeit für Laplaces Himmelsmechanik, entdeckte acht neue Kometen und berechnete sorgfältig die Bahnen der äußeren Planeten. Dabei fiel ihm auf, dass der Uranus hin und wieder ein bisschen aus der Reihe tanzte; die Beobachtungen zeigten ihn oft nicht dort, wo er eigentlich hätte sein müssen. Methodisch wie er war, zog Bouvard daraus den logischen Schluss, es müsse eben noch einen weiteren Planeten geben, der weiter draußen seine Bahn zog und die Nummer Sieben gravitativ beeinflusste.

Und beließ es offenbar dabei, was doch irgendwie erstaunlich ist. Vielleicht war er einfach zu selbstgenügsam, um eine große Sache daraus zu machen. Als der Savoyer 1843 verstarb, fielen seine penibel ausgefüllten Tabellen einem Kollegen in die Hände, der ihre wissenschaftliche Bedeutung erkannte.

Es war Urbain Le Verrier, der anhand dieser Aufzeichnungen die Bahn des Unbekannten berechnete und nachwies, dass die Störungen nicht von den bekannten Planeten herrühren konnten. 1846 präsentierte er seine Arbeit der Pariser Akademie.

Die ehrwürdige Gelehrtenschaft folgte seinem Vortrag mit Interesse und applaudierte höflich; man gratulierte ihm zu seiner schönen Beweisführung – und ging nach Hause. Wenn Le Verrier erwartet hatte, dass sich die Astronomen nun begeistert auf die Suche machen würden, wurde er ziemlich enttäuscht. Kein einziger französischer Himmelskundler fand es der Mühe wert, ernsthaft nach einem achten Planeten Ausschau zu halten.

Vor lauter Ärger wandte sich Le Verrier schließlich an einen Deutschen, der ihm unlängst seine vorzügliche Doktorarbeit zugeschickt hatte: den Sohn eines Pechhüttenbetreibers namens Galle. Der Junior Johann Gottfried setzte sich noch am selben Abend (der Brief Le Verriers erreichte ihn am 23. September 1846) an den 22cm-Fraunhofer-Refraktor der Berliner Sternwarte, wo er arbeitete … und fand den Himmelskörper binnen einer halben Stunde.

Das Glück kam der Wissenschaft in diesem Augenblick

insofern zu Hilfe, als die Bahnbestimmung eigentlich nicht korrekt war. Man sollte nie vergessen, dass Forscher vor der Erfindung des Taschenrechners – oder gar des Computers – auf mühselige Handarbeit angewiesen waren: Eine Schreibfeder, ein Blatt Papier und eigenständige Gehirnleistung waren die Zutaten, um komplexe Formeln mit Variablen zu füllen und das Resultat festzuhalten.

An jenem Abend stimmte die errechnete Position zufällig bis auf ein Bogengrad mit der tatsächlichen überein. Die Größe passte sowieso; und auch die Bewegungsrichtung, wie sich in der folgenden Nacht erwies. Das Objekt wurde nach dem römischen Meeresgott benannt. Galle war nobel genug, die Entdeckung des Neptun zeitlebens Le Verrier zuzuschreiben.

Die bahnbrechende Methode, neue Planeten quasi auszurechnen, indem man Bahnabweichungen bekannter Himmelskörper analysierte, machte Schule. Zunächst versuchte sich Le Verrier selbst ein weiteres Mal in dieser Kunst, indem er den Merkur unter die Lupe nahm. Dass die Bahnellipse des Kleinen nicht an Ort und Stelle bleibt, sondern sich langsam um den einen Brennpunkt (die Sonne) dreht, war bekannt. Ebenso der Grund: der gravitative Einfluss seiner Nachbarn. Das ergaben schon die Himmelsmechanikgesetze Isaac Newtons. Le Verrier stellte jedoch fest, dass jene Drehung 5,74 Bogensekunden im Jahr betrug, obwohl der Ellipsenscheitel gemäß Newtons Gleichungen nur um 5,32 hätte vorrücken dürfen.

Er schloss daher auf die Existenz eines weiteren Planeten, der ganz innen um die Sonne kreiste, und gab ihm den Namen Vulkan. Damit lag er zur Abwechslung einmal falsch, denn so ein Himmelskörper konnte bis heute nicht aufgespürt werden. Völlig gestorben ist die Idee aber noch nicht, denn laut aktuellem Stand der Dinge könnte es dort einen spärlich besetzten »inneren Asteroidengürtel« geben. Seine hypothetischen Bestandteile heißen Vulkanoiden; sie zu beobachten wäre schwierig, und eine Sonde, die sich näher an den Stern heranwagt, ist jetzt erst gerade unterwegs: Die Parker Solar

Probe hob 2018 ab und soll ihre Bestimmungsposition zu Weihnachten 2024 erreichen.

Gegen Ende des 19. Jahrhunderts – Le Verrier hatte bereits das Zeitliche gesegnet – registrierte man bei der Bahn des via Uranus berechneten Neptun seinerseits Störungen und postulierte prompt wieder einen neunten Planeten; diesmal am anderen Rand, also hinter allen bekannten.

Percival Lowell, Sohn einer der reichsten Familien Bostons, hatte die Sternguckerei anfänglich zu seinem Hobby auserkoren, beschäftigte sich aber zunehmend ernsthaft mit der Materie. Er ließ sich ein Observatorium bauen, bestückt mit einem mächtigen Spiegelteleskop, und befasste sich mit den »Marskanälen«. Nachdem sich diese als optische Täuschung herausgestellt hatten, suchte er (vergeblich) nach Planet X. Doch vierzehn Jahre nach Lowells Tod wurde an seiner Sternwarte tatsächlich etwas entdeckt.

Es war Clyde Tombaugh, ein Bauernsohn aus Illinois, der sich Geometrie und Trigonometrie selbst beigebracht hatte, der ein Objekt aufspürte, das bis vor nicht allzu langer Zeit als neunter Planet des Sonnensystems bekannt war: den Pluto.

Wie sich bald herausstellte, war der Neue allerdings viel zu klein, um für die Bahnstörungen des Neptun verantwortlich zu zeichnen. Der Name Planet X wanderte prompt zum Nächsten, der nun seinerseits hinter der Plutobahn vermutet wurde. Der Astronom Henry Lee Giclas verbrachte ab 1957 achtzehn Jahre damit, an Lowells Observatorium – das kontinuierlich mit neuesten Instrumenten aufgerüstet wurde – nach dem Zehnten zu suchen. Er blieb diesbezüglich erfolglos. 1978 entdeckten Kollegen von ihm den Plutomond Charon, aber ein »Transpluto«, wie das Objekt heute in Nachschlagewerken heißt, wurde nie gefunden.

Dafür machte man eine andere Entdeckung. Unter den bis heute bekannten TNOs gibt es nämlich eine Gruppe, die den Beteiligten wegen ihrer langgestreckten Bahnen den Zusatz »hochextrem« eingetragen hat. Und noch etwas fiel auf: Die Ellipsen der meisten fächern sich als Bündel auf, als würden sie in annähernd die gleiche Richtung zielen, und die

Bahnebenen schienen sich an einen gemeinsamen Horizont zu schmiegen – allesamt in unübersehbar ähnlicher Neigung gegen die Systemekliptik.

Um Mike Brown zu zitieren: »That's when I thought something funny is going on here.« Also ging er zu Konstantin Batygin, der auf die Verarbeitung astronomischer Daten spezialisiert ist. Der Russe stellte seine Berechnungen an und erklärte rundweg, die einfachste Erklärung wäre ein noch unbekannter Planet, dessen gravitativer Einfluss die Objekte auf ihren Bahnen stabil halte.

An diesem Punkt wurde es heikel.

Wie die Geschichte lehrt, haben sich die meisten Wissenschaftler, die einen neuen Planeten postulierten, am Ende blamiert; es mussten eindeutige und belastbare Indizien her. Den zwei Forschern kam zugute, dass sie beide am Caltech arbeiten. Das California Institute of Technology ist eine private Eliteuniversität in Pasadena und betreibt nicht nur mehrere Sternwarten, sondern verfügt auch über ein beachtliches Aufgebot an Hochleistungscomputern.

Brown und Batygin verwendeten sie, um die Zeit vier Milliarden Jahre zurückzudrehen und zu simulieren, wie sich das Sonnensystem unter Einbeziehung eines unbekannten Planeten entwickeln würde. Nur, wo sollte man seine Bahn anordnen?

Mike Brown erzählt dazu gern die Geschichte, wie er seine damals zehnjährige Tochter fragte, wo sie den fraglichen Himmelskörper positionieren würde. Man sieht ein halbes Dutzend Kleinplaneten, deren Orbits anscheinend aus der Hauptekliptikebene heraus und in eine bestimmte Richtung gezogen werden. Die logische Antwort des Mädchens lautete: außen herum. Der Massekörper musste sie umkreisen wie ein Schäferhund seine Herde. Der Zug seiner Gravitation hielt sie auf ihren unkonventionellen Bahnen und sorgte bis in die Gegenwart dafür, dass sie nicht in alle Himmelsrichtungen davonliefen.

Also bevölkerten die Forscher das frühe System mit zahllosen Brocken, wie sie damals noch umhergeschwirrt sein mussten, fügten einen Extraplaneten hinzu und ließen die Simulationen laufen. In der bei Vorträgen gezeigten Animation verdeckt zunächst eine kugelförmige Wolke aus blau eingefärbten Trümmern das System fast völlig, nur links lugt die rote Bahn von Planet Neun hervor. Im Schnellvorlauf beginnt die Kugel zu pulsieren; binnen überraschend kurzer Zeit werden die meisten blauen Punkte hinausgeschleudert. Wenn sich der Zeitfilm dann unserer Gegenwart nähert, sind fast alle Brocken verschwunden; nur ein knappes halbes Dutzend hat sich stabilisiert und gehorcht offensichtlich dem gravitativen Diktat der roten Ellipse.

Die Sache hat bloß einen Schönheitsfehler: Die Bahnen der Verbliebenen liegen nur in Sonnennähe noch knapp innerhalb des Reviers von Planet Neun und ragen fast exakt in die Gegenrichtung. Der Hund hatte die Herde davongejagt, oder, mit den Worten der beiden Physiker: »We were completely wrong.«

Allerdings so »völlig falsch«, dass sich die Sache einrenken ließ, indem man einfach den Schäferorbit um 180 Grad drehte, also seine Ellipse um den inneren Brennpunkt (die Sonne). Ein paar Gigawattstunden Stromverbrauch der Caltech-Computer später kreisten die Probanden mehr oder weniger genau dort, wo sich heute die fraglichen TNOs befinden.

Was die Dimension betrifft, so soll Planet Neun mindestens doppelt so groß und etwa sechsmal so schwer wie die Erde sein. Hinsichtlich seiner Zusammensetzung lässt sich wenig voraussagen. Brown tippt darauf, dass es sich um ein Gas-Eis-Objekt ähnlich dem Neptun handelt – in der Annahme, der Planet wäre in der Region unseres Systems entstanden, wo sich auch die Gasriesen formten. Andere Szenarien sind jedoch ebenfalls denkbar. Wie man heute weiß, wanderten die Himmelskörper in der Anfangszeit herum (Stichwort Planetenmigration); es könnte sich beim neuen Neunten genauso gut um ein Gesteinsobjekt handeln, das aus der Bahn geworfen wurde.

Oder aber er stammt gar nicht von hier, sondern wurde

als Einzelgänger – engl.: rogue planet – einst von der Gravitation unseres Zentralsterns eingefangen. Dann sind hinsichtlich seiner Struktur alle Optionen offen, was nicht zuletzt das Interesse privater Bergbaufirmen wecken dürfte, die auf gewinnbringende, seltene Bodenschätze aus sind.

Wie auch immer, seine Bahn führt ihn am Perihel bis auf 80 AE an die Sonne heran, und am fernsten Punkt ist er schätzungsweise 400 AE von ihr entfernt. Das ist achtmal mehr als beim Pluto, aber quasi noch in unserem Hinterhof. Warum wurde er also bislang nicht gesichtet?

Zwei offensichtliche Gründe dafür lauten, dass er viel zu blass ist, um ihn mit bloßem Auge wahrnehmen zu können, und – bei einer angenommenen Umlaufzeit von etwa 10.000 Jahren – zu langsam, um auf Teleskopbildern durch deutliche Bewegung aufzufallen. Ausschlaggebend ist jedoch, so paradox es klingt, seine relative Nähe. Von unserer Warte aus könnte er fast überall am Firmament sein.

Seine Bahn konnte ermittelt werden, aber an welchem Punkt dort er sich gerade aufhält, ist unbekannt. Brown und Batygin ist es in den letzten Jahren immerhin gelungen, den Suchbereich auf Teile der Sternbilder Jäger und Stier einzugrenzen. Sie setzen – neben der Durchforstung ungesichteter Daten – auf die Leistungsfähigkeit des japanischen Subaru-Teleskops.

Alles in allem ist die Wahrscheinlichkeit hoch, dass unser Sonnensystem noch im Laufe dieses Jahrzehnts Zuwachs bekommt. Wir dürfen gespannt sein; was heimische Planetenentdeckungen betrifft, waren die letzten Dekaden ja, wie Brown sagt, ziemlich langweilig.

## Was ist die Planetenmigration?

Theorien wie das Nizza- oder das Grand-Tack-Modell gehen davon aus, dass die Planeten nicht dort entstanden, wo sie heute kreisen, sondern in der Frühzeit des Sonnensystems einige Ortsveränderungen durchmachten. Dadurch lassen sich gewisse Besonderheiten in der Systemzusammensetzung oder das angenommene Große Bombardement (engl. Late Heavy Bombardment, LHB) erklären.

Bei der Grand-Tack-Hypothese wanderte der Jupiter zunächst bis auf die Höhe des Marsorbits, ehe er wieder kehrtmachte (engl. tack = Wende) und gemeinsam mit dem Saturn weit nach außen driftete. Auch die Eisriesen veränderten ihre Position.

Ungeklärt ist noch, weshalb der massereiche Jupiter so schnell zurückkam. 2011 präsentierte David Nesvorny vom Southwest Research Institute eine interessante Lösung. Fügt man dem Rechenmodell nämlich einen hypothetischen fünften Riesen hinzu, geht die Gleichung auf. Im Gegensatz zu den anderen seiner Art wurde er jedoch aus dem System getragen.

Theoretisch könnte Planet Neun der fehlende fünfte Gasplanet sein. Es wäre unter Umständen auch denkbar, dass es sich um ein mächtiges Gesteinsobjekt handelt, welches im Zuge der Migrationsbewegungen in seinen fernen Orbit geworfen wurde.

## Wann entstand Amphitrite?

In der Frühzeit des Sonnensystems befanden sich auch Uranus und Neptun viel näher an der Sonne. Weiter draußen, dort, wo sie heute kreisen, könnte sich damals in einem bis zu 35 Erdmassen umfassenden Gürtel von Planetenkernen ein Gesteinsplanet von bis zu zwei Erdmassen gebildet haben, den Astronomen Amphitrite nennen. Amphitrite ist eine Nereide der griechischen Mythologie, Beherrscherin der Meere und Gemahlin Poseidons (röm. Neptun). Sie ist die Mutter des Meeresgottes Triton.

Und so sehen die Forscher auch ihre Funktion am Himmel. Als sich nämlich die Gasplaneten nach außen bewegten, ist entweder Neptun oder Uranus mit Amphitrite kollidiert. Amphitrites Mond Triton soll dabei von Neptun eingefangen worden sein. Was danach mit Amphitrite geschah, ist unklar. Wurde sie einfach geschluckt? Oder hat vielleicht doch ein Rest überlebt, der nun auf einer ganz exzentrischen Bahn um die Sonne kreist?

Die Hypothese bekommt durch Tritons ungewöhnliche Eigenschaften Nahrung. Er umkreist Neptun nämlich falsch herum (retrograd), also entgegen dessen eigener Drehrichtung und auf einer stark geneigten Bahn. Dabei muss er Neptun vor langer Zeit bis auf 7 Neptunradien nahegekommen sein. Triton ist dabei nicht nur außergewöhnlich groß, auch seine Zusammensetzung zeigt, dass er weiter außen entstanden sein müsste, nicht zusammen mit Neptun. Das funktioniert jedoch nur, wenn es zuvor einen größeren Zusammenstoß gegeben hat, bei dem Triton gebremst wurde (das würde die noch heute ungewöhnlich hohe Energieabstrahlung Neptuns erklären). Noch einfacher hätte Neptun es gehabt, wenn er einem anderen Planeten den Mond stehlen konnte. Falls Amphitrite mit Uranus kollidierte, wäre Triton als herrenloses Objekt ein leichter Fang gewesen. Für diese Hypothese spricht, dass Uranus quasi über seine Bahn »rollt«. Die Drehachse des Planeten steht nicht mehr oder weniger senkrecht auf der Ekliptik, wie bei allen anderen Planeten, sondern verläuft parallel zu ihr. Dafür wird ebenfalls eine Kollision mit einem Objekt mit etwa doppelter Erdmasse als Ursache vermutet.

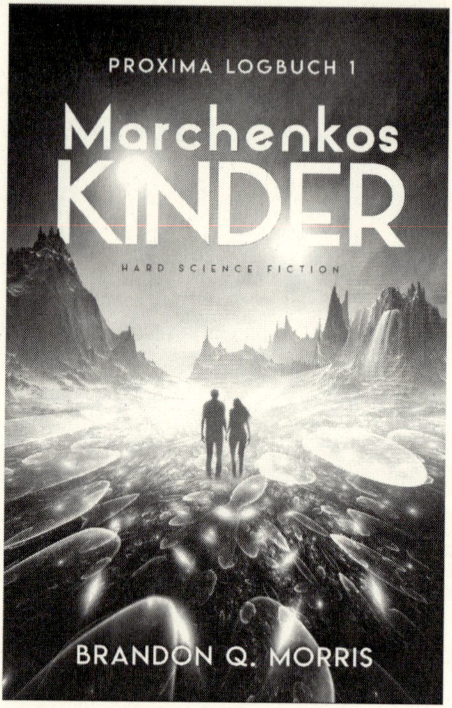


Brandon Q. Morris

**Proxima-Logbuch 1: Marchenkos Kinder**

Zwei Menschen und ein Roboter haben Asyl auf einem von Außerirdischen bewohnten Planeten gefunden. Sie könnten hier in aller Ruhe den Rest ihres Lebens verbringen. Aber offenbar gibt es noch viele Schiffbrüchige dort draußen, die ihre Hilfe brauchen. Deshalb begeben sie sich auf eine interstellare Odyssee, deren Gefahren unvorhersehbar sind und deren Ende tatsächlich in den Sternen steht.

Taschenbuch 232 Seiten, € 11,99 [D]

ISBN 978-3-96357-211-1